Then Came You
by Lisa Kleypas

あなたのすべてを抱きしめて

リサ・クレイパス
平林 祥［訳］

ライムブックス

あなたのすべてを抱きしめて

主要登場人物

ウィルヘミーナ（リリー）・ローソン……乗馬を愛する、独立精神旺盛な女性
ウルヴァートン伯爵アレクサンダー（アレックス）・レイフォード……リリーの妹の婚約者
ジュゼッペ・ガヴァッツィ伯爵……ニコールの父親
ニコール・ローソン……リリーの娘
デレク・クレーヴン……賭博クラブ〈クレーヴンズ〉のオーナー。リリーの友人
ペネロープ（ペニー）・ローソン……アレックスの婚約者。リリーの妹
ザッカリー（ザック）・スタンフォード……リリーの友人
ジョージ&トッティ・ローソン……リリーの両親
ヘンリー・レイフォード……アレックスの弟
バートン……リリーの屋敷の執事
ワーシー……〈クレーヴンズ〉の支配人
ネーサン卿……治安判事。アレックスの友人
ミスター・ノックス……刑事
ロスコー・ライアン……アレックスのいとこ
ミルドレッド・ライアン……アレックスのおば

1

ロンドン　一八二〇年

「きゃあっ、帽子が……風に！」一陣の風にのって響きわたる金切り声に、水上パーティーの招待客がぎょっとした顔を見せた。

　ジョージ四世のために集まった客を乗せた帆船は、テムズ川の中ほどに停泊している。水上パーティーはつい先ほどまで、豪華に飾りたてられた王の帆船を人びとが口々に褒めそやし、退屈だが厳かな雰囲気に包まれていた。金襴《きんらん》を掛けた調度品に、つややかなマホガニー、水晶がしずくのごとく揺らめくシャンデリア、金色《こんじき》のスフィンクス、そして四隅に座る獅子の彫刻――王の帆船は、水面に浮かぶ愉悦の宮殿さながらだ。招待客たちは、心底楽しめないのならせめてもと、たっぷりの酒に酔いしれている。

　王の健康状態が望ましいものだったなら、パーティーはもっと楽しい雰囲気になっていただろう。だが父君ジョージ三世の逝去とつらい通風の発作のおかげで、王はいつになくふさいでいた。民衆を集めてパーティーを開いたのも、笑いや気晴らしを求め、孤独をいやそうとしてのことだった。ミス・リリー・ローソンが招待されたのも、まさにそのためとのうわさだ。ある若い子爵が物憂げに語ったところによれば、ミス・ローソンが騒動を起こすのは時間の問題。そして例のごとく、彼女がその期待に背くことはなかった。

「どなたかあれを拾って！」陽気な笑い声を縫ってリリーの金切り声が響いた。「風で飛ばされてしまったの！」

　盛り上がらないパーティーにうんざりしていた紳士たちが、声のするほうに急ぐ。エスコート役の紳士たちが舳先に向かうのを見て、婦人たちが不満の声を漏らす。舳先ではリリーが欄干から身を乗りだして、水面に浮かぶものをじっと見つめていた。「お気に入りの帽子《シャポー》が――」彼女は紳士たちの問いかけにそう答えつつ、小さな手をさっと動かして帽子を指し示した。「風で吹き飛ばされてしまったのよ！」そして、彼女を慰めようと意気ごむ面々を振りかえった。けれども彼女が求めているのは慰めなどではない――あの帽子だ。いたずらっぽくほほ笑みながら、男性陣をひとりひとり見比べた。「帽子を川から拾い上げてくださる勇敢な紳士はどなた？」

　帽子は、彼女がわざと川に投げた。紳士たちのなかにそれを疑う者がいるのは顔を見ればわかる。だがそれくらいのことでは、勇ましい声は決してやみはしない。「わたしが――」とひとりが叫ぶ。それと同時に、別の紳士が帽子と上着を脱ぎながら「いや、その特権はわたしのもの！」誰もがリリーの機嫌をとろうとして、口早に主張しあう。けれども今日のテムズは流れが速いし、命にかかわる風邪でもひきかねない冷たさだ。そもそも、そんなことをしたが最後、完璧な仕立ての高価な上着は二度と使いものにならなくなる。

自ら引き起こした騒動を眺めながら、リリーは愉快そうにほほ笑んでいる。だが紳士たちは行動よりも議論を選んだらしく、しきりに胸を張り、勇ましいことを口にするばかりだ。本気で帽子を救うつもりなら、とっくに川に飛びこんでいるだろう。「つまらない……」リリーは小声でつぶやき、言い争う紳士たちを見つめた。一歩前に進みでて「ピンク色の帽子ごときで大騒ぎするんじゃない」とたしなめる紳士がいたら、彼女はむしろその人を尊敬しただろう。だがそんな骨のある男性はひとりもいないようだ。デレク・クレーヴンがこの場にいたら、彼女の振る舞いを笑い飛ばすか、あるいは無作法なしぐさで大笑いさせてくれただろう。怠惰で香水がぷんぷん臭う、礼儀作法にがんじがらめの上流社会の連中を、ふたりはともに軽蔑していた。

リリーはため息をつきながら、どんよりした空の下を流れる濃灰色の波打つ川に視線を移した。春のテムズ川は耐えがたいほどの冷たさで知られる。顔を上げて風を受けつつ、彼女は背を撫でられる猫のように目を細めた。風が吹いて、きらめく漆黒の巻き毛が一瞬まっすぐになり、すぐにまたいつもの気ままな弾力を取り戻す。彼女は上の空で、額を飾る宝石をちりばめたリボンをほどいた。帆船の側面にぶつかる波頭をじっと目で追う。

「ママ……」という小さなささやき声が聞こえた。その記憶に背を向けようとしたが、できなかった。

子どものやわらかな腕が首にまわされる感覚に、ふいに襲われる。しなやかな髪が頬を撫で、膝に子どもの重みが伝わってくる。イタリアの太陽にうなじが焼けるようだ。鏡を思わせる池の水面を、カモの群れがガアガアと鳴きながら元気よく泳いでいく。「ほら、見てごらん……」リリーはささやいた。「カモがいっぱいいるわねえ？　ほらほら、こっちにやってくるわ」

幼女は興奮して身をよじった。ぷくぷくした手を片方上げ、胸を張って水面を行くカモを小さな人差指で指さした。それから黒い瞳でリリーを見上げ、小さな前歯を二本のぞかせてにっこりと笑った。「カォ……！」という幼女の元気な声に、リリーは優しく笑った。「カォじゃなくてカモよ。とってもかわいいカモさんたちね。餌用に持ってきたパンはどこかしら。いけない、お尻の下敷きになってるみたい……」

また一陣の風が吹いて、喜びに満ちあふれたイメージをどこかへ連れ去ってしまう。涙がひとりでにあふれてきて、胸が締めつけられる。「ニコール……」と幼女の名前をささやき、深呼吸をして胸の痛みを忘れようとしたが、まるで効き目はなかった。またたくまに平静さが失われていく。この胸の痛みを、アルコールの力を借りて忘れられることもある。あるいは、賭け事やうわさ話や狩りに興じることでも。だがそれは一時しのぎにすぎない。リリーは娘に会いたかった。ニコール……どこにいるの？　ママがきっと見つけだしてあげるからね。だから待っていて……泣かないで、待っていて……。絶望感がナイフのように、一秒ごとに胸のさらに奥深くをえぐる。いますぐなにかをしなければ、頭がおかしくなってしまいそうだ。

そばにいる紳士たちが仰天するのもかまわず、リリーは狂ったように笑いだし、かかとの高い履き物を蹴り脱いだ。ピンク色の帽子の羽根飾りは、まだ水面に見えている。「かわいそうなシャポーが沈んでしまうわ」と叫びながら、欄干をまたいだ。「騎士道精神なんてもうたくさん。自分で拾うから結構よ！」紳士たちが引き止めるまもなく、彼女は帆船から飛び降りた。

リリーの体はあっという間に飲みこまれ波間に消えた。婦人たちが金切り声をあげる。紳士たちは心配そうに、波打つ水面を見渡した。「大変だ……！」ひとりが大声で叫んだが、あとはみな驚きのあまり声も出なかった。お付きの者に騒ぎの知らせを受けた王ものろのろと甲板にあらわれ、欄干に巨体を押しつけながら水面を眺めている。五四歳にして新たに王の愛人になった大柄だが美しいレディ・カニンガムが、王のかたわらに立ちながら呆れかえったように言った。「だから申し上げたではありませんか――あの女性は普通ではありませんよと！　本当に、なんてことでしょう！」

リリーはすぐには水面に上がってこなかった。水の冷たさは最初は心臓が止まるほどで、手足が麻痺し、血も凍るかと思った。水を吸って重みを増したドレスが、なぞめいた冷たい暗闇へと彼女を引きずりこもうとする。別にかまいやしない……リリーはぼんやりと思った。水底へと落ちていき、闇に身を任せればいいだけのこと。だがふいに恐怖に襲われ、あわてて両手をひれのように動かすと、体が頭上の薄明かりのほうへと浮かんでいった。浮上しながら、ぐっしょりと濡れたベルベットが手首に触れる感触を覚え、それをつかんだ。ようやく水面に顔を出すと、塩水で痛む目をしばたたき、塩辛い唇をなめた。全身を強烈な冷たさが針のように刺し貫く。歯をがちがちと鳴らしながら、驚愕《きょうがく》の面持ちで帆船から見おろす人びとに引きつった笑みで応えた。

「取りかえしたわ!」と嬉しそうに叫び、誇らしげに帽子を頭上高く掲げてみせた。

それから数分後、リリーはわれ先にと差しだされた数人の手によって川から引き上げられた。たっぷりと水を吸ったドレスが体にまとわりつき、ほっそりとしていながらも官能的な体の線があらわになる。人びとは揃って息をのんだ。男性陣からそのような賛美のまなざしで見つめられる女性は、ロンドン中を探してもほかにいない。女性陣はねたみと嫌悪が入り交じった表情でリリーを眺めた。こんなみっともないまねをして、普通の女性なら哀れみと侮蔑の目で見られるだろうに……。

「どんな恥ずべき行為も、彼女なら許されるのだわ! そして殿方は、そんな彼女をますます賞賛するのよ!」レディ・カニンガムは不満を漏らした。「ハチミツが虫を引き寄せるように、スキャンダルを引き寄せてしまうの。彼女以外の女性なら、もう何度も身を落としてきたはずよ。わが愛するジョージですら、彼女のことは非難しないんですもの。でも、いったいどうして彼女だけ?」

「それは彼女が男性のように振る舞うからでしょう」レディ・ウィルトンが苦々しく応じた。

「賭け事や狩猟はおろか、悪態をついたり、政治活動に参加したり……殿方のように振る舞う女性が目新しくて、彼女に惹かれるのですわ」

「でも、見かけはちっとも男性的ではなくてよ」レディ・カニンガムはぼやき、濡れたドレスに包まれた優美な肢体をにらんだ。

リリーの無事を確認すると、群がる男性陣は彼女の勇敢さに大いに笑い、賞賛の言葉を浴びせた。リリーはまぶたにかかる濡れそぼった巻き毛をかきあげると、にっこりと笑い、水をしたたらせながらおじぎをしてみせた。「お気に入りの帽子だったんだもの」と言い、手にしたよれよれの布切れを見つめた。

「それにしても――」男性陣のひとりが感心した声で言う。「あなたという人はまったく恐れを知らないのですね」

「そのとおりよ」というリリーの返事に、人びとがくすくす笑う。首筋と肩を水滴が流れていった。彼女は両手でそれをぬぐい、向こうを向いて勢いよく頭を振った。「ねえ、どなたかタオルを持ってきてくださらない？　それから気つけの飲み物も。でないとわたし、風邪……」そこまで言って、彼女は濡れた巻き毛の間からじっと動かない人影を見つけ、口ごもった。

周囲では紳士たちが、タオルや温かい飲み物など、とにかく寒さを和らげるものを探そうと右往左往している。けれども数メートル先にいる男性は、突っ立ったまま動こうともしない。リリーはゆっくりと姿勢を正し、髪をかきあげると、男性を見つめかえした。初めて見る顔だった。どうしてそんなふうに見つめられるのかわからなかった。男性の賞賛のまなざしには慣れている。けれどもその人の視線は冷たく、無感情だった。口元はさげすむように引き結ばれている。リリーは細い体を震わせながら、身動きもできずに立ちつくした。

サテュロスを思わせる容貌に、くもりのない完璧なブロンドの男性などいままで見たことがない。風が前髪をそよがせ、印象的な富士額があらわになった。タカのごとき貴族的な顔は、ひどく険しく、頑固そうだった。驚くほど淡い色の瞳には、絶望が浮かんでいた。その暗い瞳を忘れることは、きっとできないだろう。本物の絶望を味わった人間でなければ、同じ痛みを他人の中に見つけることはできない。

見知らぬ男性の視線に激しく心乱されたリリーは、くるりと背を向け、タオルやマントや湯気のたつ温かい飲み物を手に手に集まってくる紳士たちにほほ笑みかけた。そして、見知らぬ男性に対する思いを頭の中から消し去った。つまらない貴族の非難の目など、気にすることはない。

「ミス・ローソン」ベニントン卿が心配げな表情で呼びかけた。「風邪をひいてはいけない。よろしかったら、わたしがボートで岸辺にお連れしましょう」

グラスの縁に歯が触れてかちかちと鳴り、中身を飲むことができない――リリーはそのことに気づくと、申し出にありがたくうなずいた。青ざめた手でベニントン卿の腕をつかみ、自分のほうに引き寄せて、冷たい唇を耳元に寄せた。「い、急ぎましょう」リリーはささやいた。「ち、ちょっと衝動的すぎたようだわ。でも、ほ、ほかの人にはこのことは言わないでくださいね」

強い自制心と人を寄せつけないことで知られるアレックス・レイフォードは、不可思議な怒りと内心で戦っていた。愚かな女だ……健康を、いや、命すらを危険にさらしてまで注目を浴びようとするとは。おおかた、上流社会でのみ名の知れた高級娼婦だろう。多少なりとも名誉のある婦人なら、あのように振る舞えるわけがない。アレックスは握りしめていたこぶしを広げ、胸元に手のひらをあてた。胸がぎゅっと締めつけられる気がした。明るい笑い声、生き生きとしたまなざし、漆黒の巻き毛……彼女のすべてがキャロラインを思いださせた。

「彼女に会うのは初めてですな?」耳障りな声が愉快そうに言うのがすぐそばで聞こえた。生前の父の知人、上品な紳士然としたイヴリン・ダウンシャー卿がとなりに立っていた。「男性はみな、彼女を初めて見たときに同じ顔をする。かくいうわたしも、若かりしころのソールズベリー侯爵夫人を思いださせられましたよ。まったく、驚くべき女性だ」

アレックスは女性のあでやかな肢体から視線を引きはがし、「それほどとは思えませんね」と冷ややかに返した。

ダウンシャー卿は精巧に作られた入れ歯をのぞかせながらくっくっと笑い、「わたしも、若ければ彼女を誘惑するのですがね」と考え深げに言った。「絶対にそうしましたとも。なにしろあの手の女性はもう絶滅寸前」

「あの手というと?」

「昔は、ああいう女性がたくさんいたものです」ダウンシャー卿は懐かしむ表情になった。

「技と知恵がなければ手なずけられない女性ですよ……際限なく手を焼かされたものだ……まったく、どれだけ頭を悩ましたか、ま、嬉しい悩みだが……」

アレックスはふたたび女性に目をやった。抜けるように白い肌に、完璧に整った優美な顔立ちで、黒い瞳がきらきらと輝いている。「どこの誰なんです？」アレックスは半分上の空でたずねた。返事がないので向きなおると、ダウンシャー卿はすでにどこかに行ってしまっていた。

馬車を降りたリリーは、グロヴナー・スクエアのテラスハウスの正面玄関へと歩を進めた。こんな不快感はいままで味わったことがない。

「自業自得ね」彼女はひとりごちながら正面階段を上った。玄関口に立ってこちらを見つめる執事のバートンの視線を感じた。「本当に、なんてばかなことをしたのかしら」ロンドン中の不要物が捨てられるテムズ川は、泳ぐのに最適な場所とは言えない。その川に飛びこんだおかげで、ドレスも体もひどい臭いがする。濡れた履き物が、歩を進めるたびにきゅっきゅっと変な音をたてた。その足音と、言うまでもなくずぶ濡れのなりに気づいて、バートンが眉間に深いしわを寄せた。珍しいことだ。彼は常に、主人がなにをしでかしても顔色ひとつ変えずに迎えるのに。

この二年間、バートンは執事としてみごとに屋敷内のことを采配し、使用人たちはもちろん客人にも、ローソン邸にふさわしい振る舞いがどのようなものかを示してきた。客人を迎えるときのその慇懃無礼な態度は、ローソン邸の女主人はひとかどの人物なのだと無言のうちに伝えた。彼はリリーの愚行も冒険もまるで存在しないかのごとく無視し、非の打ちどころのないレディのように接した。当のリリーがレディとは程遠いにもかかわらず、である。堂々と取り仕切るバートンがいなければ、リリーは使用人たちの敬意を得ることはできなかっただろう――それは自分でもよくわかっている。バートンは背が高く堂々たる体格で、厳格そうな顔は鉄灰色のひげに縁取られている。英国中どこを探しても、これほどまでの尊大さと、あるじに対する深い敬意とを持ち合わせた執事はいまい。

「水上パーティーは楽しまれましたか?」バートンがたずねた。

「それはもう」リリーは元気そうな声を出した。すっかり水びたしで、ピンク色の羽根飾りがぐちゃぐちゃになったベルベットのかたまりをバートンに手渡した。彼はそれを無表情に見つめた。「帽子よ」リリーは説明し、きゅっきゅっと足音をたてながら邸内に入った。彼女の歩いたあとには、濡れた足跡がついた。

「応接間でお客様がお待ちです。スタンフォード卿ですが」

「ザッカリーが?」リリーは嬉しそうな声をあげた。繊細で知性あふれる若きザッカリー・スタンフォード卿は、リリーの昔からの親友で、彼女の妹のペネロープと相思相愛の仲にある。残念ながらハートフォード侯爵の三男のため、ローソン家の野心的な計画をかなえてくれる爵位も富も受け継ぐことができない。リリーが生涯独身を貫くのは明白なので、上流社会入りの野望を抱く両親は、ペネロープにすべての期待をかけていた。リリーは妹に申し訳ない気持ちでいっぱいだった。妹は、ウルヴァートン伯爵レイフォード卿……うわさにすらも聞いたことがない男性と婚約させられてしまったのだ。ザッカリーもさぞかし苦しんでいるに違いなかった。

「いつから待ってらっしゃるの？」

「三時間ほど前からです。緊急のご用件だそうで、お会いできるまで何時間でも待つとおっしゃいまして」

その言葉がリリーの好奇心を呼び覚ました。彼女は大階段に挟まれた応接間の、閉じた扉を見つめた。「緊急の用件ですって……？　わかったわ、すぐに会いましょう。そうだわ、二階の居間にご案内して。わたしはこの濡れたドレスを着替えてくるから」

バートンは無表情にうなずいた。小さな控えの間をおいてリリーの寝室とつながっている居間に案内されるのは、ごく近しい人だけだ。無数の紳士たちがその部屋に招待されることを望んでいるが、実際にそれを許された者はごくわずかである。「かしこまりました、ミス・ローソン」

ローソン邸の応接間で待つのは、ザッカリーにとって苦痛でもなんでもなかった。動揺しきった状態でも、ここグロヴナー・スクエア三八番地のなにかが、男性をえもいわれぬいい心地にしてくれるからだ。そのなにかは、おそらく部屋の色調と関係があるはずだ。女性はたいてい、壁の色を水色やピンク、黄色といった華やかなパステルトーンでまとめ、純白の装飾帯(フリーズ)や柱をアクセントにする。そこへ小さくて座り心地の悪そうな金色の椅子を並べ、その上につるつるしたクッションをあしらうのが流行だ。その手の椅子にせよ、きゃしゃな脚の長椅子にせよ、人の重みを支えられるとは到底思えない。ところがリリーの応接間は、重厚でぬくもりを感じさせる色合いでまとめられており、頑丈そうな家具はまるで、どうぞ座ってくださいと誘うようだ。壁には狩猟の場面を描いた絵に、版画、数枚の趣味のいい肖像画が飾られている。ローソン邸にはよく、作家や奇人、伊達男、政治家などさまざまな種類の男たちが集う。ただし、客人はリリーにアルコールのもてなしをあまり期待してはいけない。ありあまるほどの酒がふるまわれることもあれば、当惑するくらい少ないこともあるからだ。

だが今月はたっぷり蓄えがあるらしい。ザッカリーにも先ほどメイドのひとりが、銀のトレーに上等なブランデーのデカンタとグラスを用意して持ってきてくれた。さらに、きれいにアイロンをかけ折り目を糸でとじたタイムズ紙と、一皿の甘いビスケットも。すっかりくつろいだザッカリーは、紅茶をポットで頼み、のんびりと新聞を読みながら待った。ちょうど最後のビスケットを食べ終えたころ、バートンが扉を開けた。

「お帰りになったのかい?」ザッカリーは待ちかねたように勢いよく立ち上がった。

バートンは慇懃無礼な表情をくずさない。「二階でお目にかかるとおっしゃっています。ご案内いたしますので、どうぞこちらへ……」

大きな曲線を描く階段を、ザッカリーはバートンについて上った。複雑にねじれた手すり子《バラスター》と、磨きあげられた手すり《バニスター》が美しい。居間に足を踏み入れると、大理石の小さな暖炉で勢いよく燃える炎が、壁を彩る緑や青銅色や青の絹布を照らしていた。一、二分もすると、寝室につながる戸口にリリーがあらわれた。

「ザッカリー！」彼女は嬉しそうに呼びながら小走りに近寄り、彼の両手を握りしめた。ザッカリーは笑みを浮かべ、身をかがめて、やわらかな頬にかたちばかりのキスをした。そしてすぐに顔を引きつらせた。リリーが化粧着姿で、床まであるその裾からはだしの爪先がのぞいているのに気づいたからだ。どっしりと分厚い生地で、襟元に白鳥の胸羽をあしらった慎ましやかなデザインだが、それでもやはり、「口にするのもはばかられる」たぐいの衣装であることに変わりはない。仰天したザッカリーは反射的に後ずさった。だが身を離す直前、彼女の髪がばさばさに乱れ、全身からなにやら妙な臭いが漂ってくるのに気づいた。

にもかかわらず、彼女は目を見張るほど美しかった。瞳はひまわりの中心部のように黒く、その周りを長く濃いまつげが縁取っている。透きとおる肌は磨いたようにつやめき、首筋の曲線は清らかな優美さをたたえている。いまのようにほほ笑むと、口角がきゅっと上がって美しいカーブを描き、汚《けが》れのない少女を思わせる。だがその無垢な外見に騙されてはいけない。ザッカリーは、リリーが紳士の中の紳士と極めて遠まわしな愚弄の言葉でやり合うところも、すりを働こうとした男を口汚くののしるところも見たことがある。

「リリー？」彼はためらいがちに口を開いた。妙な臭いがまた鼻をつき、思わずしかめっ面になった。

その表情にリリーは声をあげて笑い、周りの空気を手ではらうようにした。「先にお風呂に入ればよかったのだけど、あなたが緊急の用件だって言うものだから。魚の香水《オー・デ・ポワッソン》が臭っても、どうぞ気になさらないで。なにしろ今日のテムズは生臭くって」ザッカリーがけげんな顔で見つめてくるので、さらにつけ加えた。「風が吹いて、帽子が川に落ちてしまったのよ」

「帽子をかぶったまま川に落ちたってことかい？」ザッカリーは当惑気味にたずねた。

リリーはにっと笑った。「正確に言うとそうではないけど。でも、この話はもうおしまい。それよりも、あなたがわざわざ街に出ていらした理由を早くうかがいたいわ」

ザッカリーは落ち着かない様子で彼女の衣装（とも呼べないもの）を指さした。「その前に、ちゃんと着替えたほうがいいんじゃないかい？」

リリーはにこやかな笑みを浮かべた。ザッカリーときたら、本当に昔から変わらない。優しげな茶色の瞳も、繊細そうな面立ちも、きれいに整えられた髪も――すべてが、教会に行くときには必ず正装をした幼いころの彼を思いださせる。「あなたが赤くなることはないでしょう？　いいから話してちょうだい。なにも着ていないわけじゃないんだもの。それに、あなたにそこまで遠慮されるなんて意外だわ。かってわたしに求婚したこともあるあなたに」

「いや、まあ、たしかに……」ザッカリーは困った顔になった。求婚したはいいが、いともあっさり断られたので、自分でもほとんど忘れていたのだ。「あの日まで、ハリーはわたしの親友だった。でも彼はきみをあんな卑劣なやり方で捨てた。彼の代わりになるのが、紳士としてとるべき行動だと思ったんだよ」

リリーは鼻を鳴らして笑った。「彼の代わり？　ザッカリーったら、求婚のことをそんなふうに言うのは変よ。決闘じゃあるまいし」

「そしてきみは、その求婚をあっさり断った」彼は記憶をなぞるように言った。

「あなたにみじめな思いをさせたくなかったからよ。ハリーみたいにね。彼だって、それがいやでわたしから離れていったのだもの」

「だからといって、きみにあんな不実なことをしていいわけがない」ザッカリーはきっぱりと言った。

「でも、かえって彼には感謝しているの。彼に捨てられなかったら、変わり者のサリーおば様と世界中を旅することも、おば様の財産を受け継ぐこともなかったわ。それに……」リリーはいったん言葉を切り、かすかに身を震わせた。「結婚もしていたでしょうね」そしてほほ笑み、暖炉の前の椅子に腰を下ろすと、ザッカリーにもかけるよう身振りで示した。「当時は、踏みにじられた自分の心のことしか考えられなかった。でもいまになって思うと、あれは素晴らしい申し出だった。男性が自分の損得を考えず、わたしのためになにかをしてくれるなんて、めったにないことだもの。いいえ、あれっきりだったと言ってもいいわ。あなたは自分の幸福を犠牲にして、わたしと結婚しようとしてくれた。わたしの傷ついた誇りを取り戻すだけのために」

「だからずっと、わたしの友だちでいてくれたのかい？」ザッカリーは驚いてたずねた。「きみの周りには、優雅で洗練された人がいっぱいいる。わたしなんかと親しくしてくれるのはどうしてなんだろうと、ずっと思っていたんだ」

「本当にそう――」リリーはそっけなく言い放った。「わたしの周りには、放蕩者や浪費家や盗っ人ばかり。それはもういろいろな種類のお友だちがいるわ。もちろん、王族にも、政界にもね」ザッカリーに向かってほほ笑みかける。「わたしのお友だちで、まともな人はあなただけよ」

「でも、まともすぎるんじゃないのかい？」ザッカリーはむっつりと言いかえした。

今度はリリーが驚く番だった。幼いころから理想主義者の彼が、いったいどうしてこんなに打ちひしがれているのだろう。きっとなにかあったに違いない。「ザック、あなたには素晴らしい面がたくさんあるわ。あなたは魅力的だし――」

「でも、ハンサムではない」

「知性もあるし――」

「でも、賢くはない。ウィットにも欠ける」

「賢い人というのは、悪意も備えているものよ。そんなものなくて幸いじゃない。ねえ、あなたの長所を並べさせるのはもう勘弁して。それよりも、わが家に来た理由を話してちょうだい」リリーは視線を鋭くした。「ペネロープのことでしょう？」

暖炉の炎が映った彼女の瞳をザッカリーはじっと見つめた。眉根を寄せ、長いため息をついた。「妹さんは、ご両親と一緒にレイフォード・パークの屋敷に滞在中だ。結婚式の準備のためにね」

「あと数週間でお式だものね」リリーは物思いにふけりつつ、ぱちぱちと爆ぜる炎にはだしの爪先をかざして温めた。「わたしは招待されていないけど。わたしが騒動を起こすのではないかと母は恐れているのよ」彼女は笑ったが、その声にはどこか物悲しい響きがあった。

「どうしてそんなふうに思うのかしら」

「それは、きみの過去の行いが――」ザッカリーが説明しようとするのを、リリーは愉快げにさえぎった。

「そんなことはわかってるわ」

リリーはここ数年、家族と言葉も交わさぬ間柄にあった。自らの不注意で、家族とのきずなを断ってしまったのだ。一家が重んじてきた礼儀作法のしがらみから自由になりたいと、どうして急に思ったのか、理由は自分でもわからない。でも、理由などもうどうでもいい。取り返しのつかぬ失敗をしたことに変わりはないのだから。両親からは、二度と屋敷の敷居をまたぐことは許さないと言い渡されている。あのときは、娘を非難する両親を目の前で笑ってやったものだった。けれどもいまは、苦い後悔の思いでいっぱいだ。暗い顔で彼女はほほ笑んだ。「いくらわたしでも、ペニーに恥をかかせるようなことはしないわ。それに、裕福な伯爵様を家族の一員に迎える可能性を危険にさらすまねもね。母の長年の夢なんだもの」

「リリー、きみ、ペネロープの婚約者に会ったことは？」

「そうね……ちゃんと会ったことはないわ。シュロップシャーでライチョウ狩りのシーズンが始まったころに、ちょっと見かけたことがあるくらい。背が高くて、陰気な感じだった」

「もしも彼と結婚なんかしたら、ペネロープは地獄のような人生を過ごすことになる」ザッカリーはわざと衝撃的な、ドラマチックな言葉を使うことで、リリーがすぐさま行動に移ってくれるのではないかと期待した。

だが彼女はとくに感銘は受けなかったようだ。弧を描く黒い眉をぎゅっと寄せ、科学者を思わせる冷静そのものの表情で彼を見つめた。「ねえザック、第一に、この話にもしもはありえないの。ペニーはレイフォード卿と結婚するわ。両親の期待に背くことは、あの子にはできない。そして第二に、あなたがあの子を愛していることは、秘密でもなんでもない――」

「彼女だってわたしを愛してくれている！」

「だからあなたは、自分のために事実をねじまげて大げさに言うかもしれない」リリーは意味深長に眉をつりあげた。「どうかしら？」

「この件に関しては、大げさに言うことなんて不可能なんだよ！　レイフォードはペネロープにつらくあたるに違いないんだ。彼はペネロープを愛してもいない。わたしは、彼女のためなら死もいとわないのに」

ザッカリーはまだ若いし、メロドラマチックになりがちなところがある。だが、彼が真剣なのは明白だ。「まあ、ザック」リリーの中で同情心がふつふつとわいてきた。誰しもいずれ、決して手に入れられない相手を愛してしまうときがくる。幸いリリーは、たった一度の経験でその教訓を学ぶことができた。「覚えてる？　ずっと前にあなたに助言したわね。ペニーを説得して、駆け落ちしたらどうかって。駆け落ちするか、あの子を辱《はずかし》めるか——うちの両親に認めてもらうには、それ以外に方法はないんだって。でも、もう遅すぎるのよ。両親は、あなた以上にいいカモを見つけてしまったのだから」

「アレックス・レイフォードはカモなんかじゃない」ザッカリーは暗い声で言った。「むしろライオンだよ。冷酷で残忍なけだものだ。レイフォードのせいで、きみの妹はこれからずっと不幸な一生を送ることになる。彼には人を愛することなんてできないんだよ。ペネロープだって彼を恐れている。友人に彼のことを訊いてみるといいよ。誰だっていいさ。きっとみんな、同じことを言うはずだから。彼には心がないってね」

なるほど。心がない人か……。その手の男性ならリリーも知っている。彼女はため息をついた。「ザッカリー、わたしにはなにも助言できないの」と残念そうに言った。「妹のことは愛しているわ。だからあの子には幸せになってほしいと思う。でも、あなたたちのために、わたしにできることはないの」

「ご家族に話してくれればいいんだ」ザッカリーは食い下がった。「わたしの思いを伝えてくれれば」

「わたしが実家から縁を切られているのは知ってるでしょう？　わたしの言葉なんて、彼らにとってなんの意味もないわ。もう何年も、相手にされていないんだもの」

「お願いだ、リリー。きみが最後の望みなんだよ。頼む」

苦悩に満ちた彼の顔を見つめ、リリーは力なくかぶりを振った。誰かの望みをかなえてあげることなど、彼女にはできない。自分自身の望みすらかなえられないのだから。それ以上ただ座っていることに我慢できず、彼女はすっくと立ち上がると、室内をぐるぐると歩きまわった。一方、ザッカリーは身じろぎもせず椅子にかけている。

彼はまるで、ひとつでも言葉を間違えば身の破滅を招くとでもいうような、ひどく慎重な口調になった。「リリー、妹さんの気持ちを考えてみてくれないか。きみのような強さも自由も持たない女性にとって、いまの状況がいったいどんなものか、想像してみてくれ。恐れ、誰かに頼るしかない状況に置かれ、まるで無力で……きみみたいな人にとって、さっぱりなじみのない感覚なのはわかっているよ、でも――」

あざ笑う声に、ザッカリーは言葉を切った。リリーはすでに歩くのをやめ、たっぷりとドレープの寄ったカーテンの掛かる窓辺にたたずんでいた。壁に寄りかかり、片脚を曲げているため、象牙色の分厚い化粧着のあわせ目から膝頭がのぞいている。きらめく瞳でからかうように彼を見つめ、皮肉めかした笑みを浮かべた。「さっぱりなじみのない感覚――」リリーは彼の言葉をくりかえした。

「ペネロープもわたしも、どうすればいいのかわからないんだよ……誰かの助けが必要なんだ。ふたりでともに歩くべき道へと導いてくれる誰か――」

いの?」

「ああ、リリー、きみは人を愛することがどんなものか知らないのかい? 愛を信じていな

「まるで詩人ね」

リリーは彼に背を向け、べたつく短い髪を指先で引っ張った。それから、いらだった様子で額を撫で、「ええ、その手の愛はね」と上の空で答えた。彼の問いかけに混乱していた。ふいに、ひとりになりたい、彼の打ちひしがれた瞳を見たくないと思った。「でも、子どもへの母の愛なら信じるわ。兄弟同士や、姉妹同士の愛もね。それに友情も信じてる。でも、男女の愛は決して永遠ではないわ。嫉妬、怒り、無関心……そんなもので、簡単に壊れてしまう」と言うと、強いて彼に冷たい目を向けた。「あなたも、世の男性と同じように生きればいいじゃない。地位と名声のために結婚し、あなたの求める愛を与えてくれる女性を、飽きるまで愛人としてそばに置けばいいだけの話」

ザッカリーは平手打ちでもくらったようにたじろぎ、かつて見せたことのない目つきで彼女を見た。いつもは優しい瞳が、責めているようだ。「初めてだよ」と彼は震える声で言った。「みんながきみについて口にするうわさを信じる気持ちになったのは。た、頼ったりしてすまなかった。きみなら助けてくれると思ったんだ。あるいは、少なくとも慰めてくれるかと」

「ばかばかしい!」リリーは得意ののしり言葉を吐いた。だがザッカリーは、一瞬ひるんだものの、腰を上げはしない。リリーは驚きを覚えつつ、それだけ強く彼に必要とされてい

るあかし、それだけ彼の望みが強いものであるあかしなんだわと思った。彼女は、愛する者と引き裂かれる痛みをこの世の誰よりも深く理解できるはずだ。ゆっくりとザッカリーに歩み寄り、額にそっと口づけると、子どもにするように前髪をかきあげてやった。「ごめんなさい、ザック」と深く悔いる声で言った。「わたしって、自分勝手な見下げはてた女ね」

「そんな――」ザッカリーは当惑して言った。「そんなことないよ、きみは――」

「いいえ、そうなの。どうしようもない人間なの。ザッカリー、もちろんあなたのことを助けてあげるわ。借りはいつだって返すつもりよ。あなたにはずっとお世話になりっぱなしだもの」リリーは突然、彼のそばを離れると、元気を取り戻した様子で室内を歩きだした。むきになって毛づくろいする猫のように、指の関節をかんでいる。「考えるから少し待って……じきに名案が……」

リリーが急に態度を変えたのに当惑し、ザッカリーは座ったまま無言で彼女を見つめた。

「レイフォード卿に会う必要があるわ」彼女はようやくそう言った。「自分の目でたしかめなくては」

「彼の人となりなら、いまわたしが話したとおり……」

「この目でどんな人なのか見てみたいのよ。もしも彼が、あなたが言うほど冷酷でも非道でもなかったら、わたしはこの件に口出しするべきではないもの」リリーは両手の指を組み合わせ、何度か曲げ伸ばしした。狩りに向かう前、馬の手綱を握る直前の準備運動のようだ。

「あなたは家にお帰りなさい、ザック。どうするか決まったら知らせるわ」

「もしも彼が、わたしが話したとおりの人間だとわかったら？　そのときは、どうするつもりだい？」

「そのときは——」リリーはきっぱりとした口調になった。「あなたがペネロープと結婚できるよう、どんなことでもするわ」

2

一抱えのイブニングドレスを腕にメイドが部屋に入ってきた。「だめよ、アニー、そのピンクのドレスじゃだめ」リリーは肩越しに手を振りながら言った。「今夜はもっと派手なのじゃないと。はしたないくらいにね」彼女は化粧台に腰を下ろし、金縁の楕円形の鏡をのぞきこみながら、言うことをきかない漆黒の巻き毛を指で梳いている。

「スリットの入ったパフスリーブの、襟ぐりの大きなブルーのドレスではいかがでしょうか？」アニーは丸顔いっぱいに笑みを浮かべて提案した。田舎で生まれ育ったアニーにとって、ロンドンの洗練されたファッションスタイルは憧れだ。

「名案ね！　あのドレスのときはいつも大勝だもの。男性陣ときたら、わたしの胸元にくぎづけでトランプどころではなくなってしまうのよ」

アニーはくすくす笑いつつドレスを探しに行った。その間にリリーは、サファイアをちりばめた銀色のリボンを額に巻いた。きらめくリボンの上から、巻き毛を少し垂らす。鏡に向かってほほ笑みかけてみたが、顔がゆがんで見えただけだった。かつて絶大な効果のあった大胆不敵な笑みは、もうそこにない。近ごろではあの笑みに似せたものを浮かべるのがやっと。たぶん、長年の精神的苦痛がたたっているのだろう。

リリーは悲しげに、鏡の中で眉根を寄せた。デレク・クレーヴンとの友情がなかったら、いまごろ彼女はもっとつらく苦しい日々を送っていただろう。皮肉な話だ。この世で最もひねくれた男性のおかげで、一筋の希望を抱きつづけていられるとは。

多くの人が、デレクとの恋仲を口々にうわさしているのは知っている。だがその程度のうわさでリリーは驚いたりしない。デレクは女性と清らかな関係を築ける男性ではない。だがふたりの間にロマンチックな結びつきが存在しないのは真実だし、今後の可能性もいっさいない。デレクもキスをしようとする素振りすら見せたことがない。もちろん、他人にそれを理解してもらうことはできないだろう。オペラ劇場の特等席からコベント・ガーデンの怪しげな酒場にいたるまで、さまざまなお気に入りの行きつけの場所で、ふたりが仲良く一緒にいるところを目撃されているのだから。

デレクはこれまで一度も、リリーのロンドンのテラスハウスを訪問したいと言ってきたことがない。彼女のほうも自宅に彼を招くつもりはなかった。ふたりの間には、決して越えられない一線があるのだ。彼女はそういう関係に感謝していた。おかげでほかの男性からむやみに言い寄られることがない。デレク・クレーヴンのテリトリーを侵そうとするつわものなどいない。

出会ってからもう二年。いまではリリーは、彼の強さと恐れを知らぬ豪胆さに敬意を抱くようになっている。もちろん、彼にだって欠点はある。情緒に欠けるきらいがあるし、金の亡者でもある。彼にとってコインがちゃりんと鳴る音は、バイオリンやピアノが奏でる音色よりもっと甘美な音楽だ。絵画や彫刻の美しさも理解できない。代わりに愛してやまないのが、完璧な立方体のさいころだ。芸術を解さないという短所に加え、骨の髄まで自分勝手な一面もある。理由はおそらく、人を愛したことがないためだろう。彼が自分よりも他人の欲求を優先することは絶対にないはず。だがもしも彼がいまほど身勝手でなく、そして情緒豊かな優しい一面を持っていたなら、あの幼少時代はとても耐えられなかっただろう。

リリーはデレクに打ち明けられたことがある。彼は下水溝に産み落とされ、母親に捨てられた。ぽん引きや娼婦や犯罪者に育てられ、人生の暗黒面を知った。若いころは墓場荒らしをして生きる糧を得ていたが、その後は船着場で働くようになった。糞尿の処理から、魚の仕分けまで、金を稼ぐためならなんでもやった。まだ少年だったころ、馬車で通りがかったさる高貴な生まれの婦人が、安酒場から空瓶の箱を運びだす彼を見かけた。ぼさぼさの髪に小汚いかっこうだったにもかかわらず、デレクの容姿になにか惹かれるものを感じたらしく、その婦人は彼を馬車に招き入れた。

「嘘ばっかり」突拍子もない話の途中でリリーは、目を真ん丸にして言ったものだ。

「本当さ」デレクは物憂げに応じた。自宅の暖炉の前でのんびりと長い脚を伸ばしてくつろいでいた。黒髪でよく日に焼け、顔は特に彫りが深いわけでも大雑把なつくりなわけでもない。彼は……なかなかのハンサムだった。頑丈そうな真っ白な歯はわずかに出っ歯気味で、笑うと愛想のいいライオンを思わせた。人を惹きつける笑みだったが、険しい緑色の瞳に笑みが浮かぶことは決してなかった。「本当にそのレディの馬車に招き入れてもらったんだ。そっから彼女のロンドンの邸宅に連れていかれた」

「その方のご主人は？」

「田舎に出かけてたんだろ」

「道端で拾った薄汚れた少年を、いったいどうするつもりだったのかしらね？」リリーは疑わしげに言い、意味深長に笑ってみせるデレクをにらみつけた。「そんな話、わたしは信じないわ、デレク！　一言も信じるものですか！」

「まずは風呂を使わせてもらった」デレクは思い出をなぞるように、懐かしむ表情で始めた。「気持ちよかったぜ……熱い湯に、硬い石けん。すごくいい匂いがした。それに床に敷かれたラグが……えらくやわらかくてね。手始めに腕と肘を洗ってみると、肌が真っ白になった気がしたな……」かすかに笑みを浮かべてかぶりを振り、ブランデーを口に含んだ。「風呂を出てから、小さな子犬みたいに震えちまった」

「そのあとは、婦人にベッドに招かれたというわけ？　そしてあなたは、彼女がそれまで出会ったことがない、最高の恋人として一夜をともにした」リリーは嫌みっぽく言った。

「いいや」デレクはにやりとした。「最悪の、と言ったほうが正しいな。わたしが女を喜ばせる方法など知っていたわけがない。自分を喜ばせることしか知らなかったんだから」

「それなのに彼女に気に入られたというの？」リリーはまだ疑う声だ。この手の話題になるたびいつも感じる困惑を、そのときも感じていた。リリーには、男女が惹かれあう理由がよくわからない。どうして男性とベッドをともにし、あんな痛くて、恥ずかしくて、喜びのかけらも感じられない行為にふけるのか、見当もつかない。あの行為で、女性よりも男性のほうが大きな喜びを得られるのは明白だ。それなのにどうして女は、わざわざ見知らぬ男を相手にあんなことをするのだろう。彼女は頬が赤くなるのを覚えてうつむきつつ、デレクの話のつづきに耳をそばだてた。

「どうすれば気持ちがいいか、彼女が教えてくれた。わたしも知りたかった」

「なんのために？」

「なんのためか……」デレクは一瞬口ごもり、グラスを傾けながら、暖炉で躍る炎を凝視した。「男なら誰でも発情する。だが、女を喜ばせる方法を知っている男、あるいは喜ばせたいと思う男はめったにいない。男に組み敷かれた女のしぐさが、徐々に気だるく、甘いものになっていく……そのさまに、男はおのれの力を実感するんだ。わかるだろ」デレクはリリーのまごついた表情に気づいて声をあげて笑った。「わからないのか、かわいそうに」

「別にかわいそうでもなんでもないわ」リリーは言いかえし、不快そうに鼻にしわを寄せた。

「そもそも、おのれの力を実感するってどういう意味？」

彼女に向けられた笑みが、かすかに意地の悪いものになる。「上手にかわいがれば、女はどんなことだってしてくれるんだぜ。どんなことだって」

「だぜ、はだめよ」デレクの口調を正しながら、彼女は困惑した表情でかぶりを振った。

「いまの話には賛同しかねるわ、デレク。わたしだって以前に……つまりその……それをしたことがあるけど……期待していたようなものではなかったもの。でもジュゼッペは、イタリア女性にとって理想の恋人だとうわさされていた。誰もがそう言っていたのに」

鮮やかな緑色の瞳に、デレクは冷笑を浮かべた。「そいつ、本当に上手にしてくれたのかい？」

「それで身ごもったのだから、ある意味、お上手だったんでしょう」

「男はね、何千人という子どもを身ごもらせたところで、うまかったとは限らないんだ。極めて明白な事実。きみはわかっていないようだけど」

男なんて……リリーは思い、何か言いたげにデレクをにらみつけた。人がどのような方法であれをしようと知ったことではない。あれが心地よいものであるわけがない。彼女は、肌の上を這いまわるジュゼッペの濡れた唇や、重たくのしかかってきた彼の体や、耐えがたい痛みを思いだし、顔をしかめた。彼は何度も何度も突いてきた。彼女は言葉も失い、体を硬くして、みじめに耐えるしか……。

「少しは反応したらどうなんだ？」ジュゼッペはイタリア語でまくしたてつつ、両手で彼女の全身を撫でまわした。なれなれしく体をまさぐられて恥ずかしさでいっぱいになり、荒々しい指使いに痛みを覚えて、彼女はおじけづいた。「まったく、イギリスの女はみんな同じだな……つまらないったらありゃしない！」

男性に自分の心をあずけることなどできない――リリーはとうの昔にそれを学んでいた。そしてジュゼッペは、男性には身をあずけることもできないのだと教えてくれた。相手が誰であろうと、あの行為をもう一度でも試すなどという不名誉は、絶対に耐えられない。

そんなリリーの思いを読みとったのか、デレクは立ち上がると彼女の椅子に歩み寄った。両手を彼女の頭に乗せ、きらめく緑色の瞳でじっと見つめた。とらわれたように感じて、リリーは落ち着かなげに身じろぎした。「きみには本当にうっとりさせられるよ」デレクはささやいた。「きみに愛の喜びを教える、最初の男になりたい」

怯えている自分がいやで、リリーは彼をにらみつけた。「あなたには指一本触れさせやしない。あなたみたいな、自分勝手なコックニーにはね」

「わたしがしたいと言ったら、なんだってできるんだよ」彼は静かに返した。「きみもきっと気に入るはずだぜ。きみに必要なのは堕落……誰よりも深い堕落だ。でも、そこにきみを導くのは、わたしじゃない」

「なぜ？」リリーはつまらなそうな声音を作ろうとした。だが声が震えてしまい、デレクに笑われた。

「そうしたら、きみを失うことになるから。そうなるに決まってる。きみを失うようなことがあれば、わたしはおしまいだ。だからきみは、適当な相手を自力で見つけるしかない。わたしのところには、あとで戻ってくりゃいい。いつでもね」

リリーは無言で、きっぱりとしたデレクの顔をいぶかしむように見つめた。おそらくデレクは、こういうかたちでしか人を愛することができないのだろう。彼にとって愛は弱さを露呈するもの。彼は自分のなかの弱さを憎んでいるのだ。だがその一方で、ふたりの奇妙な友情を壊したくないとも考えている。リリーを失いたくないと……もちろん、彼女だってデレクを失いたくはない。

彼女はさげすみをよそおった表情を浮かべてみせた。「いまのはつまり、愛の告白?」

緊張は一瞬にして解けた。デレクはにやりと笑い、彼女の絹を思わせる巻き毛をかきあげた。「好きに解釈しろよ、リリー」

ザッカリーの訪問を受けたあと、リリーはデレクに相談するため、彼の経営する賭博クラブ〈クレーヴンズ〉を訪れた。デレクならきっとレイフォード卿のことも知っているはずだ。彼は英国中の男性のふところ具合に通じている。過去に破産したり、スキャンダルを起こしたりしたことがないか。将来、遺産を相続する可能性はあるか。現在、借金や負債はないか。独自の情報網を通して彼は、人びとの遺言状の内容から、愛人の有無、愛人へのお手当ての額、そして、イートンやハローやウェストフィールドといった名門校に通う子息の成績まで把握するにいたった。

淡いブルーのドレスは、きらめく乳白色のレースが深く刳《く》られた襟を縁取り、リリーの小ぶりな胸を大きく見せてくれる。彼女はお付きの者もつけずに、クレーヴンズの中を歩いた。ほかの客が彼女に注目することはあまりない。クレーヴンズにとって彼女は、場違いではあるがいまでは常連として認められた存在だ。デレクが女性を会員に迎えるのは彼女が初めてだった。代わりに彼が得たものは、リリーの心からの信頼。リリーの暗い過去を知っているのはデレクだけである。

部屋から部屋へと移動しながら、リリーは夕刻の賭博場の雰囲気を堪能した。食堂は上等な料理や酒を楽しむ客たちでにぎわっていた。「カモがいっぱい……」リリーは小さくつぶやき、ひとりほほ笑んだ。「カモ」はデレクが客たちを呼ぶときに使う言葉だが、実際にそれを聞いた者はリリーしかいない。

クレーヴンズに来た「カモ」はまず、ロンドン一と言われる料理でもてなされる。デレクは料理長に、なんと年間二〇〇〇ポンドという破格の給金を払っているらしい。料理とともに供されるのはフランス産やライン地方産のワイン。これはデレクが自ら、うわべだけでも気前のいいところを見せようと無料で提供しているものだ。経営者の気前のよさに、客たちの財布のひもが食後のテーブルでいっそうゆるくなるという仕組みだ。

食事を終えた客たちは娯楽室へと移動する。ステンドグラスや豪奢なシャンデリア、重厚なブルーのベルベット、まばゆいばかりの高価な絵画に彩られたこの建物なら、ルイ一四世も十分くつろげたことだろう。その壮麗な建物の中心にまるで宝石のように据えられているのが、さいころ賭博のハザードを楽しむ「ハザードルーム」だ。ドーム天井のハザードルームは、静かな活気に満ちている。

八角形の室内を壁沿いに歩きながら、リリーは筒の中でからからと転がる象牙のさいころの音や、トランプを切る小気味よい音、男性客の静かな話し声などに耳を傾けた。楕円形のハザードテーブルの真上にはシェードつきのランプが吊るしてあり、緑色のクロスと黄色のマーキングを鮮やかに照らしだしている。今夜は中央のハザードテーブルに、ドイツ大使館の職員が数人と、フランス人亡命者が二、三人、そしてイギリス人紳士が大勢集まっている。ゲームに夢中の彼らを目にして、リリーは哀れむような笑みを口元に浮かべた。人びとが賭け金を口にし、眠気を誘う規則正しさでさいころが振られる。賭け事の経験のない外国人がここを訪れたら、なんらかの宗教行事の真っ最中だと錯覚するのではないだろうか。

　さいころ賭博で勝利をつかむには、のめりこまないこと、計算しつくしたうえでリスクを冒すことが重要だ。だがここに集う男たちの大半は、勝つことを目的としていない。彼らは運に身をゆだねるスリルを味わいに来ているのだ。リリーがゲームの最中になんらかの感情を抱くことはない。そこそこ勝ちつづけるのが彼女のやり方だ。そういう彼女をデレクは「ぺてん師」と呼ぶ。彼なりの最高の賛辞だ。

　ハザードテーブルの元締め役《クルピエ》、ダーネルとフィッツのふたりが、通りすぎるリリーに向かってさりげなくあいさつをする。デレクの使用人とは、厨房《ちゅうぼう》で働く者たちも含めて、みんな顔なじみだ。料理長のムッシュー・ラバージなど、新しい料理を創作すると必ず、彼女に味見をして感想を聞かせてほしいと言う。たとえば、ロブスターの包み揚げ・クリーム添え、ミニ・ポテト・スフレ、ウズラのヘーゼルナッツとトリュフ詰め、ゼリーフルーツ入りオムレツ、さまざまなペストリー、そして、砕いたマカロンのカスタード重ねなど。

　リリーは室内を見渡してデレクを捜した。だが浅黒い顔に引き締まった彼の姿は、その部屋にはなかった。六枚あるアーチ扉のひとつに向かって歩を進めようとしたとき、手袋の上から肘になにかが軽く触れるのを感じた。かすかに笑みを浮かべつつ、デレクの細面の顔を期待して振り向いた。だが相手はデレクではなかった。長身のスペイン人で、上着の袖に大使の補佐官であることを示す金色の記章がついている。男はおざなりにおじぎをすると、いやになれなれしく彼女の肘をつかんだ。「アルバレス大使があなたに興味を持ったとおっしゃっている」男は告げた。「こっちへ。座って話がしたいそうだ。一緒に来たまえ」

つかまれた肘をさっと引き抜きながら、リリーは部屋の向こうにいる大使を見やった。まばらな口ひげを生やした、よく肥えた男だ。むさぼるような目でこちらをじろじろと見ている。これみよがしに、こちらに来いと身振りで示した。リリーは補佐官に視線を戻し、「困りますわ」と穏やかに言った。「セニョール・アルバレスには、お気持ちは嬉しいのですが、今夜はほかに予定がありますのでとお伝えになって」

くるりと背を向けたリリーの手首を補佐官はぐいとつかみ、引き止めた。「来なさい」男は強い口調になった。「大使を喜ばせれば、金はちゃんと払う」

おおかたリリーをクレーヴンズの使用人と勘違いしているのだろう。そうだとしても、街角に立つ娼婦のように扱われる筋合いはない。「わたしはここのメイドではありません」リリーは歯ぎしりしながら言った。「売り物でもありませんの。ですから早く手を放して」

補佐官はいらだちで顔を赤黒くした。スペイン語でまくしたて、大使が待つハザードテーブルのほうに彼女を無理やり連れていこうとした。騒ぎに気づいた客たちが、賭け事に興じていた手を止める。腹立ちに屈辱感が入り交じり、リリーはクラブの支配人であるワーシーに必死にすがる視線を投げた。片隅に置かれた机からワーシーが立ち上がり、こちらに向かってくる。だが彼が補佐官を止める前に、まるで魔法のようにどこからともなくデレクがあらわれた。

「これは、これは、セニョール・バレイダ。もうミス・ローソンにお会いになりましたか。美しい女性でしょう？」デレクは言いながら、補佐官の手から彼女を苦もなく救いだした。「あいにく、彼女は特別な客なのですよ――このわたしの個人的な。大使がお望みなら、わたしがちょうどいいのを見繕いましょう。お好みに合うもっと甘いりんごをね。こちらのりんごは、酸味が強すぎますから」

「もう、自分のことは棚に上げて……」リリーはデレクをにらんだ。

「大使はこちらの女性をご所望だ」補佐官はあきらめなかった。

「お断りします」というデレクの声は穏やかだった。クレーヴンズは彼がつかさどる小さな王国。どんなときも、最終的な決定権を持つのは彼なのだ。

補佐官の目に一瞬、困惑の色が浮かんだ。かつてデレクに歯向かおうとしたことがあるリリーは、彼がどんなに手ごわい相手かよくわかっている。今夜も彼は、いつもと変わらぬ上等な衣装に身を包んでいた。青い上着にパールグレーのパンタロン、染みひとつない純白のシャツにクラヴァット。だが最上級の仕立ての服をまとっていても、人生の大半を路上で暮らした人間ならではの、どこか荒々しく、俗な雰囲気を拭い去ることはできない。いまでこそこうして上流社会の連中と交流しているが、彼を含めた誰もが、本来ならば下層社会で生きる人間だと知っている。

デレクは娼婦のなかでもとりわけ美しいふたりに合図をした。すかさずふたりは不機嫌な顔をした大使のもとに駆け寄り、みごとな胸の谷間を惜しげもなくさらした。「大丈夫、大使殿はあのふたりのほうが気に入りますとも。まるで、チーズに食らいつくねずみみたいにね」

リリーと補佐官はデレクの視線の先を追った。娼婦たちの手慣れた客あしらいに、大使の眉間に刻まれたしわはすでに消えていた。補佐官は最後にもう一度だけリリーに不満げな視線を投げてから、何事かつぶやきつつ立ち去った。

「なんて失礼な人」リリーは顔を紅潮させ、むっとして言った。「でもあなたも同罪よ。あなたの個人的な客ってどういうこと？　わたしは誰かに守ってもらう必要なんてありません。自分の身は自分で守れるの。だから今後は、弱い女みたいに扱わないで。とくにいまみたいに——」

「落ち着けよ、そんなに怒るなって。それじゃあ、大使のお相手をしてもよかったとでもいうのかい？」

「そういうわけではないけど、もっと敬意をこめた言葉があったはずでしょう？　そもそもあなた、いったいどこにいたの？　あなたに、ある人物のことで相談が——」

「もちろん、きみには敬意を抱いてるぜ。普通の女性なら望むべくもないくらい、深い敬意をね。さてと、ちょっと歩こうか。小言ならいくらでも聞いてやるよ、耳がある限りな」

リリーは思わず噴きだし、デレクの引き締まった腕に手をかけた。デレクはよく賭博場の中を、勝ち取った貴重な褒美であるかのように彼女を伴って歩く。ふたりは連れ立って玄関広間を突っ切り、金色《こんじき》の大階段のほうに向かった。そこへちょうど、ミルライト卿とネヴィル卿、それから、男爵と伯爵がひとりずつ到着し、デレクは会員たちを出迎えた。リリーもとなりで、にこやかな笑みで応じた。

「エドワード、あとで一緒にクリベッジ（トランプゲームの一種）をしましょう」リリーはネヴィル卿を誘った。「先週あなたに負けてからずっと、仕返しのチャンスを狙っていたの」

ネヴィル卿は丸顔をくしゃくしゃにほころばせ、「もちろんですとも、ミス・ローソン。もう一戦交えるのを楽しみにしておりますよ」と応じた。ミルライト卿とともに食堂に向かいながらネヴィル卿がつづけるのが聞こえた。「女性にしては賢すぎますな……」

「やつにはあまり期待しないほうがいいぜ」デレクが助言してくる。「昨日、やつから借金の申し込みがあった。あの財布じゃ、きみみたいなぺてん師にはじきに物足りなくなる」

「だったら、どなたの財布がお勧め？」とたずねるとデレクはくすくす笑いだした。

「ベンティンク卿あたりがいいだろう。まだ若いから、遊びすぎたときには親父に助けてもらえるようだし」ふたりはおしゃべりしながら、大階段を上っていった。

「ねえ、デレク」リリーはさりげなく切りだした。「今夜はわたし、ある紳士についてあなたに訊きに来たのだけど」

「誰？」

「ウルヴァートン伯爵。アレクサンダー・レイフォード卿よ」

デレクはその名にすぐにぴんときたようだ。「妹さんの婚約者か」

「ええ。実は、彼の人柄について好ましくないうわさを耳にしたの。だからあなたの意見をうかがいたくて」

「どうして？」

「結婚後、ペネロープにつらくあたる恐れがあるのよ。でも、いまならまだ、わたしがなんとかできるかもしれない。結婚式までは四週間しかないにしても」

「愛らしい妹とは似ても似つかないきみが？」

リリーはたしなめる目でデレクをにらんだ。「やっぱりあなたは、わたしのことをわかっていないのだわ！　たしかに、わたしたち姉妹はあまり似ていない。でも、ペニーのことは大好きなの。穏やかで、おっとりしていて、素直で……女性なら備えているべき長所を持っているもの」

「彼女は、きみの助けは必要としていない」

「いいえ、必要としているの。ペニーは子羊並みに無力で優しい子だから」

「そしてきみは、生まれながらに爪と牙が生えている」デレクは静かに言った。

リリーはつんとあごを上げた。「妹の今後の幸せを脅かすものがもしもあったら、姉としてなんとかしなくてはいけないの」

「血に飢えた聖母様だな」

「さあ、レイフォード卿について教えてちょうだい。あなたが知らないことなんてないはずよ。それと、そうやってくすくす笑うのはやめて。わたしは人の恋を邪魔しようとしているわけでも、軽率な振る舞いで――」

「そんなこたあ、わかってるさ」彼は声をあげて笑いだした。リリーがまた自ら窮地に陥る場面でも想像しているのだろう。

「そんなこと、よ。デレク」リリーはまた彼の言葉づかいを正した。「さては、今日はヘイスティングズ先生に会っていないわね。レッスンをさぼったときはすぐにわかるんだから」

デレクがじろりとにらむ。

彼が乱暴なコックニー訛りを直すため、毎週二回、家庭教師を雇っているのは、リリーしか知らないことだ。だが効果はなかなかあがらなかった。もう何年も熱心にレッスンを受けているのに、ビリングズゲイトの魚市場の男たち並みに乱暴な言葉づかいから、貸し馬車の御者、あるいはテンプルバーの露店商並みに変わったに過ぎない。たしかに若干の改善はみられるが、著しい変化とは言いがたい。「エイチの発音が、どうしてもできないのですよ」ヘイスティングズはかつて、リリーにそうぼやいたことがある。「意識すればきちんと発音できるのに、いつも忘れてしまうのです。だからわたしも、死ぬまでエイスティングズと呼ばれるんでしょうなあ」

リリーはヘイスティングズに同情する反面、愉快にも思った。「あまり気になさることはないわ、先生。肝心なのは忍耐よ。いつかあっと驚かされるかもしれないし、それに、エイチが発音できないからって死ぬわけじゃなし」

「注意しても、まったく聞く耳を持たないんですからなあ」ヘイスティングズは難しい顔でつづけた。

リリーはあえて反論しなかった。実は彼女は、デレクに紳士らしい話し方は一生無理だろうと思っていた。そもそも話し方などどうでもよかった。むしろ彼の言葉づかい——乱暴でぶっきらぼうな口調が気に入っていた。彼の言葉は耳に心地よかった。

デレクはいま、美しい彫刻をほどこした金色のバルコニーにリリーをいざなうところだ。ハザードルームを見おろすバルコニーは、彼のお気に入りの場所である。そこからならすべてのテーブルの動きを一望できるからだ。彼の脳は一瞬たりとも、複雑な計算をやめることがない。コインの一枚、クリベッジテーブルの動き一つ、素早く切られるトランプの一枚すら、彼の用心深い視線から逃れることはできない。「アレックス・レイフォードか……」彼はじっと考えるようにつぶやいた。「ここにも一、二回来たことがあるな。だが、カモとは言いがたい」

「まあ……」リリーは驚いた声をあげた。「カモじゃないだなんて、大変な賛辞ね」

「ギャンブラーとしては相当賢い。勝ちを狙いつつ、決して深追いはしない」デレクはリリーに笑みを向けた。「さすがのきみも、彼をぺてんにかけるのは無理だな」

リリーは挑発には乗らずにたずねた。「うわさどおりの大金持ちなの？」

するとデレクは大きくうなずいた。「うわさ以上だ」

「ご家族にスキャンダルはない？　秘密とか、トラブルに巻きこまれたとか、過去に恋愛沙汰を起こしたとか、彼の評価を損ねるような問題はないのかしら？　それに人柄はどうなの？　冷酷で、無慈悲な人間という印象はなかった？」

デレクは手入れの行き届いた長い指を手すりに巻きつけ、小さな王国を見おろした。「静かな男だよ。人前に出たがらない。一、二年前に愛するアメリカ女がくたばってからは余計にな」

「くたばった？」リリーは仰天して口を挟んだ。「どうしてそんな下品な言い方をするの」

デレクは非難の言葉を無視してつづけた。「ウィットフィールドのミス・キャロライン・ウィットモアは、そういう言葉がふさわしい女だった。狩りの最中に首の骨を折ったそうだ。わたしに言わせれば、愚か者以外の何者でもない」

「狩りの最中……」リリーはつぶやき、意味深長なデレクの視線にいらだちを覚えた。彼女は狩りが大好きだ。だがデレクですら、女がそのような危険な遊びをするものではないと考えている。「言っておきますけど、わたしはそのへんのご婦人方とは違うの。馬なら殿方と同じように上手に乗れるわ。いいえ、大部分の男性を負かすくらいよ」

「いずれにしても、きみの首はきみのものだ」デレクはあっさり引き下がった。

「そのとおりよ。そんなことよりも、レイフォードについて知っていることはそれだけではないのでしょう？　あなたの性格はわかっているの。あなたは、わたしになにかを隠している」

「なにも隠してない」と答えるデレクの静かな、冷たく、どこまでも深い緑色の瞳に、リリーはとらわれたように感じた。かすかに笑みを含んだ視線は、一方で警告を発しているようでもあった。彼女はあらためて痛感させられた。たとえ友情で結ばれていようとも、リリーが自ら窮地に陥ろうとするなら、彼は決して手を差し伸べてはくれないだろう。珍しくきつい口調になった彼に、リリーはとまどいを覚えた。「いいかい、リリー。きみはこの件に首をつっこむんじゃない。結婚式についても、それ以外のことについてもだ。レイフォードは冷酷な男じゃないが、ただの大金持ちの愚か者でもない。やつには近づくな。ただでさえきみは、たくさんの問題を抱えてやがる――」彼は皮肉っぽく口元をゆがめ、自ら正した。「抱えているのだからね」

その助言についてリリーはじっと考えてみた。もちろん、彼の言うとおりなのはわかっている。いまは力を温存すべきとき。余計なことに頭をまわさず、ニコールを取り戻すことだけを考えるべきだ。だがなぜか、レイフォード卿の人柄が気になって仕方がない。彼に会ってみないことには、気持ちが休まることはないだろう。ペニーは従順すぎる。常に行儀よく、両親の決めたことに疑問すら持たない。妹には手を差し伸べてくれる人は誰もいないのだ。ザッカリーの必死な顔が思いだされる。彼のためにも――リリーは思い、ため息をついた。

「レイフォードに会って、どんな人なのか自分で判断するわ」と頑固に言い張った。

「それならば、今週はミドルトンで狩りがあるから、それに行くといい」デレクは日ごろのコックニー訛りが嘘みたいに特別丁寧な口調になった。まるで本物の紳士だ。「伯爵も参加するはずだ」

アレックスが厩舎で支度を整えていると、数人の馬丁がそれぞれのあるじのために馬を連れてやってきた。あたりはなんとも言えない興奮に包まれている。参加者の誰もが、特別な日になると期待しているのだ。気温と湿度は低いが、今日のコースは難所で知られている。ミドルトンでは最近、猟犬の入れ替えが行われたそうで、総費用は三〇〇〇ギニーと言われている。

白みはじめた空を見上げ、アレックスは口をへの字にしていらだちをあらわにした。狩りは六時開始の予定だった。すでに時刻は過ぎている。だが参加者の半数以上がまだ馬にまたがってもいない。アレックスは誰かと話でもしようかと思った。参加者の大半は知り合いだし、幼なじみの顔も見える。だが、あいにくそんな気分ではなかった。とにかく早いところ狩りを始め、追跡のスリルに没頭して、考えることも感じることもできないくらい疲れてしまいたい。

アレックスは狩猟場を見渡した。黄色い芝生とその先の暗い灰緑色の森を、冷たい霧が包んでいる。手前のやぶには、棘におおわれたハリエニシダが金色の花をたくさん咲かせている。ふいに彼の脳裏に、鮮やかな記憶がよみがえる……。

「キャロ、狩りには出ないんだろうね？」

婚約者のキャロライン・ウィットモアは声をあげて笑い、おどけて口をとがらせた。キャロラインは薄桃色の肌に明るいハシバミ色の瞳、クローバーハニーを思わせる濃い琥珀色の髪が美しい女性だ。「アレックスったら、まさかこんな楽しいことをやめろと言うつもり？ちっとも危なくないから大丈夫よ。乗馬の腕前なら自信があるの。超一流よ」

「だが狩りは、ひとりで馬に乗るのとはわけが違う。大勢で一緒に駆けるから、ぶつかったり、追い越されたりするし、ひょっとすると落馬したり、馬に踏みつけられたりする恐れだって――」

「最大限の分別をもって参加するから安心して。まさか、わたしがむちゃをするとでも思っているの？　だったら、良識こそわたしの最高の美点のひとつだってことを教えてあげる。それにあなただって知っているでしょう？　わたしがこうと決めたら、気持ちを変えさせることは不可能だって」彼女は大げさにため息をついてみせた。「どうしてあなたってそう難しく考えるのかしら」

「それはきみを愛しているからさ」

「じゃあ、わたしを愛するのをやめてちょうだい。少なくとも、明日の朝までは、ね……」

　アレックスは乱暴にかぶりを振り、脳裏にこびりつく記憶を追いはらおうとした。なぜいつもこうなんだ？　なぜ彼女の死から二年もたったいまも、過去に苦しめられなければならない？

過去はまるで見えないとばりのように彼を包んだ。彼はそれを振りはらおうとした。何度かそれに失敗したあげく、キャロラインを忘れることは決してできないのだと悟った。もちろん、彼女のように生命力と情熱にあふれ、美貌を兼ね備えた女性はほかにもいる。だが彼は、そういう女性はもうたくさんだと思っていた。彼女に一度言われたことがある。あなたはどれだけ女性に愛されても満足しない人ねと。それは彼がずっと長いこと、女性の優しい愛情を与えられずに生きてきたせいだった。

母親はアレックスがまだ若いころ、お産の際に亡くなった。その一年後、彼は父親も失った。父親はふたりの息子と山積みされた責務を残し、自ら死を選んだとうわさされている。一八歳のときからアレックスは、事業を采配し、小作人の面倒を見、土地管理人と交渉し、大勢の使用人を雇い、一族を支えてきた。ヘレフォードシャーに所有する屋敷は肥沃なコムギ畑とトウモロコシ畑が周囲に広がり、近くにはサケがたくさん獲れる川もいくつか流れている。バッキンガムシャーの邸宅は、切り立つ白亜のチルタン丘陵を望み、荒々しくも美しい自然に囲まれている。

アレックスは弟のヘンリーの面倒を見たり、学問を教えたりすることに没頭した。自らの欲求はいずれ考えればよいこととして脇に置き、顧みようともしなかった。生まれて初めて愛する女性に出会えたとき、それまで抑えてきた感情が一気に爆発し、圧倒されんばかりだった。だからキャロラインを失うのは死も同然だった。あのような苦しみには、二度と耐えられない。

ペネロープ・ローソンとの婚約をあえて受け入れたのも、そのためだった。金髪の物静かな、生粋の英国女性といった風情のペネロープ。ロンドンで開かれる舞踏会で何度か見かけ、アレックスは彼女の穏やかな物腰に惹かれた。ペネロープこそ自分が必要としている女性だと思った。そろそろ結婚をして跡継ぎをもうけようと決心した。彼女はキャロラインとはまさに正反対の女性だ。彼女なら、ベッドをともにし、子どもをつくり、一緒に年をとってくれるだろう。平穏無事な人生をともに歩み、そして、彼の分身となることは決してないだろう。多くを求めない彼女は一緒にいても気が楽だった。かわいらしい茶色の瞳を興奮にきらめかせることもなければ、気の利いた鋭いコメントを口にすることもない。彼の心の琴線に触れてどきりとさせることもない。口論することも、口答えすることもないだろう。そういうどこかさめた結びつきに、彼女もまた満足しているようだった。

そのとき、アレックスの物思いは驚くべき光景にふいに断ち切られた。馬にまたがった女性が、人びとの脇を駆け抜けていったのだ。気難かしそうな白馬に乗った若い女性だった。反射的に視線を落としたが、目にした光景は脳裏に焼きついたままだった。彼はぎゅっと眉根を寄せた。

どこからともなくあらわれた魅惑的なおてんば娘に、彼ははっとした。少年のようにほっそりとした体だったが、胸元は控えめな丸みを帯びていた。短めの漆黒の巻き毛は、額に巻いたリボンでまとめられていた。信じられないことに、男性のように馬の背にまたがっていた。服装は、膝丈のズボン《ブリーチ》に乗馬用の上着。なんとブリーチは深紅だった。だが周囲の人間は誰もその光景に驚いていないらしい。大半はその女性と知り合いらしく、さわやかな青年のヤーブロー卿から、偏屈で知られるハリントン卿まで、誰もが笑いながら彼女と言葉を交わしている。アレックスは無表情に、深紅のブリーチの女性を眺めた。女性はこれからキツネが放たれる狩猟場で、馬をゆっくりと歩かせている。アレックスは彼女に、奇妙な懐かしさを覚えていた。

レイフォードがまばたきもせず自分を凝視しているのを見て、リリーは内心でほくそえんだ。まんまと彼の関心を引くことに成功したようだ。「ハリントン卿――」彼女はチェスター・ハリントンに問いかけた。もう何年も前から彼女を崇拝している元気な老紳士だ。「わたしをじろじろ見ているあの男性、いったいどなたかしら？」

「どなたかしらって、ウルヴァートン伯爵だよ。もう会っているのではないのかね？　麗しい妹君の未来の夫なのだろう？」

リリーはほほ笑んでかぶりを振った。「あいにく、伯爵様とわたしでは住む世界が違いますから。それで、あのとおりの無作法な方ですの？」

ハリントンは豪快に笑った。「わたしが紹介してあげようか？　そうしたらどんな人物か自分で判断できるだろう？」

「ありがとうございます。でも、ひとりで名乗ってきたほうがよさそうですから」リリーはハリントンの返事を待たず、レイフォードのほうに馬を向けた。そちらに向かいながら彼女は、胸の奥で不思議な興奮が渦巻くのを覚えた。そして彼の顔を見た瞬間、すでに会っていることに気がついた。「まあ――」と息をのみ、かたわらで馬を止めた。「あのときの」

彼の視線は突き刺すようだった。「水上パーティーのとき……川に飛びこんだ女性か」

「そしてあなたは、わたしをとがめる目で見ていた方ね」リリーはにっと笑い、「あの日はどうかしていましたの」と神妙な声で打ち明けた。「酔ってもいましたし。まあ、こんな言い訳は通用しないと思いますけど」

「なんの用だね？」というレイフォードの声に、リリーは背筋がぞくりとするのを覚えた。まるでうなっているみたいに、低くしわがれた声だ。

「なんの用だね？」リリーはおうむがえしに言い、小さく笑った。「ずいぶん単刀直入な方なのね。でも、男性はそのほうがいいわ」

「用がなければ、わたしに近づいたりしないだろう」

「おっしゃるとおりよ。わたしが誰かご存じかしら、伯爵？」

「いいや」

「リリー・ローソンですわ。あなたの婚約者の姉の」

驚きを隠して、アレックスはリリーをまじまじと見つめた。こんなおてんばがペネロープと姉妹のわけがないと思った。一方は金髪の天使で、もう一方は漆黒の髪の小悪魔とは……それでも、まったく似ていないわけではない。黒い瞳と整った顔立ち、ぽってりとかわいらしい個性的な口元がそっくりだ。ローソン夫妻が長女について漏らしたわずかな情報について、アレックスは思いだそうとした。夫妻は長女のことを話したくないようだった。唯一明かしたのが、リリー（ローソン夫人はウィルヘミーナと呼んでいた）が二〇歳のとき、結婚式を目前にして相手の男性に捨てられてから「少しおかしくなってしまった」ということだった。以来、彼女は外国に住んでいるという話だった。お目付け役の未亡人のおばがずぼらだったために、自由気ままに暮らしているとか。その話を聞かされたときアレックスは、大した興味も持たなかった——だがいまは、もっとしっかり聞いておくべきだったと後悔している。

「家族から、わたしのことを聞いてません？」

「変わり者だとうかがっています」

「やっぱり、まだわたしの存在を認めたくはないようね」彼女はうつむき、いわくありげに言った。「体面を汚《けが》されたことがあるのです——長年の努力の末に手に入れたというのに。それ以来、ローソン家でわたしの存在は認められていない。でも、血のつながりは運命《さだめ》と言いますものね。家系図からわたしを消そうとしても、もう手遅れだわ」愛想よく話していた口をいったん閉じ、リリーは無表情なアレックスの顔を見おろした。銀色の瞳をのぞきこんでも、なにを考えているのかさっぱりわからなかった。ただ、笑って話につきあうつもりも、礼儀正しく接するつもりもなさそうなのは明白だった。

真っ正面から攻めたほうが得策かもしれない。「伯爵——」彼女は歯切れよく切りだした。

「妹についてあなたとお話がしたいの」

彼は無言で、冷たい銀色の瞳でじっと見つめてくる。

「妹に最高の結婚相手を見つけるという両親の野望については、誰よりもよく知っています。とてもかわいい、できた妹でしょう？　わたしも素晴らしい縁談だと思っていますわ。ウルヴァートン伯爵夫人ペネロープ・ローソン。ローソン家の誰ひとりとして、そんな爵位を得た人間はいませんもの。でも……あの子にとってあなたの妻になることが、果たして最良の選択肢なのかしら？　つまりね、レイフォード卿、あなたはあの子を愛してますの？」

彼は相変わらず無表情だ。「それなりに」

「そんな返事では安心できません」

「いったいなにを心配しているのです、ミス・ローソン？」彼は皮肉をこめてたずねた。

「あなたの妹を邪険に扱うとでも？　あるいは、結婚を無理強いしたとでも？　ペネロープはこの縁談にすっかり満足してくれていますよ」眉間にしわを寄せつつ、穏やかにつづけた。

「どうやら芝居がかったまねで周囲の注目を集めたくて仕方がないようだが……醜態は勘弁していただきたい」

脅迫めいた口調にリリーは仰天した。こんな人大っ嫌い、と思った。最初はちょっとおもしろそうな人だなと思った。血管を冷たい水が流れている、ちょっぴり尊大な、大柄な伯爵様だと思った。だがなにかが、彼は単に冷たいだけではなく慈悲のかけらもない男だと警告してくる。「あの子が満足しているだなんて、信じられないわ。妹の性格はわかっているもの。自分たちの望むものを手に入れるために、両親があの子にうるさく言ったに違いないわ。

ペニーはきっとあなたを恐れるようになる。そもそもあなた、妹の幸福などこれっぽっちも考えていないのでしょう？　ペニーは心から愛してくれる男性と一緒になるのがふさわしい子なのに。でもわたしには直感でわかる。あなたが求めているのは、伯爵家存続のためにかわいい金髪の子どもをたくさん産んでくれる、おとなしい娘。だったら、似たような女性はそこらへんにいっぱいいるじゃない――」

「いいかげんにしたまえ」彼はぴしゃりと言い放った。「他人の人生に口出ししたいのなら、どこかよそでやってくれ。きみにあれこれ言われるくらいなら、地獄に落ちたほうが――いや、きみを地獄に落としてやったほうがましだ」

リリーは彼をじろりとにらみつけ、「これではっきりわかったわ」と言うとその場を去ろうとした。

「ごきげんよう、伯爵。おかげさまで、あなたという人がよくわかりました」

「待て」アレックスは無意識に手を伸ばし、彼女の手綱をつかんだ。

「放して！」リリーは驚き、いらだたしげに叫んだ。なんて無礼な男なのだろう。勝手に人の手綱をつかみ、馬の動きを制御するとは――礼儀もなにもありはしない。

「狩りに参加するわけじゃないだろうな」

「まさか、あなたにご挨拶するためにわざわざ来たとでも思ってらっしゃるの？　もちろん、狩りに参加するわ。ちっとも怖くないし、ほかの人の足手まといにもなりません」

「女性は狩りなどしてはいけない」

「あら、自分がしたければするべきだと思いますわ」

「それは、父親や夫が猟犬を扱える場合だけだ。そうじゃないなら――」

「たまたま女として生まれたために狩りもできないなんて。乗馬の腕前は誰にも負けないわ。それに、狩りをするのに許可を得る必要はありません。どんな障害物だって上手に乗り越えてみせます。どうやらあなたは、女は部屋にこもってレース編みかうわさ話でもしてればいいというお考えのようだけど」

「たしかに部屋にいれば心配する必要がなくていい。だがここでは、きみ自身も周りの人間も心配だろう」

「あいにくですけど、そのご意見は少数派だと思いますわ、レイフォード卿。あなた以外の誰ひとりとして、わたしの参加に異議を唱える方はいませんもの」

「まともな男なら、きみの参加など望まない」

「おとなしく退散しろとでも言うの？　恥ずかしそうにうつむいて？　狩りは雄々しいスポーツ――それに挑戦するという人に、わたしなら絶対に口出しなんてしません。いいこと伯爵、わたしは――」手袋をした手でたたくようなしぐさをしてみせた。「あなたや、あなたの自分勝手なご意見のためにあきらめたりしない。さあ、その手を離して！」

「狩りになど行かせない」アレックスはつぶやいた。胸の中でなにかが解き放たれ、まともにものを考えられない状態になっていた。**キャロライン、だめだ、頼むから――**。

「行くと言ったら行くわ！」リリーは手綱をぐいと引っ張った。白馬が落ち着きなく足踏みをする。それでもまだ彼は手を離そうとしない。驚いたリリーは鏡を思わせる銀色の瞳をじっと見つめた。「あなた、頭がおかしいんじゃないの……」とつぶやいた。ふたりは身じろぎもせずにらみあった。

先に均衡を破ったのはリリーのほうだった。怒りに任せてむちを打ち振るう。それはアレックスのあごの下をとらえ、あご先まで一筋の赤い血で染めた。彼女は白馬に拍車をかけ、その勢いで手綱を奪いかえし、振りかえりもせずに走り去った。

ふたりのいさかいはつかの間のものだったため、周囲の人間はひとりも気づいていない。アレックスはあごについた血をぬぐった。痛みはほとんど感じなかった。ただ、胸の内が激しく渦巻いていた。いったい自分はどうしてしまったのだろう。一瞬、過去と現在を区別することができなくなってしまった。キャロラインのほがらかな声が、遠く、耳に響く。「愛しいアレックス……じゃあ、わたしを愛するのをやめてちょうだい……」アレックスは眉間にしわを寄せた。彼女が落馬した日の記憶がよみがえり、心臓が早鐘を打ちはじめる。

「事故だったんだよ」友人のひとりが静かに告げた。「落馬したんだ。彼女が落ちるところをわたしも――」

「医者を呼べ」アレックスはどなった。

「アレックス、もうあきらめろ」

「うるさい、早く医者を呼べ、さもないと――」

「落ちた衝撃で首の骨が折れたんだ」

「黙れ――」

「アレックス、彼女はもう死んで——」

「伯爵?」という馬丁の声に、彼ははっとわれにかえった。

目をしばたたき、つややかな栗毛の馬に焦点をあわせる。力と柔軟性を兼ね備えた馬、という理由で選んだものだ。手綱をとり、軽々とまたがると、狩猟場を見渡した。リリー・ローソンはほかの参加者と談笑していた。いまのリリーを見て、彼とやりあったばかりと思う者はいまい。

数頭のフォックスハウンド犬が狩猟場に放たれ、夢中になって鼻をくんくんいわせはじめる。臭いをつきとめたようだ。「いたぞ!」と誰かが叫ぶのと同時に、キツネが一匹、隠れ場所から跳びだした。角笛が吹かれ、その豊かな音色があたり一帯に鳴り響き、参加者たちが一斉に馬を走らせる。

人びとは勝ち誇ったように雄たけびをあげながら、雑木林を目指した。全速力で走る馬と犬に大地が大きく揺れ、ひづめに蹴られた土が舞い上がり、興奮した人びとの叫び声が空気を切り裂いた。

「逃げたぞ!」

「タリホー!」

「やあっ!」

めいめいが馬に拍車をかけるうち、徐々に狩猟の隊列が整っていく。狩猟係は先頭の猟犬のすぐ後ろにつき、猟犬係は後方から犬たちを追いつつ、集団から遅れそうになる犬がいればけしかける。リリー・ローソンはとりつかれたように馬を走らせていた。一番高い障害物へと急ぎ、あたかも翼が生えているかのように軽やかに跳び越えた。自分の身の安全など少しも気にしていないようだ。いつものアレックスなら先頭集団を行くのだが、今日は後方につけている。リリーのあとを追い、彼女が危険な勝負に出るさまを見守らずにはいられなかった。狩猟場は喧騒と活気に包まれている。だがアレックスは悪夢でも見ている気分だった。彼の馬は障害物を跳び越えるたびに身を硬くし、着地するたびに土を舞い上がらせた。キャロライン……もうずっと前に、すべての記憶を心の奥底にしまいこんだはずだったのに。なんの前触れもなくよみがえる記憶の前に、彼はなすすべもなかった。重ねられたキャロラインの唇、この手に握りしめた絹のような髪、ぎゅっと抱きしめるたびに胸を刺すあの甘美な痛み。彼女の死とともに、アレックスは分身を失った。それは二度と帰ってはこない。

愚か者め。彼はおのれをののしった。狩りの最中におぞましい過去を頭の中で再現するなど、愚か者のすることだ。失った夢を追いかけるなど……そうとわかっていても、リリーを追わずにはいられなかった。柵と柵の間を走り抜け、生垣を跳び越える彼女を見守らずにはいられなかった。一度もこちらを振りかえることはなかったが、彼が追っているのに気づいているに違いない。すでに狩りが開始して一時間が経っており、となりの州にやってきていた。

リリーは決然と馬に拍車をかけた。興奮に神経がぴりぴりいいだす。彼女は狩りの目的、つまりキツネを仕留めることには、正直言ってあまり興味がない。馬に乗るという行為そのものが……彼女にとっては何ものにも代えがたいのだ。両脇をセイヨウサンザシに囲まれた二重の牛囲いを喜び勇んで目指す。一瞬のうちに、それが高すぎること、危険すぎることに気づいたが、恐ろしい衝動に駆られて前へと突き進んだ。だが跳び越える寸前、馬のほうがためらった。ふいに勢いを失った反動で、彼女の体は鞍から投げだされた。

世界が回転している錯覚に陥る……彼女の体は宙を舞った。次の瞬間には、ものすごい勢いで目の前に地面が迫ってきた。両手で顔をおおい、苔むした地面にたたきつけられる衝撃に耐える。肺から空気が漏れた。身をよじりながら空気を求めてあえぎ、無意識に両手で木の葉や土をつかんだ。

朦朧《もうろう》とした意識の中で、仰向けにされ、上半身を起こされるのを感じた。口を大きく開け、なんとかして空気を吸おうとがんばった。目の前で赤と黒の星が舞っている。やがてゆっくりと霧が晴れていき、見おろす人物の顔が見えた。レイフォードだった。つややかな褐色の肌が、ひどく青ざめている。たくましい太ももにもたれているのに気づいて、リリーは身を離そうともがいた。だがまるで人形のように、手足がどうにも動かなかった。

彼女は大きく胸を上下させ、懸命に息をしようとした。うなじにそえられたレイフォードの手は……妙に力がこもっており……痛いほどだった。

「だから狩りはよせと言っただろう」彼はどなった。「死ぬつもりだったのか?」

リリーは小さくうめき、わけがわからずにぼんやりと彼を見上げた。襟元に深紅の染みが見え、先ほどむちを振るったせいだわと思った。うなじを力強い手が支えているのがわかる。

その気になれば彼は、小枝のようにいとも簡単に首の骨を折ることができるだろう。彼の大きさとたくましさ、その肉体に宿った男の力をひしひしと感じた。紅潮した顔には生々しい感情——憎悪と、なんだかよくわからないものがないまぜになって浮かんでいる。耳の中でわんわんと鳴り響く音の合間に、誰かを呼ぶ声が聞こえた……キャロライン……。

「あなた、頭が変よ」リリーはあえいだ。「まったく。病院にでもいらしたら？　い、いったいなんなの？　わたしを誰かと勘違いしてらっしゃるの？　とっととその手を離してちょうだい！」

その言葉に、彼もようやくわれにかえり、自分がなにをしているのか気づいたようだ。恐ろしいほどぎらついていた瞳は平静さを取り戻し、ゆがんだ口元がゆるんだ。彼の体から激しい緊張が解けていくのがリリーにもわかった。やがて彼は、触れていたらやけどをするとでもいうように、支えていた手をいきなり離した。

木の葉と土の上にどしんと背をつきながら、リリーは立ち上がるレイフォードをにらんだ。彼女に手を差し伸べようともしない。だが彼女が何とか立ち上がるまでその場を離れることはなかった。そして大したけがをしていないことを確認すると、ふたたび馬の背にまたがった。

膝に力が入らず、リリーは木に寄りかかった。しばらくこうして休んで力を取り戻してから馬にまたがったほうがよさそうだ。彼女はアレックスの無表情な顔をまじまじと見つめ、息を整えてから「ペニーはあなたにはもったいないわ」とようやく告げた。「さっきまでは、ただあなたが妹にさびしい人生を送らせるんじゃないかと心配していたけど。でもいまは、あの子を肉体的に傷つけるんじゃないかと不安でたまらない！」

「本当は心配でもなんでもないのだろう？」アレックスはせせら笑った。「きみはもう何年も、妹とも家族とも会っていない。それに、ご家族がきみとのかかわりを望んでいないのは明白だ」

「なにも知らないくせに！」リリーはかっとして叫んだ。この怪物に幸せをすべてぶち壊されたら……妹は早死にしてしまう。リリーは怒りに燃えた。善良で優しいザッカリーに愛されている妹が、どうしてレイフォードのような冷酷な人間と結婚しなければならないのだろう。「ペニーと結婚なんてさせない！　わたしが許さないわ！」

アレックスはさげすみをこめて彼女を見つめた。「それ以上ばかなまねはやめたまえ、ミス・ローソン」

走り去るレイフォードの背をにらみながら、リリーは考えうる限りの罵詈雑言を胸の中でつぶやき、自分に誓った。「結婚なんてさせやしない……きっと阻止してみせる。あなたなんかに妹を渡すものですか」

3

レイフォード・パークに到着したアレックスは真っ先に、ペネロープとその両親に朝のあいさつに向かった。ローソン夫妻は誰の目から見ても奇妙な組みあわせだ。夫のジョージは学問好きでギリシャ語やラテン語の本を愛読しており、書物とともに書斎にこもると何日も出てこず、食事もすべてそこに運ばせる。世間のことにはいっさい興味を示さず、そのため、せっかく相続した土地や財産もまともに管理できない。一方、妻のトッティはつぶらな瞳にふわふわの金髪の巻き毛が魅力的な、明るい女性だ。社交界のうわさ話とパーティーが大好きで、頭の中は娘に素晴らしい結婚をさせることでいっぱいである。

そんなローソン夫妻からどうしてペネロープのような娘が生まれたのか、アレックスにはわかる気がする。物静かで、控えめで、愛らしいペネロープ――彼女は両親のいいところだけを受け継いだのだろう。だが姉のリリーは……ローソン家の血筋であることが信じられないくらいだ。ローソン家の人びとが彼女と縁を切ったのも、無理のないことだろう。そうでもしなければ、彼らは平穏な日々を送れなかったはずだ。アレックスにはわかる。リリーにとって衝突は言わば生きがい。彼女は周囲の人間がいいかげんうんざりするまで、彼らに干渉し迷惑をかけずにはいられないのだ。狩猟場での一件のあとすぐに彼女はミドルトンを発ったが、アレックスはその後も、もやもやした思いを抱えていた。まったく、彼女が家族と疎遠でよかった。おかげで二度とその存在に耐えずにすむ。

トッティは嬉しそうに、結婚式の準備は着々と進んでおりますよ、と報告した。午後には教区付司祭が屋敷を訪れるらしい。「それはよかった。司祭がいらしたらわたしも呼んでください」

「レイフォード卿」ソファに腰かけたトッティは熱のこもった声で、自分と娘の間の空間を身振りで示した。「一緒にお紅茶でもいかが？」

おかしなことに、ふいにペネロープが狼ににらまれた小さなうさぎのように見えてくる。生け花や結婚式の華やかな衣装についてローソン夫人のつまらないおしゃべりにつきあう気力はない――アレックスは丁重に誘いを断った。「ありがとうございます。あいにく片づけなければならない仕事がありまして。お話は夕食のときにでも」

「では後ほど、伯爵」ふたりは同時につぶやいた。一方はがっかりした表情で、もう一方は安堵の色を隠しきれない様子で。

書斎に引きこもったアレックスは、目を通すべき書類や帳簿の山に視線を落とした。大部分は不動産管理人に任せてもいい類のものだ。だがキャロラインの死後、彼は必要以上に仕事にのめりこむようになっていた。孤独感と思い出から逃れたかったからだ。家にいる間は一日の大半を書斎で過ごし、そこで得られる平穏と秩序に満足感を覚えていた。書物はきちんと分類して並べられているし、調度品も計算された配置になっている。酒の入ったデカンタですら、イタリア製の食器棚の中に幾何学的な正確さで陳列されている。

書斎はもちろんのこと、レイフォード・パークの邸内はどこもかしこもちりひとつなく清掃されている。清掃を担当するのは五〇人からなる屋内使用人だ。使用人はさらに三〇人おり、耕地や庭や厩舎の手入れを任せてある。レイフォード邸を訪れる客たちは必ず、大理石が敷きつめられた丸天井の玄関広間や、みごとな漆喰仕上げのアーチ天井の大広間に感嘆の声をあげる。屋敷は夏用、冬用それぞれの応接間のほか、壁を絵画で埋めつくした長い回廊がいくつかと、朝食用の食堂、コーヒールーム、二つの大食堂、数えきれないほどの寝室と控えの間、広々とした厨房、書斎、狩猟の間、そして、つなげれば巨大な舞踏室に早変わりする二つの客間で構成されている。

広大な屋敷だが、ペネロープならうまく切り盛りできるだろう。幼いころから、まさにそのように育てられてきたのだから。領主夫人としての役割を、彼女ならば難なくこなせるはずだ。無口でおとなしいが、頭はいい娘だから。弟にはまだ会わせていないが、ヘンリーは礼儀正しい少年だし、きっと仲よくやっていけるだろう。

書斎の静けさは、小さく扉をたたくこつこつという音に破られた。

「なんだ?」アレックスはぶっきらぼうに応えた。

扉が少しだけ開き、金髪に縁取られたペネロープの顔があらわれた。妙におどおどしたその態度に、アレックスはいらだちを覚えた。まるで彼の部屋を訪れるのを恐れているようだ。

そんなに怖いのだろうか。自分でも、ときどきつっけんどんだと思うことはあるが、そういう一面はたとえ直そうと思っても直せない。「どうした？　早く入りなさい」

「伯爵――」ペネロープはおずおずと切りだした。「あ、あの、狩りはいかがでしたか？　楽しまれました？」

母親にご機嫌をうかがってきなさいとでも言われたのだろうか？　ペネロープはこれまで一度も、こんなふうに自分から他愛のない会話をしてきたことがない。「ああ、狩りは楽しかったよ」彼は言い、書類を机の脇に置いて振りかえった。その視線だけで落ち着きを失ったのか、彼女はそわそわしはじめた。「ただ、初日にちょっとおもしろいことがあったが」

ペネロープの顔にかすかに好奇の色が浮かぶ。「まあ。なにか事件でもあったのですか？　あるいは、誰かと口論でもされたとか？」

「そう言ってもいいだろう」彼はさりげなくつづけた。「きみの姉上に会った」

彼女は息をのんだ。「お姉様が狩猟場に？　まあ、それは……」それきり言葉を失い、唇をかんで呆然と彼を見つめた。

「非常に個性的な人だね」というアレックスの口調から、それが褒め言葉でないことがわかる。

彼女はうなずき、大きく息をした。「姉に対する評価は、だいたいはっきり分かれるのです。心の底から姉を慕うか……そうでなければ……」あとは困ったように肩をすくめるだけだった。

「たしかに」アレックスは皮肉っぽく応じた。「わたしは後者に属するようだ」

「そうですか……」彼女はかわいらしく額にしわを寄せた。「そうでしょうね。あなたも姉も、ご自分の意見をしっかり持ってらっしゃいますから」

「なかなか如才ない言い方をするね」アレックスは彼女をじっと見つめた。その穏やかな愛らしい顔にリリーの面影を見て、落ち着かないものを感じ、「きみのことを話したのだよ」と唐突に打ち明けた。

すると彼女は不安げに目を見開いた。「でも、お姉様がわたしや家族について話せることなどなにもありませんのに」

「そうだったな」

「それで、いったいどんな話をされたのですか？」彼女はおずおずと問いかけた。

「妹はあなたを恐れていると言われたよ。そうなのかい？」

値踏みするような冷ややかな瞳に見つめられて、ペネロープは真っ赤になった。「はい、少しだけ」

いつもなら愛らしく感じる彼女の控えめな態度に、アレックスはいらだちを覚えた。こんな調子で、夫に不愉快な思いをさせられたときに言いかえしたり、抗議したりできるのだろうか。立ち上がって歩み寄ると、今度は無意識にしりごみする。となりに立って、腰に手を回した。小さな頭を胸にあずけてきたが、そっと息を詰めているのがわかった。心かき乱すイメージがふいに脳裏に浮かんでくる――地面に倒れたリリーを抱き起こし、しなやかな肢体を腕に抱くイメージだ。リリーよりも背が高くしっかりした体格をしているのに、ペネロープのほうが小さく、やわらかな印象を与えるのが不思議だった。

「わたしを見て」静かに言うと、彼女は素直に従った。アレックスは黒い瞳をじっとのぞきこんだ。リリーとよく似た瞳を。とはいえペネロープの瞳に、あの暗い炎は宿っていない。そこに見えるのは、驚きと純真さだけだ。「不安を感じる必要などない。わたしはきみを傷つけたりしない」

「はい、伯爵……」

「どうしてアレックスと呼ばない？」同じ質問は以前にもしたことがある。彼女は名前で呼ぶことにためらいを感じているらしかった。

「あの、それは……できないのです」

アレックスは懸命にいらだちを抑えた。「呼んでみたまえ」

「アレックス……」

「できるじゃないか」彼は身をかがめてそっと唇を重ねた。ペネロープはじっと動かず、片手で肩に軽く触れてくるだけだ。さらに長く、深く口づけてみた。おとなしく受け入れるだけの彼女に、それ以上を求めようとするのはこれが初めてだった。だがやわらかな唇は、ひんやりと冷たいまま、ぴくりとも動かない。突然あることに気づいて、アレックスは当惑と怒りを覚えた。彼女にとってこれは、耐えるべき義務に過ぎないのだ。

彼は顔を上げ、無表情な彼女をじっと見つめた。まるで、スプーン一杯の薬をおとなしく飲み下し、その苦味をこらえている子どものような顔だ。これまでこんなふうに、口づけを面倒な仕事みたいに受け止める女性には出会ったことがない。彼は黄褐色の眉をひそめて言い放った。「くそっ、いいかげんにしてくれ」

ペネロープが驚いて身を硬くする。「伯爵?」

紳士らしく振る舞い、優しく尊ぶように接しなければならないのはわかっている。だが根が情熱的なアレックスにとって、まるで反応がないのは耐えられなかった。「きみからキスするんだ」と命じながら、乱暴に体を抱き寄せた。

仰天して金切り声をあげたペネロープは、身をよじって彼から離れると、頰を平手打ちした。

いや、正確には平手打ちなどと呼べるものではなかった。本気で力いっぱいたたかれたほうがまだよかった。だが彼女は、非難するように頰を軽く打っただけだった。扉のほうに逃げ、涙を浮かべてこちらを見つめてくる。「わたしを試していらっしゃるのですか?」と傷ついた声でたずねた。

アレックスは表情を変えることなくじっと見かえした。理性的でないことはわかっていた。彼女にできないこと、彼女が望まないことを強いるべきではなかった。胸の内で自分をののしりつつ、どうしてこんなひどい仕打ちをしてしまったのだろうと思った。「すまなかった」

ペネロープは曖昧にうなずいた。「狩りのせいでまだ興奮してらっしゃるのですね。殿方は、ああした催しの野蛮な雰囲気に影響されやすいと聞いておりますから」

「そうかもしれないな」アレックスは冷笑を浮かべた。

「もう下がってもよろしいでしょうか？」

アレックスは身振りで、出ていくよう示した。

ペネロープは一瞬ためらい、肩越しに振りかえった。「お姉様のことを悪くとらないでください。普通の女性と違うだけなのです。とても勇敢で、頑固で。小さいころはよく、わたしを怖い人やものから守ってくれました」

アレックスは驚いた。彼女が一度にこんなに長く話すのは珍しい。「姉上は昔から、ご両親のどちらとも仲がよくなかったのか？」

「お姉様がなついていたのは、サリーおば様だけです。おばは姉と同じように変わった方で、絶えず冒険を求め、自由奔放に暮らしていました。数年前、全財産を姉に遺して亡くなりましたが」

なるほど、遺産で暮らしているわけか。話を聞いても、リリーに対するアレックスの印象は一向に変わらなかった。おそらく彼女は必死にそのおばのご機嫌をとったのだろう。おばの死の床で、これから相続する財産のことを思い小躍りしたことだろう。

「姉上はどうして結婚しないのだね？」

「姉はいつも、結婚は男性のために定められた悪しき制度だと言っています」ペネロープは小さく咳払いをした。「そもそも姉は、男性が嫌いなのです。殿方と一緒にいるのを楽しんでいるように見えるでしょうけど……狩りに行ったり、射撃をしたり、賭け事をしたり、ほかにもいろいろと」

「ほかにもいろいろと、か」アレックスは皮肉めかした。「特別な友だちはいないのかね?」

ペネロープは困惑した顔になった。それから、質問の真意もわからないまま、素直に答えた。「特別なお友だちですか? そうですね……たしか、とても親しくしている殿方がひとりいらっしゃいます。デレク・クレーヴンといったかしら。手紙に書いてきたことがありました」

「クレーヴンだと?」そうか、そうだったのか。アレックスは不快そうに口元をゆがめた。クレーヴンズなら、彼も会員になっている。オーナーにも二回ほど会った。リリー・ローソンならいかにもあの手の男、上流社会で「いんちき紳士」と揶揄《やゆ》される田舎者と気があいそうだ。きっとリリーには娼婦並みの貞操観念しかないのだろう。だからクレーヴンのような男とも平気で「友情」を築けるのだ。だがいったいどうして、まともな家庭に生まれ、きちんと教育を受け、ほしいものはなんでも手に入る立場にある女性が、そのように身を落としてしまったのだろう。おそらく自らそういう道を選び、一歩ずつ堕ちていったに違いない。

「姉はただ、こういう境遇に生まれた女性としては気骨がありすぎるのです」彼の心の内を読んだかのようにペネロープが言った。「でも、あのとき捨てられることさえなかったら、姉の人生はまったく別のものになっていたかもしれません。裏切られ、自尊心を傷つけられ、あのようなかたちで捨てられて……それで姉は、むちゃをするようになったのだと思います。少なくとも、母はそう申しております」

「どうして彼女は――」窓の外に目をやったアレックスは途中で言葉を切った。砂利敷きの私道を馬車がやってくる音がする。「母上に来客の予定でも？」

ペネロープは首を横に振った。「いいえ。花嫁衣装のお直しがあるので、仕立屋の助手かもしれませんが……でも、それは明日の予定ですし」

なぜかアレックスは予感を覚えた……とてもいやな予感だ。全神経が、注意しろと訴えてくる。「誰が来たのか見てこよう」彼は勢いよく書斎の扉を開けた。灰色と白の大理石張りの玄関広間を、ペネロープの先に立って大またに突っ切り、老執事のシルヴァーンの脇を通りすぎる。「わたしが出る」と老執事に告げながら、玄関へ向かった。

シルヴァーンはあるじのいつにない行動を非難するように鼻を鳴らしたが、あえて不満を口にはしなかった。

長い私道の終点に、豪奢な黒と金の馬車がちょうど停まるところだった。紋章はついていない。風が吹いて、アレックスのかたわらに立つペネロープが薄いドレスに包まれた体を震わせた。霧にかすむ春の朝、風はさわやかだがひんやりとしていて、真っ白な雲が大波のように頭上をおおっている。「見たことのない馬車ですわ」と彼女はつぶやいた。

仕立てのよい青と黒のお仕着せに身を包んだ従僕が馬車の扉を開く。そして恭しく、小さな四角形の足置きをあるじのために地面に置いた。

あらわれたのは、彼女だった。

アレックスは石像のように立ちつくしている。

「お姉様！」ペネロープが金切り声をあげた。嬉しそうに叫びながら、姉のもとへと駆け寄る。

リリーはほがらかに笑いつつ地面に降り立った。「ペニー！」と呼びかけ、両腕を大きく広げて妹を引き寄せると、いったん抱きしめてから腕を伸ばし身を離した。「こんなに美しくなって！ うっとりしてしまうくらい！ 本当に何年ぶりかしら――まだあなたが小さいころに別れて、こうして再会できるなんて！ 英国一、美しい娘に成長したあなたに」

「そんな、お姉様……お姉様のほうがずっとおきれいよ」

リリーは笑い声をあげてふたたび妹を抱きしめた。「適齢期を過ぎた姉を褒めるなんて、あなたも大人になったのね」

「適齢期を過ぎたようにはとても見えないわ」

呆然としながらもアレックスは、戦闘準備に入りつつある自分に気づいていた。リリーはあでやかな濃紺のドレスをまとい、その上に真っ白なオコジョの毛皮を縁にあしらったベルベットのマントを羽織っていた。髪はリボンでまとめておらず、巻き毛がこめかみのあたりを愛らしく縁取り、小さな耳も一房の髪に隠れている。深紅のブリーチで男のように馬にまたがっていたあの風変わりな女性と同一人物とは、到底信じられない。頬をピンク色に染めてほほ笑む彼女は、知人宅を訪問する裕福な家庭の若妻にしか見えない。あるいは、貴族のめかけにしか。

リリーは妹の肩越しにアレックスと目をあわせた。臆す様子も、動揺のかけらも見せず、妹から身を離すと半円形の階段に立つアレックスに歩み寄った。小さな手を差しだし、生意気な笑みを浮かべて「自ら敵陣にまいりましたわ」とささやく。彼が思いっきりしかめっ面をするのを見て、黒い瞳を満足げにきらめかせた。

あからさまに笑うのだけは我慢した。ここでレイフォードの憤怒を呼び覚ましても意味がない。それに、彼はすでに怒りに震えている。この田舎の領地に彼女が乗りこんでくるとは、まさか思わなかっただろう。それにしても、ここまで愉快な思いができるとは！　男性を怒らせてこんなにいい気持ちになれたのは初めてだ。この計画が完了するころには、レイフォードの人生はそれまでと一八〇度違うものになっているはずだ。

リリーは自分の計画にこれっぽっちも良心のとがめなど感じていなかった。レイフォードと妹を一緒にさせるなど、非道としか言いようがない。この結婚が間違っているのは、ふたりが一緒にいるところを見れば一目瞭然だ。真っ白なアネモネのように可憐なペニー。金色の髪は子どもの髪のようにやわらかな輝きを放っている。傲慢でわがままな人間から自分を守るすべも知らず、激しい嵐の前では、細いアシのように頭を垂れることしかできない。

一方のレイフォードは、前回会ったときの印象を一〇倍悪くしたかのようだ。完璧に整った冷酷そのものの顔、透きとおる銀色の瞳、頑固そうに突きでたあご……思いやりのかけらも、一片の優しさも感じられない。全身の筋肉と腱が張りつめた体に凶暴な力を備えていることは、どんなに紳士らしいかっこうをしていてもすぐにわかる。レイフォードのような男には、彼と同じくらいシニカルで、その辛辣《しんらつ》さをものともしない女性がお似合いだ。

差しだされた手を無視して、アレックスは冷ややかな目で彼女を見つめると、ぶっきらぼうに言い放った。「帰りたまえ。いますぐ」

背筋に冷たいものを覚えながら、リリーはしとやかに笑みを浮かべてみせた。「家族に会いたいんですの。とても久しぶりですから」

アレックスが答える前に、トッティとジョージの大声が背後から聞こえてきた。

「ウィルヘミーナ！」

「リリー……これはまた……」

静寂があたりを包んだ。誰もが言葉を失い、絵画の一場面のように身動きひとつしない。リリーの小さな体に全員の視線が注がれている。その顔から思いあがった自信満々の表情が消え、頼りなげな少女のように見えてくる。彼女は神経質そうに唇をかみ、「お母様？」と小さく問いかけた。「お母様、わたしを許してくださる？」

トッティはわっと泣きだし、前に進みでると、肉づきのいい腕を大きく広げた。「ウィルヘミーナ、どうしてもっと早く会いに来なかったの？　二度と会えないのではないかと、心配でたまらなかったわ！」

リリーは泣き笑いで母に駆け寄った。ふたりはしっかりと抱きあいながら、同時に話しだした。

「お母様ったら、ちっともお変わりがないのね……それに、ペニーもあんなに美しくなって……きっと、この社交シーズンの花形よ」

「もうずっと、あなたの悪いうわさばかり聞かされて……お母様はもう心配で、心配で。でも、ほっとしたわ……おや、その髪、いったいどうしたの？」

リリーは照れくさそうに短い巻き毛に手をやり、にっと笑った。「そんなにひどい？」

「いいえ、よく似合っていますよ。むしろ、あなたにはそのほうがぴったり」

リリーは父親に視線を移し、そちらに駆け寄った。「お父様！」

ジョージは娘のほっそりとした背中をぎこちなくぽんぽんとたたき、そっと身を離した。「まあ、そのくらいにしておきなさい。おまえは本当に大げさだな、リリー。レイフォード卿が見てらっしゃるというのに。なにか困ったことでもあったのかね？　よりによってここに来るとは？　しかも、こんなときに？」

「困ったことなどないわ」リリーは笑みとともに答えた。自分と同じように小柄な父親と、向かいあって立っている。「もっと早く会いに来たかったのだけど、受け入れてもらえるかどうか自信がなくて。ただ今回は、ペニーの結婚を一緒に祝いたかったの。もちろん、伯爵がご迷惑ならすぐに帰るわ。誰にも迷惑などかけたくないもの。でも、一週間かそのくらい、こちらに滞在できればと思って」アレックスを見やり、用心深くつけ加えた。「精一杯おとなしくしますから。天使みたいにいい子にしますわ」

アレックスは氷柱のように突き刺さる冷たい目で彼女をにらんだ。いますぐ彼女を馬車に押しこみ、とっととロンドンに帰れと言いたい。あるいは、地獄へ。

なにも答えない彼にリリーが当惑の表情を浮かべた。「でも、空いているお部屋がないかもしれませんわね？」とつぶやき、そびえたつ屋敷を見上げると、延々と連なる窓やバルコニーに視線を走らせた。

彼はぎりぎりと歯を食いしばった。この場でリリーの首を絞めあげることができたら、どんなにか嬉しいだろう。魂胆はわかっている。ここで断れば、ローソン家の面々にさぞかしケチで不親切な人間だと映るだろう。すでにペネロープは心配そうにうろたえた目を向けている。

「アレックス――」ペネロープが懇願する声で呼び、かたわらにやってきて腕を取った。彼女がそんなふうに自分から触れてきたことは、いままで一度もなかった。「アレックス、お姉様が滞在できるお部屋くらいあるでしょう？　ご自分でおとなしくするとおっしゃっているのだもの、大丈夫よ」

リリーは優しく言い含めた。「いいのよ、ペニー。伯爵にご無理を言うのはよしましょう。また別の機会を見つけて会いに来るわ、約束する」

「だめよ、お姉様にいてほしいの」ペネロープはアレックスの腕をぎゅっと握り大声をあげた。「お願いよ、伯爵。泊まってもいいとおっしゃって」

「そんなに必死になる必要はない」アレックスはつぶやくように言った。ローソン夫妻や執事や使用人の目の前で、彼女の願いを断ることなどできるわけがない。彼はリリーをにらんだ。勝ち誇って瞳を輝かせているか、ざまをみろというふうに口元をゆがめていると思ったのに、ジャンヌ・ダルクのごときまじめな表情だった。大した役者だ！「きみの好きにしなさい。ただし、わたしの視界に姉上を入れぬように」彼はペネロープに言った。

「ありがとう！」彼女は嬉しそうに振りかえると、姉と母親と抱き合った。「お母様、素晴らしいと思わない？」

大はしゃぎの妹をよそに、リリーがそっと近づいてきてアレックスに告げた。「伯爵、出会いはさんざんでしたけど、あれはわたしがいけなかったと反省しています。ですから、あの狩猟場でのことは水に流し、最初からやり直しませんか？」

いかにも心のこもった、正直な訴えのようだったが、到底信じられない。「ミス・ローソン」かんで含めるようにゆっくりと口を開いた。「わたしの邪魔をするようなことをひとつでもしでかしたら……」

「どうなさるの？」リリーは挑戦的な笑みを浮かべた。どうせレイフォードにはなにもできやしない。立ち直れないくらい傷つけられるのは、大昔に経験ずみだ。彼など怖くない。

「死ぬまでそれを後悔させてやろう」という彼の声は妙に静かだった。

歩み去る彼の背中を見ながら、リリーは笑みを消した。デレクの警告する声がふいに耳によみがえった……いいかい、リリー……この話には口を挟むんじゃない……やつには近づくな……。その言葉を頭から振りはらい、いらだたしげに肩をすくめた。アレックス・レイフォードだってただの男。きっとうまくやってみせる。そもそも、まんまと彼の屋敷に数週間滞在する権利を得たばかりじゃないの。彼女は母親と妹を順番に見やり、小さく笑った。

「レイフォード卿に、妹を愛してるのかって訊いてみたわ」

リリーはチャンスを見計らい、「姉妹の会話」と称して妹をふたりきりになれそうな部屋に誘いこんだ。ミドルトンでの出来事をすかさず持ちだし、婚約者の本性をわからせようとした。

「まあ、お姉様ったら、嘘でしょう！」ペネロープは両手で顔をおおってうめいた。「だいたい、どうしてそんなことを訊いたの？」そしていきなり噴きだし、姉を仰天させた。「伯爵の返事が想像できない！」

「笑う場面じゃないでしょう？」当惑しながらもリリーはまじめな声で諭した。「いいことペニー、わたしはあなたの未来について真剣に話をしようとしているのよ」

「わたしの未来なら心配いらないわ！　いいえ、いらなかった、と言ったほうがいいわね」姉にたしなめられて、ペネロープは度を失った笑いにむせながら口元を手で押さえた。

むっとした顔でリリーは、ミドルトンでレイフォードに会った話のどこがそんなにおかしいのかしらと首をひねった。妹が警戒するものとばかり思っていたのに。「わたしが率直に質問をしたのに、彼はぶっきらぼうに言い逃れを言って愚弄したのよ。あれは絶対に紳士などではないわ。あなたには全然ふさわしくない」

ペネロープはひたすら肩をすくめるだけだ。「ロンドン中の人が、最高の結婚相手だと言っているわ」

「同意しかねるわ」リリーは天蓋のついたベッドの前を行ったり来たりしながら、キッド革の手袋で手のひらをたたいた。「あの人のいったいどこが最高の結婚相手なの？　外見？　まあたしかに、ハンサムと言ってもいいでしょうけど——でも、ちっともおもしろみがないし、冷たそうだし、魅力を感じないわ」

「それは……好みの問題だと思うけど……」

「それとも財産？」リリーはまくしたてた。「あなたに裕福な暮らしをさせ、素敵なドレスを着せてくれる男性なんて、ほかにいくらでもいるわ。それとも爵位？　あなたならもっと位の高い、もっと血筋のいい殿方を簡単に見つけられる。そもそもあなた、彼を大して好きでもないのでしょう？」

「婚約は、お父様と伯爵が決めたことだもの」ペネロープは静かに返した。「たしかに伯爵のことを愛してはいないし、愛そうとも思わない。運がよければ、そういう気持ちになれる日がくるかもしれないけど。でも世の中ってこういうものでしょう？　わたしはお姉様のようには生きられない。ずっと平凡な子だったもの」

リリーは口の中でののしり、失望の目で妹を見つめた。妹の悟りきった態度に、少女時代、反抗的だったころの気持ちが思い起こされた。当時リリーは、自分だけが世の中を理解できずにいるという疎外感に苦しめられていた。みんなわたしになにを隠しているのだろう。どうしてわたしだけが、愛のない結婚を受け入れられないのだろう。きっと長いこと自由を謳歌しすぎたせいだ。リリーはベッドに腰かけている妹のとなりに座った。「愛してもいない男性との結婚を、どうしてそんなふうにすんなり受け入れられるの？」明るく言うつもりだったのに、なぜか物悲しい声になってしまった。

「すんなり受け入れてなんかない。あきらめただけよ。こんなこと言って申し訳ないけど、お姉様はロマンチックすぎるのよ。とても悪い意味でね」

リリーは眉根を寄せた。「どこがロマンチックなものですか! わたしほど強情で現実的な人間はいないわ。さんざんな目に遭ってきて、ようやく世の中の仕組みを現実的に見られるようになったのよ。だからもう――」

「大好きなお姉様――」ペネロープはリリーの手を取り、両手で握りしめた。「小さいころからずっと、お姉様のことは世界一きれいで、世界一勇敢で、誰にも負けない人だって認めているの。でも、現実的というのとは違う。お姉様が現実的だったためしなんて一度もないわ」

手を引き抜いたリリーは、仰天して妹を見つめた。妹の協力を期待していたのに、どうやら見込み違いだったようだ。そうだとしても、計画は遂行しなければならない。これは妹のためなのだ。当の本人が助けを必要としていることを、認めようが認めまいが関係ない。

「わたしの話なんてしたくない」リリーはぶっきらぼうに言った。「あなたの話をしましょう。ロンドン中の殿方の中に、彼よりもふさわしい男性がいるはずよ」意味深長に眉をあげてみせた。「たとえばほら、スタンフォード卿とか。どう?」

ペネロープはしばらくなにも言わず、どこか遠いところを見る目をしていた。それから、かげりのある笑みを浮かべた。「ザッカリー……」とささやいてから、かぶりを振った。「もう決めたことなの。お姉様には、これまで一度も、なにかしてほしいと頼んだことがなかったわね。いま初めてお願いするわ。どうか、わたしを助けようなんて思わないで。わたしはお父様とお母様の言いつけに従い、伯爵と結婚します。それがわたしの義務なの」それだけ言ってしまうと彼女は、ひらめいたというふうに指を鳴らした。「そんなことよりも、お姉様の旦那様を探しましょうよ」

「勘弁して」リリーは鼻にしわを寄せた。「男の人なんて必要ないわ。もちろん、狩猟場や賭博場では一緒にいるととても楽しいけど。それ以外のときはね……まるで役立たずばかりだもの。男の人なんて、強欲で、自分の主張ばっかり。男の言いなりになったり、大きな子どもみたいに扱われたりするのはまっぴら。ちゃんと自分の考えを持ったひとりの女性として扱ってくれないとね」

「でも、家庭を築くには男性が必要よ」世間の育ちのいい若い女性同様、ペネロープもまた、女性にとって最も大切な仕事は子を産むことだと教えられているのだ。

リリーは胸の内に苦悩が渦巻くのを感じ、「そうね……」と苦々しげにつぶやいた。「子どもをつくるには、男性がいなくてはね」

「一生ひとりでいたいわけではないのでしょう?」

「どこかの誰かの人生の駒にされるくらいなら、ひとりのほうがずっとまし!」リリーは無意識に叫び、妹の当惑した表情を見てようやく、自分が大声をあげたことに気づいた。すぐさま笑みを浮かべてみせ、椅子に掛けられた肩掛けに手を伸ばした。「これ、借りてもいい？　ちょっと探検してくるわ。そうね、外にも出てみようかしら。なんだかここは息苦しくって」

「お姉様、どうかしたの――」

「話のつづきはまた今度にしましょう。約束するわ。ゆ、夕食のときにまたね」リリーは急ぎ足で部屋を出ると、広間を大またに突っ切り、装飾的な階段を下りた。どこに行くあてがあるわけでもなかった。贅《ぜい》を凝らした内装には目もくれず、うつむいて歩いた。「だめね、もっと冷静にならなくては」とひとりごちた。近ごろはどうも、すぐに自制心を失ってしまうし、不用意な言葉を発してしまうこともある。ぼんやりと大広間を通りすぎ、気がつくと回廊に来ていた。少なくとも三〇メートルはありそうな長い回廊で、ガラス窓から差しこむ陽射しがまぶしい。くもりひとつなく磨かれた窓の向こうに、整形庭園のよく手入れされた緑の芝生と縁取りされた遊歩道が見えた。こんなときは元気を出して外を歩くのが一番いい。肩掛けを揺らしながら、リリーはおもてに出ると、ひんやりと心地よい風を堪能した。

　素晴らしい庭園だった。きちんと剪定されたイチイの生垣でいくつもの区画に仕切られており、気品とみずみずしさに満ちている。礼拝堂のかたわらには細い小川が流れ、小さな円形のため池には純白のスイレンが見えた。その先には薔薇園が広がり、めったに見ることのできないエアシャーローズの大きな茂みをたくさんの花が取り囲んでいた。リリーはツタと蔓薔薇がからまる垣根に沿って歩いた。古ぼけた石段を上ると、人工湖に臨むテラスに出た。かたわらに噴水が設けられており、その周りを一群れのクジャクが気取った様子で歩いている。庭は静謐《せいひつ》に満ちていた。まるで、悪いことはなにひとつ起こらない、不思議な魔法にかけられたかのようだった。

　敷地の東側に果樹園が見える。二年間住んだイタリアの小さなヴィラにあった、レモンの果樹園が思いだされた。ニコールとふたり、一日の大半をその果樹園と小さな家の裏手にある柱廊《ロッジア》で過ごしたものだった。ときには娘を連れて、うっそうと茂る森《ボスコ》まで散歩に行くこともあった。

「思いだしてはだめ。絶対にだめよ」リリーは強い口調で自分に言い聞かせた。だが思い出は、まるで昨日のことのように鮮やかによみがえってくる。彼女は噴水の縁に腰を下ろし、肩掛けの前をかき寄せた。湖の向こうに遠く広がる森に無意識に視線をやり、記憶をたどった……。

「ドミーナ！　ねえドミーナ、市場でいろいろ買ってきたわ。パンにソフトチーズ、それにおいしそうなワインも。果樹園で果物を取るのを手伝ってくれない？　それから、今日のお昼は……」

　家の中が妙に静かなのに気づいて、リリーは足を止めた。にこやかな笑みを消し、バスケットを扉の脇に置くと、家に入った。地元の女性と同じように、木綿のスカートに長袖のブラウスというかっこうで、髪は大判のハンカチでまとめている。漆黒の巻き毛と完璧な発音のおかげで、生粋のイタリア人と間違われることもしばしばある。「ドミーナ？」彼女は用心深い声でふたたびメイドの名を呼んだ。

ふいに姿をあらわしたドミーナは、日に焼けたしわだらけの顔を涙で濡らしていた。ひどく取り乱した様子で、細い三つ編みにしてまとめた頭髪から白髪がほつれて飛びだしている。「セニョリーナ――」ドミーナはいったん息をのんでから話しだしたが、支離滅裂でなにを言いたいのかさっぱりわからない。

リリーは年老いたメイドの丸い肩に腕をまわして落ち着かせようとした。「ドミーナ、いったいどうしたの？　ニコールがどうかしたの？　あの子はどこ？」

ドミーナはすすり泣いた。なにか……言葉にできないほど恐ろしいなにかが起きたに違いない。もしかしてニコールの具合が悪くなったのだろうか。ひょっとしてけがをした？　リリーはいてもたってもいられず、メイドから身を離すと、子ども部屋につづく階段に小走りに向かった。「ニコール？　ニコール、ママが帰ってきたから、もう大丈夫――」

「セニョリーナ、嬢ちゃまはおりません！」

リリーは凍りついたように階段の一段目で足を止めた。手すりをぎゅっと握りしめながら振りかえると、ドミーナははた目にもわかるほど大きく身を震わせていた。「どういう意味？」とかすれた声で問いただした。「あの子はどこにいるの？」

「ふたり組みの男でした。止められなかったんです。止めようとしたのに……ああ、なんてこと……男たちが嬢ちゃまを連れていってしまった。嬢ちゃまはもういない」

これは悪夢よ……リリーは思った。なにがなんだか、さっぱりわけがわからない。「男たちはなんて言ったの？」という自分の声が妙にこもって聞こえた。ドミーナはまた泣きだした。リリーは駆け寄りながら叱りつけた。「泣いている場合じゃないでしょう！　男たちがなんと言ったか答えなさい！」

あるじの形相に驚いて、ドミーナは後ずさりした。「なにも言いませんでした」

「あの子をどこに連れていったの？」

「わかりません」

「メッセージやメモは残していかなかった？」

「いいえ、セニョリーナ」

リリーはぽろぽろと涙をこぼすメイドの顔を凝視した。「ああ、嘘でしょう、まさかそんな……」リリーは半狂乱で子ども部屋に急いだ。つまずいて膝をついても、向こうずねをいやというほどぶつけても、痛みなど感じなかった。小さな子ども部屋は、いつもとなにも変わらないかに見えた。床におもちゃが転がり、揺り椅子の肘掛けにはしわくちゃのドレスが掛かっている。ベッドはもぬけの殻だった。リリーは片手でおなかを、もう片方の手で口を押さえた。あまりのことに涙さえ出ない。振りしぼるような自分の叫び声だけが耳に響いた。

「いやよ！　ニコール……いやー！」

リリーははっとわれにかえった。あれから二年以上が経ってしまった。二年。暗澹たる思いがした。ニコールはわたしを覚えているかしら……。無事で生きているかしら。そう思ったとたん、息もできないくらい胸が苦しくなった。これはきっと、これまで犯してきた罪への罰だ。罰として娘と離れ離れにされたのだ。でも神様は慈悲深い方のはず。それに、無垢なニコールにはなんの罪もない。一生かけてでも、娘を見つけだしてみせる。

こんなみごとな食べっぷりの女性は見たことがない……アレックスは思った。たぶんこの食欲こそが、あの尽きることのない活力の源なのだろう。リリーはいかにもおいしそうに、マディラソースをかけた厚切りのハム、山盛りのじゃがいもと茹で野菜、ペストリー、新鮮な果物を平らげた。食べながらずっと、声をあげて笑い、おしゃべりをつづけた。表情豊かな顔が、ぬくもりのある明かりに照らしだされている。アレックスは何度となく、無意識に彼女を見つめている自分に気づいて腹をたてた。彼女に魅了され、当惑させられる自分に心底うんざりした。

話題が変わるたび、彼女はしっかりと自分の意見を口にした。狩猟や乗馬といった男性的な話題に及んだときには、男顔負けの豊富な知識を披露した。一方で、母親と社交界のうわさ話をするときには、レディのお手本と言っていいくらい気の利いた言葉を返した。とりわけ不思議だったのは、ほんの一瞬ではあるが、妹も足元に及ばないほど純真な愛らしさを垣間見せることだった。

「ペニーはきっと、ロンドンの誰も見たことがないくらい最高にきれいな花嫁になるわ！」

リリーは断言して妹を恥じらいがちに笑わせた。それから母親に向きなおり、軽口をたたいた。「ずっと夢見ていた素晴らしい結婚を実現できて、本当によかったわね、お母様。わたしのせいで何年も心を痛めたあとでは、喜びもひとしおでしょう?」

「あれくらいの悩みなんてどうってことありませんよ。それにわたしはまだ、あなたの結婚だってあきらめていませんからね」

穏やかな表情をよそおいつつ、リリーは内心で笑っていた。誰かの妻になるくらいなら死んだほうがましよ、と陰気に思った。ふとレイフォードを見やると、とっくにさめてしまった料理にまだ集中している様子だった。「結婚してもいいと思えるような男性は、まず見つからないもの」

ペネロープがまじまじと見つめる。「それって、どんな男性?」

「そうね、ちょうどいい言葉が見つからないけど……」リリーは考えこむ顔で応じた。

「意気地なし、かな?」アレックスがつぶやいた。

リリーは彼をにらんだ。「結婚という制度は、男性のほうにずっと有利にできているわ。夫は常に、法的にも経済的にも妻より上の立場にある。哀れな妻は、花の盛りをすべて子育てと夫の世話に費やす。そしてふと気づいたときには、ろうそくのように燃えつきているというわけ」

「ウィルヘミーナ、そんなことはありませんよ」母が興奮気味に口を挟む。「女性はみな、男性に守られ、導かれなければ生きていけないのですよ」

「わたしは違うわ!」

「そのようだな」というレイフォードの声が聞こえた。突き刺さる視線に、リリーは押さえこまれたように感じた。落ち着かなげに身をよじり、その目を見かえした。どうせデレクとのうわさ話を耳にしているのだろう。むろん、レイフォードにどう思われようとかまわない。それに、彼女が誰とどんな「間柄」にあろうがなかろうが、彼には関係がないはずだ。

「ええ、そうなんですの」リリーはつんと言いかえした。「でも、もしもわたしが結婚するとしたら、強さと冷徹さを混同しない男性を選びますわ。妻を美しい奴隷ではなく、人生のパートナーとして扱ってくれる男性をね。それから――」

「リリー、いいかげんにしなさい！」父が顔を赤黒くしてどなった。「わたしがなによりも平穏を望むのは知っているだろう。それをおまえはやたらと大騒ぎして。今夜はもう口をきいてはならん」

「いや、どうぞつづけてください」アレックスが静かに言った。「ミス・ローソン、あとはどんなことを男性に望むのですか？」

リリーは頬が熱くなるのを覚えた。胸の奥で不思議な感覚が渦巻く。緊張と、妙なぬくもりと、困惑がないまぜになった感覚だ。「もういいわ……みなさんは一般論がお好きなようだから」とつぶやくように言うと、口の中にチキンを放りこんだ。だが肉汁たっぷりのチキンはまるでおがくずのように感じられ、なかなか飲み下せなかった。誰も口をきかない。ペネロープが困った顔で婚約者と姉を交互にちらちらと見やる。

「でもね、お母様――」しばらくしてリリーは、母の血色のいい顔に視線を向けながら言った。「わたしも年を取るにつれて、以前よりは落ち着いてきたと思うの。だから、こんなわたしを大目に見てくださる方を見つけられるかもしれないわ。わたしのわがままを聞いてくださる方をね」意味ありげにいったん言葉を切った。「実を言うと、もうそういう方を見つけたのかもしれない」

「もう、はっきりおっしゃい」母が問いただした。

「今日明日にでも、わたしに来訪者があるかもしれないわ。とても素晴らしい方なの。レイフォード卿のように、爵位を持ってらっしゃる方」

たちまち母はにこやかな顔になった。「本当なの、ウィルヘミーナ？　ひょっとして、わたしも知っている方？　どうしていままで黙っていたの？」

「どこまで話していいかわからなかったから」リリーは恥ずかしそうに答えた。「でも、たしかにお母様も知っている方よ。実はね、ザッカリーなの」

「スタンフォード子爵？」

家族の仰天した顔にリリーはにっこりした。「そう、あのスタンフォード子爵。ご承知のとおり、ザックとはハリーとお別れしてから親しくさせていただいているの。ずっと相手を大切に思ってきたわ。大いに意気投合しているの。それで、最近ようやくお互いの気持ちが熟してきた感じ」完璧だわ……リリーは内心得意になった。さりげなく、それでいて嬉しそうに、はにかむ感じで告げることができた。

愛人のデレク・クレーヴンはそれについてどう思っているのだね――アレックスは喉まで

出かかった言葉をのみこんだ。リリーとスタンフォードが結婚？　スタンフォードは無害だがまるで男気がない。かわいそうに、きっと彼女の尻に敷かれることだろう。

リリーは妹にすまなそうな笑みを向けた。「もちろん、ザックが一時あなたに好意を寄せていたことは、みんなが知っているわ。でも彼、近ごろはこれまでと違う目でわたしを見るようになって……。わたしたちがそういうことになったとしても、不快に思ったりしないでくれるわね？」

ペネロープはなんとも言えない表情を浮かべた。驚きと嫉妬が入り交じった表情だ。妹からそんな顔で見られるのは初めてだった。やがて彼女はけなげに笑顔を作った。「お姉様を幸せにしてくださる方が見つかったのなら、わたしも嬉しく思うわ」

「ザックはきっととてもいい夫になると思うの」リリーはまじめな顔で応じた。「ただし、射撃の腕前はこれから鍛えないといけないけど。わたしと違って狩猟が苦手だから」

「だって、ほら」ペネロープは熱のこもらない声で言った。「スタンフォード子爵は、穏やかで思慮深い方だもの」

「そうね……」リリーはつぶやいた。ペニーは本当にわかりやすい。あんなに情熱的に求愛してきた男性が、いまでは姉との結婚を考えているとわかって衝撃を受けている。でもこれで大丈夫、計画は着々と進んでいる。リリーは満足げにレイフォードに向きなおった。「こちらにわたしのお客様が訪ねてこられても、かまいませんわね、伯爵？」

「あなたのせっかくの縁談を邪魔しようなんて夢にも思いませんよ。次の機会がいつあるか

げるのを待った。
「お気づかいをどうも」リリーは皮肉をこめて返し、背筋を伸ばして、空いた皿を給仕が下
もわからないのですからね」

「ミス・ローソン? あの、なにかお飲み物をお持ちしましょうか? 紅茶でも?」

カーテンが引かれる音が聞こえた。浅い眠りから覚め、リリーはうめいた。陽射しがまぶしい。顔を横に向けると首の筋肉がひどく痛み、思わず顔をしかめる。妙な夢ばかり見て、ろくに眠ることができなかった。夢にはときおりニコールも出てきた。見知らぬ場所の果てしなく長い廊下で、リリーは娘のあとを追い、よろめきながら走っていた。

メイドがおずおずと質問をくりかえしてくる。おそらくあの憎たらしい伯爵がいじわるをして、とんでもない時間に起こしてこいと命じたのだろう。内心でレイフォードに悪態をつきながら、リリーはまぶたをこすり、身を起こした。「ううん、紅茶は結構よ。もう少しベッドで横になっていたい――」

そこまで言ってからはっと息をのんだ。周囲の様子が目に入り、ぎくりとした。そこはベッドではなかった。寝室ですらなかった。そこは……一階の書斎だった。革張りの肘掛け椅子にきゅうくつそうに丸くなっていたのだ。豊かに波打つ赤毛を白い帽子に押しこんだ若いメイドが、手をもみ合わせながら目の前で立ちつくしている。視線を落としたリリーは、自分が純白のナイトドレスしか着ていないのに気づいた。化粧着も、部屋履きも身に着けてい

ない。ゆうべ眠りにつくときは、あてがわれた来客用寝室のベッドに入ったのに、目を覚ましたのは肘掛け椅子の上。

問題は、ベッドを出たことも、階段を下りたことも覚えていないことだ。なにひとつ思いだせなかった。

またあれが起きたのだ。

彼女は動揺し、玉の汗がにじむ額を手のひらでぬぐった。酔っていたのなら、この状況も納得がいく。お酒で気持ちがよくなると（デレクいわく「泥酔すると」）、ばかげたことをよくしでかすからだ。でもゆうべは食後にほんの少しのリキュールを口にしただけだし、そのあとで濃いコーヒーも飲んだ。

ただ、似たような経験はこれまでにも二回ある。一回目は、ロンドンのテラスハウスの寝室で眠りについたのに、翌朝目覚めたのは厨房だった。二回目のときは、応接間で寝ているところを執事のバートンに発見された。バートンは、あるじが強い酒かなにかで酔っていると思ったらしい。完璧にしらふだと弁明するわけにはいかなかった。眠っている間に家の中を歩きまわっていたなんて、誰にも知られてはいけない。そんなのは、正気の沙汰とは思えない。

メイドはこちらをじっと見て、リリーの説明を待っている。

「ゆ、ゆうべは……なんだか落ち着かなくて、ちょっとお酒でも飲もうと思って階下に来てみたの」リリーは言いながらナイトドレスを両手でぎゅっと握った。「ひ、肘掛け椅子で眠ってしまうなんてばかね」メイドは室内を見渡している。グラスがないのをけげんに思っているのだ。リリーは懸命に小さく笑ってみせた。「ちょっと……考え事をしようと思ってここに腰を下ろしたのよ。そうしたら、一滴もお酒を飲んでいないのに眠りこんでしまったわけ！」

「さようでございますか」メイドはまだ疑う声だ。

乱れた巻き毛をリリーはかきあげた。こめかみと額にひどい頭痛を覚えた。頭皮まで痛む気がする。「そろそろ自分の部屋に戻ったほうがいいわね。寝室にコーヒーを持ってきてくれる？」

「かしこまりました」

ナイトドレスの前をかきあわせるようにして、リリーは肘掛け椅子からよろよろと立ち上がり、つまずかないよう注意しながら書斎をあとにした。玄関広間を抜ける。厨房のほうから皿やポットがぶつかりあう音や、早朝の業務に精を出す使用人たちの話し声が聞こえた。誰かに見られる前に早く寝室に戻らねば。両手でナイトドレスの裾を持ち上げて、一目散に階段を駆け上った。

ちょうど上りきったところで、大きな人影がぬっとあらわれた。まったく気が滅入る。よりによってレイフォードだった。朝乗りに出かけるところなのだろう。乗馬服に身を包み、磨きあげられた黒い長靴《ちょうか》を履いている。リリーはあわてて、体を隠すようにナイトドレスの前をかきあわせた。値踏みするような視線に、薄いドレスを脱がされ、その下に隠された肢体をくまなく観察されるかのように感じた。

「そのようなかっこうで屋敷の中を歩きまわるとは、いったいどういうつもりだ？」とぶっきらぼうに問いただされた。

リリーは口ごもった。とっさの思いつきで、つんと澄ました顔をつくり生意気そうに彼を見上げた。「ゆうべ、あなたの使用人といいことをしていたのかもしれませんわね。わたしのような女なら、いかにもやりそうだと思いません？」

沈黙が流れた。感情が読みとれないレイフォードの瞳に凝視される時間は、永遠につづくかに思われた。目をそらそうとしてもできなかった。ふいに彼の瞳がいつもの冷たい輝きではなく、熱っぽい光を放っているように思われてきた。身じろぎもせず突っ立っているのに、ふたりを取り巻く世界だけがすごい勢いで回転しているように感じられる。足元がふらついて、リリーは手すりをつかんだ。

彼の声がいつもよりさらに重々しく聞こえる。

「ミス・ローソン、今後もわが家に滞在するつもりなら、使用人を含めた全員のために、その使いこんだ小さな体はしっかり隠しておきたまえ。わかったか？」

さげすみの言葉は、頬を打たれるよりも痛かった。使いこんだ体ですって？　リリーは鋭く息をのんだ。こんなに誰かを憎く思うのは生まれて初めてだ。もちろん、ジュゼッペは除いて。レイフォードに痛烈なおかえしをお見舞いしたかったが、この場から早く逃げたいという思いに唐突に駆られた。「わかりましたわ」とそっけなく返し、急ぎ足で彼の脇をすり抜けた。

アレックスは振りかえって彼女を見ようともしなかった。彼女と同じくらい急ぎ足で階段を下りた。厩舎には行かず、誰もいない書斎に向かうと、側柱が揺れるほどの勢いで扉を閉めた。ひとりになると、荒々しく長い息を何度か吐いた。薄い純白のナイトドレスに身を包んだ彼女を見た瞬間、ほしくてたまらなくなってしまった。いまだに全身が興奮のあまり張りつめ震えている。あの階段で彼女を抱き寄せ、絨毯の上に押し倒し、中に入りたかった。指をからめてごらんなさいと誘ってくるあの短い巻き毛……なめらかに透きとおる首筋……そそるような小さな胸のふくらみ。

アレックスは悪態をつき、ひげをそったばかりのあごを乱暴に撫でた。キャロラインにも欲望は覚えた。だがそこには、彼女への優しさと愛情もちゃんとあった。だがこの思いは、愛とはまったく関係がない。わきおこる欲望は、キャロラインへの裏切りも同然に思われた。どうやらリリー・ローソンは、想像していたよりも危険な女性らしい。彼はこれまで、自分自身の感情はもちろん、周囲のすべてのものを掌握してきた。それが、彼女がそばにいるだけでこのざまだ。だが誘惑に負けるわけにはいかない……決して。たとえそのために、死ぬほど苦しむことになろうとも。

4

「ザッカリー！　ああ、嬉しい。よく来てくださったわね！」リリーはザッカリーに駆け寄り、両手を固く握りしめると、まるで屋敷の女あるじのように邸内へ招き入れた。爪先立ちになって顔を上げると、彼は義務的に頬に口づけてきた。黒絹のクラヴァットに優雅な乗馬服といういでたちのせいで、どこから見てもハンサムな地方名士という雰囲気だ。執事が礼儀正しく客人の上着と手袋と帽子を受け取り、静かに下がる。玄関広間の隅にザッカリーを引っ張ってから、リリーは耳元でささやいた。「お母様とペニーとレイフォードは応接間でお茶を飲んでいるわ。いいこと、あなたはわたしに求愛中のふりをするのよ。妹と目をあわせたりしたらつねってやるから！　さあ、こっちに――」

「待って」彼は不安げにささやき、リリーの腕をつかんだ手に力をこめた。「ペネロープはどうしてる？」

リリーはほほ笑んだ。「心配ご無用。あなたにも、まだチャンスはあるわ」

「彼女、まだわたしを愛してくれているのかい？　本人がそう言ったの？」

「いいえ、自分では認めないでしょうね」リリーはしぶしぶ答えた。「でも、レイフォードを愛していないことはたしかよ」

「リリー、彼女への愛で死んでしまいそうだよ。この計画は絶対に成功させなくちゃいけない」

「成功するわ」リリーは断言し、彼の腕に手をかけた。「さあ……戦いの始まりよ！」

ふたりは並んで玄関広間をあとにした。「もう少し早く来たほうがよかったかい？」応接間の三人にも聞こえる声で、ザッカリーがたずねる。

リリーはウインクしながら「いいえ、あなた。ちょうどお茶の時間よ」と応じ、満面の笑みで彼を応接間へといざなった。淡黄色の絹布で彩られた応接間は、みごとな彫刻のマホガニーの家具が並び、大きな窓があって美しく広々としている。「どうぞ、お入りになって。みんな顔見知りだから紹介するまでもないわね――気楽でいいわ！」とリリーはさりげない口調で言い、親しげにザッカリーの腕に寄り添った。「ねえザック、レイフォード・パークのお茶は、それはそれは上等なのよ。ロンドンのわが家で使っている品と同じくらいおいしいの」

ザッカリーは誰にともなく笑みを浮かべて言った。「リリーが淹れてくれるお茶は最高においしいんです。誰にもまねできない、秘密のブレンドで注文しているんですよ」

「旅行中にたまたまあのブレンドに出会ったの」リリーは説明しながら、きゃしゃな猫足の椅子に腰を下ろした。ちらりと妹を見やり、ほんの一瞬だがしっかりとザッカリーと視線をからませるのを確認して内心で小躍りした。妹の瞳に悲しみと、どうにもならない切望が一瞬浮かぶのが見てとれた。かわいそうなペニー……。大丈夫よ、わたしがきっとなんとかしてあげる。そしてあなたとザックとで、この世に本物の愛があるってことをわたしに教えて。

ザッカリーはかしこまった態度で、ペネロープとトッティが座る長椅子に歩み寄った。ペネロープが真っ赤になっているのに気づきながら、彼女には直接話しかけず、トッティに声をかけた。「レディ・ローソンにもお嬢さんにも、お会いできて光栄です。その後、お変わりはありませんでしたか？」

「おかげさまで」というトッティの声には、わずかに不快の色がにじんでいた。娘に対するザッカリーの求愛を拒絶したとはいえ、本音を言えばトッティも彼の人柄は気に入っていた。それに、彼のペネロープに対する愛情がとても深く、真摯《しんし》なものであることもわかっていた。それは、周囲の誰もが知っていることだった。だが、経済的に決して恵まれているとは言えない家は現実的にならねば。娘の結婚相手にはレイフォード卿のほうがはるかに望ましい。

アレックスは大理石の暖炉のかたわらに立ったまま、やりとりを眺めながら葉巻に火をつけた。リリーは彼をにらみつけ、なんて無礼なのかしらと内心で憤った。紳士たるもの、葉巻は男性同士で集まり自分たちが興味を持つ話題に興じるときにたしなむのが当然。立派なパイプで葉巻を四六時中くゆらす短気な老人ならともかく、レディがいる前で葉巻に火をつけるなどもってのほかだ。

ザッカリーが慎重な口ぶりで彼に「こんにちは」とあいさつした。するとと彼は無言でうなずき、葉巻を口元に運んだ。一筋の煙を吐きだすとき、ぎらりと光る銀色の目が細められた。

まるで無愛想な獣ね……リリーは陰気に思った。自分と正反対の男性——魅力的で紳士然とした、誰からも好かれる男性を目の前にして、内心では焦りを感じているのだろう。でもレイフォードは、たとえ一〇〇年努力しても好人物になどなれやしない。リリーはあらためて彼をにらみつけてから、ザッカリーに笑みを向けた。「お座りになって、ザック。ロンドンは近ごろどんな様子か、聞かせてくださらない？」

「いつもながら、きみがいないロンドンは信じられないくらい退屈だよ」ザッカリーは彼女のとなりに腰を下ろしながら答えた。「でもつい先日、盛大な晩餐会に出席してね。ディアハースト卿との結婚以来、アナベルはとても幸せにやっているようだよ」

「それはよかったわ。あの老いぼれ好色漢のチャールズ卿との結婚生活に一〇年も耐えたのだもの。彼女には幸せになる資格があるわ」

「ウィルヘミーナ！」トッティがうろたえて言った。「亡くなられた方のことを……チャールズ卿をそんなふうに言うとは何事です——」

「なにがいけないの？　結婚させられたとき、アナベルはたったの一五歳だったのよ。しかも相手は祖父と言ってもいいくらいの年齢だった！　それに、チャールズ卿がアナベルにつらくあたっていたのは誰もが知っていること。個人的には、あのご老体が亡くなり、彼女が自分にふさわしい年齢のお相手を見つけることができて、嬉しく思うわ」

トッティは眉をひそめた。「ウィルヘミーナ、そういう心ないことを言うものではありませんよ」

ザッカリーがリリーの手を軽くたたき、援護にまわった。「きみはちょっと正直すぎるね、愛しいリリー。でも、きみを知っている誰もが、本当のきみは世界一思いやりあふれる女性だとわかっているよ」

リリーは彼にほほ笑みかけつつ、妹が狼狽の表情を浮かべるのを視界の隅でとらえた。愛した男性が姉に向かって「愛しい」などと呼びかけるとは、想像もしなかったのだろう。リリーは妹に同情する一方で、内心愉快にも思った。すべてお芝居なのよ、と打ち明けたくて仕方がなかった。リリーは笑いながら「これからは口を慎むようにするわ」とザッカリーに応じた。「少なくともいまはね。そんなことより、早くロンドンの話のつづきを聞かせて。正直な意見でみなさんを仰天させるのは控えるから。紅茶のおかわりはいかが、ザック？ミルクだけで、砂糖はなしでよかったわね？」

ザッカリーがロンドンの話題で女性陣を楽しませている間、アレックスは葉巻をくゆらせながらリリーを観察した。ふたりが結婚を考えているらしいことは認めざるを得ない。いかにも親しげな様子を見れば、長い年月をかけて友情をはぐくんできたことは明白だ。きっとお互いに好意を抱き、一緒にいることに安心感も覚えているに違いない。

それに、この結婚がもたらす利点も一目瞭然。三男坊のザッカリーにとって、自分が相続できるわずかな遺産をはるかにしのぐリリーの財産は見逃せない。そのうえ、リリーは魅力的な女性だ。今日の彼女は海緑色のドレスに身を包んでおり、肌がかすかに薔薇色を帯びて輝き、黒い髪と瞳がとてもエキゾチックだ。男なら誰だって、喜んで彼女と夜をともにしたいと思うだろう。そのリリーにしても、ザッカリーのように家柄も人柄も優れた人物と結婚できれば幸いだろう。零落《れいらく》寸前の生活を長いこと強いられてきたあとではなおさらだ。

だが、ふたりが一つ屋根の下に暮らすさまを想像して、アレックスは顔をしかめた。望ましい結婚とは到底言えないな、と思った。三〇になるザッカリーは、まだ酸いも甘いもかみ分けているとは言いがたい。いまの彼に一家のあるじとなるのは無理だ。まして相手がリリーのような強情っぱりでは。いずれ彼は、妻に逆らうよりおとなしく従うほうがいいと思うようになるだろう。そして彼女は、そんな頼りない夫に愛想を尽かすだろう。この結婚は、最初からうまくいかないと決まっているようなものだ。

「伯爵？」リリーたちが期待をこめたまなざしでこちらを見ていた。アレックスははっとわれにかえり、会話をまるで聞いていなかった自分に気づいた。「ねえ伯爵」リリーがもう一度呼びかける。「もうお庭に穴は掘りましたの？」

「穴？」聞き間違えたのかと思い、アレックスは問いかえした。

彼女は妙に満足げな顔だ。「ええ、新しい池の」

わけがわからず、アレックスは無言で彼女を見かえし、やっとの思いで声を出した。「いったいなんの話だ？」

乱暴な物言いに、リリーを除く三人が驚いた表情を浮かべた。当のリリーはほほ笑んだままだ。「昨日の午後、お宅の庭師のミスター・チャムリーとお話をしましたの。そのときに、庭に少し手を入れたらどうかしらと提案したのよ」

アレックスは葉巻を押しつぶして火を消し、吸いさしを暖炉に投げこんだ。「わが家の庭に手を加える必要などない。二〇年も前からいまの状態を維持しているのだ！」

リリーはにこやかにうなずいた。「だからこそですわ。残念ながら全体的に時代遅れだって、ミスター・チャムリーにも言いましたの。いまどきの庭はあちこちに池を配しているものでしょう？　だから彼に、池を作るのにちょうどいい場所も教えておきました」

アレックスは首からこめかみまで真っ赤になった。彼女の首をこの場で絞めてやりたい。「わたしの許可なしに、チャムリーはスプーン一杯の土すら掘りかえすことはできん」

リリーは悪びれずに肩をすくめ、「でも、わたしの案に大賛成って感じでしたわ。あの様子だと、もう穴を掘りはじめていてもおかしくないわね。それに、伯爵もきっとお気に召すはずよ」と優しく親しげな笑みを浮かべた。「小さな池ができあがった暁には、脇を通るたびにわたしのことを思いだしてくださいね」

アレックスは顔をゆがませ、不快げにうなると、大またに部屋を出ていった。

トッティとペネロープとザッカリーが一斉にリリーに目を向ける。

「わたしの案がお気に召さなかったみたい」彼女はがっかりしたように言った。

「ウィルヘミーナ」トッティが弱々しい声で言った。「あなたがよかれと思ってしたのはわかっていますよ。でも、伯爵のお屋敷についてこれ以上口を挟むのは慎みなさい」

そこへ突然、真っ白なエプロンを腰に巻き、ひだ飾りのついた帽子をかぶった厨房付きのメイドが部屋の戸口にあらわれた。「レディ・ローソン、料理長がお話があると申してます。結婚披露宴のお料理についてすぐにご相談したいそうです。スープからデザートまで、なにを作ればいいやらさっぱりわからなくて困ってしまったようで」

「どういうことなの？」トッティが当惑した表情を浮かべた。「こまかいところまで全部、相談して決めたはずなのに。なにも困ることなどないはずですよ」

リリーはこほんと小さく咳払いをした。「お母様、料理長はきっと、わたしが提案した変更点について相談したいのだと思うわ」

「もう、あなたって人は。余計なことばかりして」トッティはすっくと立ち上がると、巻き毛を大きく揺らしながらあわてて部屋を出ていった。

リリーは笑顔でザッカリーと妹に視線を移した。「さてと、わたしは自分でまいた種を刈ってこなくっちゃ。あなたたちは、どうぞふたりでごゆっくり」そして妹が小さく抗議するのを無視して部屋を出ると、扉を閉めるなり両手をこすりあわせてにんまりとした。「うまくいったわ……」とひとりごち、口笛を吹きたいところをぐっとこらえ、屋敷裏手の回廊を大またに進んだ。フランス戸を開け放ち、庭に足を踏みだす。

生垣やきちんと剪定された樹木の間をゆっくり歩きながら、彼女は気持ちのよい陽射しと、巻き毛が風になびく心地よさを楽しんだ。誰にも姿を見られないよう細心の注意をはらいつつ歩を進める。とりわけ、人声が聞こえてきたときは気をつけた。レイフォードの怒りをあらわにした声が、雷鳴のようにとどろく。彼女は耳をそばだてた。この誘惑には到底打ち勝てない。声のするほうにそろそろと近寄り、イチイの生垣の背後に身を隠した。

「……しかし、だんな様」チャムリーが抗議している。庭師のひげにおおわれた丸顔がピンク色に染まり、はげあがった額が陽射しを受けてぴかぴか光るさまが目に浮かぶ。「たしかにあの方のご提案はうかがいました。ですが、あんな壮大な変更、だんな様にご相談もなしにやったりしませんよ」

「彼女がなにを提案しようと、それが壮大だろうとつまらないものだろうと、わたしの知ったことではない。とにかく、やるんじゃない！」レイフォードが命じた。「彼女に言われるままに小枝を切ったり、雑草を抜いたりするのも許さん！　小石ひとつ動かすな！」

「承知しました、だんな様。仰せのとおりにいたします」

「わが家の庭にこれ以上、池なんぞ必要ないからな！」

「はい、だんな様。必要ございません」

「いいかチャムリー、今度また彼女が仕事に口出ししたら、すぐわたしに報告しろ。ほかの者たちにも、日々の業務を勝手に変更しないよう伝えておけ。自分の屋敷なのに、足も踏み入れたくなくなったらどうする？　彼女のことだ、きっと次は、壁という壁をピンクと紫で塗れと言うに違いないぞ」

「おっしゃるとおりです、だんな様」

どうやらお説教はこれでおしまいらしい。ふたりの声は聞こえなくなった。やがて足音が聞こえてきて、リリーはイチイの生垣の後ろでさらに身を低くした。ここで見つかったらまずいことになる。だが残念なことに、レイフォードの第六感が働いたらしい。リリーが身動きひとつせず、かすかな物音すらたてなかったのに、彼は生垣をぐるりとまわり、そこに身を潜める彼女を発見した。ついさっきまでひとりほくそえみ、内心で自分を褒めていたリリーなのに、次の瞬間には、怒りに震える彼の顔をじっと見つめる羽目になってしまった。

「ミス・ローソン!」

「なんでしょう、伯爵?」リリーは片手を目の上にかざした。

「しっかり盗み聞きしたかね? それとも、同じせりふを最初からくりかえそうか?」

「そばに居合わせたら誰でも、盗み聞きしたい誘惑に駆られると思いますわ。でも、ご安心ください。壁という壁を紫に塗れなんて決して言いませんから。もっとも——」

「ここでいったいなにをしている?」

リリーはとっさに言い訳を考えた。「ええと、ザッカリー……とちょっとした口論になったのです。それで、おもての風にあたって頭を冷やそうと思って、それから——」

「母君も、ザッカリーとペネロープと一緒に応接間にいるのか?」

「だと思いますけど」リリーはそ知らぬ顔で応じた。

慎重に無表情をよそおった彼女の顔をじっと見つめたレイフォードは、その思考をすべて読みとったらしい。「なにをたくらんでいる?」と恐ろしい声で問いただした。それから唐突に背を向けると、屋敷へと通じる小道を行ってしまった。

大変! リリーは青くなった。ザッカリーとペネロープの評判を落としかねない場面を、レイフォードに目撃されるかもしれない。すべてが台無しになる。彼を止める手立てを考えなければ。「待って!」リリーは小走りに追いかけた。「待ってよ、おねが――」

出し抜けに足をなにかにとられて、彼女は金切り声とともに派手に転んだ。小さくののしりながら、いったいなににつまずいたのかと首をまわして見る。ねじれた木の根が地面から弓状に突きだしていた。立ち上がろうとしたが、足首に突き刺すような痛みが走り、芝生の上に倒れこんだ。「もう、最悪――」

悪態をつきつづけるリリーの耳に、アレックスの声が聞こえた。小道を数歩戻ってきて、「何事だ?」とぶっきらぼうに問いかけてきたのだ。

「足首をひねったのよ!」リリーは腹立たしげに答えた。

だが彼は疑うような視線をちらと投げただけで、すぐにまた屋敷のほうに向かってしまった。

「いじわる! 嘘じゃないわ! こっちに来て手を貸して。いくらあなたでも、そのくらいの騎士道精神はあるでしょう? 茶さじ一杯の優しさくらいあるわよね」

ふたたび彼がこちらに歩み寄り、立ったまたずねてくる。「どちらの足だ?」

「そんなこと、知る必要がある?」

彼はしゃがみこむなりスカートの裾をめくり、靴下をはいた足首をあらわにした。「どちらだ? こっちか?」

「そっちじゃ――痛い!」彼女は激痛に息をのんだ。「なにするつもり――あいたた! 死にそうに痛いわ！　そのいまいましい手を早くどけて、この馬面の、巨人の、サディスト――」

「どうやら嘘じゃないらしいな」アレックスは彼女の肘をつかんで起き上がらせた。

「嘘じゃないと言ってるでしょう！　あのむかつく根っこを、どうしてほったらかしておくの？　危険極まりないわ！」

アレックスは鋭い視線を彼女に投げ、「まだわが家の庭に難癖をつけるつもりか？」と怒りを抑えた口調で返した。

リリーは用心深くかぶりを振り、口を閉じたままでいた。

「それならいい」彼はつぶやき、ふたりは並んで屋敷に向かった。

リリーは足を引きずりながらよろよろと歩を進めた。「腕を貸してくださらないの？」肘が差しだされる。彼女はその腕をとり、ぐっと体重をかけた。速く歩けないようにして、時間稼ぎをするためだ。ザッカリーと妹にできるだけ長く、ふたりきりの時間を過ごさせてあげたい。そっとアレックスの様子を盗み見る。応接間を出ていってから、髪をかきむしるかなにかしたようだ。いつもはきれいに梳かしつけられている金髪が、くしゃくしゃに乱れている。湿気でうなじの髪が縮れ、額に乱れ髪が一筋、二筋垂れている。その髪は、男性とは思えないくらいきれいだった。

腕につかまって歩いているせいで、否が応でも彼の匂いに気づかされる。タバコと、糊づけされたシャツと、種類はわからないがなんとなく気持ちをそそられるコロンの香り。足首がずきずき痛むのに、彼と並んで歩くのをほとんど楽しんでいる。そんな自分に動揺して、リリーはわざと新たな議論を吹っかけた。

「そんなに急がなくてもいいじゃない。まるでかけっこでもしているみたい。まったく！もしもこれ以上足が痛くなったら、あなたのせいよ」

しかめっ面をしつつも、彼は歩をゆるめた。「ずいぶん口が悪いんだな、ミス・ローソン」

「男性はこんなふうに話すわ。だったらわたしだって、こんな口をきいたっていいでしょ。それに、友人の殿方はみんな、この威勢のいい口調を気に入ってくれているし」

「デレク・クレーヴンも含めて、か？」

好都合だわ、とリリーは思った。強力な味方がいるのだということを、ここで彼にわからせておいたほうがいい。「ええ、とりわけ便利な言葉のいくつかは、ミスター・クレーヴンに教えてもらったものよ」

「だろうな」

「ねえ、どうしてそんなに急ぐの？　こっちは頑固なラバじゃないんだから、そんなにぐいぐい引っ張らなくても。もっとゆっくり歩けない？　ついでに言わせてもらうと、あなたってタバコ臭いわ」

「そんなにいやなら、ひとりで歩いたらどうだ？」

邸内に入ってからも、ふたりはまだ口論をつづけていた。リリーはわざと、回廊や大理石の玄関広間に響きわたる大きな声を出した。ザッカリーたちに、戻ってきたことを知らせるためだ。アレックスに引っ張られるようにして応接間の敷居をまたいだときには、不幸な恋人たちは互いにしかるべき距離を保って座っていた。ふたりきりのひとときに、いったいどんなことを話したのかしら……リリーは思った。ザッカリーはいつもと同じ愛想のいい笑みをたたえているが、ペネロープは頬を紅潮させ、まごついた様子だ。

アレックスはザッカリーと婚約者をまじまじと見つめてから、そっけなく問いかけた。

「ミス・ローソンと口論になったそうだが?」

ふたりが部屋にあらわれたと同時に立ち上がっていたザッカリーが、いったいなんの話、という表情でリリーを見る。

「わたしの短気は有名だもの、ね」彼女は笑い声をあげ、とりつくろった。「だから頭を冷やそうと思って、庭に逃げたのよ。もう許してくださる、ザック?」

「許すもなにもないさ」ザッカリーは優しく答え、彼女に歩み寄ると手の甲にキスをした。

リリーはつかんでいたアレックスの腕を放し、ザッカリーの腕をとった。「ザック、椅子に座るまで支えていてくださる? 庭を散策していたら足首をひねってしまって」と言いながら尊大に手を振り、完璧に整備された庭のほうを示した。「地面から木の根が突きだしていたのよ。しかも、殿方の脚みたいに太いのが!」

「若干誇張があるな」アレックスが皮肉っぽく言う。

「いずれにしても、結構な太さだったわ」リリーはザッカリーに支えられつつ、大げさに足を引きずって手近の椅子に歩み寄り、そっと腰を下ろした。

「湿布をはらなくちゃ！」ペネロープが大きな声をあげる。「かわいそうなお姉様——ああ、動いてはだめ！」彼女は部屋を飛びでると厨房に向かった。

ザッカリーが心配そうに問いかける。「相当ひどいのかい？　痛むのは足首だけ？」

「すぐによくなるわ」と言いつつリリーは顔をしかめた。「でも、明日も様子を見にきてくださらない？」

「毎日来るよ。きみがすっかりよくなるまで」ザッカリーは約束した。

リリーは彼の頭越しにアレックスにほほ笑みかけた。歯ぎしりのような音が聞こえたけど、ひょっとして彼かしら、と思いながら。

足首の状態は、一晩休んだらほとんどよくなった。かすかにうずいて、そういえば昨日くじいたのだと思いだす程度。今日はこの時期にしては珍しいくらい暖かく、よく晴れた日だ。ザッカリーは朝から屋敷にやってきて、馬車で近くをまわろうと誘ってくれた。リリーは妹も一緒がいいと言い張った。伯爵も一緒にいかがという妹のおざなりな誘いを、アレックスはにべもなく断った。屋敷に残り、領地管理について片づけることがあるのだという。もちろん、リリーもペネロープもザッカリーも、彼が断ってくれて内心ほっとしていた。一緒に行くと言われていたら、かえって面倒なことになっただろう。

三人は無蓋馬車に乗り出発した。ザッカリーは慣れた様子で手綱を操りつつ、ときおり振りかえってはリリーたちの会話にほほ笑んでみせた。姉妹は並んで座っており、麦わらのボンネット帽が笑顔に影を落としている。やがて前方に分かれ道が見えてきた。ザッカリーの提案で交通量の少ない道を行くと、その先には目を見張るほど美しい田園風景が広がっていた。ザッカリーは馬車をそこで停めた。広々とした緑の草原は、スミレとクローバーとゼラニウムの香りに満ちている。

「素敵！」ペネロープが感嘆の声をあげ、目にかかるほつれた金髪の巻き毛をはらった。

「降りて歩かない？　お母様にスミレを摘んでさしあげたいわ」

「そうね……」リリーはいかにも残念そうにかぶりを振り、「でも、足がまだ少し痛むの」と嘘をついた。「今日は原っぱを歩きまわるのは無理みたい。ザッカリーについていってもらったら？」

「でも、それは……」ペネロープは彼のまじめそうな、ハンサムな顔をちらと見やり、困惑して顔を真っ赤にした。「適切な振る舞いとは言えないのではないかしら」

「頼むよ、ペネロープ」ザッカリーが懇願した。「是非ともエスコートさせてほしい」

「でも……ふたりきりでは……」

「大丈夫よ、ザックが紳士の中の紳士であることは誰もが知っているんだから」リリーは妹を促した。「それに、わたしがずっとふたりから目を離さないから安心して。遠くからちゃんと見張っているわ。もちろん、あなたがいやなら、ここに一緒に座って景色を眺めていてもわたしはかまわないわよ？」

愛する男性とふたりで、お目付け役もつけずに草原を歩くか。それとも姉と一緒に馬車に座っているか。選択を迫られ、ペネロープは唇をかんで眉根を寄せた。だが、誘惑には勝てなかったようだ。彼女はザッカリーに向かって小さくほほ笑んだ。「じゃあ、少しだけ」

「きみが戻りたくなったらすぐに戻るとも」ザッカリーはそう応じて、いそいそと馬車から飛び降りた。

馬車を降りる妹にザッカリーが手を貸し、ふたりがのんびりと草原を歩くさまを、リリーは温かな気持ちで見守った。ふたりはまさにお似合いだった。ザッカリーは高潔で、年も若く、妹を守るに十分な力も備えている。それでいてどこか少年じみたところがあるから、妹を怯えさせることもない。一方のペネロープは愛らしく無垢で、まさに彼が必要としているタイプの女性だ。

ベルベット張りの座席に履き物をはいたまま足を乗せ、リリーは持参したかごに手を伸ばした。果物とビスケットが入っている。いちごをひとつ食べ、緑色のへたを馬車の外に投げ捨てた。帽子のひもをほどいて陽射しを顔に受け、もうひとついちごを取った。

そういえば昔、イタリアに住んでいたころに一度だけ、ジュゼッペと一緒にピクニックを楽しんだことがある。ここによく似た草原で横になり、お昼を食べた。あれは、ふたりが恋人同士になる前のことだった。当時リリーは、自分はもうすっかり大人だと思っていた。あとになってようやく、なにも知らない甘ちゃんだったことに気づいた……。

「田舎の空気って気持ちいいわ」リリーははしゃぎ、ブランケットにむきだしの肘をついて、よく熟した洋ナシにかじりついた。「おもてだと、なんでもおいしく感じる！」

「娯楽たっぷりの街にはもう疲れたかい、愛する人《アモーレ・ミオ》？」ジュゼッペの美しい瞳……長いまつげに縁取られた墨のように真っ黒な瞳が、熱っぽく見つめてくる。

「社交界なんて、ここもイギリスも同じくらい退屈」彼女は考えこむように言い、陽射しで温まった緑の草をじっと見つめた。「誰もが気の利いたことを言おう、注目を浴びようと必死。自分の話ばかりで、人の話なんか聞こうともしない……」

「ぼくは聞いてるよ、この世で一番大切な人《カリッシマ》。きみの話は、一言も漏らさずに聞いてる」

　リリーは片肘で体重を支えて横を向き、彼にほほ笑みかけた。「わかってるわ、ジュゼッペ。でも、どうしてなの？」

「きみを愛してるからさ」彼は情熱的に答えた。

　リリーは思わず噴きだした。「世のすべての女性を愛しているわけね」

「いけないことかい？　ああ、イギリスではそうなんだろうね。でもイタリアでは違う。ぼくの愛情は特別だから、すべての女性を愛することができるんだ。きみにも特別な愛をあげるよ」彼はみずみずしいぶどうを一粒取り、射るような目でじっと見つめながら、ぶどうを彼女の口元に運んだ。

　嬉しさに鼓動が速くなるのを感じながら、リリーは口を開けた。歯でぶどうを挟むようにして、彼にほほ笑みかけながら果肉をかんだ。こんなふうに優しく、熱烈に求愛されるのは生まれて初めてだった。見つめてくる彼の瞳には信じられないほどの愛情と、喜びと、欲望があふれている。信じてはいけないと頭ではわかっているのに、心は求めていた。リリーはずっとひとりだった。誰もがあたりまえのように手に入れているかに見える、あの不可思議なものを、自分も知りたいと思った。

「リリー。ぼくの美しい、英国の小さな天使」ジュゼッペはつぶやくように言った。「きみを幸せにしてあげる。とっても幸せにしてあげるよ、美しい人《ベッラ》」

「そんなこと言わないで」リリーは赤くなった頬を見られまいとそっぽを向いた。「そんなこと、約束できるはずがないじゃない」

「どうしてできないの《ペルケ・ノー》？　試させておくれ、かわいい人《カーラ》。美しいリリー、いつもさびしそうな笑みをたたえている人。ぼくがきみを変えてあげる」ジュゼッペはそう言うと、ゆっくりと身をかがめて彼女にキスをした。重ねられた唇は温かく、心地よかった。まさにその瞬間、リリーは彼のものになろうと決めたのだった。身も心もこの人に捧げよう。どうせ、誰もわたしを処女だとは思っていないし、そう言っても信じてはもらえないのだから。わたしの純潔は誰にも意味のないものなのだから。

いま振りかえってみると、どうして男性や愛を不可思議だけど魅惑的なものだなんて思ったのか、自分でもよくわからない。ジュゼッペとの過ちの代償をリリーはもう何度となく払わされてきた。これからも、罪の代償を払いつづけるのだろう。ため息をついて、妹がザッカリーと歩くさまを眺める。手はつないでいないが、ふたりの間に親密な空気が流れているのがわかる。彼は決してあなたを裏切らない男性よ、ペニー……リリーは思った。そうして、そういう男性はめったにいないのよ。

ザッカリーが帰ったあと、ペネロープはたいそう機嫌がよかった。だがそれから数時間のうちに、なにかが変わってしまったらしい。夕食のときには、瞳からきらめきが消え、顔色も悪く、しゅんとした様子だった。リリーは妹の考えていること、感じていることに思いを巡らせてみた。ようやくふたりきりで話す機会が訪れたのは、寝支度を整えているときのことだった。

「ペニー」妹の背中のホックを外しながらリリーは声をかけた。「どうかしたの？　午後になってからずっと押し黙って。夕食にもほとんど手をつけなかったわね」

ペネロープは化粧台に歩み寄り、ヘアピンを抜いた。小さな滝のように金髪が腰までおおう。姉を見つめる瞳には悲しみの色が浮かんでいた。「お姉様が気づかってくれているのはわかるわ。でもこれ以上、わたしとザッカリーをふたりきりにするのはやめて。そんなことをしてもなんにもならないし、第一、いけないことだわ！」

「彼とふたりきりで過ごしたことを後悔しているのね？」リリーはすまなそうに言った。「あなたを困らせてしまったわね。ごめんなさい、わたし――」

「いいえ、素晴らしいひとときだったわ！」ペネロープは大きな声を出し、すぐに自分を恥じる顔になった。「こんなことを言ってはいけないのに。わたしったら、どうしちゃったのかしら。すっかり混乱してしまって」

「それはね、これまでのあなたがいつもお母様とお父様の言いなりだったからよ。あなたはずっと、ふたりの期待に応えようと必死だった。自分だけのためになにかしたことなんて、生まれてから一度もないんでしょう？　いまだって、ザッカリーを愛してるのに家のために犠牲になろうとしている」

ペネロープはベッドに腰を下ろし、うつむいた。「わたしが誰を愛しているかなんて、重要じゃないわ」

「いいえ、重要なのはあなたの幸せ、それだけよ！　ねえ、どうしてそんなに暗い顔をしているの？　なにかあった？」

「午後、伯爵に呼ばれたの」ペネロープは重たい口を開いた。「馬車でお屋敷に戻ってから」

リリーは視線を鋭くした。「なんですって？　それで、いったいなにを言われたの？」

「いくつか質問されて……ザッカリーは本当はお姉様を愛していないんじゃないかって言われたわ。お姉様に関心があるふりをして、陰でわたしに求愛しようとしているんじゃないかって」

「よくもそんなことを言えたものね」リリーはかっとなった。

「でも、そのとおりなんでしょう？」ペネロープは悲しげに応じた。「お姉様はわかってらっしゃるはずよ」

「ええ、もちろんそのとおりよ。そもそも、わたしがこの計画を練った張本人だもの！」

「やっぱり」

「でも、レイフォードにわたしたちを責める資格なんてないわ！」

「ザッカリーがかつてわたしのような女性との結婚を望んでいたのなら、お姉様のようなタイプとの結婚は考えるわけがないって、伯爵が……」

「わたしのようなタイプ？」リリーの眉間のしわが深くなる。

「正確には、経験豊富なタイプ、と言ったのだけど」ペネロープはばつが悪そうにつづけた。

「経験豊富ですって？」リリーは雌トラのように室内を行ったり来たりした。「リリー・ローソンに夫を見つけられるはずがない、そう言いたいわけね」彼女は息巻いた。「わたしをとても魅力的だと言ってくれる男性はいくらでもいるわ。血管の中を冷たい水が流れている男性は別だけど。数えきれないほどの欠点があるくせに、他人を批判するなんてご立派だこと！　いいわ、こうなったら徹底的にやってやる。この計画が終わるころには――」

「お姉様、お願い」ペネロープは押し殺した声で懇願した。「わたしを困らせないで。このまま、ほうっておいて」

「ええ、いいわよ。ただしレイフォードにちゃんとものの道理をわからせてやってからね」

「だめよ！」もう耐えられない、というふうにペネロープは額に手を当てた。「伯爵を怒らせたりしないで。みんなにも迷惑がかかるわ」

「ひょっとして、あなたにつらくあたったことがあるの？」ペネロープがこちらを見ていないのが幸いだった。怒りに燃えた姉の瞳を見たら、きっと震えあがるだろう。

「い、いいえ、そういうわけではないの。でも、伯爵は絶大な力を誇る方だし、それに、誰かに裏切られて黙ってはいないと思うの……敵にまわさないほうがいいわ！」

「ペニー、もしもザッカリーがあなたに――」

「もうやめて」ぴしゃりと言い放ったペネロープの瞳には、涙が浮かんでいた。「これ以上話したくない。聞きたくない……聞いてはいけないの！」

「わかったわ」リリーはなだめるように言った。「今夜はもうやめましょう。泣かないで。なにもかも、きっとうまくいくから」


アレックスは大階段を駆け下りた。上質なウールの上着に、ポプリン地の黄褐色のベスト、綿ズボンという旅行用のいでたちだ。昨日、一通の手紙を受け取り、朝一番にロンドンまで出向かなければならなくなった。弟のヘンリーがウエストフィールド校から除籍処分を受けるというのだ。由緒ある学校から放校されるなど、レイフォード家では前代未聞だ。

怒りと不安を同時に覚えながら、放校の原因はいったいなんだろうとアレックスは考えた。たしかにヘンリーはいつも元気いっぱいで、いたずらもしょっちゅうするが、性格はいたって素直だ。校長の短い手紙にはなんの説明もなく、ただ、ご令弟は本校ではもはや歓迎されませんとだけ書かれていた。

アレックスは大きなため息を吐いた。自分の教育が行き届かなかったのだろうか。ヘンリーが悪さをし、叱りつけなければならなかったときも、懲罰を与えることだけはできなかった。父が亡くなったとき、弟はまだほんの子どもだった。だからアレックスは、兄というよりはむしろ父親として、彼に接してきた。十分なことをしてきただろうか。こんなことになるなら、もっと早く結婚し、優しく母性愛にあふれた女性を弟の人生の一員に加えてやるのだった。

そんなアレックスの物思いを破るものがあった。急ぎ足に階段を上ってくるナイトドレス姿の小さな人影。またしてもリリーが、裸同然のかっこうで屋敷内をうろついているのだ。彼は歩みを止め、あわてて駆け上がってくる姿をじっと見ていた。

ふいに彼女がアレックスに気づき、数段下で足を止める。彼の険しい顔を見上げて、うめき声をあげ、頭に手をやった。「見逃してくださいません？」

「無理だな」アレックスはしわがれ声で応じた。「いままでどこにいたのか、なにをしていたのか、説明してもらおう」

「あなたには理解できないわ」リリーはつぶやいた。

アレックスは無言で彼女をにらんだ。前回、彼女は本当のことを言ったのかもしれない。本当に、使用人のひとりと密会をしていたのかも。見てくれはいかにもそんな感じだ――着ているものはナイトドレス一枚のうえ、素足で、顔はげっそりと目の周りにくまを作り、背徳の一夜に疲れきっているかに見える。だからといって、なぜ自分が怒りを覚える必要があるのだろう。普段のアレックスは、他人がなにをしようと、自分に不都合が及ばない限りおかまいなしだ。もちろん、後味の悪さは残るが。

「次にまた同じことが起きたら」彼は冷たく言い放った。「きみの荷物をまとめさせてもらう。倫理観念の欠如は、ロンドンでは賞賛されるかもしれない――だが、わが家では容認できん」

リリーはふてぶてしく彼を見かえし、ふたたび階段を上りはじめながら、小声で悪態をついた。

「なにか言ったか?」アレックスは小さくうなった。

肩越しに振りかえり、リリーは甘ったるい笑みを浮かべた。「素晴らしい一日を、と申しただけですわ」

自室に戻ったリリーは風呂の用意を頼んだ。寝室につづく化粧室にしつらえられた磁器の縁取りがあるバスタブに、メイドたちがてきぱきと湯をためてくれる。ひとりが小さな暖炉に火を入れ、かたわらの加温棚にタオルをかける。リリーは、あとは自分でやれるから大丈夫よと言って使用人たちを下がらせた。

バスタブにゆったりと身を沈めながら、彼女はぼんやりと胸元に湯をかけた。化粧室の壁は、手描きの花や鳥を配した中国風の壁紙で彩られている。磁器の炉棚には龍や仏塔の置物。てんで時代遅れだ。最後に壁紙を張り替えたのはきっと、二〇年以上も前に違いない。わたしがここの女あるじだったら、内装にあれこれ手を入れるのに。リリーは頭のてっぺんまで熱い湯に潜った。髪から湯をしたたらせながら顔を出すと、自分の身に起こっている問題について思いを巡らせた。

近ごろは、以前よりも頻繁に夢遊病が起きるようになっている。おとといは書斎で、そして今朝は応接間の長椅子の後ろで目を覚ました。どうしてあんなところにいたのだろう。どうやって、足を踏み外すこともなく階段を下りきったのだろう。一歩間違えば、首の骨を折っていたかもしれない！

こんな状態をつづけるわけにはいかない。不安に駆られたリリーは、夜はベッドに体を縛りつけるべきかしらと思案した。でも、そんな姿を誰かに見られたら？　レイフォードならきっと驚かないわね……リリーはそう思って苦笑した。どうせ彼は、わたしのことを世界一堕落した女だと思っているだろうから。

寝しなにお酒を飲んでおくのはどうだろう。すっかり酔った状態で眠りにつけば……いや、それは破滅への最短距離というものだ。強いお酒で自ら身を滅ぼす人なら、ロンドンでさんざん見てきた。だったら、医者に相談して眠り薬を処方してもらってはどうだろう……だがそれでももしも、あなたは頭がおかしいのですなどと診断されたら？　そんな診断を下されたら、どうなるかわかったものではない。リリーは濡れた髪をかきむしり目を閉じた。「そうよ、きっと頭がおかしいのだわ」とつぶやき、両手をぎゅっと握りしめた。女性なら誰だって、わが子を奪われたら頭がおかしくなるに決まっている。

丹念に頭と体を洗ったあと、湯からあがってタオルで水分をふきとった。レースを縁にあしらった純白のシュミーズと、刺繍入りの綿の靴下と、ピンクの小花模様の綿ドレスを身に着ける。そのドレスを着ると、妹と同じくらい若く見えた。暖炉の前に腰を下ろし、濡れた巻き毛を指で梳きながら、今日はなにをしようかと考える。「まずは――」と言って指をぱちんと鳴らした。「ザッカリーはペニーではなくわたしに求愛しているのだと、レイフォードに納得させる。そうよ、彼の疑惑の目をそらさなくては」

「お呼びでしょうか?」とまどった声がふいに聞こえてきた。メイドがひとり、化粧室の戸口に立っていた。「あの、なにかご用が――」

「いいえ、なんでもないから気にしないで。単なるひとり言だから」

「汚れものを片づけにうかがったのですが」

「じゃあ、ナイトドレスを洗濯に出しておいてくれる? そうそう、伯爵はどちらにいらっしゃるかしら。ちょっとお話があるのだけど」

「ロンドンにお出かけになりました」

「ロンドンに? いったいなんの用で? お戻りはいつ?」

「夜にはお戻りになるとシルヴァーンに申しておりました」

「では、すぐに帰ってくるのね。そんな短時間で、いったいなにができるのかしら」

「用件は誰にも告げずにお出かけになったので」

このメイドはなにかを隠しているわ、とリリーは思った。とはいえレイフォード家の使用人はみな口が堅く、あるじに忠誠を誓っている。それ以上この問題について追及するのはやめ、リリーはつまらなそうに肩をすくめた。

ウエストフィールド校はロンドン北西部に位置し、三つある小高い丘のひとつに建っている。天気のいい日に丘の上に立てば、一〇州ほどを一望できる。英国一由緒あるパブリック・スクールとして、過去には偉大な政治家や芸術家、詩人、軍人を輩出してきた。アレックスもここの出身だ。教師の厳しさや上級生の暴君ぶりも記憶に残っているが、やはり一番の思い出は、厚い友情に恵まれ、元気いっぱいにいたずらばかりして過ごした日々だろう。ヘンリーにも、ここで楽しく過ごしてほしいと願っていたが、もうそれはかなうべくもないのかもしれない。

無愛想な少年に案内されて、校長室へと向かう。校長のソーンウエートは引き出しのいっぱいついた大きな机から立ち上がり、笑みひとつ浮かべることなくアレックスを迎えた。ぼさぼさの白髪に、げじげじの黒い眉、細面の顔はしわだらけで、ひょろりと痩せている。声は甲高く、耳障りだった。「レイフォード卿、わが校の悪童を迎えに来ていただき、心から安堵しております。ヘンリーは危険人物と言っていいほど短気で、ウエストフィールドにふさわしいとは申せません」

校長が短く告げる間に、背後から「兄上！」という弟の声が聞こえてきた。壁際の木の長椅子に座っていたヘンリーが、大またに数歩こちらに歩み寄ってから、はたと気づいたように神妙な面持ちになった。

思わず笑みを浮かべたアレックスは、弟のうなじをつかみ、自分のほうに引き寄せた。それから少し身を離し、じっと顔を見つめた。「危険人物のレッテルを張られた理由はなんだ、ヘンリー?」

「いたずらしただけだよ」

アレックスは苦笑した。たしかに弟は元気がよすぎるきらいがあるが、とても素直な子だし、誰だって誇りに思わずにはいられないはずだ。一二歳という年齢にしては背が低いものの、たくましく、力もある。運動と数学が得意な反面、密かに詩を愛する感受性も備えている。多感そうな青い瞳は絶えず笑みをたたえていて、見るたびこちらもほほ笑んでしまう。プラチナブロンドの髪は始末に負えない巻き毛で、日に何度もクシを入れなければならない。身長の足りなさを補うかのように勇気と積極性を常に発揮するため、仲間内ではリーダー的存在だ。それに、自分が間違っているときはすぐに謝ることもできる。アレックスには、そんな弟が放校処分を受けるようなことをしたとは思えなかった。おおかた、教科書の数ページを糊で張りつけたとか、教室の入口の扉を少し開けておき、水の入ったバケツを仕掛けておいたとか、そんなところだろう。その程度のことなら、自分がソーンウエートの怒りをなだめ、謝罪して、在校させてもらえるよう頼めばいい。

「どんないたずらだ?」アレックスは校長から弟へと視線を移しながらたずねた。

答えたのはソーンウエートだった。「わが家の玄関扉を爆破したのです」彼は険しい声で言った。

アレックスは弟をじっと見つめた。「本当なのか?」

ヘンリーは後ろめたそうに目を伏せる慎みを見せつつ、「火薬を使ったんだ」と答えた。

「爆発のせいで、わたしは大けがをしたかもしれないのです」校長はげじげじ眉を思いっきりひそめた。「あるいは、わが家の使用人がけがをしたかもしれませんな」

「どうしてそんなことを?」アレックスは当惑を覚えた。「ヘンリー、おまえらしくないじゃないか」

「ところが、そうでもないのですよ」校長が横から指摘する。「むしろ、いかにも彼のやりそうなことなのです。ご令弟はまさに反抗心のかたまりだ。権威を憎み、いっさいの規律を無視し——」

「くそったれ!」ヘンリーが叫び、校長をにらみつける。「もう我慢の限界なんだよ!」

ほうら、わたしの言ったとおりでしょう、と言いたげな表情で校長がアレックスを見る。

彼は弟の両肩にそっと手を置いた。「わたしの目を見なさい。どうして校長先生のお宅の扉を爆破した?」

ヘンリーは頑として無言をとおした。校長が代わりに答えようとする。「そういう子なのですよ、ヘンリーというのは——」

「あなたのご意見はもううかがった」さえぎるように言って冷たくにらむと、校長はすぐに口をつぐんだ。弟に向きなおったときには、そのまなざしは優しいものになっていた。「ヘンリー、説明してごらん?」

「理由なんかどうでもいいだろ」

「ちゃんと説明しなさい」アレックスは警告する口調になった。「いますぐに」

ヘンリーは兄をにらみながらしぶしぶ口を開いた。「むちで打たれたからだよ」

「むちで打たれた？」アレックスは眉根を寄せた。「いったいどんな理由で？」

「理由なんてなんでもいいんだ！」ヘンリーは顔を真っ赤にした。「カバの枝や棒切れで……こいつら、しょっちゅうぼくを打つんだよ！」肩越しに振りかえり、反抗的にソーンウエートをにらむ。「朝食に一分遅れたと言っては打ち、英語の先生の前で教科書を落としたと言っては打ち、襟が汚れていると言っては打ち……もう何カ月も、週に三回近くも打たれてるんだ。もういやなんだよ！」

「懲罰なら、ほかの反抗児にも同じように与えています」校長はさらりと言った。

無表情をよそおいながら、アレックスは内心はらわたが煮えくりかえる思いだった。「見せなさい」と弟に短く命じる。

ヘンリーは首を振り、ますます顔を赤くした。「兄上――」

「見せるんだ」

兄から校長に視線を移し、ヘンリーは大きなため息をついた。「いいよ。どうせ校長はさんざん見てきたんだし」くるりと振りかえり、のろのろと上着を脱ぐ。ウエストのボタンをもたもた外し、半ズボンを数センチ引き下げた。

弟が教師たちに受けた仕打ちを目の当たりにして、アレックスは息をのんだ。腰から尻にかけて数えきれないほどのみみずばれやかさぶた、あざが残っている。このような懲罰は、よくあることでも、必要なことでもない。たとえ誰であれ、どんなに厳格な人物であれ、許されないことだ。これは規律を教えるために行われたのではない——他人を痛めつけることで邪悪な喜びを感じる人間によってなされたのだ。愛する者がそんな目に遭わされたと思うと……アレックスは震える手で乱暴にあごをぬぐい、懸命に怒りを抑えた。ソーンウエートの顔はあえて見ないようにした。見たが最後、このろくでなしを殺してしまう。ヘンリーがぐいっと半ズボンを引き上げ、こちらに向きなおる。彼は兄の冷ややかな瞳と、ぴくぴくひきつる頰を見て驚き、青い目を見開いた。

「正当な懲罰です」ソーンウエートは独善的に言い放った。「むち打ちは、ウエストフィールド校の伝統としてあたりまえの——」

「ヘンリー」アレックスは震える声で校長の話をさえぎった。「おまえ、むち打ちのほかにも連中になにかされたのか？　ほかの方法で痛めつけられたのか？」

弟は当惑した表情になった。「ううん。でも、それってどういう意味、兄上？」

「なんでもない」アレックスはかぶりを振って扉のほうを示し「おまえは出ていなさい」と静かに言った。「わたしもすぐに行くから」

ヘンリーは素直に従い、ゆっくりと部屋をあとにしながら、好奇心を隠せない様子で振りかえった。

扉が閉まる音とともに、アレックスは大またにソーンウエートに歩み寄った。相手が反射的に後ずさる。

「レイフォード卿、むち打ちは少年指導の一手法として認められた——」

「わたしは認めん！」彼は乱暴に校長につかみかかり、その背を壁に押しつけた。

「け、警察に通報しますぞ」校長は苦しげにあえいだ。「あなたなどに――」

「わたしなどに、なんだ？　きさまを殺すことはできない、そう言いたいのか？　ああ、たぶんそれは無理だろう。だが、その寸前まではならできる」ソーンウエートの襟首をつかみ、その爪先がかろうじて床に着く程度まで、ぐいっと体を引き上げる。痩せこけた喉の奥から漏れてくる苦しげなうめき声に、アレックスは喜びさえ覚えた。ソーンウエートのかすむ視界にアレックスの鋼鉄を思わせる瞳と、むき出しになった白い歯が映る。「きさまは邪悪なけだものだ。子ども相手に鬱憤《うっぷん》を晴らしているのだ。かわいそうな子どもたちの背中を、血がにじむまでむち打つことで満足感にひたるとは。きさまは人間ではない。わが弟やほかの無垢な少年たちをむち打って、さぞかし楽しかっただろう！」

「き……規律のためです……」ソーンウエートがやっとの思いであえぎながら言う。

「その規律とやらのせいで生涯消えない傷が残ったら、あるいは、ほかの方法で弟を痛めつけたことがわかったら、わたしの手にかかる前に逃げたほうがいいぞ」アレックスはソーンウエートの首をしっかりつかみ、粘土をこねるように喉首を圧迫した。けだものは恐怖に身をよじり、喉をごぼごぼと鳴らした。その顔が土気色を帯びてきても、アレックスは手を離さなかった。「さもないと、きさまの首は剥製にされ、ヘンリーの寝室の壁を飾ることになるから覚悟しろ。弟がウエストフィールドで過ごした日々の記念品だ。弟もさぞかし気に入るだろう」唐突に手を離し、ソーンウエートが床にくずおれるに任せる。彼はむせ、ぜえぜえと息をした。アレックスは不快げに両手のひらを上着でぬぐい、校長室の扉を乱暴に開いた。あまりの勢いに扉が壁にぶつかり、蝶番《ちょうつがい》のひとつからボルトが抜け落ちた。

廊下でヘンリーを見つけたアレックスは、その腕をとると足早に歩きだした。「どうしてわたしに相談しなかった?」

兄の歩幅に、ヘンリーは追いつくのがやっとだ。「さあね」

ふいにアレックスの脳裏に、あなたは冷淡で近寄りがたい人だわ、と責めるリリーの声が響きだす。まさか、彼女の言葉に真実があるとでもいうのか? アレックスは陰鬱な思いで眉根を寄せた。「わたしの同情など得られないとでも思ったのか? わたしにわかってもらえないとでも? どうしてもっと早く言わなかったんだ!」

「くそっ――」ヘンリーはつぶやくように言った。「いずれましになると思ったんだ……もしかすると、自分でなんとかできるかもって……」

「爆弾を仕掛けることでか?」

弟は黙りこんだ。アレックスは険しい顔をしてため息をついた。「ヘンリー、自分でなんとかしようなんて考えるんじゃない。おまえはまだ子どもだ、おまえの面倒はわたしが見る」

「わかってるよ」ヘンリーはぶすっとした声で応じた。「でも、兄上はあれこれと忙しいじゃないか、結婚式の準備とか――」

「そんなことはどうでもいい! わたしの結婚を、言い訳に使うんじゃない!」

「ぼくにどうしろっていうの?」ヘンリーはむっとして問いかえした。

アレックスは歯ぎしりして、冷静になれと自分に言い聞かせた。「これからは、なにか困ったことがあったらわたしに相談しなさい。どんなことでもいい。おまえの相談に乗る時間くらい、いくらでもある」

ヘンリーは小さくうなずいた。「それで、これからどうするの?」

「一緒にレイフォード・パークに帰る」

「本当?」ヘンリーは思わず笑みを浮かべそうになった。「でも、荷物は寄宿舎にある――」

「なにか大切なものがあるのか?」

「ううん、別に――」

「ならいい。全部置いていけ」

「ここに戻らなくちゃいけないってこと?」ヘンリーは怯えた声になった。

「いいや」アレックスは力強く答えた。「家庭教師を雇おう。地元の少年たちと一緒に勉強すればいい」

歓声をあげながら、ヘンリーは制帽を宙に投げた。制帽は歩きつづけるふたりの背後の廊下に落ちた。それを拾うこともなく、ふたりは学校をあとにした。

「しーっ。彼が戻ってきたみたいよ」私道をやってくるアレックスの馬車を確認したリリーは、ザッカリーを音楽室から引きずりだした。彼はトッティとペネロープと一緒に楽しく、ピアノに合わせて賛美歌を歌っているところだった。

「リリー、今度はなにをたくらんでいるんだい?」

「レイフォードはきっと、旅の疲れを癒すためにまずは書斎で一杯やるはずよ。ふたりきりのところを、彼に目撃させるの」リリーはザッカリーを引っ張って、重厚な革張りの椅子に座らせた。その膝にちょこんと腰を下ろし、なにか言おうとする口を手でふさいだ。「静かに、ザック。聞こえないでしょ」小首をかしげて、近づいてくる足音に聞き耳をたてる。大またに歩く重たい足音……レイフォードだ。リリーはザッカリーの口から手を離し、腕を首にからませた。「キスして。いかにもそれらしくね」

「どうしても? だって、ペニーに対するわたしの気持ちは――」

「キスくらいいいでしょ」リリーはじれったそうに言った。

「でも、本当にこんなことが必要――」

「早くして、もうっ」

　彼はおとなしく従った。

　ザッカリーとのキスは、リリーが過去に体験したキスと同じだった。つまり、なんてことはなかった。どうして世の詩人たちは、どことなく不快を催すこの行為を、うっとりするほど心地よいもののようにこぞって書きたてるのだろう。リリーはむしろ、「口づけなるものを最初に発明した人間の愚かしさよ」と書いた『ガリバー』の作者スウィフトに賛成だ。だが愛し合う男女はこの習慣を好むらしい。だからレイフォードもきっと、この現場を見ればリリーとザッカリーがお互いに夢中だと納得するはず。

書斎の扉が開かれる。怖いような沈黙が流れる。リリーはザッカリーのきれいな茶色の髪に触れ、いかにも情熱的なキスに没頭しているふりをした。それから、ようやく闖入者《ちんにゅうしゃ》に気づいたかのように、ゆっくりと顔を離した。レイフォードが立っているのが目に入った。長旅のせいでほこりにまみれ、服もしわが寄っている。よく日に焼けた顔には、不快げな表情が浮かんでいた。リリーはずうずうしくもにやりとした。「まあ、伯爵、今日もご機嫌うるわしく。いやだわ、せっかくふたりきりの時間を過ごしておりましたのに――」彼のかたわらに立つ少年に気づいて、リリーははっと口をつぐんだ。小柄なブロンドの少年は、青い瞳で不思議そうにこちらを見つめていたが、やがて笑みを浮かべた。どうしよう。ザッカリーと仲睦まじくしているところを目撃するのは、アレックスだけの予定だったのに。自分の顔が赤くなるのがわかる。

「ミス・ローソン」と呼びかけるアレックスの声はとどろくようだった。「こちらは、弟のヘンリーだ」

「こんにちは、ヘンリー」リリーはやっとの思いで言った。

弱々しくほほ笑んだ彼女を興味津々の顔で見ていたヘンリーが、すぐさま口を開く。「どうしてスタンフォード子爵とキスしていたの？　ミス・ローソンは兄上の婚約者でしょ？」

「わ、わたしはそのミス・ローソンじゃないの」リリーはあわてて否定した。「あなたが言っているのは、かわいそうな……じゃなくて、つまりその、わたしの妹のほうなの」自分がまだザッカリーの膝の上にいるのにはたと気づいて、彼女はいきなり立ち上がり、危うく転びそうになった。「ペニーとお母様なら、音楽室にいるわ」とアレックスに向かって言う。「賛美歌を歌っているの」

アレックスはぞんざいにうなずくと、「行くぞ、ヘンリー」と抑揚のない声で弟に呼びかけた。「ペネロープに紹介しよう」

だがヘンリーは兄の声など耳に入らないのか、ドレスのしわを直しているリリーのほうにやってきた。そして、「どうしてそんなに短く髪をちょん切ってるの？」とたずねた。

流行の髪型をそんなふうに言われるのがおかしくて、リリーは思わず笑った。「邪魔だからよ。狩りのときに目にかかるの」

「狩りをするの？」ヘンリーが憧れのまなざしで見つめてくる。「でも、女の人が狩りなんて危ないよ」

アレックスに目をやると、彼はじっとこちらを見ていた。リリーは思わず、からかうような笑みを浮かべた。「おかしいわね、ヘンリー。あなたのお兄様も初対面でまったく同じことをわたしに言ったのよ」視線はアレックスからそらさなかった。ふいに彼の口角が、心ならずもこぼれる苦笑をこらえるかのように引かれた。リリーはいたずらっぽくつづけた。「伯爵、ヘンリーに悪いことを教えたりしないから安心なさって。わたしに引っかかるのは、もっぱら年のいった男性ばかりだから」

アレックスは呆れ顔をした。「その言葉を信じよう、ミス・ローソン」とだけ言うと、弟の先に立ち、一度も振りかえらずに部屋を出ていった。

リリーはしばらくじっと立ちつくしていた。ひどく混乱し、心臓が不規則に鼓動を打っている。髪も服も乱れ、疲れきった様子だったアレックス。小さな弟の肩に守るように置かれた彼の手……妙な気持ちだった。リリーはかいがいしく男性の世話をするタイプではない。それなのに、誰かが彼の髪を梳かし、彼に軽い夕食を用意し、彼が胸に抱える苦悩を聞いてあげなければいけない……そんな思いに駆られていた。

「リリー」ザッカリーが問いかけてくる。「さっきのキス、本気だって信じてもらえたと思うかい？」

「もちろんよ」リリーは機械的に答えた。「訊くまでもないでしょう？」

「でも、彼は勘が鋭いから」

「もううんざり。誰も彼もレイフォードを買いかぶりすぎよ」と言ったそばから、リリーは自分の辛辣な物言いを後悔した。だが、ふいに脳裏に浮かんだイメージに仰天したのだから仕方がない。彼女の想像力は勝手に、アレックスと抱き合い、彼の硬い唇が重ねられ、あの金髪を指でもてあそぶところを思い描いていた。思いがけない想像に、リリーは下腹部がぎゅっと締めつけられるような感覚を覚えた。ちくちくするうなじに無意識に手をやり、さすっていた。彼の腕に抱かれたことなら一度だけある。ミドルトンの狩猟場で落馬し、彼に抱き起こされ、危うく首を絞められるかと思ったときだ。あのときの彼の手の力、顔に浮かんだ恐ろしい表情に、リリーは縮みあがった。

ああいう一面を、彼はキャロライン・ウィットモアにも見せたことがあるのかしら。

このなぞの女性について、リリーは大いに興味を引かれた。キャロラインはアレックスを愛していたのだろうか。それとも、彼の法外な財産に目がくらんで結婚に同意しただけなのか。あるいは、貴族の血筋がほしくて……そういえばアメリカ人は、爵位や家柄にやたらと感銘を受けると聞いたことがある。

アレックスのほうも、彼女と一緒にいるときはどんなふうだったのだろう。ひょっとして、優しくほほ笑んでいた？　キャロラインのおかげで幸福にひたっていた？

答えの見つからない問いに、リリーはいらだった。内心で自分をなじった。アレックスの失われた愛のことなどどうでもいい。大切なのはただひとつ、彼の手から妹を救いだすことだ。

家庭教師を送り帰し、アレックスはため息をついた。弟の教育係として、いま帰っていったミスター・ホチキンスを含めすでに四人と面接した。だがいまのところ納得のいく人材は見つかっていない。ヘンリーの家庭教師にふさわしい、規律と思いやりとを適切なバランスで持ち合わせた人材を見つけるまでには、少し時間がかかるかもしれない。家庭教師の面接のほかにも、ここ数日は借地人たちとの話し合いがあり、アレックスは多忙を極めていた。借地人たちは、野うさぎが増えすぎて作物を荒らしまわっていると怒っていた。一方で猟場管理人からは、密猟が目立って増えていると困りきった顔で報告を受けていた。「うさぎを捕まえてくれるのは一向にかまわないんですけどねえ」と管理人はぼやいた。「夜中にわなをかけて、せっかく育てたキジを捕まえちまうんですよ。今年の狩猟期には、キジは一羽もいねえかもしれません！」

この問題を解決するため、アレックスは借地人たちに、密猟をやめたら作物の損害に補償金を払おうと申し出た。もちろん彼らは、密猟なんかしていないと言い張ったが。さらにそうした話し合いの合間には、バッキンガムシャーの領地の土地管理や借地料取立てについて、地区職員と何度か打ち合わせを行ったりもした。

「常勤の管理人を雇えばいいのに」あるとき、打ち合わせを立ち聞きしたリリーが彼にそう言った。「あなたのような立場にいる人は、みんなそうしているわ」

「自分のことは自分でできる」彼は突っぱねた。

「そうね」リリーは人を小ばかにするように笑った。「あなたは、なんでもかんでも自分でやりたがる人だから。時間さえあれば、賃料もご自分で借地人のところに行って取立てたいんでしょう？　不思議なのは、お屋敷の床を掃いたり磨いたり、厨房でパン生地をこねたりはしないってこと。なんでも完璧にこなせるなら、使用人なんて雇わなければいいじゃない」

人のやることに口を出すなとどなりつけると、リリーは彼を、中世の暴君と呼んだ。だが内心では、彼女の言うことにも一理あると思った。いま彼が自分でやっている仕事の大半は、使用人に任せることができる類のものだ。とはいえ、プライベートな時間が増えたところで、いったいなにをすればいいというのだろう。ペネロープと過ごす時間を増やす？　一緒にいるとき、ふたりはお互いへの心配りは忘れないようにしているが、決して心から楽しいと感じているわけではない。

ロンドンで賭博や狩猟やパーティーに興じたり、政治に参加したりする、という手もある。だが、考えるだけで退屈してくる。では、旧交を温めるのはどうだろう。この二年間、親しい友人たちとの接触は極力避けてきた。とくに、生前のキャロラインを知っており、彼女の死を悼んでくれる者たちとは会わないようにしてきた。彼らの目に浮かぶ哀れみに耐えられなかったからだ。

いらだちとふさぎの虫を抱えたまま、アレックスはペネロープのところに行ってみた。婚約者はまるで影のように母親にくっついて離れなかった。アレックスは母娘との会話や、ふたりが勧めるぬるい紅茶を楽しもうとした。ペネロープが細い針に通した色とりどりの絹糸で木枠に挟んだ布に刺繡をほどこしながら、はにかみがちにこちらを見る。純白のモスリン地にやわらかそうな手で器用に刺繡していく彼女は、可憐な乙女そのものだった。そこで退屈な数分を過ごし、アレックスは仕事が残っているのでとかなんとかつぶやいて、部屋をあとにした。

長い回廊のほうから、笑い声とトランプを切る音が聞こえてくる。何事だろうと思ってアレックスはそちらに向かった。最初は、ヘンリーが友だちを呼んだのだろうと思った。磨きあげられた床の上で小さな人影がふたつ、あぐらをかいて座り、トランプ遊びをしていたからだ。人影の一方は、ぴんと伸びた背筋がたしかに弟だった。だがもう一方は……まさか……誰だか気づいて、アレックスは眉をひそめた。こともあろうにリリーは、深紅のブリーチをはき、さらにヘンリーのシャツとベストを借りて着ていた。アレックスは決然と回廊に向かった。そのような不適切なかっこうをするとは何事だと叱責するつもりだった。だがふたりのかたわらまで行くなり、リリーの姿に目を奪われ、思わず息をのんだ。床に座っているせいでブリーチが太ももと膝にぴったりと張りついたようになり、ほっそりとした曲線をあらわに見せていた。

こんなにも心かき乱される女性にいままで会ったことはない。アレックスももっと若いころは、何人もの女性から言い寄られた。ドレス姿の女性にも、それを脱いだ女性にも。豪華なイヴニングドレス姿も、裸同然の薄物しかまとっていない姿も、風呂で一糸まとわぬ姿も、細いリボンで結ぶフランス製のシルクの下着姿さえも見たことがある。だが、ブリーチ姿のリリー・ローソンほどに、心そそられたことは一度もない。

顔が赤くなり、全身の筋肉が張りつめ、欲望があふれそうになるのが自分でもわかる。アレックスは必死になって、ペネロープの姿を脳裏に思い描こうとした。それがうまくいかないとわかると、記憶の奥底にしまったキャロラインの思い出を探した。だが、キャロラインの顔は一向に浮かばない……どういうわけか、思いだすことすらできなかった。目に映るのは、リリーの膝頭と、黒い巻き毛と、トランプを広げる素早い指の動きばかりだ。規則正しい呼吸を維持するだけでも一苦労。いまだかつてこんなことはなかった……キャロラインの声も、彼女の顔の形もはっきり思いだせないなんてことは。だがそれらはすべて、薄いもやの向こうに隠れてしまったかのようだ。心が彼を裏切り、勝手にリリーに惹かれていく。この回廊のすべての光が、彼女の生き生きとした美しさに降り注いでいる。

リリーがちらっと顔を上げ、アレックスに気づいた。否定的な言葉を待ちかまえるように、小さな肩をこわばらせる。なにも言われないとわかると、トランプの説明をつづけた。カードを切り、混ぜる手つきが巧みだ。「しっかり見ててね、ヘンリー。こちらのカードのかたまりを、そのままこちらのかたまりに差しこむの……そうするとさっきと同じ……ね？　エースは一番下にある」

ヘンリーは笑って彼女からトランプを受け取り、その技の練習を始めた。

アレックスはカードを操る弟に言った。「いかさまなんかしたら、どんな目に遭うかわかっているのか？」

「悪質ないかさまは危険だけど」リリーが代わりに答える。「悪意のないいかさまは、とがめられないわ」それから、優雅な応接間で椅子を勧めるレディさながらに礼儀正しく、アレックスにかたわらの空いたスペースを示した。「伯爵も一緒にいかが？　実はね、自分なりの大切なルールを破って、この子に最高のトリックを教えてあげたの」

アレックスは彼女のとなりに腰を下ろした。「それで、感謝しろとでも言うのか？　弟にいかさまなんぞを教えたきみに――」

リリーはにやりとした。「誤解だわ。わたしはただ、世間知らずのヘンリーに、他人から利用されない方法を教えたいだけ」

ヘンリーが悔しそうに叫ぶ。指を滑らせ、カードを床にまき散らしてしまったのだ。

「気にしない、気にしない」リリーは言いながら、床に身を乗りだすようにしてカードをかき集めた。「練習すればいいの。じきにできるようになるわ」

散らばったカードをせっせと集めるリリーの引き締まった丸いお尻から、アレックスは目が離せなかった。またもや欲望が全身を駆け巡り、肌が熱くなってくる。思わず、上着の両端を膝の上にかき寄せた。いますぐ腰を上げ、この場を立ち去るべきだ。わかっているのに、彼は陽の差しこむ回廊で、世にも腹立たしい女性のとなりから離れることができなかった。

ヘンリーがトランプを切りはじめる。「ねえ兄上、家庭教師はどうなった？」

あわてて意識をリリーから弟に集中させる。「まだちょうどいい人材が見つかっていない」

「ならよかった」ヘンリーは元気に言った。「最後に面接に来た人なんて、めちゃめちゃ《フリッグ・》つまら《ピッグ》なそうだったもん」

アレックスは眉根を寄せた。「なんだって？」

リリーがいわくありげな表情でヘンリーに顔を寄せる。「リリーおばさんが教えた新語はね、お兄様がいるところでは使っちゃだめよ」

考える間もなく、アレックスは彼女のほっそりとした腕をつかんでいた。「ミス・ローソン、やはりあなたには、弟に近づいてもらっては困るな」

唐突に腕をとられ、リリーは驚いてアレックスの顔を見た。冷たいしかめっ面をしていると思ったのに、なぜか彼は苦笑していた。その少年のような笑みに、リリーの心臓が小さくどきんと鳴った。妙な話だ。彼をほほ笑ませることができて、満足感を覚えるなんて。そう思いながらもリリーは彼にほほ笑みを返し、さらにヘンリーに話しかけた。

「ねえ、どうしてまだ家庭教師を見つけられないかわかる？　それはね、お兄様が、ガリレオとシェークスピアとプラトンを足して三で割ったような人じゃないと、満足できないからなのよ。あなたもかわいそうね、ヘンリー」

ヘンリーが唖然として顔をしかめる。「兄上、そんなの嘘だって言ってよ！」

「たしかに、わたしなりの採用基準はある」アレックスは認め、リリーの腕を放した。「おまえにふさわしい家庭教師を見つけるには、当初の予想より少し時間がかかるだろうな」

「ヘンリーに選ばせたらどう？」リリーが提案する。「この子が面接する間、あなたはご自分のお仕事ができるわ。彼が選んだ人でいいかどうか、最終的な判断だけあなたが下せばいいじゃない」

アレックスはふんと鼻を鳴らした。「弟がどんな人材を選ぶか、まったく見ものだな」

「ヘンリーなら、きちんと選べると思うけど。第一、この子の家庭教師なんでしょう？　だったら、この子も意見を言う権利があるわ」

ヘンリーはじっと考えこむような顔になった。やがて、青い瞳で兄を見据えて言った。

「ぼく、最高の先生を選ぶよ。絶対にちゃんと選ぶ」

生徒が先生を選ぶなんて型破りな考えだ。だが責任感を養うのは、ヘンリーにとってプラスになる。やってみても損はないかもしれない。「いいだろう」アレックスはぶっきらぼうに返した。「ただし、最終的に判断するのはわたしだぞ」

「よかった」リリーが満足げに言う。「あなたもたまには物わかりがいいのね」ヘンリーの手からトランプを取り、器用に切ると、まとめて床にぽんと置いた。「切ってくださる、伯爵？」

　アレックスはまじまじと彼女を見つめた。クレーヴンズにいるときの彼女はこんなふうなのだろうか。黒い瞳を誘うようにいたずらっぽく輝かせ、額にかかる巻き毛をほっそりした指でかきあげ……。きっと彼女は、相手が誰だろうと、慎み深く上品な妻にはなれないだろう。彼女は娼婦の手管を身につけた、ぺてん師で、おてんばで、ありとあらゆる魅力を備えた恋人……そのどれも、アレックスは求めていない。「なんのゲームだ？」

「ブラック・ジャック[21]の細かいルールを教えているところだったの」リリーの愛らしい顔に、挑戦的な笑みが浮かぶ。「勝つ自信があるなら、ひとつ勝負しませんこと、伯爵？」

　アレックスはゆっくりとカードに手を伸ばし、切りはじめた。「乗った」

5

意外にも、アレックスのカードの腕前はなかなかのものだった。なかなかどころではない。いかさまをしなければ勝てないほどだった。ヘンリーにもう少し説明が必要だと言い訳して、リリーは山札《デッキ》の一番上のカードをこっそり見た。ときには二枚目や一番下のカードを配ったりもした。特別な技法でカードを切ることも一、二度あった。デレクに教わり、鏡の前で何時間も練習してマスターした技だ。アレックスはいかさまに気づいているのかいないのか、無言を通した……ゲームが終わりに近づくまでは。

「ああ、この場合はね――」最後の一番で、リリーはヘンリーにヒントを与えた。「二通りの手があるの。エースは1とも11とも数えられるでしょう？　カードの合計が21に近い数字になるかどうか考えて、難しそうなら1と数えるわけ」

そのヒントに従ってヘンリーがカードを一枚捨て、満足げににっと笑う。「20だよ。ぼくの勝ちだ」

「ただしミス・ローソンがナチュラル（10または絵札一枚とエース一枚の手。絵札は10と数える）だったら、彼女の勝ちだ」

アレックスはそっけなく言った。

リリーは用心深く彼の表情をうかがい、ばれているのかしらと思った。きっとそうだ。だからあんな、観念した顔をしているのだ。彼女は巧みな指さばきで最後の一枚を配り、それでゲームは終了した。「いまの一番はヘンリーの勝ち」とほがらかに宣言した。「今度はお金を賭けてやろうね、ヘンリー」

「賭けは絶対にいかん」アレックスがたしなめる。

リリーは声をあげて笑った。「目くじら立てることないでしょ。ほんの一シリングか二シリング賭けるだけよ。哀れなヘンリーの相続分を巻き上げるわけじゃないわ」

ヘンリーが立ち上がり、小さくうめきながら体を伸ばした。「今度はテーブルでやろうよ。ちゃんと椅子に座ってさ。この床、いやになるほど硬いんだもん！」

弟を見上げたアレックスが、急に心配そうな表情になった。「大丈夫か？」

「うん」ヘンリーは兄の気づかいにほほ笑んだ。「心配いらないよ、兄上。本当に平気だから」

アレックスはうなずいた。だがリリーは、その銀色の瞳に先日と同じ苦悩の色が浮かんでいるのを見逃さなかった。その色は、ヘンリーがどことなくぎこちない足取りで立ち去ってからも消えなかった。

「ミス・ローソン」アレックスはさえぎるように言い、立ち上がって手を差し伸べてきた。「どうかしたの？　どうしてヘンリーに大丈夫、だなんて――」

「きみほどいかさまが上手な女性は初めて見た」

リリーは一瞬気をそらされ、「何年もの練習のたまものですわ」と控えめに言った。

アレックスがふっと笑った。これっぽっちも恥じる様子がないのが、おかしかったらしい。日に焼けた顔のせいで、歯の白さが余計に目立った。彼はリリーの小さな手をとって立ち上がらせると、そのほっそりとした肢体にさっと視線を走らせた。「そこまでして一二歳の少年に勝ちたかったのか？」

「そういうわけではないわ。わたしが勝ちたかったのは、あなたよ」

「どうして？」

鋭い質問だ。彼に勝とうが負けようが、どうでもよかったはずなのに。リリーは落ち着かないものを覚えつつ、銀色の瞳を見つめかえした。彼のことなど気にしている場合じゃないでしょう、と自分に言い聞かせる。「なんとなく、勝たなくちゃと思っただけよ」

「ではいずれ、真剣勝負をするとしよう。きみにその覚悟があればの話だが」

「だったらいまこの場でやりましょう。負けたほうは相手の質問に必ず答えるのよ」リリーは器用にカードを二枚床に投げた。一枚は表向きにアレックスの足元に落ちた。7だ。もう一枚は自分の足元に。こちらはクイーン。

うつむいて二枚のカードを眺めるリリーの頭を、アレックスはまじまじと見つめた。ふたりの距離が近い。ふいに思いがけないイメージが脳裏に浮かぶ……その頭を両手でつかみ、身をかがめて黒い巻き毛に口と鼻をうずめ、彼女の香水と、肌の匂いをかぎ……その場にひざまずき、腰を抱き寄せ、彼女の体のぬくもりに酔いしれたい。顔が赤くなり、全身がこわばるのを覚えて、アレックスはよからぬ想像を頭から振りはらおうとした。懸命に自制心を取り戻そうとした。リリーがこちらを見上げる。妙なことを考えていたのがばれてしまう、と焦ったのに、なぜか彼女は何も気づいていないようだった。リリーがトランプの山からわざとらしいほど丁寧に一番上のカードを取り、床に投げる。10だった。

「ストップ」アレックスは言った。

リリーは仰々しい手つきで自分用に次のカードを引き、それが9なのを確認するとにやりとした。「わたしの勝ちだわ、伯爵。では質問に答えて。さっきはどうして、ヘンリーのことであんなに心配そうな顔をしたの——いいえ、どうしてあの子を学校から連れ帰ったの？成績が悪かったの？　それとも——」

「三個も質問してるぞ」アレックスは呆れ声でさえぎった。「答える前に訊いておこう。どうしてあの子のことをそれほど気にする？」

「とってもいい子だからよ」リリーは重々しく答えた。「心配だから、訊いているの」

アレックスはじっと考えた。本気で気づかってくれているのかもしれない。彼女とヘンリーは、波長が合うように見えた。「成績のせいではない」アレックスはぶっきらぼうに返した。「学校で問題を起こした。といっても、遅刻とか、ちょっとしたいたずらとか、ありふれたことだ。ところが校長は、あの子に規律を教えこもうとした……」彼は歯を食いしばった。

「懲罰を与えたのね？」そっぽを向いたアレックスの顔を、リリーは凝視した。横からだと、その顔はますます険しく見えた。まるで金色《こんじき》のサテュロスだ。「だからあの子、ときどき歩き方がぎこちないのね。単なる懲罰ではなかった、そうなんでしょう?」

「ああ、ひどかった」アレックスはうなるように答えた。「ソーンウエートを殺したいと思った。いや、いまも思っている」

「校長のこと?」子ども相手にそのような残虐なまねができる人間はリリーも大嫌いだ。だが、ソーンウエートという人間のことは少々哀れにも思えた。きっと彼は自分の犯した罪から簡単には逃れられないだろう。

「仕返しに弟は、ソーンウエートの家の玄関に火薬を仕掛けて爆発させた」

「さすがはヘンリーね!」リリーはそう言って笑いだした。だが、アレックスの顔から苦悩の色が消えないのを見てとると、すぐにまじめな表情に戻った。「ほかにもまだ気がかりがあるのね……そうか……ヘンリーがなにも相談してくれなかったからでしょう?」答えは彼の顔に書いてあった。

一瞬にしてリリーは悟った。誰に対しても、なにに対しても極度の義務感に駆られてしまうアレックスは、責任もすべて背負いこんでしまうのだ。弟のことはきっと溺愛しているのだろう。これはリリーにとってまたとないチャンスだ。傷口を広げ、罪悪感をもっと募らせてやればいい。それなのに、気づいたときには慰めの言葉を口にしていた。

「仕方ないわよ」当然だわ、という口ぶりでリリーは言った。「あのくらいの年の男の子って、自尊心のかたまりじゃない。自分はそうじゃなかったなんて言わないでね。きっとヘンリーは、自力でなんとかしようと思ったのよ。子どもみたいにあなたに頼りたくなかった。男の子って、そういう考え方をするものでしょう？」

「きみに男の子の気持ちがわかるというのか？」

リリーはたしなめる顔になってつづけた。「あなたのせいじゃないわ、伯爵。自分を責めたいのはわかるけど。義務感が強すぎるのね——きっと自我と同じくらい強いんだわ」

「いずれきみから、義務感についてご講義願いたいものだな」アレックスは皮肉っぽく応じた。だがその表情に、いつもの敵意は感じられなかった。銀色の瞳にじっと見つめられて、リリーはなんだかよくわからない感情が全身に広がるのを感じた。「ミス・ローソン……」彼がリリーの手に握られたトランプを指さす。「もう一番、真剣勝負しないか？」

「いいわよ」リリーはほほ笑んで、床にカードを二枚放った。「わたしになにを訊きたいの、伯爵？」

彼がじっと見つめてくる。離れて立っているのに、彼に触れられているような奇妙な感覚に襲われる。もちろん、実際に触れられているわけではない。それなのになぜか、息苦しい気持ちになってくる。その感覚が、彼女の記憶の中の警告を呼び覚ます……そうだわ、ジュゼッペと一緒にいるときも同じ気持ちだった……あのときも、恐ろしいような、抗うことができないような、そんな感じがした。

アレックスは勝負など無視して、ひたすらリリーを見つめた。「どうして男を憎む？」たずねずにはいられなかった。彼女の話を聞くたび、彼女が自分や父親や、さらにはザッカリーに向ける目を見るたびに、アレックスの中で知りたいという思いは募っていくばかりだった。彼女は近づいてくるあらゆる男との間に常に距離を置こうとしている。だが相手がヘンリーだと違った。ヘンリーはまだ幼いから、彼女にとって脅威ではないのかもしれない。アレックスは直感で、彼女はかつて男に裏切られたことがあるのだろうと悟った。それも、男など敵だ、利用し、好きに操ってやるのがふさわしいと思うくらい何度も。

「どうしてって……」リリーはショックのあまり言葉を失った。ほんのわずかな言葉で、こんなふうに心のよろいをはぎとってしまう人は、いままでデレク以外にいなかった。なぜアレックスはこんなことを訊くの？　もちろん、わたしの本心を知りたいからではないに決まっている。訊けばわたしが傷つく、そう気づいたからだ。

でも、たしかに彼の言うとおりだった……わたしは男を憎んでいる。いままでそれをどんな形でも言葉にしたことがないだけだ。そもそも、男なんて美点のひとつも持っていやしない。父はわたしをないがしろにした。婚約者はわたしを捨てた。ジュゼッペは、ようやく信じる気持ちになれたわたしを裏切った。男たちはわたしの子どもを奪った。デレクにしても、初めから友人として受け入れてくれたわけではなかった。男など、この世からいなくなってしまえばいい！

「今日はトランプ遊びをしすぎちゃったわ」リリーは言い、カードから手を離し、それが床に散らばるに任せた。アレックスにくるりと背を向け、回廊をあとにした。彼の足音が背後に聞こえる。わずか三歩で追いつかれてしまった。

「ミス・ローソン——」アレックスは腕をつかんだ。

リリーはさっと振りかえり、乱暴にその手を振りほどいた。「放して！　二度とわたしに触らないで！」

「わかった。落ち着いてくれ。あんなことを訊く権利は、わたしにはなかった」

「謝罪のつもり？」彼女は怒りに息を荒らげ、胸を大きく上下させている。

「ああ」質問をして、リリーの弱点を突くつもりなどなかった。だが、彼女はまだ自制心を取り戻せずにいる。普段は厚かましいほど自信にあふれているのに。彼女のもろい一面などこれまで見たことがなかった。快活に振る舞っているだけで、心には恐ろしいほどの不安を抱えているのかもしれない。「出すぎたまねをしてしまった」

「そのとおりよ！」リリーはめちゃくちゃに髪をかきむしった。乱れた巻き毛が額にかかる。なにを考えているのかわからないアレックスの顔を、きっとにらみつけた。山ほどの非難の言葉を、口にせずにはいられないようだった。「でも、答えなら聞かせてあげるわ。それはね、信頼に足る男にいまだかつて会ったことがないからよ。いわゆる紳士の中にだって、誠実さや思いやりの意味をほんの少しでも理解している人はひとりもいやしない。あなたたち男は、名誉、名誉って口にするばっかりで、そのくせ——」ふいに口を閉じる。

「そのくせ……？」アレックスはおうむがえしに言って促した。彼女の心は複雑すぎて、すべてを理解するには少なくとも一生かかりそうだ。せめて、そのほんの一部だけでもいま理解できたら。

リリーは小さく、だがきっぱりとかぶりを振った。あふれだしたはずの感情が、魔法のようにかき消える。意地でも心の内を見せないつもりなのだろう。アレックスはその頑固さが、自分によく似ていることにふと気づいた。彼女は尊大な笑みを浮かべた。そして、「失礼、伯爵」とそっけなく言うと、回廊にアレックスと散らばったトランプを残して歩み去った。

その朝、リリーは突き刺さるような頭痛とともに目覚めた。痛みは一向におさまらなかった。日中は母と妹と一緒に過ごし、ふたりの上品な会話を上の空で聞いた。夜は夕食のテーブルを遠慮し、自室に運んでもらった冷めた肉とパンを少しだけ口にした。赤ワインを二杯飲んでしまうと、寝支度をすませ、ベッドに潜りこんだ。シルクのダマスク織の天蓋が影を落としている。リリーはいらいらと寝返りをうち、うつ伏せになって枕を抱いた。冷たく重たい孤独感が胸を満たしていた。

誰かと話がしたかった。苦しみを打ち明けたかった。サリーおば様がいれば。デレクを除けば、ニコールのことを知っているのは彼女だけだった。機知に富み、一風変わったユーモアの持ち主のおばは、どんな窮地もものともしなかった。ニコールを出産したときは、彼女が産婆に手を貸し、まるで母親のように優しくリリーの世話をしてくれた。

「おば様、あの子に会いたいわ」リリーはささやいた。「おば様がここにいらしたら、どうすればいいか一緒に考えてくれたのに。遺産はもうなくなってしまったわ。一緒にいてくれる人もいない。もう耐えられないの。いったいどうすればいいの？　どうすれば……」

リリーはおばに打ち明けたときのことを思いだした。男の人とベッドをともにしたこと、そのたった一夜の過ちでみごもったことを、打ちひしがれ、屈辱感にまみれながら話した。そのときは、それ以上ひどいことが自分の身に起こるとは思いもしなかった。サリーは良識をもってリリーを励ましてくれた。「赤ちゃんを里子に出すことは考えた？　お金を払って誰かに育ててもらう方法もあるのよ」

「いいえ、そんなこと絶対にできない」リリーは泣きながら答えた。「赤ちゃんに罪はないもの。この子に、わたしの罪を償わせるなんて」

「じゃあね、あなたが自分で育てたいのなら、みんなで一緒にイタリアでひっそりと暮らしましょう」サリーは期待に瞳を輝かせた。「三人で家族になるの」

「でも、おば様にそんなことをお願いするわけには――」

「お願いなんてされてないわ。わたしが提案しているの」こっちを向いて、リリー。わたしは年寄りだけど、好きなことができるだけの財産を持っている。必要なものを手に入れるのに十分なお金をね。世間がなんと言おうと、偽善ぶったことを言おうと、関係ないわ」

だが悲しいことに、おばは赤ん坊が生まれてすぐに亡くなってしまった。さびしくて仕方がなかったが、娘が慰めとなってくれた。リリーにとってニコールは、世界の中心であり、毎日を愛と驚きで満たしてくれる存在だった。ニコールさえいれば、幸せだったのに。

熱い涙があふれて枕を濡らした。頭痛は喉まで広がり、リリーは声を押し殺して泣いた。いままで誰かの前で取り乱したことなどなかった。たとえデレクの前でも。デレクのなにかが、心のよろいを脱ぐことを許してくれなかったからだ。デレクは数えきれないほどの苦しみに耐えてきた。かつては彼だって、女性の涙に心を動かされたことがあったかもしれない。でも、そういう優しさはとっくの昔に失ってしまったのだろう。絶望感にとらわれながらリリーは思った。ニコールは誰と一緒にいるのだろう。あの子が泣いたとき、いったい誰が慰めてくれるのだろう。

責め苛むような夢の中に閉じこめられて、アレックスは目をつぶったままもがき、うめいた。現実の出来事ではないとわかっているのに、目覚めることができない。霧と影と動きに満ちた世界にどんどん落ちていく。そこにはリリーがいた。彼女のあざけり笑う声が響き渡り、ぎらりと光る黒い瞳がじっと見ていた。いたずらを楽しむような笑みを浮かべた彼女がこちらを見据え、肩に唇を押しつけたと思うと軽くそこをかんだ。アレックスはうなり、彼女を押しのけようとしたが、一糸まとわぬ体がふいにからみついてきた。絹を思わせるなめらかな四肢に全身を撫でられ、快感にのみこまれそうになる。「どうしてほしいか言って、アレックス」リリーはしたり顔で笑った。

「向こうに行ってくれ」アレックスは大声をあげた。だが彼女は聞く耳を持たず、小さく笑うだけだ。彼女の頭を両手でつかむ。そしてその頭を下のほうに……。

はっと目を覚ましたアレックスは、不規則に荒く息を吐いた。片腕を上げて額にのせる。生え際が汗で湿っていた。欲望に全身がうずくようだ。彼はいらだたしげに低い声でののしり、枕を手に取るとそれを胸に抱え、ぎゅっとねじ伏せ、やがて部屋の隅に放った。女がほしかった。こんなにほしくてたまらない思いは生まれて初めてだ。激しいうずきを懸命に頭の片隅に追いやりつつ、最後に女性とベッドをともにしたのはいつだろうと考えた。ペネロープと婚約してからご無沙汰だった。彼女の貞操に、こちらも応えるべきだと思ったからだ。数カ月禁欲したところで死ぬわけはないとも思った。愚か者め。アレックスは自分をののしった。おまえは愚か者だ。

なんとかしなければならない。いますぐペネロープの部屋に行ってもいい。もちろん彼女はいやがるだろう。抵抗して涙を流すだろう。だが言うことを聞かせればいいのだ。わたしをベッドに迎えろと命じればすむことだ。どのみち、あと数週間後にはふたりは結婚するのだから。

名案だと思った。少なくとも、欲求不満で死にかけている男にとっては。だが、ペネロープと愛を交わすと思うと……。

アレックスはためらった。

もちろん、いくばくかの満足感は得られるだろう。ペネロープは彼が求めているものとは違う。いいや。それは彼が求めているものではない。

いったいどうしたというのだ、アレックス！　彼は自分をどなりつけ、勢いよくベッドを下りた。窓辺に寄ってカーテンを一気に開け、部屋中に月明かりを招き入れる。三脚にのせられた洗面器に大またに歩み寄り、冷たい水を注いで、ばしゃばしゃと顔にかけた。この数日というもの、彼はひどく混乱していた。リリーに会ってからずっとだ。せめてこの、胸の内にともった炎を鎮めることさえできたら。明瞭にものを考えることができたら。

酒が飲みたい。コニャックが。いや、コニャックよりも、父が決して切らすことのなかったハイランド・ウイスキーがいい。ごく薄い琥珀色の、スモーキーでヒースの香りがするあの酒がいい。喉の奥に炎をともし、おのれを責め苛む想像をすべて焼きつくしてくれるものがほしい。青いキルトのローブを引っかけて、アレックスは寝室をあとにした。東棟から大階段へとつづく柱廊を進む。

やがて彼はふと歩をゆるめた。階段がみしりと鳴る音が聞こえた気がした。立ち止まり、耳をそばだてて、暗闇の中で待つ。みしり。また聞こえた。誰かが階段を下りる音だ。それが誰かは確認するまでもない。

アレックスは暗い笑みを浮かべた。リリーと使用人の密会現場を押さえるまたとないチャンスだ。これを口実に彼女を屋敷から追いだせばいい。彼女さえいなくなれば、すべては元通りになる。

廊下の手すりに沿って、アレックスはそろそろと歩を進めた。階下に目をやると、丸天井の玄関広間にリリーの姿がちらりと見えた。大理石の床をしずしずと行く背後には純白の薄いナイトドレスがたなびいている。愛人に会いにいくところなのだろう。夢のような期待に胸をふくらませ、優雅に歩いている。まるで毒薬のように、苦い思いがこみあげてくるのをアレックスは感じた。その感覚の正体をつきとめようとしたが、怒りと混乱がないまぜになり、明確に認識することができない。リリーが自分以外の男とこれからすることについて考えると、彼女を懲らしめたくて仕方がなくなる。

だが階段にたどり着いたところで、彼は凍りついた。

わたしはいったいなにをやっているのだ? ウルヴァートン伯爵ともあろう者が。節度をわきまえ、良識を備えた人物として知られるわたしが、闇に包まれた自宅でこそこそと探りまわるようなまねをするとは。猛烈な嫉妬心に駆られて――そうだ、これは嫉妬だ――小さなおてんば娘の真夜中の密会を暴露しようとするとは。

キャロラインが知ったら、大笑いするだろう。

いや、キャロラインなどどうでもいい。なにもかもどうでもいいのだ。とにかくリリーを止めなければ。今夜は絶対に、彼女に楽しい思いなどさせやしない。決然として階段を下りたアレックスは、玄関広間に置かれた小ぶりな磁器と木のテーブルを手探りした。そのテーブルの上にランプがあるはずだった。明かりをともすと、火を小さくした。リリーが消えたほう、一階の厨房へと思いきって歩を進める。書斎の前を通りすぎるとき、半開きの扉の向こうからささやき声が聞こえてきた。アレックスは怒りに眉をひそめた。彼女が「ニック……ニック……」とささやいているように聞こえたからだ。

勢いよく扉を全開にする。「なにをしている?」室内に視線を走らせた。目に映ったのは、椅子の上で丸くなっている小さなリリーの姿だけだった。両腕で自分を抱くようにしている。

「ミス・ローソン?」アレックスはそちらに歩み寄った。ランプの明かりがリリーの瞳に映りこんできらめき、肌を黄金色に照らし、ナイトドレスに隠された体の線をあぶりだした。体を震わせ、前後に揺すりながら、声に出さずになにかをつぶやいていた。眉間にはしわが寄っている。それは、たとえようもない絶望のため、そこに刻まれたかに見えた。

アレックスは口の端に嘲笑を浮かべた。リリーのことだ、つけられているのに気づいたのだろう。「とんだ食わせ者だな。だが、いくらきみでも、そんな芝居はやりすぎだ」

彼女は聞こえないふりをしている。まぶたは半分閉じていて、昏睡状態にあるかのようだ。「いいかげんにしたまえ」アレックスは言い、近くのテーブルにランプを置いた。わたしがここを立ち去るまで無視しつづけるつもりだな。そう思うと、不快感が募った。「必要なら、ここからきみを引きずりだしてやろう。そうしてほしいのか？　そんな恥をさらしたいのか？」こちらを見ようともしない彼女についに堪忍袋の緒が切れた。細い肩をつかみ、体をぐいぐいと揺さぶる。「いいかげんにしろと言って――」

突然の変化にアレックスはぎょっとした。リリーがけだものじみた叫び声をあげるなり、彼の手をやみくもに振りはらい、はじけるように立ち上がったのだ。テーブルにぶつかり、危うくランプを倒しそうになる。すかさずアレックスは手を伸ばし、転びそうになる彼女をつかまえた。それでもパニックはおさまらない。アレックスは上半身をのけぞらせて、鉤爪《かぎつめ》みたいに曲げられ狂ったようにくりだされる指をよけた。小柄なリリーだが、猛烈に暴れまわる体を押さえつけるのは至難の業だった。やっとの思いで押さえこみ、凶暴な手をふたりの体の間に挟みこむようにした。彼女はひるんで身を硬くし、浅い呼吸をくりかえした。その豊かな巻き毛を指でかきあげ、小さな頭を自分の肩にもたせてやる。小さく悪態をついてから、優しくなだめた。「リリー、もう大丈夫だよ。リラックスして……落ち着くんだ」温かい息が彼女の髪を通して地肌にかかった。ぎゅっと抱きしめているので、彼女はわずかな身動きすらできなかった。混乱のあまり言葉も出ないようだ。アレックスは彼女の頭にあごをのせ、静かに体を揺らした。「わたしだ……アレックスだよ。もう大丈夫。気持ちを楽にしなさい」

あたかも夢からさめるように、リリーはゆっくりとわれにかえった。最初に気づいたのは、身動きもできないくらいきつく抱きしめられていることだった。頬とあごがキルトのローブのはだけた胸元に押しつけられていて、縮れた毛が肌をくすぐった。心地よい男性的な香りに記憶が呼び覚まされる。アレックスの腕の中にいるのだとわかった。リリーは仰天して息をのんだ。彼の手がゆっくりと背中をさすっている。相手が誰だろうと、リリーはこんなふうになれなれしく触れられたことがない。だから最初は、身をよじって離れようとした。でも円を描くように動く手は優しく、全身の緊張をほぐしてくれる。

アレックスは、支える腕にリリーが身をゆだねてきたのに気づいた。小さな体は軽く、しなやかで、いまだに小刻みに震えている。身内にわいてくる心揺さぶられる感覚は、怖いくらい甘美だった。静寂がふたりを包んでいるかに思えた。

「アレックス?」

「静かに。きみはまだ、すっかり落ち着きを取り戻したわけじゃない」

「な、なにが起きたの?」

「古いことわざを忘れてしまったんだ」アレックスはさりげなく告げた。「夢遊病者をいきなり起こしてはいけないということわざを」

では、彼に知られてしまったのだわ。なんてこと、今度はいったいどうなったの? きっと恐怖におののく姿をさらしてしまったのに違いない。だから彼は、興奮した子どもをなだめるように、背中をさすってくれているのだ。「この間の晩も、同じことが起きたのだね?」という彼の手のひらが背中のくぼみを撫でる。「話してくれればよかったのに」

「そうすれば、わたしを病院に入れることができたから?」リリーは震える声で応じ、彼から身を離そうとした。

「じっとしていなさい。ショックを受けたんだね」

レイフォードのこんな優しい声は聞いたことがなかった。彼の声とはまるで思えない。混乱して、リリーは目をしばたたいた。誰かにこんなふうに抱きしめられるのは生まれて初めてだ。あの情熱家のジュゼッペだって、愛の営みの最中にこんなにずっと抱きしめたりはしなかった。なんだか落ち着かないものを感じて、彼女は途方に暮れた。この状況は彼女の想像を超えている。アレックスはローブを一枚羽織っているだけで、糊の匂いもしなければ、ボタンもクラヴァットもない。リリーの頭を支えている胸板は帆船の船体を思わせ、たくましい太ももは信じられないくらい硬く感じられた。彼の心臓の鼓動が耳の奥で響いている。こんなに頑強な体を持っていると、いったいどんな感じがするのかしら。きっと、何ものも恐れなくなるに違いないわ。

「なにか飲むかい?」アレックスは静かにたずねた。リリーから離れなければいけない。さもないと、このまま床に押し倒してしまいそうだ。そう思うのに、彼は危機の瀬戸際でなおも逡巡していた。

胸に頭をつけたままリリーがうなずき、「ブランデーを」とささやいた。力を振りしぼるようにして自ら身を離し、革張りの椅子に腰を下ろした。その間にアレックスは、アルコール類がしまわれた戸棚のほうに行き、グラスに少量のコニャックを注いだ。

ランプの明かりを受けて、アレックスの髪は金貨の光沢を思わせるきらめきを放っている。リリーはそれを見つめながら唇をかんだ。これまで彼のことは、傲慢で、批判的な男だと思っていた。彼の手だけは絶対に借りたくないとも思っていた。でも驚いたことに、つかの間ではあったけれど、その力強さに包まれているのをたしかに感じた。あのときリリーは、心の安らぎを覚え、守られている気がした。

彼は敵よ……こちらに戻ってくるアレックスを見ながら、心の中で自分に言い聞かせる。そのことを忘れてはだめ。絶対に、忘れては……。

「さあ」アレックスは彼女の手にグラスを握らせ、近くに腰を下ろした。

リリーはコニャックを飲んだ。とても軽やかな味だった。いつもクレーヴンズでふるまわれるコニャックは、もっと濃厚な味わいがする。甘いお酒のおかげで、リリーは落ち着きを取り戻すことができた。ゆっくりと口に含みながら、アレックスをちらりと見やる。彼はずっとこちらを見ていた。今夜のことを誰かに話すのかと、たずねる勇気はなかった。

そんな心の内を、彼は読みとったようだ。「このことをほかに知っている人は？」

「このことって？」リリーははぐらかした。

彼の唇がいらだたしげに引き結ばれた。「しょっちゅう起きるのかい？」

リリーは考え事をしているふりをして、グラスに視線を落とし、くるくると回した。

「話してくれないか、リリー」彼が険しい顔で言う。

「ミス・ローソンと呼んでください。わたしの深夜の徘徊癖《はいかいへき》についてよほど関心がおありのようだけど、あなたには関係のないことよ」

「自分を傷つけてしまう恐れがあるとわかっているのか？　あるいは、誰かほかの人を。いまだって、危うくランプを倒して火事になる――」

「あなたが驚かせたからでしょう！」

「いつごろから始まったんだ？」

リリーは立ち上がり、彼をねめつけた。「おやすみなさい、伯爵」

「座りなさい。答えるまで、この部屋を出てはいけない」

「あなたは好きなだけそこに座っていれば？　わたしは部屋に戻ります」彼女は扉のほうに向かった。

すかさずアレックスの手が伸びてきて、くるりと振り向かされた。「まだ話は終わっていない」

「手を離して!」

「ニックとは誰だ?」言ったとたんにアレックスは悟った。リリーの黒い瞳が恐れに見開かれるのを見れば、それが彼女の弱点なのは明白だ。「ニックは誰なんだ?」彼は低くあざける声でつづけた。「男友だちのひとりか? 恋人か? 愛するクレーヴンはニックのことを知っているのか? それともきみは――」

押し殺した声とともに、リリーはコニャックを彼の顔にかけた。彼を止めるため、胸を突き刺す言葉をのみこませるためなら、どんなことだってするつもりだった。「その名前を二度と口にしないで!」

琥珀色の液体は、アレックスの鼻から口にかけて刻まれた深いしわに沿って流れた。「クレーヴンだけでは足りず、ほかにも恋人がいるとはな。きみのような女性にとって、男たちのベッドからベッドへと這い移るのは、なんでもないことらしい」

「よくもそんなことが言えたものね! 少なくともわたしは、不貞相手に亡くなった人なんか選ばない!」

アレックスの顔が青ざめたが、リリーはやめなかった。「妹と婚約したくせに、あなたはまだキャロライン・ウィットモアを愛している! 彼女はとっくに亡くなったのに! 病的だし、ペネロープに対する不貞行為よ! 自分でもわかっているくせに。あなたみたいな頑固な人でなし、妹の夫にふさわしくない! あなたみたいに、過去にとらわれて生きていく人は……」

言いすぎた……リリーは気づいて口をつぐんだ。アレックスの顔は死人のように青ざめている。リリーは、彼にぴったりの一節をシェークスピアの本で読んだことがあるのを思いだした……「空腹の虎よりも、大嵐の海よりも、なお荒々しく、なお容赦のない」……突き刺さるような厳しいまなざしに恐怖を覚えた。殺される……。感覚を失った手からブランデーグラスが滑り、サボネリー織の分厚い絨毯の上に落ちた。その音に、彼女ははっとわれにかえった。振りかえって逃げようとしたが手遅れで、アレックスにつかまっていた。無理やり彼のほうを向かせられながら、力なく身をよじって抵抗する以外はなにもできなかった。

「やめて」リリーはべそをかいた。首の骨を折られるかもしれないと思った。

ところが、彼は唇を強く重ねてきた。リリーが動けないよう、うなじをぎゅっとつかんでいる。彼女は驚きと痛みに身を硬くした。唇が歯にすれて、コニャックの味に血の味が混ざった。身を離すすべはなかった。リリーは目を閉じ、歯を食いしばった。

唐突にアレックスが、うめき声とともに顔を上げた。灰色の瞳は熱くぎらつき、日に焼けた肌には赤みがさしている。うなじをつかんだ指が一本、また一本と離された。彼はおずおずと、リリーの血のにじむ唇を親指でなぞった。

「けだもの！」リリーは子どものように邪険に叫んだ。ふたたび彼の顔が近づいてくると身をよじって抵抗した。「やめて――」

荒々しく唇を奪われ、リリーは声をあげることも、息をすることもできなくなった。窒息しそうになって鼻から深く息を吸った。自由になろうともがいたが、きつく抱きしめられていてできない。彼の手が背中をおりていき、腰をつかんで自分に押しつける。唇をかまれ、こじ開けられて、熱い舌で口の中をまさぐられた。たくましい体を懸命に押しのけようとすると、青いローブの肩がはだけた。胸毛におおわれた胸板に手のひらが触れ、指先に熱く激しい鼓動が伝わってきた。アレックスは喉を鳴らし、両手で彼女の頭を包みこむようにして、さらに深く舌を差し入れてくる。熱い息がリリーの頬にかかった。

自分がなにをしているのか、半分無意識のまま、アレックスは唇をリリーの喉元へと移動させ、そこに唇を這わせた。情熱に全身が震えた。孤独な日々が、暗い夢となって溶けていくようだ。彼は熱に浮かされたように、やわらかな肩に唇を押しあてた。「きみを傷つけたりしない」熱い吐息とともにつぶやいた。「だから行かないでくれ……キャロ……」

優しく耳に響く声に、リリーは一瞬、彼がなんと言ったのか理解できずにいた。だがすぐに凍りついた。

「放して！」

リリーは唐突に自由になった。呆然とアレックスの顔を見ると、自分と同じくらい混乱した表情を浮かべていた。ふたりは同時に、一歩後ずさった。リリーは身を震わせ、胸の前で腕を組んだ。

アレックスは震える手をあごにやり、コニャックで濡れた口元をぬぐった。恥ずかしさと興奮がないまぜになり、もう一度リリーに触れたい気持ちと戦った。「リリー」

彼女は視線をそらしたまま早口に言った。「わたしがいけなかったのよ――」

「リリー――」

「やめて」彼がなにを言おうとしたのかはわからない。でも、聞いてはいけないと思った。聞いたらもっと恐ろしいことになる。「なかったことにしましょう。すべてなかったことに。わたし……わたしは……おやすみなさい」リリーはあたふたと書斎を出ていった。

アレックスは首を振って、赤いもやのような熱情を頭の中から追いだし、椅子に歩み寄った。どっかりと腰を下ろす。両手をぎゅっと握りしめたままなのに気づいて、その手を開き、なにもない手のひらをじっと見つめた。

キャロライン、わたしはいったいなにをしたんだ？

ばかな人ね……キャロラインが笑いながら言う声が聞こえる気がした。永遠にわたしの思い出を胸に抱きつづけるつもり？　ペネロープのように無垢で愛らしい女性と結婚すると言いながら、まだわたしを忘れることができずにいる。まるで、思い出があれば十分だとでも言いたげね。

「思い出だけで十分だ」アレックスは頑固につぶやいた。

どうして、自分は普通の人みたいに弱くないと思いたがるの？　さびしくも、つらくもないふりをして。自分はほかの人のように多くは求めないと言いながら、本当は誰よりも多くを必要としている……。

「もういい」アレックスはうめいた。両手で頭を抱えたが、からかうようなキャロラインの声は消えなかった。

あなたは、あまりにも長くひとりでいすぎたのよ、アレックス。そろそろ前を向いて……。

「わたしはちゃんと前を向いている」アレックスはかすれ声で返した。「ペネロープと新しい人生を歩みだすんだ。きっと、彼女を大切にして、いい夫に――」

アレックスはふいに口をつぐんだ。自分がまるで哀れな狂人のように、亡霊と会話をしているのに気づいたからだ。顔を上げ、火のない暖炉を見るともなく見つめる。ここからリリーを追いださなければ。正気を保つために。


ベッドに潜りこむと、リリーは首の下まで夜具を引き上げた。震えが止まらない。

あんなことがあったあとで、どんな顔でアレックスと向き合えばいいのだろう。考えただけで顔が真っ赤になるのを感じた。どうして彼はあんなことをしたのだろう。わたしはいったいどうしてしまったのだろう。火照った顔を枕に押しつけて、彼女は重ねられた唇や、抱きすくめた腕の感触を思いだした。

アレックスはキャロラインの名前をささやいた。

屈辱感と、なぜか胸の痛みを同時に感じて、リリーは仰向けになりうめいた。ザッカリーとペネロープの一件を解決し、さっさとここを出ていかねば。アレックスはほかの男性のように操れる相手ではない。皮肉も、かんしゃくも、媚もまるで効かない。デレクと同じ、そういう手管に左右されない男性のようだった。

リリーは、冷徹な顔の下に隠された本当のアレックスを理解しはじめていた。キャロラインの名前を出したときのあの反応は、彼女の死をいまだに受け入れられずにいる証拠だ。受け入れるつもりはないのだろう。彼は愛情のすべてをキャロラインに注ぎ――彼女はそれを墓場まで持っていった。アレックスは一生、彼女の亡霊から離れられない。どんな女性が相手でも、やはりキャロラインとは違うと憤りを覚えるのだろう。ペネロープのように無垢な女性が生涯をかけて彼に幸福をもたらそうとしても、むなしさに絶望を覚えるだけだ。

「かわいそうなペニー……きっと救いだしてあげるわ。彼は自分で気づかないうちに、あなたの人生を台無しにしてしまうのだもの」

翌日。レイフォード・パークにやってきたザッカリーは、期待に反してリリーの元に通されないのでとまどった。案内された先は書斎で、そこにはアレックスがひとりで待っていた。

「レイフォード?」彼の様子にザッカリーは驚いて問いかけた。

アレックスはだらしなく脚を広げて椅子に座っていた。半分空になった酒瓶が膝の上でかろうじてバランスを保っている。褐色の肌は青ざめ、目の周りにはくまができ、顔中に苦々しげなしわが浮かんでいる。部屋中にアルコール臭と、つんと鼻をつく葉巻の臭いが充満していた。たちこめた分厚い煙から判断するに、おそらく延々と吸いつづけているのだろう。曲げられた指の先に葉巻が見えた。レイフォードのこんな姿を見た人はそうそういないだろう、とザッカリーは思った。どうやら彼は、とんでもない不運に見舞われてしまったらしい。

「な、なにかあったのかい?」

「別に」アレックスはそっけなかった。「どうしてだ?」

ザッカリーはあわててかぶりを振り、何回か咳払いをした。「こほん。別に理由などないさ。ただきみが……こほん……ちょっと疲れているように見えたものだから」

「わたしなら元気だ。いつものごとく」

「そうだろうとも。こほん。今日はリリーに会いにきたので、そろそろ――」

「かけたまえ」アレックスは酔った様子で、革張りの椅子を手で示した。

ザッカリーはびくびくしつつ、言われたとおりにした。窓から朝の陽射しが差しこみ、灰色がかった茶色の髪をきらめかせた。

「飲めよ」アレックスは言い、一筋の煙を吐きだした。

ザッカリーはもじもじした。「いや、強い酒は夕方まで控えるようにしているから――」

「わたしもだ」アレックスはグラスを口元に運ぶと、ひと息に中身を飲みほした。値踏みするような目でザッカリーを観察する。わたしたちは同年代だ、と思った。にもかかわらず、ザッカリーは弟のヘンリーと大して年が変わらないように見える。明るい陽射しが、少年のようなザッカリーの顔を照らしだす。つるつるの肌も、茶色の瞳も、青い夢と理想に輝いている。まったく、ペネロープにふさわしい男だ。多少なりとも頭のある人間なら、そのくらいすぐにわかる。

アレックスはしかめっ面をした。キャロラインは死んだ。どうせ愛する女性を手に入れられない運命なら、ペネロープもザッカリーにくれてやれ。アルコール漬けの脳みそでも、自分がどれほど身勝手で、ばかげた、まったく意味のない執着心にとらわれているかくらいわかる。だが、もうどうでもよかった。なにもかも、もうどうでもいいと思った。

ただひとつのことを除けば。どうしたわけか、そのささいな事柄がずっと気になって仕方がない。「ミス・ローソンの婚約者は誰だったんだ?」アレックスはぶっきらぼうにたずねた。

突然の問いかけに、ザッカリーは困惑している。「ええと、それは……一〇年前の話のことかい? リリーが、ヒンドン卿と婚約していたときの?」

「ヒンドン卿? トーマス・ヒンドン卿の息子のハリーか?」

「そう、ハリーだ」

「鏡があれば必ず自分の姿を映してみる、あのうぬぼれ屋の、みえっぱりの男?」アレックスはあざ笑った。「あんな男を彼女が愛していた? こいつは思いもよらなかったな、知性よりもうぬぼれが勝る男を彼女が選んだとは。あいつはきみの友だちでもあったのか?」

「ああ、当時は。ハリーにもそれなりにいい面が——」

「なにが原因であいつに捨てられたんだ?」

ザッカリーは困ったように肩をすくめた。「とくになにがあったというわけでは……」

「言えよ」アレックスはせせら笑った。「彼女が騙したんだろう? あるいは、人前であいつに恥をかかせたとか、じゃなかったら——」

「たしかにリリーはハリーを騙した。でも、わざとではなかったんだ。リリーはまだとても若かったし、情熱にあふれ、疑うことを知らなかった。世間知らずだったんだよ。リリーはハリーの外見に惹かれた。とんでもなく底の浅い人間だとは気づかなかった。ハリーの気を惹くために、彼女は知性も強い意志も隠した。まるでおつむが弱いふりをして、彼の気を惹こうとしたんだ。騙すつもりなんかなかったと思うよ。ただただ、彼に好かれる女性になろうとしただけなんだ」

「だがヒンドンは、彼女の本性を見抜いた」

「ああ。プロポーズして数カ月してから気づきだしたんだ。ハリーは彼女を徹底的に冷たくあしらった。そして結婚式を目前にして彼女を捨てたんだ。あのときの彼女の打ちひしがれようときたらなかった。だから代わりにプロポーズしたんだが、断られてね。生涯結婚しない運命なんだと言われたよ。その後、彼女はおばさんに連れられて外国に行き、何年も帰ってこなかった。しばらくイタリアにいたと言っていたな」

アレックスはじっと葉巻を見た。伏せた金色のまつげが、心の内をおおい隠している。ふたたび口を開いたとき、その声は先ほどまでより静かなものになっていた。「大陸横断の旅というわけか」

「いや、実は行方がわからなくなってしまったんだ。何年経っても、手紙ひとつ寄越さなかった。イタリアでなにかあったようなんだが、誰にも話そうとしない。ただ、向こうでとてもつらい思いをしたのはたしかだ。二年前にイギリスに帰ってきたときには、あまりの変わりように驚いたよ」ザッカリーは難しい顔をした。「いつも悲しい目をしてる。あんなふうに悟った女性はいないね。それに、普通の男には及ばぬほどの勇気の持ち主でもある」

ザッカリーはさらになにか言ったが、アレックスはもう聞いていなかった。目の前に座る健全そのものの青年をじっと見つめながら、彼が書斎でリリーにキスをしていたときのことを思いだしていた。あれは、ふたりが本物の恋人同士だとアレックスに納得させるための見え透いた芝居だ。だがかえって、そこに純粋な友情しかないことをはっきりと証明することになった。リリーが彼の膝に座って口づけている間、彼のほうは完全に受け身で、両脇に垂らした腕はすっかりこわばっていた。到底、愛する女性と睦み合う男の態度とは思えなかった。あれがもし自分だったら……。

アレックスはよからぬ考えを頭から追いはらい、まじめな顔でザッカリーを凝視した。

「リリーはずるがしこい女優だ。だが、演技はあまり上手とは言えない」

「それは完全に誤解だ！　彼女の言動にひとつも嘘はないんだよ。どうやらきみは、彼女のことをまるで理解していないようだ」

「いや、理解していないのはきみのほうだ。それにきみは、わたしのことも誤解しているようだな、スタンフォード。きみとミス・ローソンが仕組んだ子どもじみた茶番に、わたしが騙されるとでも思ったか？」

「なんだって？　なんの話だかさっぱり――」

「きみはリリーを愛してなどいない」アレックスは冷笑交じりに言った。「そもそも、そんなことはありえない。もちろん、きみは彼女にある種の好意は抱いている。だがきみは、彼女を恐れてもいる」

「恐れているだって？」ザッカリーは青くなった。「わたしの体の半分もない女性のことを？」

「隠すことはない。きみは生まれながらの紳士だ。信条を守るときは別として、絶対に他人を傷つけることなどできないだろう。ところがリリーは、ほしいものを手に入れるためならなんでもする。なんでもね。彼女には信条などない。他人の信条を尊重するつもりもない。そんな彼女を恐れないなら、それこそ愚か者だよ。いまは友人でもいつかは彼女に利用される。ああ、きみを侮辱しているわけではないから安心したまえ。むしろ同情するよ」

「き、きみの同情などいるものか！」ザッカリーは興奮して叫んだ。

「それに比べたら、ペネロープは、世の男が夢に描くタイプの女性だ。まさに天使のごとき容姿に立ち居振る舞い。きみだって、かつてはペネロープを愛していたとすんなり認めたくらい……」

「昔の話だ！　いまはもう違う！」

「嘘が下手だな、スタンフォード」アレックスは葉巻をもみ消し、残忍な笑みを浮かべた。

「ペネロープのことは忘れたまえ。この結婚を阻止することは不可能だ。社交シーズンの初めの舞踏会に二、三回顔を出すといい。そうすれば、何十人という女性の中から、ペネロープによく似たタイプを選ぶことができるだろう。愛らしく無垢で、世の中のこと、そしてさまざまな誘惑を知りたくてうずうずしている女性をね。きみが求めているものくらい、いくらだって見つかるさ」

ザッカリーがすっくと椅子から立ち上がった。アレックスを説得するべきか、彼をどなりつけるべきか、迷っている表情だ。「リリーにもまったく同じことを言われたよ。どうやらきみたちには、わたしには見えるペネロープの長所がまるで見えないらしい。たしかに彼女はとてもおとなしい女性だ。でも、決して頭の空っぽなお人形さんなんかじゃない！　きみは自分勝手な卑しむべき男だよ、レイフォード！　いまの話を聞いてわたしは――」

「ザッカリー」リリーの声が割って入った。彼女は戸口に立っていた。決然と、落ち着いた表情をしている。だがアレックス同様、妙にやつれて、瞳にも疲れの色が浮かび、くすんでいた。「もういいわ」とかすかにほほ笑んでザッカリーに言った。「あなたはもう帰って。あとはわたしに任せて」

「人のけんかに口を出さないでくれ――」

「今回はだめ」リリーはあごをしゃくって扉を示した。「聞いて、ザック。あなたは帰るの。いますぐに」

ザッカリーはリリーに歩み寄り、アレックスに背を向けて彼女の両手をぎゅっとつかんだ。小さな顔を見おろす。「計画は失敗に終わったんだ……リリー、彼にはっきり言うしかないんだよ。頼むから最後までやらせてくれ」

「だめよ」リリーは爪先立って両腕を彼の肩にまわし、小さな手をうなじに置いた。「わたしを信じて」と耳元でささやく。「絶対に、ペネロープをあなたのものにしてあげるから。

でもそのためには、わたしの言うとおりにしないとだめ。もう家に帰って。あとはわたしがなんとかするから」

「どうしてそんなふうに断言できるんだい？」ザッカリーは驚いてささやきかえした。「どうしてそんな自信満々なふりをするんだよ。わたしたちは負けたんだよ、リリー。完全に――」

「わたしを信じて」リリーは同じ言葉をくりかえし、身を離した。

ザッカリーがアレックスに向きなおる。アレックスはまるで、玉座にふんぞりかえる堕落した王のように書斎の椅子にだらしなくかけている。「よく自分で自分がいやにならないものだな！」ザッカリーはわめいた。「結婚相手がほかの誰かを愛していても、まるで気にならないというのか？」

アレックスはあざけるような笑みを浮かべた。「まるでわたしが彼女の頭に銃を突きつけたような口ぶりだな。彼女はわたしの求婚を自らの意志で受け入れたのだよ」

「どこが自らの意志なものか！　受け入れるほかに選択肢がなかっただけじゃないか。なにもかも、彼女抜きで勝手に決めたこと――」

「ザッカリー」リリーが口を挟もうとする。

口の中でののしりながら、ザッカリーはリリーからアレックスに視線を移した。そしてくるりと背を向けると、大またに部屋を出ていった。砂利道を走る馬のひづめの音がすぐに聞こえてきた。

リリーとアレックスはふたりきりになった。アレックスの瞳が、リリーの姿をちらちらととらえる。自分と同じように彼女が憔悴しきっているのを見て、アレックスは暗い満足感にひたった。フリルのレースの襟がついたやわらかそうなラベンダー色のドレスが、肌の青白さと目の下のくまを際立たせている。前夜の荒々しい口づけのあかしのように、唇は赤く腫れている。

「ひどい顔だな」アレックスはぶしつけに言い、もう一本、葉巻に火をつけようとした。

「あなたに比べればましよ。酔っぱらいの男なんて吐き気がするわ」リリーはベルベットで縁どられた窓辺に歩み寄り、窓を開けると、よどんだ室内に新鮮な空気を迎え入れた。革張りのテーブルに火のついた葉巻が転がっているのを見て眉根を寄せる。稀覯本《きこうぼん》を飾る美しい家具が、だめになってしまう。リリーはアレックスに向きなおった。彼はずっとこちらを見ていた。その冷たいまなざしに、非難の言葉を投げずにはいられなかった。「いったいどうしたというの?」

彼は吸いさしの葉巻を指さした。

リリーは苦々しげに笑った。「そうじゃなくて、飼い葉桶から餌を食べるブタみたいにお酒をがぶ飲みする理由を訊いているの。失った聖母キャロラインに恋い焦がれて? それとも、ザッカリーが自分には一生なれないくらいの素晴らしい男性だから嫉妬して? あるいは――」

「きみのせいだ」アレックスはどなり、後先かまわずブランデーの瓶を床に放り投げた。

「きみにわが屋敷から出ていってほしいからだ。わたしの人生から、わたしの目の前からいなくなってほしいからだ。一時間以内に出ていってくれ。ロンドンに帰れ。どこにでも行ってしまえ」

リリーはアレックスに侮蔑のまなざしを投げた。「足元にひざまずいて懇願しろとでもいうの？『お願いします、伯爵。ここにいさせてください』って。おあいにくさまね、レイフォード！　わたしは懇願なんかしないし、ここを出ていきもしない。なにをそんなに怒っているのか、しらふになったら話し合いに応じてあげてもいいけど、それまでは――」

「ブランデーを一本丸々飲んで、ようやくきみに我慢できている状態なんだよ、ミス・ローソン。しらふになられたら、困るだろう？」

「いい気にならないで！　なにもかもわたしのせいにしたいのね。ご自分がまともにものも考えられないのが原因なのに――」

「荷物をまとめたまえ。なんなら、わたしが代わりにやってやろう」

「ゆうべのことが原因？　なんの意味もない一度のキスが理由なの？　あんなものはわたしにとってはなんでも――」

「出ていけと言ってるんだ」というアレックスの声は怖いくらい静かだった。「きみの痕跡をすべて消したい。トランプも、真夜中の徘徊も、つまらんたくらみも、その大きな黒い瞳も。いますぐに！」

「その前に地獄で会うことになるわ！」リリーは一歩も引かない覚悟で真っ正面から彼を見

据えた。だが彼は書斎をさっさと出ていってしまった。リリーは当惑した。「どこに行くの？　いったいなにを……」追いかけると、彼は大階段の下にいた。彼女の寝室に向かおうとしているのだ。「よくもそんな！」彼女は金切り声をあげ、小走りになった。「いじわる！あなたみたいに思いあがった、傲慢な怪物……」

駆け足で階段を上り、アレックスと同時に自室にたどり着いた。リネン類を交換していたメイドがぎょっとする。ふたりを一目見るなり、敵軍の侵攻を受けて退却する兵士のように飛びだしていった。アレックスが衣装だんすを勢いよく開け、手近にあった旅行かばんにドレスを詰めこみはじめる。

「わたしのものに触らないで！」怒り心頭に発して、リリーはベッド脇に飾られた美しい磁器の置物をつかむと、アレックスめがけて投げつけた。彼はひょいと身をかがめた。置物は彼の背後の壁にぶつかり粉々に砕けた。

「母の遺品になんてことを」アレックスは灰色の瞳に恐ろしい光をたたえてうなった。

「いまのあなたを見たら、お母様はなんておっしゃるかしらね。血も涙もない暴力的なけだものに成り果て、自分勝手な欲求を満たすことしか考えない……なにをするの！」リリーは怒り狂った。アレックスが窓を開けるなり、旅行かばんをおもてに投げ捨てたのだ。半開きの旅行かばんから手袋や靴下や、そのほかの身のまわり品が転がりでて、私道に散らばった。リリーは室内を見まわし、ほかになにか投げつけるものはないかと探した。そのときになって、妹が戸口に立っているのに気づいた。

ペネロープは唖然とした面持ちでふたりを見ていた。「ふたりとも、どうかしてしまったの?」と言って息をのんだ。

小さな声だったが、アレックスも彼女に気づいたようだ。帽子ケースにドレスを詰めこむ手を止めると、彼女をにらみつけた。ゆがんだ顔に、酔っぱらって、髪がひどく乱れた状態のアレックスは、まるで別人だ。

「ペニー、彼をよくご覧なさい!」リリーが言った。「これがあなたの婚約者よ。大した人だと思わない? 男の人の本性はね、酔っぱらったときにわかるものなのよ。彼をよく見なさい。毛穴という毛穴から、卑しさがにじみだしているわ!」

ペネロープは目を見開いている。彼女がなにか言おうとする前に、アレックスは荒々しく告げた。「ペネロープ、きみのかつての恋人はここにはもう戻ってこない。彼が必要なら、姉上と一緒に出ていくんだ」

「言われなくても出ていくわ!」リリーがぴしゃりと言った。「ペニー、荷物をまとめなさい。スタンフォードのお屋敷に行きましょう」

「でも、そんなの無理よ……お母様とお父様がお許しにならないわ」ペネロープはためらいがちにつぶやいた。

「ええ、お許しにならないでしょうね。でも、それがザッカリーの愛よりも大切なの?」

アレックスは冷たくペネロープを見つめた。「さて、どうかな?」

挑戦的な姉の顔からアレックスの怖い顔へと視線を移し、ペネロープは真っ青になった。

怯えたように叫ぶと、くるりときびすを返し、まっしぐらに自室に逃げこんだ。

「いじわる!」リリーは大声をあげた。「ひねくれ者! すっかりお見通しというわけね。脅せば、あの子がなんでも言うことを聞くとわかっているんだわ」

「彼女は自分で決めたんだ」アレックスは帽子ケースを床に放り、あごでそれを示した。

「さて、残りの荷物もわたしにまとめてほしいか? それとも、自分でやるか?」

長い沈黙が流れた。

「いいわ」リリーは侮蔑をこめて言った。「出ていって。ひとりにしてちょうだい。一時間以内にいなくなってやるわ」

「できたらもっと早くしてくれたまえ」

「両親には、あなたから話してくれるんでしょうね?」リリーはあてこするように言った。

「あなたの言うことなら、両親はなんでも信じるもの」

「ペネロープにはこれ以上なにも言うな」アレックスはくぎを刺してから部屋を出ていった。

彼に聞かれる心配がなくなったところで、リリーは大きく息を吐き、気持ちを落ち着かせた。首を振り、声をあげずに笑った。「なんて傲慢な男……でも、そう簡単にわたしが引き下がると思ったら大間違いよ」

6

怯えた顔の使用人たちは列をなし、リリーの旅行かばんやトランクを馬車へと運んでいる。ラッカー塗りの幌つきの四輪馬車にはレイフォード家の紋章がついている。アレックスが御者に、リリーをロンドンのテラスハウスに送り届け、すぐに帰ってくるよう命じてある。

リリーに残された時間はあとわずかしかない。時間が刻々と過ぎていくのを感じながら、彼女は父を捜して邸内を歩いた。父は二階のこぢんまりした応接間で、本が山と積まれた机についていた。

「お父様」リリーはぽつりと呼んだ。

ジョージ・ローソンは肩越しに振りかえって娘の姿を確認すると、めがねの位置を直した。

「伯爵から、おまえが帰ると聞いた」

「出ていけと言われたのよ」

「やはりそうか」ジョージは陰気につぶやいた。

「わたしをかばってくれた、お父様?」リリーは眉をひそめた。「伯爵に、娘を追いださないでほしいと言ってくれた? それとも、わたしがいなくなって嬉しい? ねえ、お父様はどうしてほしいとも思わないの？」

「読まねばならない本があるのだよ」ジョージはまごついた様子で応じ、山積みの本を指さした。

「そうよね……ごめんなさい」

ジョージは座ったまままきちんと娘に向きなおり、困惑の表情を浮かべた。「謝る必要などない。おまえのすることや、おまえの引き起こす騒動にはもう慣れたよ。いちいち驚くのはずっと昔にやめた。おまえにはなにも期待しない、だからおまえに失望することもない」

どうして父のところに来たのか、リリーは自分でもわからなかった。父は彼女に期待していないと言うが、彼女のほうはそれ以上に父に期待していない。幼いころ、彼女はうんざりするくらい父を悩ませたり怒らせたりした。父の書斎にこっそり入ったり、うるさく質問したり、父のペンでなにか書こうとしてうっかり机の上にインクをぶちまけてしまったり。父が娘にいっさい関心を持っていないという胸がつぶれるような事実を受け入れるまでに、何年もかかった。父は娘の考えていることにも、質問にも、善行にも悪行にもいっさい無関心だった。どうしてそんなに無関心なのか、彼女はいつも理由を探していた。自分がなにかとても悪いことをしたから、無視されるようになったのだと長い間ずっと思っていた。家を出るとき、その罪悪感を母に打ち明けたことがある。そのときの母の言葉のおかげで、多少なりとも安堵することができた。

「あら、そうではないのよ。お父様は昔からずっとあんなふうなの」トッティは静かにそう言った。「お父様は無口で内向的だから。でも残酷な人間ではないわ。世の中には、子どもが言うことを聞かないと言ってぶったりする人もいるでしょう！　だから、あんなおとなしい父親を持つことができて、幸運だと思わなければね」

リリーは内心、無関心は子どもをぶつのと同じくらい残酷だと思ったものだ。いまではもう、父の無関心に腹をたてたり、当惑したりすることはない。むしろ、あきらめとさびしさしか覚えない。その気持ちを、言葉にして父に伝えたかった。

「迷惑ばかりかけてごめんなさい。わたしが息子だったら、お父様ともうまくやってこられたかもしれないわね。でも現実には、反抗的で愚かな娘で……あんな過ちまで……お父様が知ったら、いま以上にわたしのことを恥じるでしょうね。でもわたし、お父様にも謝ってほしい。お父様はずっと、わたしにとって他人同然だった。おかげで小さいころから、自分で道を歩まなければならなかった。お父様がそばにいてくれなかったからよ。お父様は、わたしに罰を与えることもなければ、叱ることもなかった。わたしの存在を認めるそぶりすら見せなかった。少なくともお母様は、わたしのために涙を流してくれたわ」リリーは髪をかきあげ、ため息をついた。「ずっと、頼る相手がほしいと思っていたわ……それがお父様だったらどんなによかったか。でもお父様は、書物やお堅い条約文書を読んでばかり。本当に、根っからの学者なのね」

娘を見るジョージの目には、不満と非難の色が浮かんでいる。リリーはさびしそうに笑った。「ただ伝えたかっただけなの……それでもやっぱり、わたしはお父様が大好きよ。わたし……お父様も同じ気持ちでいてくれれば嬉しいけど」

リリーは待った。父の顔をじっと見つめながら、小さな手をぎゅっと握りしめた。沈黙が流れるだけだった。

「ごめんなさい」リリーはさりげない声になってつづけた。「お母様はペネロープと一緒にいると思うわ。ふたりに、愛してると伝えておいて。さようなら、お父様」父にくるりと背を向け、部屋をあとにした。

わきおこる感情を抑えつつ、リリーは長く連なる大階段を下りた。レイフォード・パークを二度と見ることはできないのだと思うと、ひどく残念な気持ちになった。驚いたことに、彼女はこの静けさに満ちた、重厚な古典様式の壮麗な屋敷を好きになっていた。本当に残念だ。アレックスがあんなに辛辣な性格でなければ、妻となる女性に素晴らしい暮らしを与えることができるだろうに。さびしげな表情の執事とふたりのメイドに別れを告げ、おもてに出ると、リリーは荷物の最後のひとつが馬車に積まれるのを確認した。目の上に手をかざして私道に視線をやり、のんびりと歩いてくる人影を見つける。ヘンリーだ。村に住む友人たちと遊んで帰ってくるところらしい。片手に長い棒きれを持ち、歩きながらそれを振りまわしている。

「よかった」リリーはほっとしてつぶやいた。こちらに来るようヘンリーに身振りで伝える。少年は早足になった。近くまで来ると、青い瞳で「なあに?」と問いかけてきた。リリーはいとおしそうに、少年の額にかかった一筋の金髪をかきあげてやった。「間に合わないかと思ったわ」

「これ、どうしたの？」ヘンリーは馬車をちらりと見た。「なにに間に合わないの？」

「さようならを言うのに」リリーはさびしげにほほ笑んだ。「お兄様とけんかをしてしまったの。だからもう家に帰らなくちゃ」

「けんか？　どうして？」

「ロンドンに帰るわ」リリーは問いかけを無視して告げた。「トランプのいかさまを、全部教えてあげられなくてごめんね。でも、またいつか会えるわね」と言いながらあいまいな笑みを浮かべ、肩をすくめた。「ひょっとしたら、クレーヴンズで。だいたいいつも、あそこにいるの」

「クレーヴンズ？」ヘンリーは畏敬の念をこめた声でおうむがえしにたずねた。「そんなこと一言も言わなかったじゃないか」

「そうだったかしら、あそこのオーナーとはとても仲のいいお友だちなの」

「あのデレク・クレーヴンと？」

「なるほど、彼のうわさを知っているのね」リリーは満足げな笑みを押し隠した。ヘンリーはまんまと餌にかかった。きっとうまくいくと思っていたのだ。健康で元気いっぱいの男の子なら誰だって、セント・ジェームズ・ストリートで繰り広げられる禁じられた男の世界の誘惑に、決して抗えない。

「知らない人なんかいないよ！　だってすごい人じゃない！　クレーヴンは、ヨーロッパ中の大金持ちや権力者と知り合いなんでしょう？　伝説だよ。イギリスで一番の重要人物なんだ……もちろん、王様の次にって意味だけど」

　リリーはほほ笑んだ。「それはちょっとどうかしら。もしもデレクがここにいたら、世の中のあらゆることを考え合わせてみると、自分は大海原にしたたった小便にすぎない、とでも言うでしょうね。とはいえ、彼の経営する賭博場は本当に素敵なところだけど」

「学校でね、友だちと話してたんだ。いつか大人になったらクレーヴンズに行って、賭け事をしたり、女の人を見たりするんだって。もちろん、ずっと先の話だけどさ。でもいつか、あそこで遊べるといいなあ……」ヘンリーは焦がれるようにため息をついた。

「どうしていつかなの？」リリーは優しく問いかけた。「いまじゃいけないの？」

　ヘンリーは驚いた顔になった。「中に入れてもらえないよ。だってぼくはまだ――」

「もちろん、これまで一二歳の少年がクレーヴンズに入れてもらったことはないわ。デレクはそういうことには厳しいの。でも、わたしの頼みならなんでも聞いてくれるのよ。わたしと一緒なら、中に入れるのではないかしら。賭博室を見てまわったり、フランス料理を食べたり、あそこで働く女の子たちにも会えるかもしれないわね」リリーはいたずらっぽく笑った。「そうだわ、デレクと握手もできるかも――彼いわく、握手をすると幸運が相手にも伝染するんですって」

「嘘でしょう？」ヘンリーは疑わしげに言った。だが青い瞳は、かなわぬ夢にきらきらと輝いている。

「嘘だと思う？　じゃあ、一緒にロンドンに行って本当かどうかたしかめましょう。もちろん、お兄様には内緒よ。あなたはただ、馬車に乗ればいいだけ」リリーはウインクしてみせた。「クレーヴンズに行きましょう、ヘンリー。素晴らしい冒険を約束してあげる」

「兄上に殺されるよ」

「そうね、さぞかし怒るでしょうね。それは間違いないと思うわ」

「でも、兄上にぶたれる心配はない」ヘンリーは思案している。「あの腐った学校で、さんざん体罰を与えられたあとだもん」

「だったら、恐れるものなんてある？」

「なんにもない！」すごいや、といった面持ちでヘンリーは嬉しそうに笑った。

「それでは、出発」リリーはほがらかに笑い、声をひそめてつづけた。「御者にも誰にも見つからないようにね。あなたが捕まったら、とっても困るの」


リリーは出ていった。アレックスは書斎の窓から、私道の角を馬車が曲がるのを見送った。安堵感が胸中にわきおこるのを待ったが、そこにあるのは虚しさだけだった。檻の中の虎のように邸内を歩きまわり、あるものから自由になろうとした……あるもの……それがなんなのか、わかりさえしたら！　邸内は不自然なほど静かだった。かつての静けさ、彼女があらわれる前の静寂を取り戻していた。これでもう、口論や厄介事やくだらない茶番に悩まされることはない。すぐにでも、ずっと気分がよくなるはずだ。

ペネロープのところに行ってやれ、そう良心がせっつく。酔って怒りをぶちまけるところを見て、彼女はさぞかし怯えているに違いない。階段を上りながら、これからは忍耐力の権化になろうと誓った。ペネロープを喜ばせるためならなんでもしよう。わたしの目の前には彼女との未来が用意されている――長く、整然として、なんの意外性もない未来が。アレックスは口元に暗い笑みを浮かべた。ペネロープとの結婚は正しい選択だ、誰もがそう言うだろう。

彼女の部屋に近づくにつれ、打ちひしがれたすすり泣きが聞こえてきた。それから、一瞬リリーかと思うほど力強く情熱にあふれた声も。だがリリーの声よりもやわらかく、わずかに高い。「彼を愛しているのよ、お母様」ペネロープはむせび泣きながら訴えていた。「死ぬまでザッカリーを愛しているわ。お姉様の勇気がわたしにあったら！　そうしたら、いますぐ彼のもとに行くのに」

「おやまあ」トッティがなだめる声も聞こえた。「そのようなことを言うものではありませんよ。分別を持ってちょうだい、ペネロープ。伯爵の妻になれば、あなたの未来は――もちろん、あなたの家族の未来も――ずっと安泰なのですよ。お父様もわたしも、あなたにとってなにが一番いいかわかっているの。伯爵もね」

ペネロープはすすり泣きをつづけながらも、とぎれとぎれに言った。「わ、わたしは、そうは思わないわ」

「こういうときはお母様を信じなさい。いけないのはウィルヘミーナよ。あの子のことは心から愛しているけど――それはあなたもわかっているわね――周囲の人間を苦しめるのには本当に困ってしまうわ。伯爵にもお詫びしなければならないわね。あんな上品で物静かな方を怒らせるなんて信じられませんよ！　そもそも、あの子をここに滞在させるべきではなかったのね」

「いいえ、お姉様を信じるべきだったのよ」ペネロープは喉を詰まらせながら言った。「わたしとザッカリーがどんなに深く愛し合っているか、お姉様はちゃんとわかっていた……わ、わたしさえこんな臆病者じゃなかったら……」

アレックスはこぶしをぎゅっと握りしめ、その場を立ち去った。自嘲の笑みが浮かぶ。トッティのようにリリーを責めたかったが、できなかった。悪いのは自分だった。もろい自制心で抑えつけてきた、決して手に入れることができないものへの渇望が、ふたたびわいてくるのを彼は感じた。

ロンドンまでの道中、ヘンリーは幼少時にまでさかのぼり、兄が無私の心で自分のためにしてくれたさまざまなことをひとつ残らず話しておく必要があるとでも思ったらしい。逃げ場のない馬車の中でのことなので、リリーは聞くしかなかった。われながら素晴らしい忍耐力だと思った。向かいの座席にゆったりと座ったヘンリーは、兄との思い出を語りだした。

兄上は、ぼくが木から下りられなくなったときには自ら登って助けてくれたし、湖で泳ぎを教えてくれたし、もちろん、午後になるといつも兵隊ごっこの相手もしてくれたし、レイフォード家の次男にふさわしい言動を教えてくれたりも……。

「ヘンリー」リリーはたまりかねて口を挟んだ。ほほ笑みを浮かべつつ、歯をぎりぎりとかみながらたずねた。「どうやら、わたしになにか伝えたいことがあるようね。もしかして、兄上は冷酷なけだものじゃない、見かけで判断しないでとでも言いたいの？」

「そのとおりだよ！」ヘンリーは、彼女の鋭さに驚いた表情を浮かべた。「さすがだね！たしかに兄上はときどき怖いけど、本当は素晴らしい人なんだ。この首を賭けてもいい」

リリーは思わず笑ってしまった。「わたしがあなたのお兄様をどう思おうと、あなたが気にすることではないでしょう？」

「でも、兄上がどんな人間か知ったら……本当の兄上を知ったら、リリーもきっと好きになると思うんだ。ものすごくね！」

「これ以上、彼のことを知りたいとは思わないの」

「ええっと、ぼくが七歳のときに兄上がクリスマスにくれた子犬の話はしたっけ？　それから――」

「ヘンリー、わたしがお兄様を好きになるべき特別な理由でもあるの？」

ヘンリーは笑って目をそらし、どう答えようかとじっと考えている。「リリーは、兄上とペネロープの結婚を邪魔しようとしているんだよね？」

リリーはぎょっとした。どうやら、多くの大人がやる間違いを彼女もまた犯してしまったらしい。子どもの知性を見くびっていたのだ。ヘンリーは相当鋭い子らしい。もちろん、兄とローソン家のやり取りを見て、どういう状況なのかを理解したのだろう。「どうしてそんなふうに思うの?」リリーはとぼけた。

「ふたりは、けんかするときに大声をあげるでしょう?　それを聞いた使用人たちがうわさをしていたんだ」

「本当に結婚を阻止したら、残念に思う?」

ヘンリーは首を振った。「ペネロープがどうというわけじゃないよ。女の子だしね。でも、兄上は彼女を愛してないよ。彼女は違うタイプだもの……」

「キャロラインと?」リリーは静かに言った。その名前を口にするたび、なぜか胸が痛む。キャロラインのどこに惹かれて、アレックスはそれほどまでに夢中になったのだろう。「彼女のことを覚えてる?」

「うん、よく覚えているよ。ぼくはまだ子どもだったけどね」

「なるほど、いまは立派な男性になったわけか……あれ、いまいくつだっけ、一一?　一二?」

「一二!」ヘンリーはリリーのからかいににやりとした。「リリーはキャロラインに似てるよね。彼女よりもかわいいけど。それから、彼女よりも年をとっているけど」

「ふうむ」リリーは顔をしかめた。「褒められたのか、けなされたのかよくわからないけど。まあいいわ、彼女のことをどう思ってた?」

「好きだったよ。とっても活発な人だったんだ。リリーみたいに兄上を怒らせることは一度もなかった。いつも兄上を笑わせてた。いまの兄上は、めったに笑わないけど」

「かわいそうに」リリーは上の空でつぶやいた。回廊で一緒にトランプをしたときアレックスが垣間見せた、目のくらむようなほほ笑みを思いだしていた。

「リリーは、デレク・クレーヴンと結婚するの？」とても難解な質問をするときのように、ヘンリーが遠慮がちに訊いてくる。

「いやだ、まさか」

「じゃあ、兄上と結婚すれば。ペネロープを追いはらってから」

リリーは噴きだした。「妹を追いはらってから？　まるでわたしが、あの子をテムズ川に投げ捨てようとしているみたいな口ぶりね！　いいことヘンリー、第一に、わたしは生涯誰とも結婚しないの。第二に、お兄様のことは好きでもなんでもないの」

「だけど、ぼく話さなかったっけ？　ぼくが暗くて怖いって言ったら、兄上が部屋に来てくれて、ぼくに――」

「ヘンリー」リリーはさえぎろうとした。

「これだけでいいから最後まで聞いてよ」

リリーはうめいて座席にもたれかかった。モロッコ革のクッションに頭をもたせて、ヘンリーが兄の美徳を延々と語りつづけるのを聞いた。

デレクとワーシーはハザードルームの机で議論をしている。マホガニーの机の上には、目下計画中の仮面舞踏会に向け、準備事項をしたためたメモが散乱している。ふたりの意見が一致したのはただ一点、建物全体をローマの神殿のように装飾するということのみ。ローマ文明絶頂期の、華麗なる退廃を再現した舞踏会がデレクの希望だ。だが、それをどうやって実現するかという点で、ふたりの意見は対立していた。

「わかった、わかったよ」デレクがついに折れた。緑色の瞳は怒りにぎらついている。「おまえの言うとおり、柱を立てて、壁に銀色の飾り綱を飾りゃいい。その代わり、女たちについてはわたしの好きなようにやらせてもらうからな」

「彫像みたいに、全身を真っ白に塗って、シーツをまとわせるっていうんですか?」ワーシーはまさか、という声で言った。「それで、夜の間中いったいなにをさせるんです?」

「花の形の台に立たせておくんだよ!」

「ポーズをとっていられるのはせいぜい一〇分ですよ」

「給金を払うと言えばやるだろ」

「ミスター・クレーヴン」平素は穏やかなワーシーの声にいらだちがにじむ。「もしもそんなことが可能だとしてもですよ……もちろん不可能に決まってますが……せっかくの舞踏会が安っぽい、悪趣味なものになってしまいます。いつものクレーヴンズの基準にまるで合っていません」

デレクはしかめっ面をした。「どういう意味だ?」

「つまりね」背後からリリーの笑いを含んだ声が聞こえてきた。「あまり趣味がいいとは言えないという意味よ、俗物のコックニーさん」

振りかえり、そこにリリーが立っているのを確認すると、デレクの褐色の顔に笑みが広がった。銀糸で刺繍がほどこされたラベンダー色のドレスに身を包んだリリーは、さながらおいしい砂糖菓子のようだ。彼女を抱きとめ、その場でくるくるまわって笑わせ、やがて床に下ろした。

「おかえり、ミス・ジプシー。レイフォードに当然の報いは受けさせてやったかい?」

「それがまだなの」リリーは呆れ顔で答えた。「でも、あきらめたわけじゃないわ」クラブの慣れ親しんだ雰囲気にほっと安堵のため息を漏らし、支配人に目を留めるなり、にっこりと笑った。「ワーシー、ハンサムな悪魔さん。わたしのいないクレーヴンズはどうだった?」

小柄でめがねが似合うワーシーは笑みを返した。「まあまあですね。ミス・ローソンがお戻りになってよかった。厨房に言ってなにか用意させましょうか?」

「ああ、いいの」リリーはすぐに断った。「ムッシュー・ラバージに新作のプディングやらパイやらを食べさせられたら困るから」

「食ったほうがいいぞ」デレクが言う。「小鳥みたいに痩せ細っちまって。こっちに来い」彼はリリーの細い肩に腕をまわすと、部屋の隅のほうにいざなった。「ひどいありさまじゃないか」

「今日はみなさんそうおっしゃるわ」リリーはそっけなく返した。

その瞳が熱っぽくきらめき、唇がぎゅっと引き結ばれるのをデレクは見逃さなかった。

「なにがあったんだ、リリー？」

「レイフォードは一筋縄じゃいかない人間だってわかったわ」リリーは快活に応じた。「だから、抜本的な手段に出ることにしたの」

「抜本的」デレクはおうむがえしに言い、彼女をじっと見た。

「手始めに、彼の弟を誘拐してきたわ」

「なんだって？」デレクは彼女の指さすほうに視線をやった。部屋の向こうに、ハンサムな金髪の少年がたしかにいた。ゆっくりと円を描くように歩きながら、目を真ん丸に見開いて豪奢な室内を眺めている。「なんてこった」デレクは仰天して息をのんだ。

「なんということだ、でしょ」リリーは彼の言い回しを正し、わずかに挑むような目を向けた。「レイフォードをわなにかけるつもりよ。餌はヘンリー」

「まったく、なんてことをしやがるんだ」デレクが小さくつぶやく声に、リリーは背筋が寒くなるのを覚えた。

「あなたにヘンリーをかくまってほしいの。一晩でいいから」

デレクの顔から、友人を思いやる表情がいっさいなくなる。彼は冷たくリリーをにらんだ。

「わがクラブにガキは入れない」

「ヘンリーは天使よ。面倒は絶対に起こさないから」

「だめだ」

「せめて、彼に会ってやって」

の次にだけど」

「お願いよ、デレク」リリーは彼の腕を引っ張った。「あの子、あなたに会えるのをとても楽しみにしていたの。あなたのことを、イギリスで一番重要な人物だって言ったのよ。王様の次にだけど」

デレクは眉根を寄せた。

「だめだ！」

「お願いだから、ね？」

「わかったよ。こんちは、バイバイ、それでいいんだな？」

「ありがとう」リリーは彼の肩をぽんぽんと軽くたたいた。

口の中でぼやきながら、デレクは引っ張られるがままに、ヘンリーが待つ戸口のほうに向かった。「ミスター・クレーヴン」リリーが紹介する。「こちらは、ヘンリー・レイフォード卿よ。ウルヴァートン伯爵の弟さん」

王族に対面するとき用の最高に礼儀正しい笑みを浮かべつつ、デレクは優雅におじぎをしてみせた。「クレーヴンズにようこそ、レイフォード卿」

「想像したよりずっとすごいや！」ヘンリーが叫んだ。デレクの手をとり、力強く握手をする。「最高だね！　文句なしだよ！」と褒めたたえると、ふたりのもとを離れ、好奇心旺盛な子犬のように室内を探検しはじめた。小さな手をクリベッジのカウンターに置かれた壺につっこみ、アンピール様式の椅子の背にほどこされた精巧な装飾を指でなぞる。それから、まるで祭壇に歩み寄るように恭しい態度でハザードテーブルに近寄った。

「カードはできんのか?」ヘンリーの興奮ぶりににわかに興味を覚えたのか、デレクがたずねた。

「あんまり上手じゃないけど。でも、ミス・ローソンに教えてもらってるよ」ヘンリーは夢見心地に首を振った。「自分がここにいるのが信じられない。クレーヴンズに来たなんて。すごいなぁ。どうやったら、こんな建物が作れるんだろう!」畏怖の念に打たれた様子でデレクを見上げる。「あなたみたいな人には会ったことがないや。天才じゃないと、こんなすごいものは作れないよ」

「天才か」デレクは鼻を鳴らした。「あんまり買いかぶるなよ」

「買いかぶってなんかない。だって、一文なしから、誰にも手の届かないところまで上りつめた……クレーヴンズはロンドン一の有名クラブなんでしょう? 首を賭けてもいいけど、絶対に天才だよ! ぼくも学校の友だちも、あなたは世界一すごい人だって言ってるんだ!」

ちょっと大げさなんじゃないかしら、とリリーは思った。

ところが当のデレクは、見る間にヘンリーへの態度を軟化させた。ご満悦の表情でリリーに向きなおる。「なかなか利口なガキだな」

「みんなが話していることを言ってみただけだよ」ヘンリーはきまじめに返した。

デレクが突然、ヘンリーの背中を優しくたたいた。「できたての銅貨みたいに利口だ。いい子だな。こっちに来い、ちびすけ。うちのべっぴんに会わせてやろう」

「だめよ、デレク」リリーは警告した。「ヘンリーには賭博もお酒も女もだめ。そんなことをさせたら、わたしが伯爵に首をちょん切られるわ」

デレクは口をへの字にしてヘンリーを見おろした。「ちぇっ、リリーのやつ、ここを女子修道院かなにかと勘違いしてやがる」ヘンリーを隅のほうに引っ張っていき、教え諭す声になってつづける。「イギリス一の上玉が揃ってるんだよ。安心しな、うちの女たちから悪い病気をうつされた男はいねえから……」

困ったわね、というふうにリリーはワーシーと顔を見合わせた。「坊ちゃんのことを気に入ったみたいですね」とワーシーが言った。

「ワーシー、あの子が妙なことにならないように見ててね。人目につかないところで過ごさせてやって。トランプを貸してやれば、ひとりで何時間も遊んでいられるから。絶対に、悪いことを覚えたりしないようにしてほしいの」

「お任せください。それで、いつ坊ちゃんのお迎えにいらっしゃいますか？」

「明日の朝にはね」リリーは眉間にしわを寄せ、考えこむようにため息をついた。

ワーシーは恭しく肘を差しだした。「馬車までお送りしましょう、ミス・ローソン」

リリーはその腕に手をかけた。「いまごろレイフォードは、弟の行方を血まなこになって捜しているわね」

「メッセージは残してきたんでしょう？」

「いいえ、伯爵はばかじゃないから。じきに弟になにが起きたか気づくはずよ。夕方にはロンドンに着くでしょう。それまでに準備を整えておかなくちゃ」

ワーシーがこの計画をどう思っているのかはわからない。いずれにしても彼は、デレクに対するのと同じ忠誠心でリリーに接した。「わたしにお手伝いできることはございますか？」

「万が一、伯爵が先にこちらに来たら、わたしの家に来るよう仕向けてくれる？　ヘンリーがここにいるのがばれないようにしてね。じゃないと、計画が台無しになるから」

「ミス・ローソン」ワーシーは恭しく呼びかけた。「あなたのように勇敢な女性に、わたしはこれまで会ったことがありません――」

「そう、ありがとう」

「ですが、ご自分がなにをしているのか、ちゃんと理解してらっしゃるのでしょうね？」

「あたりまえじゃない！」リリーは心底嬉しそうに笑った。「アレクサンダー・レイフォード卿に、生涯忘れられない教訓を与えるのよ」

ヘンリーが行方不明になったことがわかり、捜索が開始されたとき、メイドのひとりがある事実を明かした。リリーがロンドンに出発する直前、ヘンリーと話をしているところを見かけたというのだ。彼女をロンドンに送った御者は、レイフォード邸に戻るなり質問を浴びせられて仰天した。御者は、ヘンリー坊ちゃまが馬車に乗るところも、馬車から離れるところも見なかった、でも坊ちゃまはすばしこいから誰にも見られないようにこっそり乗りこんだかもしれないと語った。弟はリリーと一緒にいる、アレックスはそう確信した。あのおてンドンをめちゃくちゃにしてやる。リリーを捕まえる瞬間が待ちきれない……わたしに逆らおうとしたことを、後悔させてやる。

ロンドンのグロヴナー・スクエアに到着したときには、街はすでに闇に包まれていた。御者が四輪馬車を停めるのとほとんど同時に、アレックスは扉を開けて跳び降りた。しかめっ面で、三八番地の建物の正面階段を上り、こぶしで扉をどんどんとたたく。しばらくすると扉が開かれ、長身にひげを生やした執事が顔をのぞかせた。実に堂々とした風采だ。見えないマントのように威厳をまとい、表情も落ち着いている。「こんばんは、レイフォード卿。ミス・ローソンがお待ち申し上げております」

「弟はどこだ？」返事も待たずにアレックスは邸内に押し入った。「ヘンリー！」と壁が揺れるほどの大声で呼んだ。

「伯爵」執事は礼儀正しく呼びかけた。「どうぞこちらへ――」

「弟はどうした？」アレックスはわめいた。「あの子をどこにやった？」執事のゆったりとした足取りに合わせようともせず、彼は階段を一段抜かしに駆け上がった。「ヘンリー？ヘンリー、出てこないと八つ裂きにするぞ！　ミス・ローソンは……わたしに捕まる前にほうきにまたがって逃げたな」

リリーの落ち着きはらった、笑いを帯びた声が、二つ目の踊り場につづく廊下から聞こえてきた。「レイフォード。わたしを追いだしておきながら、ご自分はわが家に押し入る権利があるとお思いなの」

その声を追って、アレックスは最初に見つけた扉を勢いよく開いた。そこは居間で、誰もいなかった。「どこにいる、ミス・ローソン！」

高らかな笑い声が廊下に響き渡った。「寝室よ」

「ヘンリーはどこだ？」

「さあ？　怖い声でどなるのはやめて、レイフォード。けがをしたクマですら、そんな大声は出せないわよ」

アレックスは次の扉に突進した。ぐいっと扉を開け、寝室に足を踏み入れた。金箔をほどこしたブナ材の家具と、緑色のシルクのカーテンが目に入った。振りかえろうとしたそのとき、頭部に衝撃を感じた。痛みと驚きにうめきつつ、床に両手と両膝をついた。視界がぼやけ、黒い霧が下りてくる。頭を抱えながら、彼は押し寄せる闇の中へと沈んでいった。

布を巻いた瓶を握りしめたまま、リリーは腕を下ろした。アレックスを見おろしながら、落胆と喜びがないまぜになった奇妙な感覚に襲われていた。まるで撃ち倒された虎だ。宝石をちりばめたような華麗な絨毯の上で、金髪がきらめいている。「バートン！　早く来て。バートン、伯爵をベッドに運ぶのを手伝ってちょうだい」

執事が寝室の戸口にあらわれた。しばらくそこに立ちつくし、あるじの手に握られた瓶から、床に倒れたアレックスへと視線を移す。あるじが誰かと口論をしたり、いたずらをしたりするのを、バートンはこれまでに何度も目にしてきた。だが、彼がはた目にわかるほど動揺するのはこれが初めてだった。彼はやっとの思いで無表情をよそおった。「かしこまりました」とようやく答えると、しゃがんでアレックスの大きな体を肩にかついだ。

「気をつけて。けがをさせたりしないようにね」リリーは心配そうに言った。「つまりその……これ以上は、という意味だけど」

重さに息を切らせつつ、バートンはアレックスのぐったりとした体をベッドに横たえた。背を伸ばすと、上着、ベスト、タイと自分の身なりを整える作業に移った。仕上げに、こめかみのあたりで乱れた一筋の銀髪を手のひらで押さえて直した。「ほかにはなにかございますか、ミス・ローソン？」

「ええ」リリーはうなずき、うつ伏せに寝かされたアレックスのかたわらに腰を下ろした。

「ロープを」

「ロープ」バートンが無表情におうむがえしに言う。

「もちろん、彼を縛るためよ。逃げられたら困るでしょう？　ほら、急いで、バートン。彼はじきに目を覚ますわ」リリーは囚われ人をじっと見つめた。「上着と長靴《ちょうか》は脱がせたほうがいいかしら……」

「ミス・ローソン？」

「なあに？」リリーは顔を上げ、小ジカの目で執事を見上げた。

バートンは大きく息を吸ってからたずねた。「伯爵様がいつまでこちらにいらっしゃるかうかがっても？」

「今夜だけよ。馬車は家の裏に停めさせて。御者にも休むところを用意してあげてね」

「かしこまりました」

バートンがロープを探している間に、リリーはベッドに眠る巨人に近寄り、よく観察した。自分で自分のしたことに、いまさらながら驚きを覚えた。アレックスはぴくりとも動かない。目を閉じ眠っていると、彼はとても若く、頼りなげに見える。羽根のようなまつげが頬骨に影を落としている。いつもの眉間のしわが消えると、彼はとても……無垢に見えた。「仕方がなかったの」リリーは心底すまなそうに言った。「こうするしかなかったのよ」その場にかがみ、乱れた金髪を撫でた。

少しでも楽になれるようにと、リリーは黒絹のクラヴァットをほどいた。肌のぬくもりが移ったクラヴァットはまだ温かかった。無言でアレックスをじっと見つめ、上着の前を開け、白いリンネルのシャツのボタンを二つ外す。指の関節が、首の付け根の張りつめた肌にかすかに触れた。奇妙な、心地よいしびれが全身を走るのをリリーは覚えた。

好奇心に駆られて、褐色の頬、厳格そうなあご、そしてなめらかな下唇を指でなぞってみた。夜も更けてひげが伸びはじめており、あごに触れた指がくすぐったい。堕天使の中にさえ、こんなふうに闇と光を兼ね備えた者はいないでしょうね、と思った。眠りについていてもなお、アレックスの顔には張りつめたものが漂っている。飲みすぎと睡眠不足。そして、数年前の深い絶望が、決して消えることのない影を落としている。

「似た者同士ね、あなたとわたし……プライドが高く、短気で、頑固で。ほしいものを手に入れるためなら、あなたはきっと山さえも動かしてしまう……でもね、哀れな虎さん、あなたは山がどこにあるのかさえ知らない」リリーはにっと笑い、彼が寝室の窓から旅行かばんを投げ捨てたときのことを思いだした。

衝動的に身をかがめ、リリーは彼の唇を優しく奪った。唇は温かかったが、無反応だった。書斎で口づけられたときの、荒々しくも情熱的な彼のやり方が思いだされる。唇を離し、鼻と鼻がくっつきそうなくらい顔を近づけたままじっと見つめる。「起きて、眠れる森の王子様……わたしの実力を知るときが来たわよ」

アレックスはゆっくりと覚醒していった。すぐそばで太鼓をたたくやつがいる……ドン、ドン、ドン……騒音が頭蓋骨まで響く。うんざりしながら、痛む頭を横に向けると、冷たいなにかがなだめるように触れてくる感覚があった。「大丈夫」という低い声も聞こえる。「もう大丈夫よ」アレックスは細く目を開けた。女性の顔の輪郭が見えた。またリリーの夢を見ているのだなと思った。この真っ黒な瞳は、どう見ても彼女のもの。唇は、心なごませる笑みをたたえている。やわらかな指先が頬を撫でてくる。「くそっ」アレックスはつぶやいた。「いつまでわたしにつきまとうんだ?」

リリーが満面の笑みになる。「それはあなた次第よ、伯爵。ああ、動かないで。せっかく氷を当ててるんだから。かわいそうなあなたの頭。できるだけ優しく殴ったのよ。とはいえ、二発目が必要にならない程度の力はこめなくちゃいけなかったけど」

「な、なんの話だ？」アレックスは苦しげにたずねた。

「頭を殴ったの」

アレックスは目をしばたたいた。意識がようやく明瞭さを取り戻し、これが夢ではないことを理解しはじめていた。そうだ、リリーの家に押し入り、寝室に足を踏み入れたとたん……頭を殴られたのだ。アレックスは押し殺した声で悪態をついた。リリーはかたわらに脚を組んで座っている。彼は大の字になってベッドに横たわっていた。彼女はいかにも心配そうな表情だが、どこか勝ち誇ったようでもある。アレックスは警戒心を募らせた。「ヘンリーは——」

「あの子なら大丈夫よ、なんの心配もいらないわ」リリーは安心させるようにほほ笑んだ。「今夜はわたしの友人のところに泊まっているから」

「友人だと？　どいつだ？」

リリーが用心する顔になる。「教えてあげてもいいけど、早とちりしないでね。あの子の身の安全に多少なりとも不安があれば、わたしだってまさか——」

アレックスは身を起こそうともがいた。「誰だと訊いてるんだ！」

「デレク・クレーヴン」

「娼婦や盗っ人を周りにはべらせた暗黒街のぺてん師のところに、わが弟——」

「ヘンリーなら本当に大丈夫だから、誓っても——」

リリーは息をのんで言葉を切り、ベッドから跳び下りた。アレックスが歯をむき、腕を伸ばして捕まえようとしたからだ。「きさま――」その腕がロープに阻まれる。ロープは彼の両の手首と足首に巻かれ、ベッドの太い支柱につながれていた。アレックスは素早く左右に目をやった。なにをされたのか目の当たりにして、心底ぎょっとした。うなり声をあげ、怒りに任せて手足を引っ張る。大きなベッドがぎしぎしと音をたてて揺れた。生まれて初めて囚われの身となった野生のけだもののように、ロープと格闘した。その様子をリリーは不安げに見守った。ひどく酷使されても頑丈なベッドが壊れないのを確認してほっとする。やがてアレックスは暴れるのをやめた。苦しげに息を吐き、引き締まった体を震わせながら「なぜだ？」と吠えた。「いったいなぜこんなことを？」

リリーは静かにベッドに戻り、アレックスを見おろした。ほほ笑みは、先ほどまでよりわずかに自信を失ったものになっている。勝利は手にしたものの、彼がなすすべもなくつながれている姿は見たくなかった。彼にはふさわしくないと思った。しかもロープは、すでに手首にすり傷を作っている。暴れたせいで手首が赤くなっているのが見える。「わたしの勝ちね、伯爵」リリーは穏やかに言った。「潔く認めたほうがいいわ。わたしの戦術はスポーツマンシップを欠くものだけど……手段は選んでいられないというでしょう？」うなじのあたりの筋肉を手でもみ、あくびをする。「こうして話をしている間にも、ザッカリーはレイフォード・パークに向かっている。今夜、ペネロープをさらってグレトナグリーンに行く手はずよ。そしてふたりは結婚する。あなたを引き止める役はわたしが自ら買って出たわけ。わたしに解放してもらえるころには、あなたにはもう、できることはなにひとつない。あなたにペニーを渡すわけにはいかないのよ。ザッカリーがあの子をあんなに愛しているんですもの。彼ならきっと妹を幸せにしてくれる。そしてあなたは……傷ついたプライドならじきに回復するわ」リリーは血走ったアレックスの目に笑みを向けた。「だから言ったでしょう、あなたにペニーは渡さないって。わたしの警告をちゃんと聞いておくべきだったわね」媚びるように首をかしげ、彼が言いかえしてくるのを待つ。さすがの彼も、ゲームに負けたことを認めるはずだ。「そう思わない？」と言って勝利への賛辞を促した。「あなたのご意見をうかがいたいわ」

アレックスはすぐには答えられなかった。ようやく口を開いたときには、かすれた低い声しか出なかった。「わたしの意見？　早く逃げたほうが身のためだぞ。そして、二度と立ち止まらないことだ。わたしに捕まらないよう、神に祈っておけ」

両手両足を大きな家具に縛りつけられてなお、こんなふうに危険に見えるのは、この世にアレックス・レイフォードしかいまい。それは、単なる脅しの言葉とは思えなかった。言葉の裏に執拗な意志が感じられた。だがリリーはあっさりとそれをはねのけた。どんなことになっても、切り抜けてみせると思った。「これはあなたのためでもあったのよ。これであなたは、自由にほかの誰かを探すことができる。ペニーよりもずっと、あなたにふさわしいお相手をね」

「わたしがほしいのはきみの妹だ」

「あの子が相手では、あなたは絶対に満足しない。ねえ、絶えず自分を怖がっている相手と本当に結婚したい？　多少なりとも分別があるなら、次はもう少し元気な子を選びなさいな。でも無理でしょうね――きっとまた、内気でおとなしい子羊に求婚するんだわ。あなたみたいないじめっ子は、そういうタイプに惹かれるというから」

アレックスはまともにものを考えられない状態だった。頭は痛いし、ロープはほどけないし、やり場のない怒りもある。彼の愛する者はみんな奪われてしまった――母も父もキャロラインも。ペネロープだけは絶対に失うことはないと自分に言い聞かせてきた。少なくとも、そう考えるのが合理的だと言い聞かせてきた。これ以上耐えなければならないとしたら、きっと頭がどうにかなってしまうだろう。彼は激しくあごを震わせた。

「リリー」アレックスはかすれ声で訴えた。「ロープをといてくれ」

「だめよ、命が惜しいもの」

「といてくれたら、見逃すから」

「朝になったら、といてあげるわ。そうしたら、ヘンリーを迎えに行き、家に帰り、復讐の計画を練れるわよ。思う存分に復讐して。ペニーがあなたから逃れることさえできれば、あとはもうどうでもいいから」

「二度と心安らかな日は送れないと思え」

「いまはとっても心安らかだわ」リリーは生意気にほほ笑んでみせた。ふと、アレックスが怒りの裏にもっと別の感情を隠しているのに気づいた。リリーの瞳に浮かぶいたずらっぽい笑みが、優しいものにとって代わる。「ヘンリーのことなら心配いらないから。何事もなく一晩過ごせるから大丈夫。クラブの支配人に、妙なことにならないようちゃんとお願いしてきたの」彼女は苦笑した。「ヘンリーったらね、ロンドンまでの道すがら、あなたの美徳を並べて大変だったのよ。子どもからあれほどの信頼を得ている人なら、根っからの冷血漢でもないかもしれないわね」アレックスの顔をじっと見つめ、手のひらを引き締まった彼の脇腹にそっと置いた。「ヘンリーのことではないのね。なにをそんなに思い悩んでいるの？」

アレックスは目を閉じた。リリーを見たくない、彼女の声を聞きたくない。この悪夢から早く目覚めさせてくれと神に祈った。だが彼女の優しい言葉は、彼をばらばらにし、癒えることのない傷を容赦なくあらわにした。

「誰かになにかを強いられたことなんて一度もないんでしょう？」

アレックスは息をすることに、規則正しく呼吸することに意識を集中させた。彼女の声を遮断しようとした。

「ペニーを失うくらいでどうしてそんなに動揺するの？　あの子によく似た子を探せばいいだけのことじゃない。もしもそれが、本当にあなたの望みならね」リリーはいったん言葉を切り、慎重につづけた。「もしもあなたが、キャロラインの思い出を邪魔しない誰かをどうしても必要としているのならね」アレックスが息をのむのがわかった。「みっともないわね」と優しく言い首を振った。「男のくせにいつまでも嘆き悲しんで。それだけあなたの愛情の器が小さいということ？　それとも、尋常ではない頑固さのあかし？　いったいどちらなのかしらね」

アレックスがぱっと目を開いた。灰色の瞳がいつもの冷ややかさを失い、くもっているのに気づいて、リリーは驚いた。彼が不憫《ふびん》になってくる。「愛する者を失ったのはあなたひとりではないわ」彼女は静かに言った。「わたしもよ。だから自分を哀れむ気持ちはよくわかる。でもね、そんなの無益だし、そもそも見苦しいわ」

見下されたと思ったのか、彼はかっとなって口を開いた。「しし鼻のちびの子爵を失ったことと、キャロラインを失った苦しみを比べられるとでも――」

「いいえ、彼のことを言っているのではないわ」リリーは彼をじっと見つめた。ヒンドン卿との婚約についていったいどれだけ知っているのだろう。きっと、ザッカリーから聞きだしたに違いない。「ハリーには、ただのぼせ上がっていただけだもの。わたしが愛し、そして失ったのは、全然違う人よ。その人のためなら……死んでもいいと思ってた。いいえ、いまもそう思ってる」

「誰だ?」

「あなたには関係のない話」

アレックスは枕に頭をあずけた。

「一晩休めば、腹立ちもおさまるでしょう」リリーは言い、まるで人形でも扱うように彼の襟元をそっと直した。ぞんざいにやれば、ますます怒らせてしまう。「落ち着いて考えれば、関係者全員にとってこれが最善の結末だったとわかるはずよ。いくらあなたでもね」彼が手首に結ばれたロープを引っ張っているのに気づいて、筋肉が張りつめた腕を押さえた。「やめて。水ぶくれができるだけよ。リラックスしたほうがいいわ。かわいそうなアレックス。女に負かされたなんて事実、あなたには受け入れがたいでしょう」リリーは同情する笑みを瞳に浮かべた。「今夜のことは死ぬまで忘れないわ。ウルヴァートン伯爵を意のままにした夜のことをね」身をかがめ、笑みをたたえたまま、彼の顔に唇を近づける。「自由になれたらどうする、伯爵？」

「きみを絞め殺す。素手でやってやる」

「そうなの？　ひょっとして、書斎でやったみたいにわたしにキスをするのではなくて？」

彼の目がきらりと光り、頬がさっと赤くなった。「あんなものはなにかの間違いだ……」

侮蔑をこめた声音に、リリーの胸はちくりと痛んだ。過去の男性とのつきあいを通じて、リリーは自分に女性としての魅力が欠けているのだと思うようになっていた。ハリーには捨てられ、ジュゼッペには怒られ失望され、デレクですら女性としていっさい関心を示してはくれない。そして今夜、アレックスもここに名を連ねることになった。どうしてほかの女性のようになれないのだろう。自分のいったいどこが、男性を遠ざけるのだろう。衝動的に、いまのアレックスがどんなに無力か思い知らせてやりたいと思った。さらに身を乗りだし、あごに息がかかるくらい顔をぐっと近づける。「書斎では、ふい打ちを食ってしまったわ。意志に反してキスをされたことはある、アレックス？　それがどんなものか、知りたいでしょう？」

気でも違ったのか、とでも言いたげな顔でアレックスはこちらを見ている。リリーはいたずらっぽく笑い、さらに身をかがめると、口を閉じたまま軽く唇を重ねた。すると彼は、火を近づけられたかのようにさっと身をのけぞらせた。リリーは彼にお仕置きをするつもりでいる。まずはキスで。次はそう、胸毛を一本一本引っ張って。

無言でアレックスを観察する。呼吸が不規則になっている。怒っているのかしら。それとも、口づけで興奮した？　そう思うとわくわくした。「いまのもなにかの間違い？」とささやきかける。

アレックスはくぎづけになったように彼女を見つめるだけで、声ひとつあげなかった。

ほんの一センチ顔を下げ、唇を重ねる。アレックスは素早く息を吸いこんだ。今度は顔をそらそうとはしなかった。リリーはほとんど力を入れずに、そっと唇で唇をなぞるようにした。アレックスはぎゅっと目を閉じて耐えている。あたかも、激しい責め苦に遭っているかのようだ。手首に巻かれたロープを強く引っ張っているために、肩と胸の筋肉が岩のように硬くなっている。リリーは指先で彼のなめらかな、熱を帯びた首筋に触れた。すると彼は、唇を重ねたまま小さく息をのんだ。

驚きを覚えつつ、リリーはたくましい胸板に身をもたせた。なにかを……もっとほしいと思った。でもそれがなんなのか、どうすれば手に入るのかがわからない。やがて、彼がゆっくりと顔の向きを変えるのがわかった。リリーは小さな手で彼のうなじを支え、本能のおもむくままに先ほどまでより強く唇を押しあてた。舌がなめらかに押し入ってきて、えもいわれぬ喜びに身が震えた。そのやわらかな動きに自分も応えたいと思った。

リリーが震えているのがわかる。アレックスは頬にかかる温かい息に驚きを覚えた。やわらかな唇が離れてしまうのではないかと焦り、飢えたように身をのけぞらせ、口づけをやめまいとした。彼女が唇を離すことはなかった――その唇は甘く、受け入れるようにそこにとどまっていた。

アレックスは両手をぎゅっと握りしめた。リリーのしなやかな体と、ベッドと、自分の無力さにとらわれてしまったようだ。興奮が呼び覚まされ、あふれでて、下腹部に集まりだす。そこが硬くなり、激しくうずくのを、アレックスにはどうすることもできなかった。痛みにうめき、心の中で自分をののしった。唇を引きはがし、甘い香りのする彼女の首筋に顔をうずめた。「もうやめてくれ」とうなるように言った。「こいつをほどいてくれないなら、そこまでにしてくれ」

「いやよ」リリーは息も絶え絶えに答えた。こんな大胆な、舞い上がるような気持ちになったのは生まれて初めてだった。彼女はアレックスの豊かな金髪を指で梳いた。「あ、あなたに教訓を与えてあげるんだもの……」

「どいてくれ！」アレックスは鋭く言った。驚いたリリーがびくりとするのがわかった。だが彼女はどかなかった。こちらをじっと見つめたまま、いっそう身を乗りだし、ついには上におおいかぶさってきた。アレックスはおののき、唇をかんだ。硬くなった下腹部に彼女の重みを感じて、無意識に腰が浮いてしまう。それだけでは満足できなかった。もっとほしかった。優しく包みこむ中に入り、ぴったりと吸いついてくる感覚を味わいたかった。アレックスはやっとの思いで静かに告げた。「やめてくれ。リリー……頼む」

リリーの呼吸が驚くほど速い。狩りの最中にありえない高さを跳ぶときのように、無鉄砲になっているかに見える。いったいなにを考えているのか、リリーが口を開いたときにようやく、その意図がわかった。「彼女の名前を言いなさい」彼女はかすれ声で命じた。「いますぐ言うのよ」

アレックスはあごが震えるくらいぎゅっと歯を食いしばった。

「言えないんでしょう?」リリーがささやいた。「理由は簡単、あなたが求めているのはキャロラインではなくわたしだからよ。それが感じられるわ。わたしがちゃんと息をしている、生身の女だから。そしてここにいるから。だからあなたは、わたしを求めているの」

さまざまな思いがアレックスの脳裏をよぎった。記憶の中にキャロラインを捜したが、彼女はいなかった……ぼんやりとした思い出と、褪せた色と、くぐもった音しかない。目の前の顔に比べれば、どれもまるで現実感がない。リリーの唇は、自分の唇のすぐ上にある。ぬくもりが感じられるくらいすぐ近くに。

アレックスは答えなかった。だがその目を見るだけで、リリーにはわかった。勝利を手にしたのだから、もう身を離すべきだと思った。自分の正しさが証明されたのだから。けれども彼女は、小さなうめき声とともに、ふたたび彼に口づけた。手足を縛られ、逃れることもできない状態で、彼はなすがままにされるほかなかった。リリーは両手で彼の顔から首にかけて優しく撫でた。アレックスはうめいた。彼女に触れ、脚をからませたいのに、彼女の下で大の字になっていることしかできない。ゆっくりと殺されるようだ。ロープが手首に食いこみ、血がにじんだ。

アレックスの腰がリズミカルに突き上げられ、リリーはその感覚に息をのんだ。離れようとしたとき、彼に下唇をかまれていることに気づいた。「横を向いて」とアレックスがささやき、温かな息が口の中に忍びこんできた。「横を向くんだ……」

おとなしく従うと、アレックスは唇をかんでいた歯を離した。その口にリリーは強く唇を押しつけ、歓喜に小さくすすり泣いた。衝動的に、いっそう強く彼に身を寄せ、たくましい胸板に胸を、彼の下腹部におなかを押しつけた。ナイトドレスの裾が膝までめくれたが気にならなかった。急激に身内で高まっていく欲望以外、なにもかもどうでもよく思えた。

そのとき、扉をたたく音がして、リリーは身を硬くした。「ミス・ローソン?」と呼びかける執事のバートンのくぐもった声が聞こえた。

リリーはぐったりと枕に頭を落とした。荒い息がアレックスの耳をくすぐる。彼は横を向き、ふわふわの巻き毛に顔をうずめて甘い香りを楽しんだ。

「ミス・ローソン?」バートンがふたたび呼ぶ。

「なあに、バートン?」リリーは顔を上げ、うわずった声で応じた。

「たったいま手紙が届きました」

リリーは凍りついた。それが意味するところはただひとつ。ある人物から届けられた手紙でない限り、バートンは決して彼女のプライバシーを邪魔しない。

アレックスはまじまじとリリーを見つめた。彼女の顔から生気が失われていくのがわかる。瞳には恐怖にも似たものが浮かび、放心状態のようだ。「ありえないわ」とささやくのが聞こえた。「早すぎる」

「なにが早すぎるんだ？」

その声にリリーはわれにかえったようだ。表情をきれいに拭い去り、ベッドから下りると、ドレスの裾を引っ張って直した。慎重にこちらを見ないようにしている。「おやすみなさいを言わなければならないわ。こ、今夜は、ここでゆっくり休んで――」

「まず無理だ、さんざん焦らされたんだからな！」あわてて身なりを整え、部屋を出ていこうとする彼女を怒りをこめてにらむ。その背中に向かって二言三言、猥褻な言葉を吐いたあと、アレックスはさらにつけ加えた。「この償いはニューゲート刑務所で払ってもらうぞ！あのいまいましい執事には――」扉がばたんと閉められる。部屋は静寂に包まれ、アレックスは天井をにらんだ。

バートンは廊下にいた。狼狽のあまりリリーは、髪やドレスが乱れたままなのを忘れた。バートンが両手で持った銀のトレーの上には、一通の手紙がのっている。手紙は、汚れた蠟《ろう》で封印されていた。

バートンがトレーを差しだす。「手紙が届いたら、何時だろうとすぐに知らせるようにとのことでしたので――」

「わかってるわ」リリーはさえぎり、さっと手紙を取り上げた。蠟をはがし、のたくるような文字の列に視線を走らせる。「今夜ですって。なんて人なの！ きっと誰かにわたしを監視させているのだわ……だから、いつもわたしの居場所がわかる……」

「ミス・ローソン？」ときおり届けられるこの手紙の内容について、バートンはもちろん知らされていない。ただ、苦心して書かれたと思しき筆跡と、手紙を運ぶ人間の奇妙な風体が気になっていた。手紙は毎回、ついさっきまで通りをたむろしていたかに見える薄汚い身なりの少年によって届けられた。

「馬に鞍をつけて」リリーは命じた。

「ミス・ローソン、さしでがましいようですが、女性がひとりでロンドンを馬で駆けるのは賢明とは言えません、ましてもう夜ですし――」

「メイドに言って、灰色のマントを用意して。フードがついているやつよ」

「かしこまりました」

リリーはゆっくりと階段を下りた。しっかりと手すりをつかんでいなければ、その場にくずおれてしまいそうだった。


コベント・ガーデンはロンドンでもとりわけいかがわしい地区だ。この世に存在するありとあらゆる快楽が、ごくあたりまえのものから想像も及ばないものまで、金さえ出せば手に入る。街のいたるところで、文字と声による宣伝が行われている。壁という壁にチラシやビラが張られ、詐欺師やポン引きや売春婦は通行人の姿をとらえるたび、耳を聾《ろう》する声で呼びかける。劇場から出てきた伊達男たちは娼婦を連れ、もつれた足で市場の酒場へと向かう。リリーは慎重に彼らを避けながら馬を進めた。酔っぱらいはときに、犯罪者よりも危険で残忍だったりする。

ガス灯の明かりと影に包まれた通りを進みながら、リリーは道行く売春婦の行列に哀れみを覚えていた。幼い少女から、げっそりとやつれ年老いた女性まで、ありとあらゆる年齢の売春婦がいる。飢えのために痩せ細った者、酒の飲みすぎででっぷりと太った者。誰もが一様に疲れきった表情で、階段で休んだり、角で立ち止まったりし、客になりそうな男が通りがかるたびに作り笑いを浮かべる。ほかに選択肢があったなら、こんな境遇に身を落とすことは決してなかっただろう。

もしも神の恩寵《おんちょう》がなかったなら……リリーは想像し、ぶるっと身を震わせた。あんな人生を強いられるくらいなら死んだほうがましだ。たとえば高級娼婦で、山ほどのダイヤモンドを身に着け、絹のシーツの間で情夫に抱かれるのだとしても。吐き気を催して、リリーは口元をゆがめた。男の所有物となり、その肉体的欲求を満たすことを強いられるくらいなら、死んだほうがいい。

キング・ストリートを東に向かう途中、教会の墓地を通りすぎた。店舗や住居として使われている屋根つきの掘っ立て小屋から、野次や冷やかしが聞こえてきたが無視した。市場の入口から延びる通りを用心深く渡る。二階建てのアーケードは、正面に破風《ペディメント》とみかげ石のトスカナ式柱が据えられており、このようなむさくるしい場所に似つかわしくない堂々たるデザインだ。リリーは手綱を引いて闇の中で馬を止めた。待つ以外にできることはない。まだ年若いふたり組みのすりが、人ごみの中で素早く手を動かすのを見て、リリーは暗い笑みを浮かべた。それから、ニコールのことを思った。彼女の顔が石のように固まる。あの子はいまごろ、どんな人生を送っているのだろう。ひょっとしたら、まだ子どもだというのに、金儲けのために悪事に利用されているのでは？　そう思ったとたん、目に苦い涙があふれた。ごしごしとこすって涙をぬぐう。感傷的になっている暇はない、少なくともいまは。冷静に、自制心を保たなければいけない。

そのとき、近くの暗がりから気だるい声が聞こえてきた。「やっとあらわれたか。ちゃんと例のものを持ってきたんだろうね」

リリーはゆっくりと馬の背から下り、片手にぎゅっと手綱を握りしめた。声のしたほうに向きなおり、全身の震えを見破られないよう、必死の思いで冷静な声を作った。

「これ以上は無理よ、ジュゼッペ。娘を返してもらうまで、硬貨一枚たりとも渡すことはできないわ」

7

人目を引く面立ち、ウエーブした黒髪、つややかな褐色の肌、きらめく黒い瞳……ジュゼッペ・ガヴァッツィ伯爵は、イタリア・ルネサンス絵画に描かれた美男子の特徴をすべて備えている。リリーはいまだに、ジュゼッペを初めて見たときのことを覚えている。彼は陽射しがまぶしいフィレンツェの広場に立っていた。その一言一言に一心に耳を傾ける、大勢のイタリア人女性に囲まれていた。輝く笑みと美しさに、リリーは息をすることさえ忘れた。その後、ふたりは社交の場で何度となく顔をあわせるようになった。そして彼は情熱的に、人目もはばからず、彼女に求愛するようになった。

イタリアという国の華やかな雰囲気と、ハンサムな男性に誘惑される未知の喜びに、リリーは圧倒された。かつて恋したただひとりの人、ハリー・ヒンドンは、いかにもイギリス紳士らしいもの静かな性格で、両親にも気に入られていた。リリーも、ハリーの厳格な礼儀正しさが自分によい影響を与え、救ってくれるのではないかと思っていた。だが結局、彼女の激しい気性が災いし、捨てられることになった。けれどもジュゼッペは、彼女の衝動的なところも気に入っているようだった――実際、きみは刺激的で美しいと言われたこともあった。

偽りの仮面を脱ぎ、自分らしく振る舞っても許してくれる男性をついに見つけた——そのときは、そんなふうに思えた。だがいまは、自分の愚かしさに吐き気がする。

この数年間で、ジュゼッペの容貌はずいぶん品のないものに変わってしまった。あるいは、彼に対するリリーの見方が変わっただけかもしれないが。イタリア人女性から肉感的と褒めそやされる厚い唇には、いまでは嫌悪感すら覚える。飢えた目でなめまわすように見つめられるとぞっとしたが、かつてはそのまなざしに有頂天になったこともあったはずだ。ほっそりした腰を強調するように両手を腰に当てて立っていても、どことなくだらしない印象がある。彼を目の前にし、ベッドをともにした夜のことを思いだすだけで、リリーは気分が悪くなった。あのとき彼は、事がすむなり贈り物をせがんだ。リリーは驚きと屈辱感を覚えた。金を払って男をベッドに誘うしかない、乾ききったオールドミスになった気がした。

ジュゼッペが手を伸ばしてリリーのフードを上げ、決意に満ちた顔をあらわにした。

「こんばんは《ブオナセーラ》」と深みのある声で言い、指先で頬をなぞろうとする。その手をたたきはらうと、ジュゼッペはくっくっと笑った。「まだ爪を失ってはいないようだね、ぼくのかわいい猫ちゃん。お金をもらいに来たよ、かわいい人《カーラ》。きみはニコレッタの近況を聞きに来たんだろう？　金を出せば、あの子のことを教えてあげるよ」

「お断りよ」リリーはわななき、息を吸った。「あんたなんか愚かなけだものだわ。あの子が生きているかどうかすらわからないのに、どうしてお金を出すと思うの？」

「だから何度も言ってるじゃないか、あの子なら安全に、幸せに——」

「母親がいなくて幸せなものですか」

「ぼくたちの娘はとても美しい少女に育っているよ、リリー。いつも笑って、きれいな髪をしている……」ジュゼッペは自分の黒髪に手をやった。「ぼくに似たきれいな髪だ。ぼくのことはパパって呼ぶんだよ。たまに、ママはどこと訊くこともある」

最後の言葉に、リリーは打ちのめされた。まばたきもせずにジュゼッペをにらむ。こみ上げてくる悲しみをのみこむと、涙があふれた。「わたしはあの子の母親よ」と絶望した声で訴えた。「ニコールにはわたしが必要なの。あの子を返して、ジュゼッペ。あの子はわたしと一緒にいるべきなのよ!」

ジュゼッペはかすかに、哀れみの笑みを浮かべた。「もっと前にニコレッタを返してやってもよかったんだけどね、何度となく間違いを犯したきみがいけないんだよ。男たちを雇ってかぎまわったり。ぼくを騙そうとしたり。きみとの密会のあと、連中にぼくのあとをつけさせたり。腹が立ったね。だから、あともう何年かニコレッタをそばに置いておくことにするよ」

「言ったでしょう、そういうことに関して、わたしはなにも知らないって」リリーは叫んだ。

もちろん嘘だ。デレクが人を使い、ニコールを捜してくれていることは十分承知している。ホテルのボーイやフロント係から、商人、娼婦、肉屋、質屋まで、デレクは街中に情報提供者を抱えているのだ。この一年で四回、デレクはニコールによく似た黒髪の女の子を捜しだし、リリーに会わせたことがある。だがどの子もニコールではなかった。彼女たちのうちの誰かを娘として受け入れることはできなかった。

リリーは憎しみをこめてジュゼッペをにらんだ。「遺産はすべてあなたに渡したわ。わたしにはもうなにも残されていない。ない袖は振れない、ということわざを知っている、ジュゼッペ？　持っていないものは出しようがないという意味よ。だって、なにもかもあなたに奪われたんだから！」

「だったら、どこかで手に入れておいでよ」ジュゼッペは猫撫で声になった。「それとも、ぼくがどこかで手に入れてくるほうがいいかい？　ニコレッタみたいにかわいい子なら、買いたいという男は大勢いるよ」

「なんですって」苦悶のあまり叫びそうになり、リリーは手で口を押さえた。「自分の子になんてことを。絶対にあの子を人買いに売ったりしないで――そんなことをしたらあの子は……わたしも……生きてはいけない。まさか、もうそうしたわけじゃないでしょうね？」

「まだだよ。でも、もうすぐそうしなくちゃいけなくなるかもね」ジュゼッペは手のひらを上にして差しだした。「早く金を寄越しなよ」

「いつまでこんなことを続けるつもりなの？」リリーはささやくように言った。「いつになったら満足してくれるの？」

ジュゼッペは問いかけを無視し、開いた手をさらに突きだした。「早く」

涙がリリーの頰を伝った。「持ってないの」

「じゃあ三日あげよう。五〇〇〇ポンド用意するんだよ……さもないと、ニコレッタには永遠に会えなくなるからね」

リリーは頭を垂れて、去っていくジュゼッペの靴音と、コベント・ガーデンの喧騒と、馬の小さないななきを聞いていた。激しい絶望感に身が震える――気力を総動員しなければ、くずおれてしまいそうだった。お金。蓄えがこんなにわずかになったことはない。この一カ月、クレーヴンズで負けてばかりいたからだ。風向きを変えなければならない、それもいますぐに。なんとかして勝つしかない。でも、もしも三日で五〇〇〇ポンド手に入れることができなかったら……そのときは、いったいどうすれば。

デレクに借金を頼む？　無理だ。一年半前に、まさしくその過ちを犯している。巨額の富を築いたデレクなら、一〇〇〇ポンドや二〇〇〇ポンド、気軽に貸してくれると思っていた。それに、返すときはきちんと利子をつけるとこちらから申しでた。ところが冷たく拒まれ、二度と借金を頼んだりしないと約束させられた。友情を修復するには数週間かかった。どうして彼があんなに怒ったのか、リリーにはわからなかった。彼は決してケチではない――むしろその反対で、とても気前がいい。プレゼントをくれたり、クラブの部屋を自由に使わせてくれたりする以外にも、クレーヴンズの厨房や酒蔵からあれこれ拝借しても文句を言わないし、ニコールの捜索にも手を貸してくれる……ただ、金銭的な援助だけは一度もなかった。リリーも、彼がいやがることを頼むほどばかではない。

彼女は知り合いの裕福な老紳士たちに思いを巡らせた。一緒に賭け事を楽しんだり、じゃれあってみたり、親しくつきあってきた男性が数人いる。麻痺したような頭で彼女は考えた。

太鼓腹に陽気な赤ら顔、髪粉を振りかけたかつらのハリントン卿。あるいは、著名な法律家のアーサー・ロングマン。ロングマンは見た目はぱっとしないが——団子鼻であごがなく、頬がたるんでいる——目は優しそうで、高潔な人物だ。ふたりとも紳士らしいやり方で、彼女に対する気持ちをほのめかしている。ふたりのどちらかに、庇護主になってもらう方法もある。きっと彼女を大切にし、何不自由ない生活をさせてくれるだろう。ただし、一生そういう人生を送らねばならなくなる。そうなれば、彼女に向かってまだ開かれているいくつかの扉は、永遠に閉ざされてしまうだろう。あるいは、高級娼婦になる手もある——が、運がよければの話だ。ジュゼッペとの体験が判断材料になるとしたら、ベッドの中で誰かを満足させられるとは思えない。そんな女を誰がほしがるだろう。

馬に歩み寄り、ほこりまみれの温かな首に額をのせる。「疲れたわ」とささやいた。疲れたし、なにもかもどうでもいい気分だった。ニコールを取り戻せる見込みはほとんどない。彼女の人生は、金稼ぎに奔走するだけのものになっている。こんなふうに、ペニーとザッカリーとアレックスのことにかかずらっている暇などなかったのだ。そのせいで娘を失うかもしれないのに。でも、この一週間のように気がまぎれる日々がなかったら、正気を失っていたと思う。

小雨が降ってきて、しずくが髪を打った。リリーは目を閉じて顔を上げ、冷たい雨を頬に受けた。ふいに、ニコールをお風呂に入れていたときのことが思いだされる。ニコールは、湯に濡れた小さな手を振るとバスタブに水が飛び散るのを発見し、大はしゃぎだった。

「ほら、おもしろいでしょう！」リリーも大笑いだった。「こらこら、ママをこんなにびしょ濡れにして。本当にいたずらっ子ね。お湯はお風呂に使うもの、床を濡らすものじゃないの……」

頬を伝う雨滴と涙を決然とぬぐい、リリーは背筋を伸ばした。「たかがお金じゃないの……以前持っていたものを、なんとかしてまた手に入れるだけのことよ」

時計が九時を打った。アレックスは一時間近くもその時計をじっと見つめていた。磁器の薔薇と、花束を差しだす貴族の紳士、それを恥ずかしそうに肩越しに振りかえって見る羊飼いの女性があしらわれた、ロマンチックなデザインの青銅製の品だ。リリーの寝室はどこもかしこも女らしさにあふれていた。壁は薄い海緑色の壁紙と純白の漆喰で、窓辺は薔薇色の絹布でそれぞれ彩られている。家具類にはやわらかなベルベットが掛けられている。一方で、リリーの屋敷自体は、ぱっと見た感じこの部屋とはずいぶん異なる印象だった。暗く、重厚で、ほとんど男性的と言ってもいいくらい。あたかも、女性らしい贅沢を楽しむのは寝室だけに限り、それ以外の場所では自分に禁じているかのようだ。

九つ目の鐘の音とともに扉が開かれ、執事が姿をあらわした。たしかリリーは、バートンと呼んでいた。

「おはようございます」バートンは無表情に言った。「ゆっくり休まれましたでしょうか？」

アレックスは彼をにらんだ。

リリーが行ってしまったあと、アレックスはひとり静かに時を過ごすしかなかった。それまでは、起きている時間は絶えずなにかをして気をまぎらわすのが常だった。仕事、狩り、社交、酒、女……ひとり物思いにふける時間を避けようとして、さまざまな気晴らしを考えたものだ。だが意図的ではないにせよ、リリーのせいで彼は、最も恐れているものと直面させられた。静寂に包まれた暗闇の中、記憶がハゲワシのように襲いかかり、胸を引き裂くのを、止めることすらできなかった。

最初は、怒りと情熱と後悔と深い悲しみがないまぜになった感情が彼を襲った。それらの感情にのみこまれて過ごす数時間を、彼がどうやって耐えたか、誰にもわかるまい。もちろん、わかってもらいたいとも思わない。重要なのは、入り乱れた心がやがて冷静さを取り戻したあと、彼の脳裏をよぎった思いだ。ほかの女性の上にキャロラインの面影を重ねることは、もう二度とできないだろう。彼女は過去の一部となった。このまま、彼女を過去のものにしてしまわなければならない。思い出に苦しむことも、亡霊につきまとわれることも、もうあってはならない。そしてリリーについては……彼女とのことをこれからどうするか、アレックスは何時間も考えつづけた。そして明け方近く、漆黒のベルベットに似た眠りに落ちた。

バートンが小さなナイフを手にベッドに歩み寄る。ロープで縛られた腕を指し示しながら、「よろしいですか？」とたずねた。

アレックスは疑う目で彼を見やり、「よろしく頼む」とあてこするように丁寧な口調で言った。バートンは手際よく、頑丈なロープを切断していった。まず右腕が自由になる。アレックスはしかめっ面でその腕を胸の上に置き、小さくうめきながら痛む筋肉を曲げ伸ばししつつ、執事がベッドの反対側に移動する様子を見つめた。

バートンの堂々たる立ち居振る舞いに、アレックスは感心していた。これほど執事らしい執事は見たことがない。ひげはきれいに整えられ、表情に知性と威厳がにじみでている。そして全身から漂う、絶対の服従心。よほど冷静な人物でなければこのような状況に威厳を持って対応できないはずだが、バートンは紅茶を注ぐときや、帽子のほこりをブラシで落とすときを思わせる落ち着いた態度で、ロープをほどく作業を進めている。

だが水ぶくれのできた手首を目にすると、眉をひそめてかすかな狼狽を見せた。「軟膏を持ってまいりましょう」

「いや、いい。ほどいてくれただけで十分だ」

「さようでございますか」

アレックスは痛みをこらえて上半身を起こし、しびれた手足を屈伸させた。「リリーは、今朝はどこに？」

「ミス・ローソンのことをおっしゃっているのでしたら、行き先は存じません。ただ、ヘンリー様はミスター・クレーヴンの賭博場にいると伯爵にお伝えするよう、仰せつかっております」

「弟になにかあったら、責任はミス・ローソンだけではなくおまえにも負ってもらうぞ」

バートンは冷静な表情を崩さない。「承知しております」

アレックスは呆れてかぶりを振った。「彼女に言われたら、殺人にも手を貸しそうだな?」

「そのような指示を受けたことはございません」

「まだ、だろう? だがもしも命じられたら?」

「雇い主であるミス・ローソンは、絶対的な忠誠心を受ける権利をお持ちです」バートンは控えめにアレックスを見やってからつづけた。「新聞をお持ちしましょうか? コーヒーはいかがでしょう? あるいは、紅茶でも。朝食なら今日は――」

「そうだな、まずは、これがごく普通の状況であるかのように振る舞うのをやめてもらおうか……それともこれは普通の状況なのか? リリー・ローソンのベッドに手足を縛りつけられて一晩過ごした客人に朝食を供するのが、ここではあたりまえのことなのか?」

あるじのプライバシーを明かすのをためらうように、バートンはその問いかけをじっと考え、ようやく「あなた様が初めてでございます、伯爵」とだけ答えた。

「そいつは光栄だ」アレックスは痛む頭に手をやり、恐る恐る探った。耳から数センチ上のところに小さなこぶがあった。「頭痛薬をくれ。手始めに、それくらいの義理は果たしてくれるだろう」

「かしこまりました」

「それから、馬車を用意しておくよう御者に伝えてくれ。おまえとミス・ローソンで、彼を厩舎の柵なり、つなぎ柱なりに縛りつけていなければの話だが」

「承知しました」

「バートン……と言ったな？　ミス・ローソンに仕えて何年になる？」

「ロンドンにお戻りになってからずっとでございます」

「いまの給金がいくらだか知らないが、わが屋敷に来てくれたら二倍払うぞ」

「ありがとうございます、伯爵。しかし、慎んでお断りしなければなりません」

アレックスは驚いて彼を見つめた。「なぜだ？　リリーにはさぞかし面倒をかけられているのだろう？　彼女のことだ、もっと悪質ないたずらに、おまえを巻きこんだことがあるのではないのか？」

「たしかにそのとおりでございます」

「だったら、なぜここにいる？」

「ミス・ローソンは……普通の女性とは違いますので」

「常軌を逸している、と言う者もいるだろうな」アレックスはそっけなく言った。「いったいなにが理由でそこまでの忠誠心を捧げるのか、教えてくれないか？」

ほんの一瞬、バートンの無表情の仮面が消え、愛情に近いものが瞳に浮かんだかに見えた。

「ミス・ローソンは思いやり深く、いっさいの偏見を持たない方なのです。ロンドンに戻られたのは二年前ですが、当時わたしは少々困難な状況に陥っておりました。雇い主が、たびたび酔っぱらっては暴言を吐く方だったのです。一度、ひどく酔ったときに、わたしの脇腹をひげそり用の剃刀で切りつけたこともあります。ほかにも、部屋に呼びつけられ行ってみますと、わたしの目の前で弾をこめたピストルを振り、撃ち殺すと脅したこともありました」

「そいつはひどいな」アレックスは驚いてバートンを見つめた。「どうしてよそに働き口を探さなかったんだ？　おまえほどの優秀な執事なら――」

「わたしは、アイルランド人とのハーフなのです」バートンは静かに打ち明けた。「それに、執事のように高い立場の使用人には英国国教会に属している人物を雇うのが一般的な考え方ですが、わたしはそうではありません。そのふたつの理由から――一目でアイルランド系とはわからないとは思いますが――きちんとしたご家庭では執事としてふさわしくないとみなされます。そのようなわけで、耐えがたい状況にも耐え忍んでおりました。そこへわたしの窮状をどこかで耳にしたミス・ローソンが、当時の給金よりもよい条件で雇いたいと申してくださいました。もっと安い給金でもわたしが働くつもりなのを、ご存じだったにもかかわらずです」

「なるほどな」

「恐らく伯爵もすでに――」バートンは途中まで言ってためらい、心の制止を振り切るように、低い声でつづけた。「あのときミス・ローソンは、わたしを救うと決心されたのでしょう。あの方がいったんこうと決めたら、もうなにものも止めることはできないのです。ミス・ローソンは、これまでに多くの人たちを救ってきました。ですが、本当に救いを求めているのはほかでもない――」バートンはふいに言葉を切り、咳払いをした。「おしゃべりが過ぎました。申し訳ございません。やはりコーヒーでもお持ち――」

「なぜ途中でやめた？　リリーは救いを求めているのか？　いったいなにから？　誰からだ？」

バートンは外国語で話しかけられたように、ぽかんとした顔になった。「今朝のタイムズと一緒に、頭痛薬をお持ちしましょう」


ヘンリーは洞窟を思わせる厨房の長いテーブルにちょこんと座り、ムッシュー・ラバージを筆頭にエプロンを腰に巻いた使用人たちがさまざまな料理を作りあげていく様子に見とれている。鋳鉄のこんろの上にのった鍋の中では、香りのいいソースや謎の液体がぐつぐつと煮えている。壁には驚くほどいろいろな種類の、きれいに磨き上げられた鍋やフライパン、押し型など――ムッシュー・ラバージ言うところの調理用具《バトリ・ド・キユイジーヌ》――がずらりと掛けられている。

ムッシュー・ラバージが厨房内をのし歩き、ナイフやスプーンなどたまたまそのとき手にしていたものを振りまわして指示を出すさまは、軍の指揮官を思わせた。そびえるような白い帽子が、精力的に動きまわるせいで危なっかしい角度に傾いている。彼は、魚のパイ包みにこんなソースは重たすぎると言って副料理長をどやしつけ、ロールパンの焼き色が濃すぎると言ってパン職人を叱りつけた。野菜担当のメイドが切ったにんじんが小さすぎるのを見つけると、きれいに整えられてぴんと上を向いたひげの先を震わせながら怒った。そしてふいに、驚くほど上機嫌になったかと思うと、ヘンリーの前においしそうな皿を置き、彼がむさぼるさまをにこにこ顔で見つめた。「そうら、お坊ちゃん《ル・ジュヌ・ジョンティロム》、どんどんお食べなさい《マンジュ・マンジュ》……こちらも食べていただかねば……ね、おいしいでしょう《セビヤン・ウィ》？」

「すごくおいしいよ」果物とレモンクリームを挟んだパイを口いっぱいに頬張りながら、ヘンリーは心をこめて言った。「その茶色い、ソースがかかったやつをもう少しもらってもいい？」

ムッシュー・ラバージは誇らしげな顔で、ブランデーバターと玉ねぎとマッシュルームのソースをかけた仔牛のソテーのお代わりを用意した。「小さいころに最初に教わった料理なのです。あれは、大好きな父《モン・ペール》が伯爵様《ル・コント》に夕食をご用意するのを手伝ったときでした」

「レイフォード・パークで食べる料理より、まだおいしいくらいだよ」ヘンリーは褒めた。するとムッシュー・ラバージは、イギリス料理を「犬にも食べさせられない味もそっけもないごみ」と称し、徹底的にこきおろした。フランス料理とイギリス料理を比べるのは、ケーキと硬くなったパンを比べるようなものだとも言った。ヘンリーは如才なく、同意するようにうなずいてひたすら食べつづけた。

おなかがぱんぱんで、仕方なくフォークを下に置いたちょうどそのとき、ワーシーが厨房の入口に姿を見せた。「ヘンリー坊ちゃん」と重々しい声で呼ぶ。「お兄様が到着なさいましたよ。坊ちゃんを心配なさって、ええと、それはもう気迫に満ちたことをおっしゃっておいでで。すぐにお顔を見せたほうがよろしいかと。どうぞ、一緒にいらしてください」

「うへえ」ヘンリーはがっかりし、鮮やかなブルーの瞳を真ん丸にした。手のひらで口元を押さえてげっぷをこらえ、厨房を見まわしながらため息をついた。使用人たちが同情をこめて見つめてくる。「次にここに来られるのはずっと先だろうなあ……きっと何年も先の話だよ」ヘンリーはさびしそうにつぶやいた。

　ムッシュー・ラバージは思案顔で、細いひげの先をぴくぴく震わせながら素早く頭を巡らせた。「ウルヴァートン伯爵は、よほど短気な方と見えますな。だったら最初の一皿は、そう、チキンのペリグーソース《プラート・ア・ラ・ペリグー》か、サケのモンペリエソース《ソーモン・モンペリエ》あたりが……」いったん口をつぐみ、ほかに用意できるごちそうはないかと考える。どれほどの怒りも、自分の料理でなだめられる自信があった。

「無理だよ」ヘンリーは陰気につぶやいた。たとえムッシュー・ラバージ特製のトリュフソースがけチキンやハーブソースのサーモンでも、兄の機嫌は収まらないだろう。「うまくいかないと思う。でも、ありがとう、ムッシュー。これだけおいしいものが食べられたんだから、罰を受けても本望だよ。コーヒークリームがけのスポンジケーキとか、グリーンスフレとか、どれもニューゲートに一カ月投獄されてもいいくらいおいしかった」

　ムッシュー・ラバージは感動の面持ちでヘンリーの肩を抱いた。両頬にキスをし、フランス語でなにか言ったが、ヘンリーにはなんと言っているのかわからない。彼は最後にフランス語と英語の両方で、「本当に素晴らしい坊ちゃんだ《ケル・ジュ・ノム・マニフィック》!」とヘンリーを称えた。

「行きましょう、ヘンリー坊ちゃん」ワーシーが呼ぶ。ふたりは厨房をあとにし、食堂を通って玄関広間に向かった。途中でワーシーは、やむにやまれず、といった口調で語りだした。

「坊ちゃん……紳士たるもの常に慎重に振る舞うべし、という言葉はお聞きになったことがありますか？　とりわけ、なんと言いましょうか……異性との事柄について話すときは慎重になるべきかと」

「聞いたことあるよ」ヘンリーは当惑気味に応じた。かすかに眉根を寄せてワーシーを見上げる。「それって、ゆうベミスター・クレーヴンがぼくに女の子を紹介してくれた話を兄上にするべきじゃないって意味？」

「そうですね……特別な理由があって、お兄様にお聞かせしなければならないのなら、仕方ありませんが」

ヘンリーはかぶりを振った。「そんな理由あるわけないよ」

「そうですか」ワーシーは大きく安堵のため息をついた。

意外にもアレックスは、恐ろしいしかめっ面はしていなかった。穏やかと言っていいくらいの表情で、両手を上着のポケットに入れたまま玄関広間に立っていた。服はしわだらけで、無精ひげが伸びている。そんなだらしない兄の姿を、ヘンリーは見たことがなかった。だが奇妙なことに、久しぶりにとてもリラックスしているようにも思えた。その一方で、瞳が銀色の炎のように輝き、捨てばちな表情を浮かべているのが気になった。ヘンリーは眉根を寄せた。兄上になにがあったんだろう。それに、どうしてゆうべのうちではなく、今朝になって迎えに来たのだろう。

「兄上、全部ぼくがいけないんだ。黙って家を出るべきじゃなかったのに、ぼく——」

兄がヘンリーの肩に手を置き、まじまじと見つめてくる「大丈夫か?」

「うん、ゆうべはすごく豪華な夕食をごちそうになった。ミスター・クレーヴンにクリベッジのやり方も教わったよ。夜は遅くならないうちにベッドに入った」

無事を確認してから、アレックスは弟を鋭く見つめた。「ヘンリー、責任という問題について、あとできちんと話をしよう」

ヘンリーは素直にうなずきつつ、家までの道のりは長いものになるだろうなと思った。

「伯爵」ワーシーが横から口を挟む。「ミスター・クレーヴンと当家の使用人を代表して申し上げますが、ヘンリー坊ちゃんはまれに見る礼儀正しい少年です。わたしはミスター・クレーヴンが、いえ、当家の気難しい料理長までもが、誰かにこれほどまでに魅了されるのを見たことがございません」

「神の与えたもうた才能だな。弟がこの若さで、人のご機嫌をとるのに長けているとは」アレックスはばつが悪そうに笑う弟に目をやり、ふたたびワーシーに視線を戻した。「ところで、ミス・ローソンはここに?」

「いいえ」

嘘をついているのだろうか。リリーはいまごろ、クレーヴンのベッドにいるのかもしれない。そう思ったとたん、嫉妬心が全身を貫いた。「どこに行けば会える?」

「これから数日は、夜はこちらに見えると思います。カードルームか、ハザードルームにいらっしゃるでしょう。近々、仮面舞踏会がありまして、そちらにも参加されるはずです」ワーシーは両の眉をつりあげ、めがねの奥からアレックスの顔をまじまじと見つめた。「ミス・ローソンにメッセージがあれば、うかがっておきますが？」

「そうだな。次の勝負に備えておくよう伝えてくれ」アレックスはそれだけ言うと、ワーシーにいとまを告げ、大またにクレーヴンズを出ていった。ヘンリーは遅れをとらぬよう、小走りにあとに従った。

レイフォード・パークに到着し、邸内に足を踏み入れたとたん、アレックスは静かな緊張がそこかしこに漂っているのに気づいた。

目には見えない重たい空気を、ヘンリーも察知したらしい。困惑の表情で、静寂に包まれた家の中を見まわしている。「誰かが死んだみたいじゃない？」

小さく鼻をすする音がして、やがてトッティがあらわれた。大階段をのろのろと下る彼女は、落胆のあまり丸顔を引きつらせている。アレックスを見る目つきは、いきなり駆け寄られ、殴りかかられるのを覚悟しているかのようだ。「は、伯爵」彼女は震える声でそう呼びかけるなり、わっと泣きだした。「娘は行ってしまいました！　愛するペニーが行ってしまったのです！　かわいそうなあの子を責めないで、なにもかもわたしがいけないのですから。ひ、非難の言葉はすべて、どうかわたしに！　お願いです、どうか、伯爵……」

アレックスは、困惑と驚きが入り交じった奇妙な表情を浮かべた。「ミセス・ローソン……」と呼びかけながら、ポケットに手を入れてハンカチを探す。弟を見やると、困った顔で肩をすくめていた。

「お水でも持ってこようか?」ヘンリーは兄にひそひそ声でたずねた。

「お紅茶を」トッティはすすり泣きつつ自ら答えた。「濃いお紅茶をもらってきてちょうだい。ミルクを少し入れてね。砂糖もちょっぴり。ほんのちょっぴりでいいのよ」ヘンリーがあわてて紅茶を頼みに行ってしまうと、彼女はしゃくりあげながら独白を再開した。「ああ、これからどうすればいいんでしょう。あ、頭が少しおかしくなってしまったようで! いったいどこからご説明すればいいのやら……」

「説明は要りませんよ」ようやくハンカチを見つけたアレックスは、それをトッティに差しだした。肉づきのいい背中をぽんぽんとたたいて、ぎこちなく慰める。「もう知っていますから。ペネロープとスタンフォード卿が駆け落ちしたのでしょう? いまさら責任の所在を追及しても手遅れですよ、ミセス・ローソン。ご自分を責めないでください」

「書き置きを見つけて夫を起こし、追いかけたときには、もう遠くまで行ってしまっていたのです」トッティは上品に鼻をかんだ。「夫はいまも、ふたりを見つけようとがんばっています。たぶんまだ間に合う……」

「いいえ」アレックスは柔和な笑みを浮かべた。「ペネロープは、わたしには過ぎた女性です。スタンフォード子爵のほうがずっと夫にふさわしい」

「それには賛同しかねますわ」トッティは不満げに言った。「ああ、伯爵がゆうべこちらにいらっしゃったら。あなたがいないから気が大きくなって、このような愚かなまねをしたのかもしれません」涙に濡れた青い瞳が、説明を求めるようにじっと見つめてくる。

「ゆうべは……どうしても抜けられなくて——」アレックスは陰気に額を撫でた。

「すべてウィルヘミーナの仕業なんです」トッティがいらいらと言い募る。

「まさか……？」アレックスはまじまじと彼女を見つめた。

「あの子があらわれて、ふたりに妙なことを吹きこんだりしなければ……」

ふいにおかしくなって、アレックスは口の端に笑みを浮かべた。「いいえ、あのふたりは、ずっと前からこのようなことを考えていたと思いますよ。われわれの気持ちはともかく、ペネロープとスタンフォード子爵はまさに理想のカップルですよ」

「でも、ザッカリーはあなたとは比べものになりませんわ！」トッティはいらだたしげに叫び、涙をぬぐった。「それに……あなたはもう、ローソン家の義理の息子ではなくなってしまった！」

「それはまあ、たしかに」

「ああ、なんてこと」トッティはがっくりとため息をついた。「心の底から思いますわ……あなたに嫁がせる娘がもうひとりいたらって！」

アレックスはぽかんとして彼女を見つめた。それから、喉の詰まったような奇妙な声を出しはじめた。ついにかんしゃくの発作を起こしたのかと、トッティが不安げにこちらを見ている。アレックスは両手で頭を抱え、階段に座りこんだ。全身を震わせながら、苦しげにむせた。トッティもだんだん、彼が笑っていることに気づきはじめたようだ。こんな場面でどうして？　彼女はあんぐりと口を開け、やがて「伯爵？」と呼びかけた。

「まいったな」アレックスは危うく引っくりかえりそうになりながらつぶやいた。「もうひとり娘が、ときましたか。いいえ。ふたりいれば十分ですよ。本当にもう。リリーひとりで、一〇人分に匹敵しますからね！」

トッティはおろおろと彼を見つめている。こんな事態になったせいで、頭がどうかしてしまったと思っているのだろう。「伯爵」と弱々しく口を開いた。「た、たとえわれを忘れても、いまならどなたもあなたを責めないと思いますわ。でもわたしは……あの、応接間でお紅茶をいただいてきますわね……し、しばらくひとりにしてさしあげたほうがいいようですから」トッティはぽっちゃりした肘を左右に振りながら、駆け足で応接間に向かった。

「恩に着ますよ」アレックスはそれだけ言うと、笑いの発作を懸命に鎮めようとした。何回か深呼吸するとようやく落ち着いたが、満面の笑みが消えることはなかった。大丈夫か、と自分に問いかけてみる。もちろんだとも。なんだかとても心が軽くなった感じがして、言葉にならない晴れやかな思いがどんどんわきおこってくる。休日に浮かれる学生のような、ちょっぴり落ち着かない、そわそわした気分。じっとしていられない感じだ。

ペネロープへの執着心は無事に捨てることができた。解放された、というか、心の重荷がなくなった感じがする。自分にとってこの婚約がどれほどの重荷だったか、彼は気づきもしなかった。しかし現実には、日々重たくなっていくそれに、うんざりしていたのだ。だがそれはもうなくなった。彼は自由になった。ペネロープもこのほうが幸せになれる。いまごろはたぶん、愛する男の腕の中にいることだろう。あとはリリーだ……彼女は、自分がなにを始めてしまったのかまるでわかっていないはず。アレックスの胸は期待に高鳴った。彼女とこれで終わりにするつもりはない――そもそも、まだ始めてもいないのだ。

「兄上？」ヘンリーが目の前に立って、じっと顔をのぞきこんでいた。「厨房に頼んできたよ、すぐに紅茶を用意しますって」

「ミセス・ローソンなら応接間に行ったぞ」

「ねえ兄上……どうして階段なんかに座っているの？　それに、なんだかとっても……嬉しそうだよ？　それから、ゆうべうちにいなかったというけど、いったいどこに行ってたの？」

「わたしの記憶が正しければ、おまえは今日の午後、家庭教師候補の面接が二件あるはずだ。先に風呂に入って、服も着替えておけよ」アレックスは言い、警告するように目を細めた。

「それと、わたしは嬉しがってなどいない。ミス・ローソンをどうするか考えていただけだ」

「年上のほうの？」

「もちろんだ」

「どうするかって、いったいどうするつもり？」

「おまえに言ってもわからんよ」

「ふうん、そうかなあ」ヘンリーはウインクすると、兄になにか言われる前に大急ぎで階段を駆け上った。

アレックスは小さくののしり、にやりとした。かぶりを振り、「リリー・ローソン」とつぶやく。「ひとつだけはっきりしていることがある――クレーヴンのベッドで二度と眠る暇がないくらい忙しくなるぞ、覚悟しておけ」

今夜もゆうべと同じ――悲惨な状況だ。リリーは負けてもにこやかさを忘れず、自信があるふりをしつづけて、いまにも溺れそうなのを周囲の男性陣に見破られまいとした。今夜は手持ちのドレスの中でもとくに目を引く一枚を選んできた。ベージュ色のシルク地に、刺繍をほどこした黒のネットを重ねたデザインで、あたかも黒いレースしかまとっていないように見える。

タドワース卿、バンステッド卿、ロシア大使館職員のハンサムなフォカ・ベリンコフをはじめとする数人の男性に囲まれて、リリーはハザードテーブルについている。顔には穏やかかつほがらかな表情を張りつけている。自分の顔が仮面のように感じられる。こわばり、生気を失い、糊で張りつけた紙みたいに剝がせてしまいそうだ。ニコールを取り戻すチャンスが、指の間からすり抜けようとしている。彼女の心はうつろだった。いま誰かに刺されたら、一滴の血も流れないかもしれない。いったいどうしてしまったというのだろう。彼女は焦った。これまで、こんなふうに負けがつづいたことは一度もなかったのに。

室内を歩きまわるデレクの視線を感じた。口にして言われたわけではないが、彼がいいかげんにしろと思っているのがわかる。もしもリリーが、誰かのこんな状態を目の当たりにしたら、こんなみじめな間違いをくりかえす姿を目にしたら、別の日に取りかえしたほうが賢明だと助言するだろう。だがリリーには時間がない。今日と明日しかないのだ。五〇〇ポンド用意しなければ……その言葉が、たくさんの小さな鋭い爪のようにしつこく彼女を突いてくる。クルピエのフィッツは無言で彼女を見つめるばかりで、目を合わせようともしない。やりすぎなのも、焦っているのも、無謀な危険を冒しているのも、全部自分でわかっている。何度も自分を抑えようとしたけれど、もう手遅れだった。まさにギャンブラーの典型的な堕ち方――いったん堕ちはじめたら、決して止まらない。

やけになって、リリーは軽く手を振り、フエルトを張ったテーブルに三つのさいころを転がした。「トリプルでお願い！」さいころがころころ転がり、やがてぴたりと止まる。1と2と6だった。おしまいだ。もう手持ちはほとんどない。「仕方ないわね」肩をすくめ、同情するバンステッドと顔を見合わせた。

突然デレクがとなりにやってきて、耳元で冷たくささやいた。「来いよ、少し歩こう」「いまはプレー中よ」リリーはやんわりとかえした。「今夜はつけにしてもらうわ」

「金がねえんだろ」手袋の上から手首をぎゅっとつかまれる。リリーはハザードテーブルから立ち上がり、ほほ笑みながら、すぐに戻るわと仲間に告げた。デレクに引っ張られて、ふたりきりで話せるところ、いまは席を外しているワーシーのデスクのかたわらまで行った。

「邪魔しないで」リリーは歯ぎしりしつつ抗議した。笑顔は絶やさず、仲よく会話しているふりを周囲によそおう。「なんのつもりなの、勝負の途中でやめさせるなんて。それに、つけを断ったら承知しないから。これまでに何百回とつけで遊んできたのよ、いつもそれで勝っていたじゃない！」

「幸運の女神に見放されたんだよ」というデレクの声は抑揚がない。「いなくなっちまったんだ」

リリーは平手打ちされた気分だった。「そんなはずはないわ。幸運の女神なんてもの、最初からいるわけないじゃない。要は数字よ。望みの数字を出し、チャンスをものにするのが――」

「呼び名なんてどうでもいい。とにかくもうおしまいだ」

「いいえ、まだよ。テーブルに戻って、あなたに証明してあげる」

「どうせ負けるぞ」

「別に負けたってかまやしないわ」リリーは怒りで自暴自棄になっていた。「いったいなんなの？　わたしを守ろうとでもいうの？　そういう権限を新たに手に入れたわけ？　ほっといてよ！　五〇〇〇ドル勝たないと、永遠にニコールを失うことになるんだから！」

「今夜、もっと負けたらどうするんだ？」デレクは冷たくたずねた。

答える必要などなかった。彼だって、残された選択肢はひとつしかないとわかっているはず――一番の高値をつけた男に体を売るだけのこと。「いずれにしてもあなたはお金を手にするんだからいいでしょう？　あるいは、手にするのは一ポンドの肉かもしれないけど。どちらでも好きなほうを選べばいいわ。娘を救うことさえできれば、わたしはどうだっていいのよ、わかった?」

唐突に、デレクの発音が完璧なものになる。「ニコールは、娼婦の母親など必要としないだろうな」

「運に任せるしかない」リリーは断固として言い張った。「それがあなたの哲学でしょう? 違った?」

デレクは無言になった。その瞳が翡翠のように見えた。仰々しくおじぎをしてほほ笑むと、彼は手を放した。ふいに見放され、リリーは途方に暮れた。二年前、デレクにクラブへの出入りを許される前のあの晩も同じように感じた。魅力的だけど、潮の満ち引きのように気まぐれなデレク。彼に頼ることはできないのだと、リリーはあらためて思い知らされた。ずっと心の片隅で、ついに運が尽きたときには彼が手を差し伸べてくれるはずだと信じていた。だがその望みはついえた。だからといって彼を責めることはできない。これまでずっとそうだったように、自分でけりをつければいいだけのことだ。彼に背を向けたリリーは、ドレスの裾をひるがえし、すぐにその場を立ち去った。

笑顔を張りつけ、ハザードテーブルに戻る。「邪魔が入ってしまってごめんなさい。次はどなたの番——」リリーは息をのみ言葉を失った。新たなメンバーがあらわれたからだ。アレックスだった。黒のパンタロンに、刺繍入りのシルクのベスト、褐色の肌を引き立たせる金色のボタンが並んだ濃緑色の上着といういでたちで、リリーと目が合うなりゆったりと穏やかな笑みを浮かべた。リリーの中で一気に警戒心が高まる。アレックスの様子がいつもと違う。どんなに機嫌のいいときでも、彼はどこかうつろな感じ、自分の一部をどこかに置いてきてしまった感じを与えたものだった。だが目の前の彼にはそんな雰囲気がいっさいない。まるで、体内に金色の炎を宿しているかのようだ。つきにはしゃいで、軽率に全財産を勝負につぎこむ人が、まさにこんな雰囲気を醸していることがある。

リリーの心はいっそう沈んだ。アレックスとはいずれあらためて対決しなければならないと思っていた――でも、よりによってこんなときにどうして？　手持ちの金はなくなり、デレクには見放され、次はこれだ。どうやら今夜は、人生で最悪の一夜になりつつあるらしい。彼女は疲れた顔で、アレックスの挑戦に応じた。「レイフォード卿。驚きましたわ。ここは、あなたが好んでいらっしゃる場所ではないはずだけど」

「きみがいる場所ならどこにでも来よう」

「愚か者は、愚行をくりかえすと言いますものね」リリーは優しく聖書の一節を引用した。

「前回の勝負のけりがまだついてないからな」

「あいにくいまは、それどころではないのよ」

アレックスはテーブルに視線を落とした。バンステッドがさいころを振ったところだ。

「つきを取り戻すのに大忙し、というわけか？」

どうやら今夜の負けっぷりをすでに耳にしているらしい。タドワースか、あるいはおしゃべりなフォカがばらしたのだろう。リリーはさりげなく肩をすくめた。「つきなんてものは信じていませんから」

「わたしは信じる」

「そして、今夜は自分のほうがついていると思ってらっしゃるのね？」リリーは冷笑を浮かべた。「途中でわたしに止められないよう、お気をつけあそばせ」

フォカとバンステッドが横にずれ、アレックスのために席を空ける。彼はリリーから視線を外すことなく告げた。「一万ポンド賭けよう……きみとの一夜に」リリーは大きく目を見開き、無言のまま喉を上下させた。

ハザードテーブルの一同が動きを止める。

「いまなんとおっしゃった？」タドワースが好奇心もあらわに問いかける。「いったいなんと？」

アレックスの申し出が一同に伝わると、室内のほかの客たちも何事だという顔をしはじめた。ハザードテーブルはあっという間に彼らに囲まれた。押し合いへし合いしながら、貪欲なまなざしをふたりに注いでいる。

「おもしろそうね」リリーはやっとの思いで、かすれ声で言った。

アレックスが上着の内ポケットから小切手を取りだし、テーブルに置く。リリーは仰天してその紙きれを、そして彼の顔を見つめた。リリーの内心の焦りを見抜いたかのように、彼はかすかにほほ笑んだ。どうやら本気らしい。

現実感が失われて、もやに包まれたような感じだ。自分が当事者ではなく傍観者のように思われてくる。断らなければ、とリリーは思った。信じられないくらいの賭け金が張られた、究極のギャンブル。勝てば娘を救える。でも負けたら……。

一瞬、リリーはそれを想像しようとした。ぞっとして寒気をもよおし、小さくかぶりを振った。震える唇を見つめるアレックスの瞳から、愉快そうな笑みが消える。ふたたび口を開いたとき、彼の声は奇妙に優しいものに変わっていた。「さらに五〇〇〇ポンド積むと言ったら？」

取り囲む人びとが野次を飛ばし、歓声をあげる。「一万五〇〇〇ポンドだ！」タドワースが声を張り上げる。食堂や喫煙室からも男性陣が集まりはじめた。見物人がふれまわっているのだろう。

普段のリリーは注目を浴びるのが好きだ。彼女は無鉄砲な性格でよく知られている。ロンドン中のさまざまな場所で、笑い、踊り、浮かれ騒ぎ、悪ふざけをしてきた。でもこれは、冗談でも悪ふざけでもない……生か死かの大勝負だ。断ることはできない——すでに絶望のふちにいるのだから。助けが必要なのに、頼るべき人はいない。そこにあるのは、突き刺すような灰色の瞳だけ。彼女の虚勢を見破り、仮面ともろいよろいを突き破る瞳だけだ。お願いだからやめて……リリーはアレックスに言いたかった。押し黙ったまま、彼をただ見つめた。

「きみ次第だ、ミス・ローソン」アレックスは静かに言った。

わたし次第？　リリーはまともにものを考えることができずにいる。いったいなにがわたし次第なの？　もう運命にすべてをゆだねるしかない。たぶん、このとんでもない申し出は神の思し召し――勝たなければならない、絶対に勝ってみせる、そして手にしたお金で、ニコールを取り戻すまでの時間稼ぎをするのだ。「さ、さいころはいやよ」という自分の声が聞こえた。

「では、いつものやつで？」アレックスが訊いてくる。

呼吸すらろくにできず、なかなか声が出ない。「カードルームに移動しましょう。さ、三番勝負よ」

アレックスの瞳が満足げにきらめく。彼は小さくうなずいた。

「成立したぞ！」と誰かが叫んだ。

クレーヴンズがこれほどの大騒ぎになったためしはいままでない。人びとの歓声はリリーの耳に轟音のように響いた。男たちが群れをなして寄ってくる。気づいたときには、リリーはテーブルと人の群れに挟まって身動きができなくなっていた。となりの誰かが、群れを押しのけようとしてくれた。だが群れの外側にいる人たちが、もっとよく見ようとどんどん詰めてくるらしい。

当惑しながら半ば振りかえると、テーブルの角が脇腹にぶつかった。「押さないで、息ができない――」

アレックスが素早い動きで手を伸ばし、リリーを自分のほうに引き寄せると、守るように抱きしめてくれた。

彼女は苦しげにあえぎながら笑った。心臓が異様な早鐘を打っていた。「騒ぎの発端はあなたよ。まったくもう」

騒動をよそに、アレックスは静かに「大丈夫だよ」と言った。

リリーは自分が震えているのに気づいた。ショックのためなのか、恐れのためなのか、それとも興奮のためなのか、理由はわからない。なにが大丈夫なのかとたずねる前に、デレクの威厳に満ちた声が聞こえてきた。

「そこまでだ」デレクは声を張り上げた。しゃべりつづけながら、人びとをかき分け進む。「そこまで。みなさん下がってください。ミス・ジプシーにちょっとばかし息をさせてやりましょう。早く下がって、ゲームを始めましょう」群れがほぐれ、デレクがその中心に進むにつれて、人波が引いていく。アレックスがリリーの体を離した。反射的に彼女は、懇願するようにデレクを見つめた。

だが彼は相変わらず冷ややかな表情だった。アレックスのほうは見ずに、リリーの小さな、張りつめた顔だけを凝視している。「ワーシーから、きみたちが勝負すると聞いた」

「21の三番勝負よ」リリーは声を震わせた。「カ、カードルームを用意してくれる?」

「ここでやれよ」デレクはにやりとした。「ここのほうが都合がいい。カードルームじゃ、見物人が大勢入れないからな」

デレクの裏切りに、リリーは呆然となった。用心しろと言うわけでも、心配してくれるわけでもない。むしろさっさと勝負を始めさせようとしている。見せ物にしようとしている!

溺れる者に一杯飲ませるような仕打ちだ。

怒りが彼女を奮いたたせ、力を与えた。「相変わらずね」と冷たく言い放つ。「さすがは賭博場のオーナーだわ」

「それでこそデレク・クレーヴンだろ、ミス・ジプシー」デレクは室内を見渡して支配人を探した。「おい、ワーシー！　新しいカードを持ってこい。こいつは見物だぜ！」

開店以来初めて、ハザードテーブルのゲームが中断された。ウエーターが忙しく立ち働いて飲み物を用意する。現金や借用書が行ったり来たりし、やがて室内は紙幣や紙の行き交う音であふれだした。賭け金を叫ぶ声、それを二倍に引き上げる声。リリーは不快な思いでそれらを聞いていた。一緒に賭け事を楽しんできた男性たちが、しょせん、自分が負けるところだけを期待しているのだと苦々しい思いで悟った。自業自得だと思っているのだろう。男の聖域にずうずうしくも足を踏み入れた罰だと。誰も彼も、最低の野蛮人だ。

「わたしが配ってやろうか？」デレクがたずねてくる。

「結構よ」リリーはぴしゃりと言い放った。「ワーシー以外は信用できないから」

額に手を当てて敬礼のまねをしつつ、デレクは部下に席を譲った。

ワーシーは落ち着いた様子で、ハンカチでめがねを拭き、鼻梁にかけた。カードの封を切る。見物人が期待に静まりかえる。ワーシーは巧みな手さばきでカードを切った。彼の小さな手の中で、トランプが跳び、シュッと音をたてる。十分に混ざったところで、彼はカードをテーブルに置き、じっとリリーを見つめた。「切ってください」

リリーは手を伸ばしてカードをとり、震える手でそれを切った。テーブルに戻して上半分を指し示す。ワーシーがその半分をとり、残りのカードの下にまわした。いっさい無駄のない、けれども見物人にきちんと見えるようゆっくりとした動作で、デッキから一番上の一枚をとり、横に置く。よどみない動きに、リリーは心が落ち着いていくのを感じた。ワーシーの一挙手一投足を見つめ、いかさまではないことを確信した。「21の三番勝負を始めます」と彼が告げた。「エースはプレーヤーの判断で、1または11と数えます」リリーとアレックスに二枚ずつカードを配る。一枚は表向きに、もう一枚は裏向きに。リリーのカードは8だった。アレックスは10。

ワーシーが静かに促す。「ミス・ローソン?」彼の左どなりに座っているので、リリーが先攻である。

リリーは裏向きにされたカードを返し、数字を目にすると唇をかんだ。2だ。ワーシーと視線を合わせ、もう一枚、と身振りで示す。最初の二枚のとなりに、新たにカードが配られる。9。見物人がどよめき、口笛を吹き、感嘆の声をあげる。周囲で現金がやりとりされるのが、リリーにはわかった。気持ちが落ち着いてくる。彼女はそっと、玉の汗が浮いた額に手袋をしたままの手を当てた。現在の合計点は19。これなら勝てるかもしれない。

アレックスがカードを表に返すのを見る。7だ。合計は17。彼はもう一枚、と身振りで示した。ワーシーが配ったカードがジャックなのを見るなり、リリーは小さく叫んだ。アレックスの合計は21を大幅に上まわった。最初の一番は彼女の勝ちだ。興奮した見物人に、背中や肩をおめでとうとたたかれて、彼女はにやりとした。「やめてよ、まだ勝ちが決まったわけじゃないんだから」と言うと、周囲からくすくすと笑い声が漏れた。緊張が一瞬とぎれて、人びともほっとしている。

ワーシーが配り終えたカードを脇にやり、次の一番のために新たにカードを配る。一同がすぐさま静まりかえる。今度はリリーの合計は18だった。もう一枚要求するのは愚行だろう。「ストップ」彼女はつぶやくように告げた。アレックスに配られた表向きのカードを見て、眉間にしわを寄せる。キングだ。彼が裏向きのカードを返し、リリーはがっかりした。9だった。これであいこだ。アレックスを見ると、彼はじっとこちらを見つめていた。悦に入っているのでも、不安がっているのでもない、静かな自信をたたえた彼の表情に、リリーは心の底から当惑を覚えた。彼女の人生が一枚のカードにかかっているというのに、どうして彼はあんなに冷静でいられるのだろう。

ワーシーがまた配り終えたカードを捨て札のほうにやり、最後の勝負のためにカードを配る。室内は異様な静けさに満ちており、呼吸音すら聞こえない。リリーは表向きにされたクイーンのカードを凝視し、裏向きのカードを返した。3だ。もう一枚、と身振りで頼む。ワーシーが配ったカードは7だった。合計は20だ！

「よかった」リリーはアレックスに向かってほほ笑みかけ、無言で挑発した。これなら勝てる。安堵感と喜びにひたりながら、彼女は一万五〇〇〇ポンドに思いを巡らせた。それだけの大金があれば、ニコールを取り戻せるかもしれない。少なくとも時間稼ぎはできる。報酬を払えないために解雇せざるをえなかった刑事も、雇いなおせるはずだ。勝利の予感に頬が紅潮した。アレックスのカードは10だ。彼が裏向きのカードを返す。

ハートのエース。

仰天するリリーを、アレックスは灰色の瞳で見つめ「21だ」と言った。

しかも、ナチュラルの。

完璧な静寂が室内を包む。最初に口を開いたのはデレクだった。彼は穏やかに「自業自得だな」と言った。

たちまち部屋は、野蛮人が祭でも始めたかと思うほどの喧騒に包まれた。「勝負あり、レイフォード卿の勝ちです」とワーシーが告げたが、その声は周囲の騒ぎにかき消された。見物人たちは、上品な英国紳士というよりむしろ、野蛮人のように見える。こぼれた酒と丸めた紙が絨毯敷きの床を埋めつくす。人びとはアレックスの手を勢いよく握り、背中や腕をばんばんとたたいた。フォカがアレックスの頭の上からウオッカをかけようとする。彼はそれをよけ、リリーのほうにやってこようとした。彼女は押し殺した声で拒絶し、人びとの間をすり抜けて巨大な扉があるほうを目指した。「リリー！」アレックスが叫びながら追ってくる。だが人の群れで身動きがとれないようだ。リリーの姿を見失い、彼は毒づいた。

リリーは骨まで震わせ、焦りに吐き気すら覚えながら逃げた。恐れのあまり、前方を見ることすらしなかった。出し抜けに、なにか硬いものにぶち当たり、息ができなくなった。うっとうめいて、息を吸おうとあえいだが、床にくずおれてしまった。狂ったように逃げる彼女を、デレクが自分の体で阻止したのだ。彼はリリーをつかみ、無理やり立ち上がらせた。見つめてくる緑色の瞳は氷のようだった。

「放してよ」リリーはもがいた。

「女にはプライドってもんがねえのか？　逃げようとしやがって。気が小せえな」

リリーは懇願するように、デレクのたくましい腕をつかんだ。「デレク、こんなことできない。わたしにはこんなこと——」

「やるんだよ。簡単なことじゃねえか。ベッドまで引きずっていってでも、約束は守ってもらう。また逃げたら、すぐに引きずり戻すからな。さっさとわたしの住まいのほうに行って、あいつを待つんだ」

「どうしてここで？　わ、わたしのテラスハウスのほうがまだましだわ」

「ここじゃないと、ちゃんと約束を守ったかどうかわからないからな」

「いやよ」リリーは首を振った。いまにも涙がこぼれそうだった。「絶対にいや」

するとと突然デレクの様子が変わり、顔には思いやり深い笑みまで浮かんだ。リリーはまごついた。「いやなのかい？　でも、もう手遅れなんだよ。わたしもひどい罰だと思うが、受け入れなくちゃだめだ」というデレクの声は、静かで優しく、まるで、わがままな子どもを諭しているかのようだ。「約束を守れないというのなら、ロンドン中のどこでも二度と遊べなくなるぞ。クレーヴンズはもちろんのこと、スラム街の薄汚い賭博場にも、出入りできなくなる」

「だったら、どうして最初に止めてくれなかったの?」リリーは叫んだ。歯がガチガチと鳴った。「あなたが少しでもわたしの心配をしてくれたら、こんなことにはならなかったのに! どうして助けてくれなかったの——彼はわたしを傷つけようとしているのよ、デレク。あなたはわかってないんだわ——」

「なにもかもわかってるさ。彼は決してきみを傷つけたりしない。きみとちょっと楽しみたいだけだよ。ダーリン、それだけだ」驚いたことにデレクは、身をかがめて額にキスをしてきた。「行くんだ。酒でも飲んで気合いを入れ、彼を待つんだよ」袖をつかんでいるリリーの手を、彼は振りほどこうとした。だが彼女はますます強くそれをつかんだ。

「どうすればいいの?」リリーはむせび、大きく目を見開いてデレクを見つめた。

デレクがぎゅっと眉根を寄せる。先ほどまでの優しさはかき消えて、横柄な笑みが顔に広がった。「ベッドで待ってりゃいいんだよ。カレイみたいに寝そべってりゃいいんだ。簡単だろ。ほら、行けよ。どっち向きで寝ればいいの、なんてことは訊くなよ」リリーにつかんだ手をどかせるには、あとはあざけるように笑えば十分だった。

彼女は袖を放した。「絶対に許さないから!」

デレクは答える代わりに、階段へとつづく廊下を指さした。廊下の先には私室がある。リリーは砕け散った誇りのかけらを必死にかき集めると、背筋を伸ばし、一度も振りかえることなく大またにその場を去った。彼女の姿が見えなくなると、デレクの顔から笑いが消えた。彼はハザードルームに向かった。ワーシーの視線をとらえ、彼はどこだ、と口だけ動かして問いただす。ワーシーが人の群れを指さす。群れの端のほうで、アレックスはしつこく寄ってくる数人の客を押しのけ、戸口に向かおうとしていた。

口々におめでとうと叫ぶ連中を無視して、アレックスは人波をかき分け、廊下に出た。そこで足を止め、コーヒールームと書斎があるほうを見やり、いったいリリーはどこに消えたのだろうと考える。

「レイフォード卿?」

振りかえると、ハザードルームの喧騒の中からワーシーがあらわれた。

と同時に、デレク・クレーヴンも姿を見せた。いつになく荒々しく険しい表情を浮かべており、それが彼をますます「いんちき紳士」っぽく見せている。泥棒からここまで成り上がっても、浅ましい過去から逃れることは決してできないのだ。デレクは挑むようににらんでくる。ふたりの間にこれといって争い事があるわけではない。にもかかわらず、そこには激しい不協和音と、男同士のいがみ合いがあった。

「伯爵」とデレクは穏やかに呼びかけた。「たったいまミス・ジプシーに、自業自得だと言い聞かせてきた。ワーシーはいかさまはしていないし、誰にも文句は——」

「彼女はどこにいる?」アレックスはさえぎった。

「教える前に、言っておきたいことがある」

「なんだ?」

デレクの顔に奇妙な表情が浮かんだ。言葉を探しているように見える。まるで、どうしても言いたいことがあるのに、口にしたら自分を裏切ることになると逡巡しているかのようだ。「優しくしてやってくれ」とようやく言った声は冷たい敵意に満ちていた。「優しくしなかったら、どこまでもその償いを払わせてやる」彼はかたわらで黙って控えている部下を身振りで示した。「ワーシーに二階の部屋に案内させる。リリーは……」彼は言葉を切り、唇をゆがめた。「そこで待っている」

「ご親切なことだな」アレックスはぶっきらぼうに応じた。「自分の女だけではなく、ベッドまで共有させてくれるとは」

デレクは苦笑した。「自分のものを他人と共有なんかするもんか。わかったか？　よし、わかったみてえだな」

アレックスは仰天して彼の顔をまじまじと見た。「では、きみとリリーは――」

「一度もありゃしねえ」デレクはかすれ声で乱暴に答え、かぶりを振った。

「だが、きみたちは以前に――」

「ベッドをともにするのは娼婦だけだ」唖然としているアレックスを、デレクはつまらなそうに笑った。「リリーは変わりもんだ。だが、この手で彼女に触れたりはしねえ。そんなもったいないことできるもんか」

いらだちと驚きがアレックスの胸の中でせめぎあう。うわさがすべて嘘で、ふたりの間になにもなかったなんてことが本当にあるのだろうか。そんなこと信じられるわけがない。だが、ここで彼を騙そうとする理由は？　わけがわからない。リリーがどんな人間なのか、正体がさっぱりつかめない。

デレクは部下に向かって指をぱちんと鳴らした。「ワーシー」とつぶやくように呼ぶと、黙ってさっさとどこかに行ってしまった。

アレックスは驚いて、急ぎ足に立ち去るデレクの後ろ姿を見つめた。「あのふたりの間になにかあったのか？」

ワーシーが落ち着きはらった顔でこちらを見る。「なにもありません。ミスター・クレーヴンがいま申し上げたとおりですよ。ミス・ローソンとの友情はプラトニックなものにしておくのが賢明だと、ミスター・クレーヴンは絶えず感じておられるようでした」それだけ言うと、彼はついてくるよう身振りで示し、入り組んだ廊下を進んでいった。

「どうしてなんだ？」アレックスは食い下がった。「彼女になにか理由でも？　それとも、クレーヴンのほうか？」アレックスは立ち止まり、ワーシーの襟首をつかむなり自分のほうに振り向かせた。「言うんだ、さもないと、絞め殺すぞ！」

ワーシーはアレックスのこぶしを、上等なウーステッド地からそっと引きはがした。「これはわたしの個人的な見解ですが」と静かに口を開く。「ミスター・クレーヴンは、ミス・ローソンを愛してしまうのを恐れてらっしゃるのではないかと」

アレックスは両手をだらりと下ろした。自分はなにかとても危険な領域に踏みこもうとしている、そんな感じがした。「なんてことだ」

ワーシーが問いかけるように顔をのぞきこんでくる。「まいりましょうか、伯爵？」

アレックスは無言でうなずいた。案内された先には、地下貯蔵庫にでもつづいていそうな、なんの変哲もない扉があった。だが開いた扉の向こうにあったのは、上階へと延びた狭いらせん階段だった。ワーシーが先に上り、また別の扉を指し示す。アレックスに向けられた顔は、先ほどのデレクとまったく同じ表情を浮かべていた。是が非でも言いたいことがあるのに、なんとかしてその言葉をのみこもうとしている、そんな感じだ。「こちらの部屋は決して邪魔が入りませんのでご安心ください。なにか必要なものがあれば、ベルを鳴らして使用人を呼んでください。有能かつ、心得た者たちを揃えておりますから」ワーシーはそれだけ言うと、アレックスの横をすり抜け、闇の中へと姿を消した。

気がつくとアレックスは、閉じられた扉をしかめっ面でにらんでいた。負けがわかったときのリリーの顔が思いだされる。打ちのめされた表情だった。恐ろしい目に遭わされると思っているに違いない。自分があんなことをしたあとだからなおさらだ。だがアレックスは、彼女を傷つけるつもりなどない。ふいに、自分は復讐なんてものはいっさいしない人間なのだと、早く彼女に教えてやりたくなる。アレックスはノブをつかみ、ぐいっとまわし、扉を押し開いた。

デレクを探しに行ったワーシーは、めったに使われることのない小部屋でようやく彼を見つけた。椅子が数脚に、机がひとつ、長椅子がひとつ置かれた部屋で、誰にも邪魔されずに仕事を片づけるにはもってこいだ。デレクは窓辺に、ほとんどカーテンに身を隠すようにしてたたずんでいた。部下が入ってきたのに気づいているはずなのに、なにも言わず、分厚い深紅のベルベットをせわしなく指にからめている。

「ミスター・クレーヴン？」ワーシーはためらいがちに呼んだ。

デレクはひとり言のようにしゃべりだした。「リリーのやつ、チョークみたいに真っ白になりやがって。膝まで震わせて、まるで根性なしだな。レイフォードもきっとがっかりすんだろう」彼はかすれた笑い声をあげた。「だから、ちっともうらやましくないさ」

「本気でおっしゃってるんですか？」ワーシーは静かに問いかけた。

沈黙が流れた。デレクは相変わらずそっぽを向いたままだが、呼吸が少し乱れているようだった。やがて彼は、コックニー訛りを慎重に抑えながらかすれ声で応じた。「わたしは彼女にふさわしい男ではない。だが、彼女に必要なものはわかっている。彼女と同じような男だ……下水溝でずっと暮らしていたような男ではだめなんだ。わたしは……彼女ならきっと、わたしを大切にしてくれたと思う。だが、そんなことはさせられない。彼女には……もっとふさわしい人生がある」デレクは片手で目元を押さえ、自嘲気味に笑った。「わたしが生まれながらの紳士だったらな」とささやいた。「まともな家に生まれていたらな。そうしたら、いまごろ彼女と一緒にいるのは、レイフォードごときではなくこのわたしだった」大きく深呼吸して、自制心を取り戻す。「酒を持ってきてくれないか」

「なにがよろしいでしょう？」

「なんでもいい。早く持ってきてくれ」デレクはワーシーが部屋をあとにするのを待ち、カーテンに顔をうずめると、深紅のベルベットに頬を押しつけた。

8

玄関広間として使われている小部屋に、アレックスは足を踏み入れた。リリーはその奥の、贅沢な調度品がずらりと並ぶ部屋の中央にたたずんでいた。バロック様式の、どこもかしこもごてごてと飾りたて金箔をほどこした部屋だ。売春宿でももっと趣味のいいところはある。

リリーの冷静さは見せかけのものだろう。本当は感情を爆発させそうになっているのが、アレックスにはわかる。彼女の顔だけを見ていようと思ったが、ベージュ色のシルクに黒のレースを重ねたデザインのドレスから、腕をおおう手袋へと、視線を走らせずにはいられなかった。服を脱いでいないのは嬉しかった。自分が脱がせたかったからだ。そう思ったとたんに体が激しく反応した。心臓が大きく鼓動を打ち、体中が熱くなった。彼女の顔から色を失わせた不安の源を、取り除いてやりたいと思った。なにか言おうとする前に、リリーが沈黙を破って神経質に小さく笑った。

「デレクの住まいなの」彼女は言いながら室内を身振りで示した。両腕でおなかをきつく抱くようにし、苦笑を浮かべた。「いい趣味よね、そう思わない？」

アレックスは室内に目をやった。ベルベットが退廃的な雰囲気を醸しだし、壁には高価な鏡が数枚と神話の一場面を描いたきらびやかな絵画が数点、飾られている。「クレーヴンにぴったりだな」アレックスは言い、ゆっくりと彼女に歩み寄った。「どこか別の場所のほうがいいかい？」

「いいえ」リリーは後ろに跳びすさり、彼との距離を保とうとした。

「リリー——」

「いいえ。ちょっと待ってほしいの。さ、先に聞いてもらいたいことがあって」さっと向こうを向き、ラピスラズリの象眼がほどこされた小卓に歩み寄る。一枚の紙切れをつかむとそれを差しだし、アレックスが受け取るなり後ずさった。「た、たったいま書いたものよ」彼女は早口になって言った。「二万五〇〇〇ポンドの借用書。全部返すまでには少し時間がかかると思うけど、ちゃんと利子をつけて、必ず返すと約束するわ。利率はいくらでもいいから。もちろん、法外でなければだけど」

「利子はいい」

「ありがとう、それはとても助かる——」

「きみと一夜をともにしたい」アレックスは紙を握りつぶして床に落とした。「初めてきみを見たときからそう願っていた」

「無理よ」リリーは大きくかぶりを振りながら言った。「受け入れられないの。ごめんなさい」

アレックスは慎重に歩みを進めた。「きみを傷つけるつもりはない」

リリーは一歩も引かずに立っているが、全身が震えているのがわかる。「あなたとはできないの」彼女は叫び、両手を上げて追いはらうようにした。「誰ともしたくない！」

その言葉は、そのまま宙に漂っているかに思われた。アレックスは歩みを止め、当惑と警戒心を募らせつつ、まじまじと彼女を見つめた。それほどまでにベッドをともにするのがいやなのだろうか。相手が彼だからなのか、それとも男性全般がいやなのか。あるいは……驚くべき発想にとらわれて、アレックスは頭に血が上るのを覚えた。いままで考えもしなかった可能性がひとつだけある。彼は深呼吸をしてから、「もしかして……」とまごついた様子で切りだした。「つまりきみは……女性が好きなのか？」

「なんですって？」リリーはぎょっとして彼を見つめ、すぐに頬を真っ赤にした。「冗談でしょう！　やめてよ、そんなんじゃないわ」

その言葉にますますいらだちを募らせ、アレックスは「だったらなんなんだ？」と強い口調で問いただした。

リリーは頭を垂れ、「借用書を受け取って」とつらそうにささやいた。「お金で解決させて。全額返すと約束するわ、だからお願い――」

アレックスは彼女の両腕をぎゅっとつかみ、つぶやきをさえぎった。「ちゃんとこっちを向いてごらん」と促してもまだうつむいたままだ。「リリー、話してくれないか？」

リリーは乾いたかすれ声で笑い、かぶりを振った。

「誰かに痛めつけられたことでもあるのか？」アレックスはむきになって訊いた。「そうなのか?」

「あなたの手が痛い——」

「この手は離さない。なにがあったのか、聞かせてくれ」リリーが力なく身をよじる。そんなことをしても無駄だと本人が気づくまで、アレックスは好きにさせた。やがて彼女はおとなしくなり、今度は身を震わせはじめた。待ちながらアレックスは、つかんだ腕を引き寄せ、小さな頭に自分の頭をのせた。しばらくすると、感情の欠けた声が聞こえてきた。

「男の人たちがわたしを見てどう思うかくらいわかってる。彼らが——あなたが——わたしをどんな女だと思っているか。大勢の男性とベッドをともにした女だ、そう思っているのでしょう? でも本当はひとりだけよ。何年も前の話だわ。好奇心もあったけど、ひとりぼっちでさびしかった……理由なんていくらでもある。か、彼が初めての人だった。そして最後の人になった。事の最中ずっと、こんなの大嫌いと思っていたわ。最悪の、みじめな交わりだった。彼にとっても、わたしにとってもね。彼は社交界の人気者で、理想の恋人とうわさされる人だった。だからいけないのは彼じゃないと思う。原因はわたしにあるのよ。そういう気持ちになれないの。まともな男の人なら、絶対にわたしなんかとベッドをともにしたくないでしょうね」リリーはさびしげに笑った。「さあ、これでもまだわたしがほしい?」

アレックスは彼女のあごの下に指を添えて上を向かせた。その灰色の瞳には、哀れみと、月のない夜を思わせる深く果てしない闇が浮かんでいた。「ああ」

リリーは涙が頬を伝うのを感じた。屈辱感を覚えて顔をそむけ、「同情なんかほしくない！」と叫んだ。

「これでも単なる同情心だと思うかい？」彼は驚くべき速さでリリーの腰をつかむと、自分の体に押しつけた。リリーはくぐもった声を漏らした。「どうなんだ？」硬くいきり立ったものになおも押しつけながら、じっと見つめる。「どうしてそんなにいやがる？」

リリーはかすかに首を振り、唇をぎゅっと引き結んだ。

「最初は誰だって痛みを感じるものだよ」アレックスが優しく言う。「知らなかったのかい？」

「知ってたわ」ばかにされたと思い、リリーは顔を真っ赤にした。「とにかくいやなのよ」

「つまりきみは、一度の経験で男とはどんなものかを判断したわけだ。たった一夜の出来事で」

「彼に教わったことだけで、十分に判断できるわ」リリーは硬い声で認めた。

アレックスは彼女の腰に当てていた手を背中のほうにまわし、そのままずっと抱きしめつづけた。彼の声は優しく、諭すようだった。「では、もしもわたしが、きみとの出会いだけをもとに女性とはどんなものかを判断していたら？」

「結婚願望がなくなったことでしょうね」

「そう、きみのおかげでひとつ問題が解決した」アレックスは身をかがめて彼女の首筋にキスをした。彼女は背をそらし、互いの体に挟まれた腕をこわばらせた。「一万五〇〇〇ポンドを作るのはたやすくない……それよりも、わたしと数時間ともに過ごすべきだとは思わないかい？」

「やっぱり、わたしをばかにしているんだわ！」

「そうじゃない」というささやき声に頬を撫でられ、リリーは顔をそむけた。「きみはわたしのことを頑固者と呼んだが」彼は言いながら、漆黒の巻き毛を指にからめている。「自分だって、昔のことをいつまでもくよくよと思い悩んでるじゃないか。そのせいできっと、記憶のほうが実際にあったことよりつらいものに――」

「そうやって、好きなだけ人の気持ちを踏みにじるといいわ」リリーはたまりかねて叫んだ。「でもあなたには、まだすべてを話したわけじゃない。あなたに話すくらいなら死んだほうがましよ、だからわたしを――」

「わかった」アレックスはリリーの髪に唇をうずめた。「きみがほしい」という声はくぐもっていたが、決意に満ちていた。「話はもうおしまいだ。わたしたちはこれをやる、このいまいましい部屋にベッドがあろうとなかろうと」抱きしめる腕にいっそう力をこめ、さらに深く唇を髪にうずめた。「きみは受け入れるだけでいい。ただ受け入れるだけで」

　リリーは彼の胸に顔を押しあてたまま目を閉じた。背中にまわされた腕が鋼鉄のように感じられる。ドレスやズボンの布地を通して、硬くなった彼の下腹部の熱が伝わってくる。切迫感を覚えているはずなのに、アレックスはなにかを待っているようだった。彼の唇が巻き毛をなぞり、大きな手の感触が背中にある。彼は髪に顔をうずめたままささやいた。「リリー、怖がらなくていい。きみを喜びに導きたい。きっと大丈夫だから。わたしを信じて。信じるんだ」

なぜか抵抗する気持ちが失せ、リリーは耐えがたい物憂さに襲われた。ずっともがき苦しみ、戦いつづけてきた。あらゆる手を使って、荒れ狂う海に沈まぬようがんばってきた。でももう、気力も考える力もなくなってしまった。失うものはなにもない。自分に勝る意志を持った人と、とうとう出会ってしまった。どうやら、ただ身を任せ、目覚めようとしている自分をゆだねるほかに選択肢はないらしい。ただ受け入れるだけでいい……アレックスの言葉が耳に響くようだ。ためらいがちに左手の戸口、寝室へとつづくほうに顔を向ける。リリーはとぎれとぎれにささやいた。「たぶん……向こうに……」

軽々と彼女を抱き上げると、アレックスは次の二間を素通りし、ランプの明かりに照らされた寝室へと向かった。寝室には、重厚な金色の額入りの鏡と、イルカとトランペットが彫刻された大きなベッドがあった。彼はリリーを床に立たせ、その顔を両手で包みこみ、親指で口の端をなぞった。リリーは目を半分閉じ、やわらかな明かりを受けて金色に輝く、荒々しくも完璧に整った彼の顔を見つめた。彼が身をかがめ、そっと唇が重ねられた。

しびれるような快感とともに、彼の舌の先が唇に触れ、なめらかな曲線をなぞっていく。つづけて、息もできないほど強く唇が押しつけられた。その唇は温かく、不思議な心地よさを感じさせた。爪先立っていたリリーは、突然バランスを崩し、体をぐらつかせた。倒れないように彼の首に腕をまわし、無意識に誘うように唇を動かした。ゆっくりと舌が押し入ってきて、歯の間をたゆたっている。

アレックスを信じるなど愚行だ。優しさは最初のうちだけだとわかっている。彼の中で切迫感が高まっていくのをリリーは感じた。震える手で彼女の手首をつかみ、ベルベットの手袋の留め金を外し、ほっそりとした腕からそれを引き抜く。荒々しさを懸命に抑えこんでいるものの、いまにも手袋を引き裂いてしまいそうになっているのがわかる。けれども彼は、もう一方の手袋も同じように丁寧に脱がせていった。その指先がローカットになったドレスの前身ごろの端をなぞり、そこにあしらわれた羽根のようなレースをもてあそんだ。彼はひたすら、小刻みにせわしなく指を動かすだけだ。

リリーはうつむいた頭をじっと見つめられていること、彼の呼吸が荒々しさを増していくことに気づいた。なにをためらっているのかしら、と思った。もしかしたら気が変わって、これをやめることにしたのかもしれない……そう思ったとたん、希望に満たされると同時になぜか心が沈んだ。するとアレックスは、彼女の肩をつかんで向こうを向かせた。ドレスの背中に並んだ小さなボタンを外しはじめる。背中がはらりとはだけて、ドレスは小さな袖でやっと肩に引っかかっている状態になる。やがてそれはゆっくりと床に落ちていった。つづけてドロワーズのリボンがほどかれ、下に下ろされる。リリーは純白のシュミーズと刺繍入りの靴下だけの姿になった。

肩に彼の唇と、熱い霧のような息が感じられた。いたわるように腕が前に伸びてきて、胸元を手のひらがかすめた。足下の床がぐらりと揺れたように感じた。たくましい胸板にもたれて、小さな胸の下の曲線を指先でなぞられると、息をするのも面倒になった。親指がシュミーズの上を移動して乳首を見つけ、硬くなるまでそこをなぶる。思わず息をのむと、胸に感じる手のひらの圧迫感がますます強くなった。だがとらえどころのない小さな歓喜は、自意識の波にのみこまれてしまった。リリーの胸は小ぶりだ。アレックスは、もっと豊かな胸を期待していたに違いない。ドレスのデザインで大きく見えるようにしてあったから。ためらいがちに事情を説明しようと思ったが、言葉を発する前に彼の手がシュミーズの中に忍びこんできて乳房を包んだ。なめらかな丸みを指先が走り、可憐な乳首を見つける。

「とてもきれいだよ」アレックスは耳元でささやいた。「きれいだ……完璧な出来栄えの小さな人形のようだ」深呼吸をしてリリーを自分のほうに向かせ、両手でシュミーズを引き下ろし、胸をあらわにした。おなかと、両脚の間の秘密の場所に、硬くなったものを押し当てる。彼女の顔は恥ずかしさに真っ赤になった。だが彼は、下腹部がこすれあう感覚を楽しみ、小さなうめき声をあげると、彼女のお尻をつかんでいっそう腰を押しつけた。「リリー……ああ、リリー……」唇を重ね、ベルベットのような舌を深く忍びこませる。なめらかに侵入する舌にリリーが身を任せ、両腕をきつく首にまわしてくる。アレックスはしゃがれ声とともに唐突に身を離した。上着の袖をぐいぐい引っ張って早く脱ごうとするのに、まるでもう一枚の肌のように張りついて脱ぐことができない。口の中でののしりながら、顔を上げ、いっそう強く袖を引いた。

するとと驚いたことに、リリーの小さな手が襟に置かれ、それを左右に開き、肩から上着を脱がせてくれた。上着はそのまま床に落ちた。彼女は目をそらしたまま、シルクのベストに触れ、ゆっくりとボタンを外していく。布地が体温で温かくなっていた。アレックスは身じろぎもせず突っ立ったまま、激しく胸を高鳴らせ、細い指先がくるみボタンを外していく感覚を味わった。ボタンが全部外されると、彼は肩をすくめてベストを脱ぎ、糊のきいた純白のクラヴァットをほどいた。

けれどもアレックスが服を脱ぐ様子を眺めるうちに、リリーの中で記憶が渦巻き、全身に悪寒が走った。ジュゼッペとの夜は忘れようと、これまで努力してきた。けれども記憶は一瞬にして彼女を襲った――黒い毛でおおわれた褐色の肌、彼女の全身を這う貪欲でせわしない手の動き。リリーはベッドの端に座ったまま、考えてはだめよと自分に言い聞かせ、喉元までせりあがってくる感情をのみこもうとした。

「リリー?」アレックスはシャツを脇に放り、彼女の前にひざまずくと、両手で腰を抱くようにした。

強い意志を感じさせる灰色の瞳をのぞきこむと、不快な記憶は煙のように消えた。好奇心旺盛な虎みたいに目の前にひざまずいて見上げてくるアレックスしか、リリーにはもう見えなかった。アレックスは、肌も髪も金色にきらめいていた。おずおずと、たくましい肩に触れてみる。無意識にその手を下のほうに移動させ、ふわふわした赤褐色の不ぞろいな胸毛に指をからめた。とても近くにいるので、すねが彼のおなかの隆起した筋肉に当たった。彼はそのままの体勢で、手をリリーの太もものほうへと移動させた。彼女は息を止めて、靴下留めが器用に外され、靴下がくるくると丸めて脱がされるのを見ていた。

アレックスの指がふいに止まり、太ももの内側の筋肉に触れる。何年も乗馬をやっているせいで、女性特有のやわらかさが失われていた。恥ずかしくなったリリーはシュミーズの裾を引き下げようとした。「だめだよ」アレックスはつぶやいて彼女の手をどけた。彼の頭が徐々に下がり、太ももに近づいてくる。内股に唇を押しつけられて、リリーは驚きに身を硬くした。ひげに素肌をくすぐられ、熱い息がかかると、体中を電気が走ったかに感じた。そんなことしないでと口ごもりつつ訴え、頭をどけようとしたのに、大きな手で膝をつかまれ脚を広げられると、動くこともできなくなってしまった。

シュミーズの裾から焦らすようにのぞく陰を、アレックスは食い入るように見つめた。リリーが逃げようとするので、脚をつかんだ手にいっそう力をこめた。目の前にあるなぞめいたやわらかさと香りに、激しい興奮を覚える。だが声を震わせて抵抗するリリーに、一瞬、われにかえりそうになる。「静かに」体中に響く激しい鼓動に背中を押されて、アレックスはささやいた。「じっとしていて」

陰をなす部分に唇を押しつけ、ずり落ちてきたシュミーズの裾を両手でつかんでどける。甘く官能的な香りにうっとりとなりながら、豊かな巻き毛に鼻をうずめて熱い息をした。その香りの源を追い、やわらかく湿って小刻みに震える部分を探りあてる。しっとりとしたところへゆっくりと舌を這わせ、忍びこませては引き抜くと、やがて脚を押さえている手に太ももの震えが伝わってきた。

こらえきれずに、アレックスは一番敏感なところを探りあて、彼女の脚の緊張がすっかり解けるまで口に含んでそっと優しく吸いつづけた。彼女の震える指がアレックスの髪を梳き、豊かな金髪をもてあそび、頭をもっと引き寄せる。アレックスはわずかに身を起こし、濡れそぼった巻き毛に口づけてから顔を上げ、いったん身を離した。

リリーの頬は紅潮し、見つめてくる瞳はきらめき、まごついているようだった。ベッドに仰向けに横たわらせるときは、抵抗しなかった。アレックスはあわててシュミーズの留め金を外そうとして、それが難しいとわかると小さくののしり、裾をウエストまで引き上げた。両手で乳房を包みこみ、きゃしゃな体の上に身をかがめ、なめらかな白い肌がそれよりも濃い色へと変わる部分に舌を這わせる。一番敏感な部分に唇を寄せ、そこが尖ってくるまで愛撫を与えた。

リリーは筋肉が隆起した広い肩に両手をまわし、全力でアレックスを抱き寄せようとした。なにか原始的な直感が、彼の重みを胸と両脚の間にしっかり感じたいと訴えてくる。彼は小さくうなると、乳房から手を離して唇を重ねてきた。リリーは腰を突き上げるように身をよじった。すると、パンタロンの下で張りつめた部分に下腹部がかすかに触れた。ほんの少し触れただけなのに、彼の口からうめき声が漏れ、口づけが荒々しさを増した。

アレックスはリリーの首筋や頬に唇を寄せたまま息も絶え絶えにささやき、両脚の間へと移動していった。「リリー……静かに、傷つけたりしないから……大丈夫だから……」優しく、けれどもたしかな動きで、しっとりと濡れた部分へと指を挿し入れ、ふっくらとふくらんだ中を焦らすようになぞる。リリーはすすり泣いた。最初はしりごみしたものの、やがて優しい愛撫を受け入れてくれた。口を開けて、未知の歓喜に吐息を漏らしている。喜びの表情を目にして、忍耐と自制心を保とうというアレックスの決意は粉々になった。目の前に横たわるほっそりと小さな体がすべてを受け入れようとする姿に、欲望と優しさと渇望が押し寄せてきて、もう抗うことはできなかった。パンタロンの前をもつれる指で開けて脱ぎ、彼女の上に身をかがめ、太ももを大きく開かせた。ゆっくりと中に入り、奥へと忍びこんでいく。彼女が叫び、抵抗するようにぎゅっと中が収縮したがもう手遅れだった。アレックスは熱く吸いつくリリーの中に深く沈ませていた。

彼女の頭を両手で抱き、指で髪を梳きながら、アレックスは何度も口づけた。長いまつげが持ち上がり、涙があふれる瞳が驚いたように見つめてくる。「痛い?」アレックスはささやき、親指で涙のあとをぬぐってやった。

「いいえ」リリーは震える声で小さく答えた。

「リリー、もう大丈夫だから……」少し引き抜いてから、さらに奥に挿入し、アレックスはゆったりとなめらかな動きを心がけた。だが荒々しい喜びにいまにも圧倒されそうだった。

リリーは目を閉じて、深呼吸をくりかえし、両手でせわしなく彼の背中を愛撫した。額にアレックスの唇が押しつけられる感触。たくましい体の重み。ゆっくりと規則的なリズムで、彼女の奥深くから痛いくらいの喜びを引きだしてくれる。「ああ」快感が高まってあえぐと、彼は応えるようにさらに奥深くに入ってきた。リリーは気がふれたようにすすり泣くのをやめることができなかった。力強く、激しく中を突かれながら、汗ばんだ体につかまって、自分も腰を動かした。

アレックスの顔を見上げると、瞳が満足げに輝いていた。彼が身をかがめ、乳房を口に含み、乳首をかんで引っ張る。快感が一点に集まり、耐えがたいほどの痙攣に襲われて、リリーはすすり泣きとともに腰を突き上げた。

アレックスは彼女を抱きしめた。中の筋肉が収縮をくりかえし、全身を激しく震わせるリリーのことしか考えられない。さらに数回、力強く突いて、彼は自らも、目もくらむほど強烈なエクスタシーに達した。

リリーは彼の下になったままぴくりとも動かず横たわっている。両腕は彼の腰にまわしたままだ。体中が脈打ち、心地よい痛みに包まれ、生まれて初めての解放感を覚えていた。彼はリリーを最後にぎゅっときつく抱きしめ、やわらかな首筋に顔をうずめてから、引き抜いて身を離した。リリーは一瞬だけ抵抗した。安心感を与えてくれるそのぬくもりを、まだ全身に感じていたいと思ったから。だが彼はとなりにごろりと横たわると、腕を軽く腰にまわしてきた。少しだけためらってから、リリーは抱き寄せられるに任せた。毛におおわれた胸板に顔を寄せると、男らしい匂いが鼻腔を満たした。もしも彼になにか一言でも言われていたら、たとえそれがいじわるなものだろうと優しいものだろうと、こんなふうに寄り添うことはできなかっただろう。けれども彼はなにも言わず、リリーはすべてを受け入れてもらえたように感じた。

巻き毛に彼の息がかかり、頭に手が触れるのがわかった。短めに切った巻き毛をぼんやりともてあそんでいる。つややかな髪を指先でなぞり、指にからめたり、伸ばしたりしている。自分が放心状態なのがわかった。丸まったシュミーズが腰のあたりに巻きついているだけのかっこうで横たわり、大地を思わせるかぎなれない匂いに包まれている。汗が引いていくにつれ、少し寒くなってきた。なんだかひどく眠い――濃い赤ワインを飲んで酔ったときみたいだ。空気は冷たいのに、彼と触れている部分はとても温かい。起き上がり、ドレスを着て、しゃきっとしなければ。すぐに――いますぐに――動かなくちゃ。

自分がもぐもぐとなにかしゃべっているのに気づく。シーツがなんとかかんとか言っているようだ。アレックスが両手でシュミーズの裾を引き上げて、すっかり脱がせようとする。いっなだめる声に素直に従い、リリーは気持ちのよいリンネルのシーツの間に潜りこんだ。いったんベッドを出てふたたび戻ってきたアレックスは、すっかり裸になっていた。脚が触れてきて、リリーは一瞬びくっとした。「リラックスして」彼がささやき、背中を撫でてくれる。大きくあくびをして、リリーは彼の腕の中に落ち着いた。

それからいったい何時間経ったのか、リリーはようやく深く静かなまどろみから目覚めた。アレックスはぐっすり眠っている。片腕はリリーの上に力なくのり、反対の腕は彼女の脇腹にまわされていた。リリーは無言で、その奇妙な感覚を楽しんだ。たくましい体がぴったりと寄り添い、首筋に温かな息がかかり、絹を思わせるやわらかな金髪が頬を撫でている。ふたりで過ごした濃密なときを思って、彼女は真っ赤になった。淪落した女性同士が互いの恋人の技巧を自慢しあうのを聞いて、男女のことはすっかりわかった気になっていた。けれども、今夜アレックスがしたようなことは、一度も耳にした覚えがない。リリーは彼の過去に思いを巡らせた。彼がつきあってきた女性、彼のこれまでの経験……彼女は眉間にしわを寄せた。なんだかとても不愉快な気分だった。

彼の腕の中から、そうっと抜けだす。大切なところに鈍い感覚があった。痛みとは違う。でも、彼との間にあったこと——圧迫感と、快感と、侵入してくるときの焼けつく感じを思いださせるもの。こんなふうだとは思いもしなかった。ジュゼッペのときとは全然違っていた。同じ行為とは思えないくらいだ。ベッドをすり抜けるとき、問いかけるようなアレックスのつぶやきが聞こえた。リリーは動きを止め、問いかけには答えず、ふたたび眠りに落ちてくれますようにと祈った。やがてシーツがこすれあう音がして、大きなあくびが聞こえてきた。

「なにをしてる?」アレックスはかすれ声でたずねた。

「伯爵」リリーは口ごもった。「アレックス、あの……ええと……そろそろ帰ったほうがいいかと思って」

「朝なのか?」

「いいえ、でも——」

「ベッドに戻りなさい」

寝ぼけ声で横柄に命じられて、リリーは急におかしくなってしまった。「小作人に命令する封権時代の領主様みたいにしゃべるのね」彼女は生意気に言った。「暗黒時代に生まれたほうがよかったんじゃ――」

「早く」アレックスはおしゃべりをする気分ではないらしい。

リリーはのろのろと、暗闇の中を声がするほうに戻り、ダマスク織とリンネル、そして毛におおわれたたくましい四肢が作りだす温かな繭の中に潜りこんだ。彼の近くに寝そべったが、体は触れないように気をつけた。やがて室内は静寂に包まれた。

「もっとそばに寄って」アレックスが命令する。

リリーは口の端にしぶしぶ笑みを浮かべた。恥ずかしかったけれども、素直に彼のほうを向き、細い腕を首にまわした。乳首がたくましい胸板に触れる。彼は体勢を変えなかったけれど、とたんに息づかいが変わったのがわかった。「もっとそばに」

リリーはぴったりと彼に寄り添った。下腹部に脈打つ熱いものが当たるのを感じて、びっくりして目を見開いた。彼の手が軽やかに全身を撫で、触れたところに小さな炎をともしていく。彼女はおずおずと、指先で彼のざらざらした頬と唇に触れてみた。

「どうして帰ろうとした？」アレックスはつぶやくように問いかけながら、唇を彼女の手のひら、手首、肘のかすかなくぼみへと移動させた。

「もうすんだと思ったの」

「それはきみの思い違いだ」

「そうね、ときどき思い違いをするかも」

その言葉にアレックスは機嫌を直したようだ。腕に口づけている彼がほほ笑むのがわかった。彼はリリーのわきの下に手をやると、人形のように抱き上げ、乳房が口元にくるようにした。乳首の周りを円を描くように舌でなめられて、リリーの心臓は不規則に鼓動を打った。反対の胸に移動し、さらに胸の間にも唇を這わせる。身をよじると、ようやく小さく笑いながら下ろしてくれた。「なにがほしい?」アレックスはささやいた。「言ってごらん」

言葉で言うことはできなかったので、リリーはむさぼるように唇を重ねた。アレックスがほほ笑みながら、ほっそりとしたウエストから、なめらかな曲線を描くお尻へと両手を這わせる。彼は唇やあごをそっとかんで、焦らすように軽いキスをくりかえした。たわむれに応じるように、リリーも息を荒らげながら、気まぐれな唇を追った。唇を重ねることに成功すると、彼はご褒美に深く舌を差しいれた。無意識にリリーは腰を突き上げ、彼を求めた。肩をつかんで彼の名を呼んだ。アレックスがほほ笑みながら横向きに寝転び、彼女の太ももをつかんで自分の腰にのせる。リリーは飢えたように身をくねらせた。

「わたしがほしいか?」アレックスはささやいた。

「ええ。ほしいわ」

「じゃあ、きみがして」ほっそりとした背中を手でなぞり、促すようにかすれ声でささやきかける。「早く」

リリーは彼の肩に遠慮がちに両手を置いたまま、「できないわ」と懇願するようにささやきかえした。

アレックスは唇を重ねて彼女の口をこじ開け、舌で愛撫を加えて、彼女の興奮を高めていった。「わたしがほしいなら、やらなくちゃだめだよ」アレックスは待った。彼女の手が肩を離れると、脈拍が速くなった。その手がゆっくりと下りてくる。指先が触れる感覚に、彼は息をのみ、身を硬くした。彼女の手が熱いものに触れたかのようにさっと離れ、すぐにまた慎重に戻ってくると、硬くなったものをためらいがちに撫ではじめた。歓喜にうめきながら、アレックスは彼女がしやすいように体をわずかに上に移動させた。彼女の手がそこへ導いていくのがわかる。腰を突き上げ、優しく中に忍びこませると、彼女は息をのんだ。「これがほしかったのかい?」アレックスはもう一度腰を突き上げた。「こんなふうにしてほしかった?」

「ええ……そうよ……」リリーはうなずき、あえいで、彼の喉元のくぼみに顔をうずめた。

彼の動きは腹が立つくらい入念かつ抑制されていて、リリーの切迫感を巧みに抑えこんでいる。

「あわてないで」彼はつぶやいた。「まだ時間はたくさんある……いくらでも……」たまらずリリーが背を反らせると、彼はくるりと体勢を入れ替えて、押し殺した笑い声をあげながら彼女を組み敷いた。「リラックスして」とささやき、首筋に口づける。

「無理よ――」

「我慢して、小悪魔。急がせないで」アレックスはリリーの手をとって指をからませた。その腕を頭の上にやり、押さえこむ。彼女はなすすべもなく受け入れるだけだ。「こうしたいと思っていた……ゆうべからずっと」ささやきかけ、ゆったりとリズムを刻むと、歓喜のあえぎ声が聞こえてきた。「きみに仕返しをしたいと……さんざん焦らされた仕返しを。叫ばせてやる……もっとほしいと……」

　耳元で聞こえる甘いつぶやきをリリーは半分も理解していなかったけれど、優しい声の裏に隠された脅すような響きにぞくぞくした。汗ばんだ体を震わせながら、一分の狂いもなく、ゆったりとくりかえされる動きを味わった。そこにあるのは闇と、動きと、放たれる熱だけ。それらに心臓をつかまれたように、リリーは身もだえしながら、激しくあえぎ、彼の名を呼んだ。

「そうだ」というハスキーな声が聞こえてくる。「絶対にこれを忘れさせやしない……きみはもっとほしくなる……そうしたらわたしは……何度だってこれを……」

　快感が奔流となって全身を貫き、リリーは身を震わせ、重ねた唇の下で叫んだ。彼の言葉はやがて長く喉を鳴らす音へと変わった。リリーをきつく抱きしめ、さらに深く突く。ぎゅっと締めつけられる感覚に、アレックスも全身を焼きつくすクライマックスへと到達した。もう息もできないし、疲れきっている。だが彼は、骨の髄までしみこむような満足感を覚えていた。

　そのままリリーを抱きしめていると、彼女は疲れた子どものように唐突に眠りについた。小さな頭を彼の肩のあたりにもたせている。アレックスは彼女の首筋と背中をなぞった。ずっと触れていたかった。あふれでる幸福感を信じるのが怖い。だが、選択肢はないように思われた。初めて会ったそのときから、リリーは彼の弱点を見抜いていたのだから。

アレックスは現実主義者だ。運命なんてものは信じない。だが、おのれの人生に突然リリーがあらわれたことは、運命の贈り物としか思えなかった。これまで彼は、キャロラインを失った悲しみにとらわれて、ほかのすべてのものをないがしろにしていた。ただただ自分が頑固で、忘れようとするのを拒んだからだ。つらく孤独な人生を送りつづけ、そのさびしさをまぎらす道具としてペネロープを利用しようとした。リリーだからこそ、一風変わった、一筋縄ではいかない奔放な魅力を持った彼女だからこそ、それを阻止することができた。

リリーが寝言を言い、指先で軽く胸板を突いてくる。アレックスはなだめるように彼女にささやきかけ、額に口づけた。「わたしはこれから、きみをどうするつもりなんだろうね？」と優しく問いかけ、明日になったら自制心が戻っていることを祈った。

あっという間に世間に広まった「スキャンダル」へのロンドンの反応をリリーが最初に耳にしたのは、ボンド・ストリートにあるモニク・ラフルールのドレスショップでのことだった。パリで流行のデザインをすべて取り入れ、さらにロンドン向けの味つけをほどこした大胆なドレスを作ることで知られるモニクは、なぜかいつも一番に最新のゴシップを聞かされる。歌うようなアクセントと明るい青い瞳が、洗濯女から公爵夫人まで、ありとあらゆる女性たちにこの人なら信用しても大丈夫と思わせるのだろう。

モニクは四〇代。黒髪の魅力的な女性だ。心優しく寛大で、誰に対する恨みも一〇分と経たないうちに忘れてしまう。旺盛な好奇心と、知性に富む会話のおかげで、熱心な顧客が大勢ついている。女性たちはモニクに、秘密を守り、美しいドレスを作ってくれ、しかも決してライバル関係にはなろうとしない稀有な存在として信頼を寄せている。彼女は、女性特有のいじわるや嫉妬を決して自分に許さないのだ。

「誰かにハンサムな恋人がいようと、誰かが素晴らしい美貌の持ち主だろうと、わたしには関係のないことですわ」いつかモニクはそうリリーに言ったことがある。「わたしには優しい夫がおります。自分の店もあるし、たくさんのお友だちもいるし、ゴシップだって十分足りている！　こんな楽しい人生なんですもの、忙しくて他人のものをほしがる暇なんかありませんとも」

いつものようにきびきびとした足取りでリリーがドレスショップに入っていくと、モニクの助手のひとり、コーラが出迎えてくれた。シルクやモスリンの生地見本を腕いっぱいに抱えたコーラは、珍しいものを発見したようにリリーをまじまじと見つめた。「ミス・ローソン！　……お待ちください、マダム・ラフルールにお見えになったことをお知らせしてまいりますから。ああ、一刻も早くお知らせしなくっちゃ」

「ありがとう」のんびりと礼を言いながら、リリーは首をかしげた。コーラがあんなに興奮するのは見たことがない。でも、まさかアレックスとの賭けをもう耳にしたはずはあるまい。なにしろ、まだ丸一日と経っていないのだから！

だが、店舗と裏の作業場とを隔てるカーテンの向こうからモニクが勢いよくあらわれるなり、リリーは確信した。モニクはもう知っているのだ。

「リリー、あなた《シェリ》！」モニクは大声を張り上げ、熱っぽく抱きしめてきた。「うわさを聞いてすぐ、じきに来店してくださると思ってましたのよ。相当忙しくなりますわね――新たな地位を手に入れたのですもの、新しいドレスもたくさん必要、そうでしょう《ネスパ》？」

「ずいぶん耳が早いのね」リリーは呆然となった。

「レディ・ウィルトンがつい先ほどいらしてね。全部聞きました。ご主人がちょうど、ゆうべクレーヴンズにいらしたそうで。わたしまで嬉しくなってしまいましたのよ！　素晴らしい選択ですわ！　本当におみごと！　レイフォード卿は完璧にあなたのとりこのようだったと、みなさん言っていたそうよ。しかも、ロンドン中の殿方が、彼を超えてみせようとやっきになっていると言うじゃありませんか！　もう何年も、殿方はあなたを追うばかりだった。でもようやく、手に入らないわけではないとわかった。これからは誰もが、どんなに高いお金を積んででも、あなたの庇護主になろうとするに違いありませんわ！　こんな贅沢な選択肢を与えられた女性がいままでにいたかしら！　宝石だって馬車だって家だって、みんな手に入る！　うまく立ちまわれば《イフ・ユー・プレイ・カード・ライト》――あら、いまのはしゃれじゃありませんのよ――ロンドン一の裕福な女性になれますわ！」モニクはクッションのきいた椅子にリリーを座らせ、膝に山のようなスケッチと、パリの最新ファッションを紹介する『ラ・ベル・アッサンブレ』誌を一冊のせた。「さてさて《マントナン》、おしゃべりの間、こういうものをご覧になりたいでしょう？　楽しいお話を隅から隅まで聞かせてもらいますわよ。そうそう、実はね、また長いトレーンが流行りそうなんですの。床に引きずるからちょっと不便ではあるのですけど、見た目は華やかですものね。コーラ？　ねえコーラ、こちらのサンプルをどけて、ミス・ローソンに早くカフェをお出しして」

「話すようなことはないのよ」リリーは押し殺した声で言い、椅子に深くもたれかかって、一枚目のスケッチに視線を落とした。

モニクは思案するような、友情のこもった目でリリーを見つめた。「謙遜なさらないで。だって素晴らしい勝利じゃありませんの。多くの女性の羨望の的だわ。ミスター・クレーヴンを当面の庇護主に選んだのは賢明でした――なんといっても、その出生が見過ごされるほどの大金持ちですものね――でも、そろそろあなたも変わらなければ。レイフォード卿なら最高の選択肢ですわ。生まれもいいし、ハンサムだし、影響力もあるし、しかも正真正銘の貴族なのでしょう？　代々伝わる名家の出身だというじゃありませんか。お金で手に入れた爵位や、いかがわしい財産しか持ち合わせていない、そのへんの伊達男とは違うんですもの。それで、もう契約はすませましたの？　なんでしたら、優秀な弁護士をご紹介しましょう。ヴィオラ・ミラーとフォントメア卿の合意書も彼が作成したもので……」

おしゃべりをしたり、華やかなトレーンのデザイン画を見せたりするモニクのかたわらで、リリーは今朝の出来事について思いを巡らせていた。夜明けごろ、アレックスがまだ眠っているうちに、リリーはドレスに着替えてこっそりクレーヴンズをあとにした。彼は疲れた様子で、純白のシーツの上に無防備に、褐色の体を横たえていた。あれからずっと、リリーは困惑と奇妙な高揚感の間を行ったり来たりしている。満足感を覚えるなんてはしたない、と思った。ロンドン中のあらゆる談話室やコーヒーハウスで、ゴシップの種にされるに違いないのに。

けれども実に不思議なことに、後悔の念はなかった。ゆうべの出来事について考えるたび、皮肉な驚きを覚えずにはいられない。まさかアレックスが、冷たい瞳をしたよそよそしい彼が、あれほどまでに優しく、思いやり深い恋人に変身するとは……いまだに夢のように思える。彼のことをわかったつもりになっていたけれど、いまは完全にその人となりがわからなくなっている。ただひとつはっきりしているのは、気持ちがきちんと固まるまで、会うべきでないということだけだ。どうせアレックスも、ペネロープを奪ったことへの償いをさせて満足し、慣れ親しんだ田舎暮らしにすぐに戻るはず。

目下の問題は五〇〇〇ポンドだ。明日の晩までにこの大金を用意しなければならない。今夜はクレーヴンズで、高額の賭博が予定されている。

「……彼について少しくらい教えてくれませんこと?」モニクが巧みに話を引きだそうとする。「それに、詮索するつもりはありませんけど、レイフォード卿と妹さんの婚約はいったいどうなりましたの? おふたりは、いまもまだ婚約されているのかしら?」

問いかけはすべて無視して、リリーは苦笑いした。「モニク、この話はもうよしましょう。今日はお願いがあって来たの」

「なんなりと」モニクはすぐに新しい話題に飛びついた。「なんなりとおっしゃって」

「今夜、クレーヴンズで仮面舞踏会があるの。特別な衣装を着なければならないのよ。時間もないし、あなたにはほかのお仕事もあるとわかっているのだけど、ありあわせの布を適当に組み合わせて――」

「ええ《ウィ》、ええ《ウィ》、わかりましたとも」モニクは熱っぽく答えた。「緊急事態ですわね――スキャンダル後、初めて公の場に出る機会ですもの。すべての視線があなたに注がれるのだわ。となれば、並外れた衣装を作らなければ」

「代金はつけにしたいのだけど」リリーは決まり悪そうに告げた。モニクの目を見ることもできない。

「好きなだけご注文になって」即座に返答がかえってくる。「レイフォード卿の富を自由に使えるのですもの、ロンドンの半分くらいたやすく買えますわよ！」

リリーは肩をすくめてぎこちなくほほ笑んだ。アレックスの――あるいはほかの誰かの――女になるつもりはないのだと打ち明けるのは控えた。それから、自由に使えるお金はほんの少ししかないのだということも。「とてつもなく大胆な衣装が着たいの。どうせ人前に出るなら、かっこうよくやりたいのよ」こうなったら、羞恥心のかけらも見せず、堂々と振る舞うしかない。それには悩ましいくらいの衣装が必要だ。今夜一緒にゲームを楽しむ男性たちが、カードに集中できなくなるくらい強烈な衣装が。

「抜かりのないこと！　もちろん《ビアン》、ロンドン中の度肝を抜く衣装をご用意しますとも」モニクはリリーをまじまじと見つめ、首をひねった。「そうですわねえ……あんな感じならきっとうまい具合に……そうよ、そうだわ……」

う」

モニクは嬉しそうにほほ笑んだ。「この世に誕生した最初の妖婦のドレスにいたしましょう」

「なあに？」

「デリラのこと？　それとも、サロメ？」

「いいえ《ノン》、わたしのかわいい人《マ・プティ》……神が創造した最初の女性、イヴですわ！」

「イヴ？」

「もちろん《ビアン・スュール》。きっと何十年と語り継がれますわ！」

「そうね」リリーは弱々しくうなずいた。「それなら、あっという間にできそうだものね」

アレックスはベイズウォーター・ロードにあるスワンズ・コートを訪れた。曾祖父のウィリアムが生前購入した、レイフォード家のロンドンの邸宅だ。古典様式の屋敷で、左右対称の翼に、ギリシャ様式の柱、大理石と彫刻をほどこした純白の漆喰が美しい落ち着いた大広間が特徴である。おもてには大きな厩舎と、一五台収容可能な馬車置き場もある。アレックスはめったにこの邸宅に滞在することはないが、建物を維持し、ときおり訪れる訪問客を接待できるよう、数人の使用人を置いている。

扉をたたくと、メイド長のミセス・ホッジズが出迎えてくれた。初老のミセス・ホッジズは、そこにアレックスが立っているのを見るなり細い白髪に囲まれた愛想のいい顔に驚きの色を浮かべ、あわててあるじを邸内へといざなった。「お帰りのご伝言もなかったので、なにひとつご用意して――」

「いいんだよ」アレックスはさえぎった。「事前に連絡ができなくてね。一週間、いや、もう少し長くいる予定だ。期間はちょっと定かではないんだが」

「かしこまりました。料理長に知らせてまいりましょう、食材の調達もありますので。ご朝食になさいますか、それとも、すぐに市場に行くよう指示しましょうか？」

「朝食はいいよ」アレックスはほほ笑んだ。「家の中を見てまわりたいから」

「さようでございますか」

当分腹は空かないだろう。クレーヴンズの居室を出る前に、メイドが卵やパン、プディング、ハム、ソーセージ、果物を山とのせたトレーを持ってきてくれたからだ。クレーヴンの近侍と名乗る男は、アレックスの服にブラシとアイロンをかけ、ありえないくらい丁寧にひげを剃ってくれた。使用人たちは熱い湯で風呂を用意し、彼が入る間、ふかふかのタオルに石けん、上等なコロンを手に脇で控えていた。

ゆうべクレーヴンはどこに、とたずねても、彼らは誰ひとりとして答えなかった。アレックスにはクレーヴンの真意がわからなかった。どうして彼は、リリーを自分のものだと言わないのだろう。彼女を大切に思っているのは明白なのに。ほかの男の腕の中に彼女を押しつけ、そのうえ自分の居室を使わせたのはなぜだ。本当に変わった男だ――悪賢く、無教養で、強欲で、なにを考えているのかまるでわからない。リリーとクレーヴンはいったいどのような関係なのだろう。あの奇妙な友情の正体を、アレックスはリリーから聞きだすつもりだ。

ポケットに両手を入れ、アレックスは邸内を見てまわった。突然の帰宅だったので、多くの家具はほこりよけの縞模様の布がかけられたままだ。各室は、壁が冷たいパステルカラーで彩られ、床は絨毯敷き、あるいは蜜蠟で磨き上げられている。寝室はいずれも大理石の暖炉がしつらえられ、広々とした化粧室も付属している。壁紙は花柄、そしてベッドにはチンツ地の天蓋。ひときわ広々としたアレックスの私室は、雲が浮かぶ青空をモチーフにした天井が美しい。屋敷の中心には金色と純白でまとめられた優雅な舞踏室もある。そびえる大理石の柱と、きらびやかなシャンデリア、みごとなタッチの一族の肖像画が目を引いた。

キャロラインに求愛していたころ、アレックスはここに数カ月住んでいたことがある。舞踏会や夜会を開いては、キャロラインと彼女の家族を招いた。舞踏室で一緒に踊ったとき、彼女の琥珀色の髪がシャンデリアの光を受けてきらめいていたのをいまでも覚えている。彼女の死後、アレックスはこの屋敷を避けるようになった。香水の残り香のように邸内に漂う思い出と、向き合うのが怖かったからだ。だがこうして屋敷内を歩いてみてわかった。おぼろげな記憶はもう痛みを呼び覚ますことはなく、そこにあるのは、ほとんど実体のない甘美なものだけだった。

ここにリリーを連れてきたい、アレックスはそう思った。舞踏会を取り仕切る彼女の姿が目に浮かぶようだ。漆黒の美しさを引き立たせる純白のシルクのドレスに身を包み、きらめく笑みと生き生きとしたおしゃべりで招待客の間を軽やかに舞うリリー。彼女はアレックスを元気づけ、好奇心で満たしてくれる。だが、いったいなにをあんなに思い悩んでいるのだろう。今朝はどんな気持ちだったのだろう。目が覚めて、となりに彼女がいないのに気がついたときの落胆といったらなかった。明るい陽射しに包まれた、彼女の一糸まとわぬ肢体を見たかった。そして、もう一度愛を交わしたかった。彼女の唇から自分の名前がこぼれ、彼女の指がこの髪にからめられ――。

「伯爵?」ミセス・ホッジズが捜しに来たようだ。「あの、お客様がおいでです」

アレックスは期待に胸を高鳴らせた。メイド長の脇をすり抜けるようにして、明かりとりの大きな扇窓から陽射しが差しこむ、ロココ様式の鋳鉄の手すりを巡らせた中央階段を下りた。廊下を駆け抜け、精巧な壁絵の飾られた玄関広間へと向かう。だが訪問者の姿を目にするなり、彼ははたと歩を止めた。

「なんだ……」リリーではなかった。数カ月も音沙汰のなかった、いとこのライアン卿ロスコーだった。

若くてハンサムだが極めつきの放蕩者のロスコーは、アレックスの父方のいとこだ。長身にブロンド、富と容貌にも恵まれ、無愛想な夫を持った貴族階級の婦人方からたいそうもてる。さんざん浮名を流し、世界各国を旅してまわり、ありとあらゆる経験を積んだ結果、世にもつむじ曲がりな性格になった。一族の中では、ロスコーは五歳で人生に飽きてしまったとうわさされている。

「用もないのにここに来るきみではないな」アレックスはそっけなく言った。「目的はなんだ?」

ロスコーはゆったりとほほ笑んだ。「なんだか退屈してしまってね。きみは、客人を待っているところだったのかな？」彼は質問に質問で答えるのが好きだ――それが一因で軍隊勤務は極めて短いものになった。

「わたしがここにいると、どうしてわかった？」

「常識さ。考えられる場所はふたつだけ――ここか、あるいはかわいらしい腕の中で、小さいけれども魅惑的な胸に顔をうずめているか。まずはこちらを試してみただけのこと」

「すでにゆうべのことを知っているようだな」

アレックスがしかめっ面をしてみせても、ロスコーはちっとも動じない。「いまごろはもう、ロンドンであの話を知らない者はないだろうね。きみに心からの賞賛を送るよ。まさかきみがこうなるとは、思いもしなかった」

「ありがとう」アレックスは扉を示した。「では、さようなら」

「そうあわてるなよ。せっかくきみとのおしゃべりを楽しみに来たんだ。さあさあ、笑って。なんといっても、年に一回か二回しか会えない仲なんだからね」

アレックスは態度を軟化させ、しぶしぶ笑みを浮かべた。子どものころからふたりは、仲よくなったりけんかをしたりをくりかえしてきたのだ。「仕方がない。おもてで話そう」

ふたりは邸内を突っ切り、応接間を抜けて、おもてにつづくフランス戸を開けた。「厳格なわがいとこ殿とおてんばリリーの話を最初に聞いたときには、さすがに信じられなかったよ」やわらかな緑の芝の上をのんびりと歩きながら、ロスコーは言った。「ひとりの女性を手に入れるために大金を賭ける……われらが退屈なる、堅物のウルヴァートン伯爵にはまるで似合わない。でも……」ロスコーはまじまじとアレックスを見つめ、薄青色の瞳を輝かせた。「表情が違うな。そんな顔は、キャロラインが亡くなってから見ていない」

アレックスは落ち着かなげに肩をすくめ、広さはないがみごとに造園された庭へと歩を進めた。いちごの花壇と、花の生垣で区切られた小道を歩いていく。やがて、古びた大きな日時計が目印として置かれた、庭の中心部まで来ると立ち止まった。

「この二年間、きみはほとんど世捨て人のようだったな」ロスコーはつづけた。「社交の場にも顔は出していた」アレックスはぶっきらぼうに返した。

「まあね。でも、せっかく顔を出したところで、どこかうつろな感じだった。いやに冷たかったしね。お悔やみの言葉も、慰めの言葉も拒み、親友とも距離を置いた。ペネロープとの婚約を、みんなが心から祝福しなかった理由を考えてみたことがあるかい？　みんなわかっていたんだよ。きみは哀れなペネロープを愛してなんかいないって。それで、ふたりともかわいそうにって思っていたわけさ」

「彼女のことなら、もうかわいそうに思う必要はない……スタンフォード卿と幸せな結婚をしたよ。グレトナグリーンに駆け落ちした」

ロスは仰天した顔になり、口笛を吹いた。「あのザッカリーがねえ。本当に自分ひとりでやってのけたのかい？　まさかな、誰かに手を借りたんだろう」

「ひとりでやってのけたよ」アレックスは陰気に返した。

長い沈黙が流れた。ロスコーはそんなことがありえるだろうかと考えている。やがて彼は笑いを含んだまなざしをアレックスに向けた。「ひょっとして、リリーが一枚かんでるのかい？　なるほど、それでゆうべのクレーヴンズの一件というわけか。仕返しだね。復讐法を適用したんだ」

「ゆうべのことで大騒ぎするのはやめてくれ」アレックスは静かに警告した。

「レイフォード家の名誉を守ったわけだな！　昔のアレックスにはもう二度と会えないと思っていたが。でも、なにかが起きた……きみはついに生き返ったんだ。リリー・ローソンの魅力には死者も生き返るとにらんでいたけれど、やはりそのとおりだった」

アレックスはいとこに背を向けると、片脚を軽く曲げて石の日時計に寄りかかった。強い風が吹いて、額に垂れた髪をなびかせる。腕に抱いたリリーを、肩に触れた彼女の唇を思った。すると、あの奇妙な感覚――幸福感と、すべてが満たされた感じにふたたび全身を包まれた。地面を凝視している自分が、口の端に笑みを浮かべているのに気づく。「彼女は素晴らしい女性だ」

「なあるほど」ロスコーは好奇心もあらわに青い瞳を輝かせた。いつもの無口で退屈そうな彼とは大違いだ。「では、次はわたしの番だな。最初の賭け金はいくらだい？」

アレックスの顔から一瞬にして笑みが消える。彼は威嚇するようにいとこをにらみつけた。

「勘違いするな、オークションじゃないんだ」

「へえ、そうなのかい？　この二年間、八〇歳以下の男たちはみんな、おてんばリリーを狙っていたんだよ。ただ、彼女がデレク・クレーヴンの女だってことは周知の事実だったからね。でもゆうべの一件で、彼女は誰のものでもないと明らかになった」

アレックスは考える前に反応していた。「彼女はわたしのものだ」

「だったら相応の金品を投じないと。あの一件がロンドン中に広まったいま、宝石からお城まで、ありとあらゆる餌が彼女の前に山と積まれることになるわけだから」ロスは自信満々の笑みを浮かべた。「わたしの場合、アラブ馬を数頭贈ると約束すればうまくいくだろうね。ほかにもダイヤモンドのティアラをひとつかふたつ、あげなくてはならないけど。ねえアレックス、きみからも、わたしのことを彼女に言っておいてくれないか？ きみがしばらく彼女をそばに置いておきたいというのなら、それはそれでいいよ。でも、次はわたしの番だ。彼女みたいな女性はほかにいないからねえ。あの美貌と情熱ときたら。伝説のピンク色のブリーチで狩りをする姿を一目でも見たら、男はみんな、自分の上にまたがる彼女を想像して――」

「深紅だ」アレックスはぴしゃりと言い、日時計からさっと離れると、その周りをいらいらと歩きだした。「彼女のブリーチは深紅だ。きみだろうとほかの誰だろうと、彼女を追いまわすのはわたしが許さん」

「でも、そうなったときに止めるのは無理だよ」

アレックスの眉がひそめられ、不穏な表情が顔に浮かぶ。「本当に無理だと思うか？」

「まさかきみ」ロスは驚きの声をあげた。「真剣に怒ってるのかい？ いや、激昂と言ったほうがいいな。野蛮人みたいに怒り狂い、憤怒に駆られ、いらだち、かんかんになって――」

「いいかげんにしろ！」

ロスコーは驚き、ほほ笑んだ。「きみがそんなふうに感情を爆発させるところ、初めて見たよ。いったいどうなっているんだい？」

「どうなっているかだって？」アレックスは歯をむいた。「今後は、彼女に近づく男をひとり残らず絞め殺すだけだ」

「そうなると、ロンドンの人口の半分を敵にまわすことになるなあ」

ここまできてようやく、アレックスはいとこの目にさめた笑いが浮かんでいるのに気づいた。わざと怒らせて楽しんでいるのだ。「人をからかうんじゃない！」

ロスコーは少し静かな、思案する声になって言った。「なんだかきみのことが心配になってきたな。彼女に本気になりそうだなんて言わないでくれよ。リリーは男がいつまでもそばに置いておける女じゃない。いわゆる家庭的な女性とは程遠いんだよ。だから分別をなくしちゃいけない。彼女とのたわむれを実のあるものにしようなんて、考えるだけ無駄だよ」

アレックスはやっとの思いで、愛想のいい、穏やかな表情を作った。「帰ってくれ、わたしに殺される前に」

「リリーは成熟した経験豊富な女性だ。遊ばれても知らないよ。ねえアレックス、わたしはきみに気をつけてほしいだけなんだ。キャロラインを失ったときのきみを知っているからね。

きみは地獄に堕ち、ようやく生還した。また同じ道をたどってほしくないんだよ。きみは、リリー・ローソンの本性をわかってない」

「きみはわかってるのか？」アレックスは静かに問いかけた。「ほかの連中はわかってるのか？」

「デレク・クレーヴンはわかってるだろうね」ロスコーは言い、ついに核心を突いたなと思いながらアレックスの顔を見つめた。

だが、気だるい笑みがゆっくりとアレックスの顔に浮かぶのを見て、驚きの色を隠せなくなった。「クレーヴンはいっさい関係ないんだよ、ロスコー。少なくともこれからはね。とにかくきみは、一歩でもリリーに近づいたらわたしに首をちょん切られるということを、きちんと胸に留めておきたまえ。さあ、屋敷に戻るぞ。そろそろ帰る時間だ」

あわててロスコーは大またにアレックスのあとを追った。「ねえ、いつまで彼女をそばに置いておくかだけでも教えてくれないか？」

アレックスはほほ笑んだまま、歩みを止めずに答えた。「きみも自分の女を見つけろ。リリーを待つのは時間の無駄だ」

セント・ジェームズ・ストリートは、クレーヴンズの仮面舞踏会に訪れた人びとの馬車の長い列ですっかり埋めつくされている。満月が通りを明るく照らし、招待客のスパンコールをちりばめた衣装をきらめかせる。羽根飾りのついた仮面が、舗道にエキゾチックな影を落としている。陽気なポロネーズから優雅なワルツまで、さまざまな音楽が開け放たれた窓から漏れ、通りを流れていく。

舞踏会というものは度を越した熱気に包まれるのが常だが、そこに仮面が加わると、人びとは危険なほどの熱狂を見せる。仮面をつけることで、普段の生活では夢にも見ないことをできるようになるのだ。そしてクレーヴンズは、そんな放埒を楽しむにはまさにもってこいの場所。人目につかない部屋の隅や小さな個室がいくつもあり、店で働く娼婦から上流階級の婦人、放蕩者、無頼漢、紳士までもが入り乱れる……安全とは無縁の、なにが起こるかわからない場所なのだ。

馬車を降りたリリーは、賭博場の正面玄関に慎重に歩を進めた。素足のため舗道にこすれて足の裏が痛い。首から足首まですっぽりおおう黒のマントで衣装を——着ていないも同然の衣装を——隠している。興奮と固い決意に、リリーはひどく緊張していた。一晩で五〇〇〇ポンドを手にするのは決して難しくはないはずだ——たっぷりお酒を飲み、招待客と浮かれ騒げば大丈夫。それから、大胆に肌を露出すれば。こんがり焼かれるハトの羽みたいに、招待客からしっかりむしりとってみせる。

入場許可を待つ大勢の招待客の間をすり抜けるようにして、リリーは賭博場の中へと足を踏み入れた。出迎える執事にうなずいてあいさつをする。緑色のベルベットの仮面をつけ、腰まである長い黒髪のかつらをしているのに、執事はそれがリリーだと見抜いたようだ。その証拠に、勝手に中に入っても注意もされなかった。

デレクは彼女の到着を待っていたらしく、玄関広間に入るなり、背後からその声が聞こえてきた。

「大丈夫みたいだな」

リリーはくるりと振りかえった。彼は放蕩の神、バッカスの衣装に身を包んでいた。真っ白なトーガにサンダル、頭にはぶどうと葉の冠をのせている。

見透かす彼の視線に、仮面の下で顔が真っ赤になるのを覚え、リリーは悔しさに唇をかんだ。「もちろん、大丈夫よ。あたりまえじゃない」冷ややかな笑みを浮かべる。「ゲームをしにまいりますので、失礼。今夜は五〇〇〇ポンド勝たなければなりませんの」

「待てよ」デレクが肩に触れ、いつもの親しみをこめた、惑わすようなまなざしを向けてくる。「少し一緒に歩こう」

嘘でしょう、というふうにリリーは笑ってみせた。「いつものように仲よくしろとでもおっしゃるの？」

「もちろん」

少々頭の回転が鈍い子どもに言い聞かせるように、リリーはいらだちを抑えた口調で告げた。「ゆうべわたしは、ほとんど破れかぶれで、自分の体を賭けて勝負に挑んだのよ。あなたは、あのゲームを止めなかったどころか、見物客をあおり、クラブの会員を楽しませるのに利用した。あれは友人のやることではないわ、デレク。下衆《げす》のやることよ」

デレクは鼻で笑った。「きみが誰かとベッドで楽しみたいなら、わたしはそれで全然かまわない。わたしだってしょっちゅう女をベッドに誘ってるんだ。わたしたちの友情にはいっさい関係ありゃしない」

「ゆうべは事情が違ったでしょう？」リリーは静かに言い募った。「わたしはあなたに仲裁を頼んだ。やめさせてとお願いした。でもあなたは気にも留めなかった。あなたはわたしを見捨てたのよ、デレク」

穏やかさをよそおった彼の表情の下で、暗い感情が渦巻いた。ふいに瞳が不穏な輝きを放って、頬がぴくぴくと動く。「気には留めた」という声にはまるで抑揚がなかった。「だがきみは、わたしの女ではない。ベッドの中での出来事は——わたしたちの間柄にはなんの関係もない」

「わたしがなにをしようと、あなたは全然気にならない、そういうことなの？」

「そうだ……そのほうがいいんだ」

「ああ、デレク」リリーはささやくように彼の名を呼び、これまでとはまるで違う目で彼を見つめた。二年間ずっと不思議でならなかったことを、彼女はようやく理解しつつあった。彼女が金稼ぎに必死なことをデレクは以前から知っている。にもかかわらず、そして彼の力をもってすれば簡単にできることなのに、金銭的な援助だけは決してしなかった。リリーはずっと、彼はよほど金銭に厳しい性分なのだろうと思っていた。だが本当の理由は、金惜しさではなく恐れだったのだ。本物の友情を育もうとせず、見せかけの友情に甘んじることしか彼にはできない。幼いころの悲惨な暮らしで、心をずたずたに引き裂かれてしまったから。

「みんな好き勝手にやればいい、そう思っているのね?」リリーは静かに問いかけた。「あなたはただ、それを座って見物するだけ。まるで終わりのない人形劇を見るみたいに。当事者になるより、ずっと安全ですものね。リスクを負ったり、責任をとったりするより、ずっと安全。素晴らしい騎士道精神だこと」彼女はあえてわかりにくい単語を使った。デレクがそういうのを嫌うとわかっているからだ。「だったら、もう二度とあなたに助けは求めないわ。もうあなたの助けは必要ない。でも妙な話ね、ゆうべの一件以来……わたし、ためらいなんてものをいっさい失った気持ち」リリーはそう言うと、優雅にマントを脱ぎ、デレクの顔をじっと見つめてその反応を楽しんだ。

ちょうど玄関広間にあらわれだした招待客が、ふいに口をつぐみ、一斉にリリーに視線を注ぐ。

彼女の衣装は、ぱっと見るとまるでなにも着ていないかに見える。モニクがベージュ色のごく薄手の生地で、体をそっと包みこむドレスをデザインしてくれたのだ。うすぎぬの上には緑色のベルベットで作った大きな「葉っぱ」があしらわれ、それが要所要所をおおっている。ベルベットの葉っぱと長い黒髪のかつらが、ある程度は体を隠している。とはいえ、透けるうすぎぬの下からは素肌が焦らすようにのぞき、ほっそりと引き締まった体の線もくっきりと見えている。だが最も驚くべき点は、全身にまとわりつくように描かれた蛇の模様だ。細い足首から這い上がるようにして、肩のあたりまで描かれた蛇。モニクの友人の女性アーティストが、三時間かけて仕上げてくれたものだ。

リリーは冷笑を浮かべ、片手に持ったつややかな赤いりんごをデレクの鼻の下に突きつけると、「かじってみる?」と甘い声でたずねた。

9

デレクの顔は一瞬だけ驚愕の色を浮かべ、すぐに無表情に変わった。だがリリーの直感は以前よりも鋭さを増しているらしい。彼が心の片隅で、このような衣装に身を包んだリリーを大勢の前にさらしたくないと思っているのがわかった。とはいえ、彼がそれを止める手立てを講じることは決してないだろう。

冷ややかにリリーを一瞥して、デレクは背を向け立ち去ろうとした。「カモならごろごろいるぜ」

「いるぜ、はだめよ」リリーはつぶやき、恋人の浮気現場を目撃した人みたいにそっと歩み去る背中を見送った。彼を傷つけてしまった……後悔の念がわいてきたが、どうしてそんなふうに思うのかよくわからなかった。彼女は決意を秘めたほがらかな笑みを作り、控えている使用人にマントを託すと、ハザードルームを目指した。朽ち果てた神殿を模した内装を目にするなり、満足げに笑った。壁は空をイメージしたブルーの長い垂れ幕でおおわれ、そびえる純白の漆喰塗りの柱は、古ぼけた石に似せた色に塗装されている。部屋の四隅と左右の壁際には彫像と祭壇が並んでいる。ハザードテーブルがあった場所はダンスフロアに変身していた。二階のバルコニーには楽士が陣取り、甘い旋律を館内に響かせている。娼婦たちは銀や金の布地をまとって顔をベールで隠し、きらびやかな装飾の竪琴やおもちゃの楽器を手に、ローマ時代の踊り子さながら客の間を縫うように歩いている。

リリーが室内に足を踏み入れるなり、誰もが息をのんだのがわかった。道化師、君主、海賊——男性陣は思い思いに架空の人物になりきっていたが、リリーに群がる彼らの誰ひとりとして、扮装の大胆さで彼女に勝るものはいなかった。彼らがひとり残らずリリーの気を引こうとするのを見て、遠巻きにした女性たちが控えめに彼女をにらみつける。男性陣の切迫した声に、リリーは驚き目をしばたたいた。

「彼女だぞ！」

「ちょ、ちょっと通してくれ、彼女に話が——」

「レディ・イヴ、ワインをお持ちしましょう——」

「あなたのためにカードルームを一室予約しておきましたよ——」

「これほど魅惑的な女性は見たことがない——」

ハザードルームの騒ぎがどんどん大きくなっていくのに気づいて、デレクがワーシーに駆け寄る。今夜のワーシーは、めがねを掛けた小柄なネプチューンの扮装だ。片手にトレードマークの長い三叉《みつまた》を握りしめるのも忘れていない。デレクは「おい」と呼びかけてから、声をひそめていらいらと小言をはじめた。「今夜はミス・ジプシーに張りついてろ、絶対にそばを離れるんじゃないぞ。一晩で五人に襲われなかったら、それこそ奇跡ってもんだ。ここにいる連中ときたら、どいつもこいつも彼女としたくてうずうずしてやがる、けだものばかり――」

「かしこまりました」ワーシーは穏やかな声でさえぎり、三叉を巧みに使って人波をかきわけ、リリーのほうに向かった。

デレクは険しい目つきで室内を見渡した。「レイフォードのやつめ」いまにもかみつかんばかりの口調でつぶやく。「こんなときに、いったいどこに行きやがったんだ?」

アレックスがクレーヴンズに到着したのは、間もなく真夜中になろうというときだった。すでに舞踏会もどんちゃん騒ぎも相当な盛り上がりを見せていた。露出度の高いドレスに身を包んだ女性たちは、このときとばかりに賭け事を楽しんでいる。彼女たちは部屋から部屋へと移動し、数千ポンド負けては落胆に金切り声をあげ、勝てば勝ったで嬉しそうにきゃっきゃとはしゃいだ。仮面と扮装で正体がわからないのをいいことに、既婚女性は好き勝手に無頼漢とたわむれ、名士は娼婦相手に交渉を持ちかける。クラブを包む熱狂に、しつこく体を触るのも、卑猥なおしゃべりも、思慮のない振る舞いも、すべて許されてしまう。むしろ、それが当然と言ってもいいくらいだ。ワインが水のごとくふるまわれ、人びとは酔いに任せてますます大胆になっていく。

アレックスの登場に気づいて、数人が歓声をあげ、その名誉をたたえて乾杯の声が次から次へとわきおこる。いまはそれどころではないので、アレックスはそちらに適当な笑みを投げ、灰色の瞳でリリーを捜した。だが小柄な彼女の姿はどこにも見当たらない。立ち止まり、奇妙な取り合わせで踊るカップルたちを眺めていると、数人の女性が近づいてきた。いずれも誘うような笑みを浮かべ、羽根飾りのついた仮面の下の瞳をぎらつかせている。

「伯爵」ひとりが猫撫で声をだした。その声でレディ・ジェーン・ウェイブリッジだとわかった。年老いた男爵を夫に持つ若く美しいレディ・ジェーンは、アマゾンの扮装をしていた。豊かな胸を隠すのは、ベージュ色の前身ごろだけ。「ウルヴァートン伯爵なんでしょう？そのみごとな肩幅で誰だかすぐにわかりましたわ。それに、その金髪」

また別のひとりが、アレックスに近づいて喉の奥で笑った。「なんだかその衣装、伯爵に妙にお似合い」

アレックスは堕天使ルシファーの扮装だった。上着もブリーチもベストも長靴《ちょうか》も、すべて深紅に染めてある。角が二本生えた悪魔を思わせる恐ろしい形相の仮面で顔を、深紅のマントで肩をそれぞれ隠している。

「なるほど、悪魔的な衝動をずっと隠してらっしゃったのね」レディ・ジェーンがつぶやく。

「あなたには、目には見えないなにかがある、ずっとそう思っていましたわ！」

困惑に眉根を寄せながら、アレックスはぴたりと寄り添ってくるレディ・ジェーンをそっと押しのけた。女性から誘われた経験くらい彼にもある。誘惑するまなざしや、たわむれの対象になったことも。だが、ここまであからさまにやられたことは一度もなかった。リリーとのゲームが原因だと気づくとぎょっとした。レディなら彼の恥ずべき振る舞いを知って毛嫌いするのが当然なのに、こんなふうに興奮して群がってくるとは！「レディ・ウェイブリッジ」アレックスはつぶやいて、上着の下に忍びこんでくる彼女の手をとった。「失礼、わたしは人を捜していますので――」

彼女はあきらめずすがりついてきて、ブランデーの匂いをさせながらくすくす笑った。「あなたって、本当に危険な方」と耳元でささやき、耳たぶをかむ。

アレックスは狼狽した笑い声をあげ、さっと頭を後ろに傾けた。「言っておきますが、わたしは完全に無害ですよ。さあ、もう放して――」

「どこが無害なものですか」彼女が蠱惑的《こわくてき》に返し、下半身を押しつけてくる。「ゆうべのこと、全部聞きましたわよ。あなたがそんな、暗くよこしまで、執念深い方とは誰も思わなかったでしょうね」突きだされた赤い唇が近づいてきて、なおもささやきかける。「リリー・ローソンの百倍も楽しませてあげる。さ、一緒にいらして、証明してあげるわ」

アレックスはやっとの思いで、しつこくしがみついてくる彼女から身を振りほどいた。「お申し出はありがたいが」とつぶやくように言い、貪欲な手から逃れようと後ずさる。「わたしはちょっと……」口ごもり、気まずそうにつづけた。「用事が。では、失礼」

あわてて背を向けたとたん、乳搾り女の扮装のほっそりとした女性にぶつかって危うく倒しそうになる。手を伸ばして体を支えると、彼女は身を震わせた。乙女の仮面の下からのぞく青い瞳が、情熱的に、畏怖の念に打たれたように見つめてくる。「伯爵……」女性はおののく声でささやいた。「わたしのことなどご存じないでしょうね、でも……わたし……あなたに恋をしてしまったみたい」

アレックスは呆然として女性を見つめた。なにか答えようとする前に、今度はクレオパトラの扮装の女性が腕の中に身を投げだしてきた。丸顔と甲高い声で、クロイドン伯爵夫人だとすぐにわかる。「わたしに賭けてちょうだい！」夫人は叫んだ。「わたしはあなたのなすがまま！　運命の気まぐれに、その情熱を賭けてちょうだい！」

弱りきってうめき声をあげ、アレックスは群がる情熱的な女性たちに追いまわされながらも、リリーを捜して室内を巡った。戸口のほうに向かっているとき、デレクが姿をあらわした。陽気な酒宴の権化とも言うべき彼が、なぜか陰鬱な空気を漂わせ、ぶどうと葉っぱの冠の下で暗く愛想のない表情を浮かべている。ふたりはしかめっ面で視線を交わした。デレクがアレックスの腕を引っ張り、背後の女性たちの行く手を阻んだ。

デレクはゆがんだ笑みを浮かべ、怒って騒ぎたてる彼女たちに告げた。「みなさん、どうぞ静粛に。申し訳ないが、魔王はわたしと話があるので。さあ、さあ、もう向こうに」

立ち去る女性陣を、アレックスは仰天の面持ちで見つめつづけた。「助かったよ」と心から言い、かぶりを振った。「ゆうべの一件のせいで、とんでもない無頼漢と思われているようだ」

デレクは皮肉っぽく口の端をゆがめた。「なあに、いまやきみはロンドン一の雄牛だよ」

「そんなつもりはなかったんだが」アレックスはつぶやいた。「まったく女ってやつは。なにを考えているのやら、さっぱりわからん」女性の考えていることなど、別にわからなくてもいい。ほしいのはリリーだけだ。「彼女は?」

　デレクは冷たくあざける目をアレックスに向けた。「いまのせりふに同感だな。リリーなら裸同然で、よだれを垂らした男どもに囲まれてトランプをしているよ。連中から五〇〇〇ポンドをむしりとるそうだ」

「なんだって?」アレックスはぽかんとした顔になった。

「聞こえただろ」

「どうして彼女を止めない?」アレックスは怒りを爆発させた。

「そんなに彼女が心配なら」デレクは歯を食いしばって言いかえした。「自分で面倒を見やがれ。こっちは客をもてなすのに忙しいんだ。彼女がトラブルに巻きこまれないようせいぜいがんばるんだな――ま、無理だろうが」

「どのカードルームだ?」アレックスは鋭く言い、仮面をとっていらいらと床に投げ捨てた。

「左手の二番目だ」デレクは苦笑し、去っていくアレックスの背中を腕組みして見送った。


「二枚捨て《ディスカード・ツー》」リリーは落ち着いた声で言い、山札《デッキ》から新たに二枚とった。ゆうべの一〇倍は運がいい。この一時間で多少の稼ぎを得て、これからそれを増やしていく算段だ。一緒にテーブルについている五人の紳士たちは、ぎこちなくゲームをつづけながら、彼女の透けたドレスを横目でちらちらと眺めている。その表情を見れば、彼らがなにを考えているのかすべてわかる。

「一枚捨て《ディスカード・ワン》」コブハム卿が言った。

リリーはブランデーを一口飲み、彼の顔を観察した。その視線がまたもや、胸を隠すベルベットの葉っぱのほうに移動するのに気づいて、彼女はかすかにほほ笑んだ。小さなカードルームは男性陣でいっぱいだ。彼らの視線が自分だけに注がれているのがわかる。別にかまいやしない。リリーはもう恥じらいも慎みも捨てていた。頭の中にあるのは金のことだけだ。女であることを利用してジュゼッペの要求する金を得られるのなら、利用すればいい。ニコールを救いだすためならなんだってする。最後に残されたひとかけらの誇りだって犠牲にするつもりだ。自ら人前に半裸をさらけだしたことを、あとから思いだし、縮み上がって真っ赤になるとしても、いまはとにかく……。

「ディスカード・ワン」リリーは言ってカードを放った。新たなカードを一枚とろうとしたそのとき、背筋をなにやら熱いものが刺す感覚に襲われてためらった。ゆっくりと首をまわすと、アレックスが戸口に立っていた。聖書に出てくるどんな破壊の天使も、彼ほどの崇高さはたたえていまい。血のように赤い衣装のせいで、彼の髪と肌は、豊潤な闇を思わせるいにしえの黄金の輝きを放っていた。あられもないリリーの衣装を見て、灰色の瞳が怒りにけぶっている。

「ミス・ローソン」と呼びかける声はみごとに抑制されていた。「きみに話がある」

彼のまなざしに、リリーは落ち着かないものを覚えた。椅子にくぎづけにされたかに感じて、ふいに、助けを求めて逃げだしたい衝動に駆られた。けれども彼女は、持ち前の演技力を総動員して、無関心をよそおった。「あとでもいいかしら?」とつぶやくように応じて、トランプに意識を戻す。「あなたの番よ、コブハム卿」

コブハムは身じろぎひとつせず、ほかの男性たちと同じように呆然とアレックスを見つめている。

アレックスはリリーを凝視したまま、「いますぐだ」と告げた。先ほどよりも優しい声音だったが、その切っ先はガラスをも切断しそうに鋭かった。

リリーは彼を見やった。一同は興味津々の面持ちでふたりのやりとりに注目している。こんな大勢の目の前で、まるで所有物みたいに言うなんて! こういうときはワーシーに頼るに限る。ゲームが滞りなく進むよう、あらゆる障害物を取り除くのが彼の仕事だ。彼に言えば、アレックスを阻止してくれるはず。そもそも彼女はクレーヴンズのれっきとした会員として認められているのだ。彼女はアレックスに小ばかにするような笑みを向けた。「ゲームの真っ最中ですの」

「帰るんだ」アレックスがぶっきらぼうに言い放ち、ゆっくりと手を伸ばす。カードが手の中から取り上げられ、テーブルに散らばるのを見て、リリーは驚き、息をのんだ。りんごをつかみ、彼の頭めがけて投げたが、やすやすと身をかわされた。気づいたときには、深紅のマントに包みこまれていた。驚きの速さで腕から脚までマントにぴったりとくるまれて、リリーはとうとう身動きひとつできなくなった。金切り声をあげて身をよじると、彼に抱え上げられ、肩にかつがれた。長いかつらが頭からずり落ち、床にやわらかな山を作った。

「申し訳ないがミス・ローソンはこれで退席する」アレックスはテーブルについた紳士に告げた。「今夜は早めに手を引くそうだ。ではまた《オルボワール》」呆然と見つめる一同の前を通り過ぎ、憤怒に身をよじり叫ぶリリーを部屋からかつぎだした。

「下ろしてよ、この傲慢なけだもの！　誘拐罪で訴えてやる！　あなたみたいに高圧的なけだもの、逮捕されるがいいわ！　ワーシー、なんとかして！　どこにいるの？　デレク・クレーヴン！　唾棄すべき、卑しむべき、臆病者！　早く助けて！　どいつもこいつも役立たず……」

　ワーシーが用心深く追いかけてきて、おずおずと抗議する。「レイフォード卿？　……あのう、レイフォード卿……」

「誰かピストルを貸して！」リリーが叫ぶ。廊下を進んでいくにつれ、その声がだんだん聞こえなくなってくる。

　無言でテーブルに着いていた初老のコブハム卿は、つまらなそうに肩をすくめた。「ま、むしろこれでよかったんでしょうな。このほうが勝負に集中できる。驚嘆すべき女性ではあるが、彼女がいてはまともにものを考えられん」

「まったくです」ノッティンガム伯爵がうなずき、白髪頭をかいてつぶやく。「まあでも、徹底的に性欲を刺激してくれたことには感謝しましょう」

　一同は肩を揺すって笑い、まったくだというふうにうなずきあい、新たな勝負に着手した。

　ハザードルームでは、軽快な音楽にのって響く女性の甲高い声がだんだん大きくなりつつあった。声はこれでもかとばかりに何事かののしっている。楽士の数人がその声にたじろぎ、中には困惑の表情でバルコニーから一階を見下ろす者もいる。デレクが威圧的に指示を送るとまじめに演奏を再開するのだが、それでもまだなんの騒ぎかと首を伸ばす者がいる。

デレクはメルクリウス神の彫像に寄りかかりながら、いったいなにかしらとささやきあう群衆の声に耳を傾けている。大勢のカップルがダンスやゲームを中断して、騒ぎの正体をたしかめようとハザードルームをあとにした。リリーの声が小さくなってきたことから判断するに、アレックスは彼女をかついで脇の廊下を通り過ぎ、すでに正面玄関のほうへ消えたらしい。彼女にとって、窮地を救われるのは生まれて初めての経験だろう。当の本人はそのことに感謝していないようだが。デレクは安堵と苦悶を同時に覚えて、品のなさではリリーの悪罵など足元にも及ばないあれこれを口の中でつぶやいた。

ルイ一四世の扮装をした派手な男がハザードルームに戻ってきて、笑いながら一同に事情を説明した。「ウルヴァートンときたら、われらがレディ・イヴを肩にかついで……まるで未開人みたいにおもてに連れ去ってしまったぞ!」

ハザードルームが熱狂に包まれる。客の多くは様子を見におもてに飛びだし、残った者たちはワーシーの机に群がって、この成り行きについて賭けをしようとせっつく。ワーシーはいつもどおり手際よく、賭け率《オッズ》を告げながら大きな帳面にせっせと書きつけていった。「伯爵とミス・ローソンの関係が少なくとも六カ月つづくに二対一のオッズ、一年に二〇対一のオッズ――」

「ふたりが結婚するに一〇〇〇ポンド！」酔って気が大きくなったファーミントン卿が声をはりあげる。「オッズはいくつだ？」

ワーシーは慎重に考えてから「五〇対一です」と応じた。

興奮した人びとがさらに大勢ワーシーを取り囲み、次々に賭けていく。

リリーはなすすべもなくアレックスの肩の上でもがいた。首をひねり、背後から声援を送る人たちに向かって「これは誘拐事件なのよ、この酔っぱらいども！」と叫んだ。「彼を止めてくれないなら、共犯者として訴えてやる……きゃあっ！」

お尻をたたかれて、リリーは仰天して息をのんだ。

「静かにしたまえ」アレックスはそっけなく言った。「醜態を演じるんじゃない」

「わたしが、醜態を演じているですって？　わたしが……痛っ、もうやめて！」またお尻をぴしゃりとやられて、彼女は驚き黙りこんだ。

アレックスの馬車が用意される。リリーをかついで馬車に歩み寄るあるじを見て、御者がぎょっとした顔で扉を開く。アレックスはぞんざいに彼女を車内に押しこみ、つづけて自分も乗りこんだ。正面階段のところから、仮面をつけたままの客たちが歓声を送る。その声にリリーの怒りはますます燃え上がった。「呆れたわ！」彼女は窓の外に向かって叫んだ。「目の前で女性が乱暴されているっていうのに、よくも拍手喝采なんてできるものね！」馬車が走りだす。車体ががくんと揺れて、リリーはシートの上で横倒しになった。ぴったりと体に巻かれたマントから抜けだそうともがき、危うく床に転がりそうになる。アレックスは向かいの席からそんな彼女を眺めるばかりで、手を貸そうともしない。

「いったいどこに向かってるのよ?」なおもマントと格闘しながら、リリーは早口に問いただした。

「ベイズウォーターのスワンズ・コートだ。大声を出すな」

「レイフォード家の屋敷ね? そんなところにご案内いただかなくても結構よ。絶対に中になんか入らない――」

「静かにしたまえ」

「どんなに遠くたってかまわないわ! 自分で歩いて――」

「静かにしないと」アレックスはやんわりと威嚇した。「一生お尻をたたきつづけるぞ」

リリーはもがくのをやめ、憤怒の目で彼をねめつけた。「いままで誰かにたたかれたことなんてなかったのに」押し殺した声でアレックスを責めたてる。「父にだって一度も――」

「だろうな」アレックスはそっけなく応じた。「でも彼はそうするべきだった。きみには、もう何年も前からそうしてくれる人が必要だった」

「わたしは――」リリーはかっとなって口を開いた。だが決意を秘めた彼の目を見てすぐに口を閉じた。本気だとわかったからだ。仕方なく彼女は、マントから逃れる作業に集中することにした。だがまるで赤ん坊みたいに手も足も出ない。怒りと、屈辱感と、かすかな恐れがないまぜになった気持ちで、震えながらアレックスを見た。ゆうべの一件のあとでは、もう彼を恐れる必要などこれっぽっちもないと思っていた。けれどもいまは、彼の行動を阻めるものはどこにもないように思える。

ジュゼッペに渡す金を作る最後のチャンスを、アレックスはぶち壊しにした。リリーはそんな彼を責めると同時に、自分も責めた。あのとき、彼にかかわったりしなければ。助けてほしいというザッカリーの懇願を、分別を持って断り、自分の抱える問題に集中していれば。そうしたら、アレックスはいまもまだ田舎の屋敷でペネロープと両親とともに過ごし、リリーのことなど露ほども気にしていなかっただろう。ふと、彼をベッドに縛りつけたときのことが思いだされた。すると、絶望と恐怖が全身を襲った。自分を辱めたリリーを、アレックスは絶対に許さないだろう。きっと百倍にして復讐するつもりなのだ。彼女を破滅させることしか、もう頭にないのだ。リリーは彼の顔を正視することができなかった。でも、淡い灰色の瞳がずっとこちらをにらんでいるのがわかる。それから、あのいかめしい深紅の服が彼をぞっとするほど美しく見せているのも。これなら、本物の悪魔と馬車に閉じこめられるほうがまだましだ。

しばらくしてようやく、馬車はがくんと一揺れして停まった。従者がひとりやってきて扉を開く。アレックスはリリーを抱き上げ、スワンズ・コートの正面階段を上っていった。従者が急いで先に立ち、玄関をたたきながら「ミセス・ホッジズ」と切迫した声で呼ぶ。「ミセス・ホッジズ――」

扉が開き、あらわれたメイド長が驚いた顔をする。「お早いお戻りですね、だんな様、あの……」彼女は目を真ん丸にして、あるじの腕の中でマントにくるまれたリリーを見つめた。

「なんとまあ……レイフォード卿、こちらの方は、おけがでも?」

「まだだ」アレックスはぞんざいに答え、リリーを抱いたまま邸内に足を踏み入れた。

リリーは身をよじった。「こんなところに泊まらせようったって無理よ。床に足が着いたらすぐに出ていってやる!」

「二、三、問題をはっきりさせるまで待ちたまえ」

抱かれたまま廊下を進みながら、リリーは素早く邸内を観察した。ゆるやかにカーブした階段には、精巧な錬鉄の手すりが巡らされている。どこもかしこも落ち着きと光に満ちていて、内装は優雅でいながら整然とした印象だ。全体に驚くほどモダンで、大きな窓が並び、高価な漆喰仕上げもみごとだった。ふと気づくとアレックスがこちらを見おろしていた。ちょうど、この屋敷に対する彼女の反応をうかがうように。「わたしを破滅させるつもりだったのなら」彼女は声をひそめた。「その野蛮なもくろみ以上の大きな成功をあなたはおさめたわ。ご自分は、いったいなにをしたかわかってらっしゃらないでしょうけど」

「きみをゲームから救ってやったことを言ってるのか? それとも、連中の目の前でそのかっこうを見せびらかすチャンスを奪ったことか?」

「わたしがあれを楽しんでいたとでも思うの?」リリーは歯止めがきかないくらい怒り心頭に発していた。「ほかに選択肢があったと思う? ああする以外に——」

彼女は危ういところでわれにかえった。口走りそうになった自分が信じられない。極度の緊張に、誰にも言えない秘密を漏らしてしまうところだった。

だがアレックスは聞き逃さなかった。「ああする以外に、なんなんだ？　クレーヴンの言っていた五〇〇〇ポンドと関係があるのか？　いったいなんのために、そんな金がいる？」

リリーは凍りついたように彼を見つめた。顔が亡霊のように蒼白になる。「デレクがあなたに五〇〇〇ポンドのことを言ったの……？」信じられない。もうこの世で信じられる人なんかひとりもいやしない！「あの裏切り者……ただじゃおかないわ」

「ギャンブルの負債か？」アレックスはぞんざいにたずねた。「おば上から相続した遺産はいったいどうなったんだ？　まさか、全財産を賭博につぎこんだのか？　どうやらきみは、その日暮らしにまで身を落としたらしいな。ギャンブルで糊口《ここう》をしのいでいるとは。よりによってなんて無責任な――」彼は言葉を切り、ぎりぎりと歯を食いしばった。

リリーはそっぽを向いて唇をかんだ。わたしはそんな道楽者じゃない、全財産を賭博につぎこむような愚かなまねもしない。そうアレックスに言ってやりたかった。恐喝されて絞りとられたのも、刑事を雇ったのも……なにもかもすべて娘を取り戻すためなのに。ジュゼッペの裏切り行為さえなければ、いまごろなにひとつ不自由のない人生を送っていただろう。ほかに選択肢があるのなら、二度とハザードテーブルになどつきたくない！　でも、それをアレックスに打ち明けるわけにはいかない。

頑固に顔をそむけたままのリリーを見つめるうち、アレックスは彼女の体を揺さぶり、唇を重ね、罰を与えたくてたまらない気持ちになった。彼女の内心の葛藤がわかる。彼女はなにかを恐れている。きっと、なにか面倒に巻きこまれているに違いない。

広々とした寝室にリリーを運び、アレックスは扉を閉じた。床に下ろし、マントを脱がせはじめても、彼女は身じろぎひとつしなかった。不自然なほどの忍耐力で、自分を必死に抑えているようだ。すっかりマントが脱げると、ようやく安堵のため息を漏らし、腕を曲げ伸ばしした。

アレックスがマントを椅子に放り投げ、こちらに向きなおったところへ、リリーはいきなり全力で襲いかかり、顔が横向きになるくらい思いっきり頬を平手打ちした。手のひらがじんじんする。くるりと背を向けて部屋を出ようとすると、ドレスの背中をつかまれるのを感じた。

「話がすんでないぞ」

リリーはぐいっと腰をひねって、つかんだ手から逃れようとした。ごく薄い生地が引きちぎれるのに気づいて、ぎょっとして息をのむ。布がひらひらと床に落ちていく。リリーはパニック状態でそれを押さえ、壁に背をつけ、両腕で前を隠した。アレックスが近づいてきて、両手をつかみ壁に押さえつけ、大きな体を押しつけてくる。その体が、自分の三倍くらいあるように思えた。燃えるまなざしがきゃしゃな体の上を這い、全身に描かれた邪悪な蛇の上で止まる。ところどころ絵の具がよれて、真っ白な肌に黒や緑や青の筋を残していた。

「触らないで」リリーは震える声で訴えた。「触ったら……またぶつわ」

「触るつもりはない」アレックスは冷笑を浮かべた。「待っているよ……きみがそいつを……」嫌悪の目で蛇を見る。「洗い落としてくるのを。向こうに化粧室がある。その奥に風呂も」

恐れと怒りでリリーはぶるぶると体を震わせた。「あなたの魂胆がわかったわ。お風呂なんか入らない。あなたのベッドで眠るつもりも、あなたと話をするつもりもない。あなたがなにを言おうとしているかくらいわかるわ。答えはノーよ」

「ほほう？」アレックスは眉根を寄せた。「わたしが、なにを言おうとしているって？」

「きみは魅力的だ、きみがほしい、わたしの愛人になってくれ、そう言うのでしょう？　そして飽きたらわたしを捨て、わたしは十分な手切れ金をもらい、次から次へと庇護主を取り替える。年をとり、誰もわたしに見向きもしなくなるまで！」リリーは彼の顔を見ることができなかった。「わたしと愛人契約を結びたいんでしょう？」

「わたしは、きみに風呂に入ってもらいたい」彼の声は落ち着いていた。

リリーはヒステリックに短く笑った。「もう放して。わたしはあなたの人生を台無しにした、あなたはわたしを破滅させた。これであいこだわ。だからもう——」リリーは言葉を失った。アレックスは身をかがめ、唇を重ねていた。顔を上げた彼を、リリーはもう一度ぶとうとした。だが見抜かれていたようで、手のひらが頬に当たる前に手首をつかまれた。

ふたりとも身じろぎひとつしない。ドレスの断片が床に落ち、絵の具の筋以外に体をおおうものがなくなった。彼女は真っ赤になって体を隠そうとした。けれども彼が手を放そうとしない。その手を高く上げさせたまま、彼は熱い視線をリリーの全身に這わせた。呼吸が徐々に速さを増していって、やがてリリーのそれと重なる。彼が一歩前に足を踏みだす。リリーはしりごみし、背中に冷たい壁の感触を覚えながら、銀色の炎を思わせる瞳に引きこまれていった。小声でやめてと訴えた。彼は聞く耳を持たなかった。優しく略奪する手が、肩、乳房の脇、肋骨と触れていく。手のひらが乳房をかすめ、包みこみ、強くもみしだいて、リリーは乳首が硬くなる感覚におののいた。彼の顔が情熱に険しさを増す。愛撫を加える細い体を見おろしているために、濃いまつげが頬に影を落とした。

リリーはなにも感じまいとした。彼の手が触れるあらゆる場所にわきおこる圧倒的な喜びを、無視しようとした。頭ではそう思うのに、感覚は、ゆうべ彼がくれた歓喜をもう一度味わいたいと求めている。たくましい体に包まれたときの恍惚感を思いだして、リリーは抑えきれない欲望に身を震わせた。恥ずかしさに頬が赤くなるのがわかる。「わたしにいったいなにをしたの？」震える声でささやいた。

彼の両手が肌の上をうごめき、体についた絵の具で熱と色彩の小道を描いていく。汚れた指先で乳房の丸みをなぞり、平らなおなかに青みがかった緑のラインを残す。リリーは彼の胸に手を当てて、力なく押しのけようとした。けれどももうなにものも、彼がリリーに触れるのを、官能的な絵画を仕上げることに没頭する画家のごとくさまざまなラインを描くのを、止められないようだった。肩に描かれた蛇の頭を手のひらがおおい、そのまま脇に下りていって、鮮やかなエメラルドグリーンの筋を残した。

リリーは最後にもう一度だけ、なんとかして逃れようと顔をそむけた。でも彼の体がますます重たくのしかかってきて、やがて、熱く飢えた唇が重ねられた。両手があわただしくお尻をつかみ、強く腰が押しつけられる。彼は口づけたままうめいた。その強烈な欲望に判断力も意志も燃やしつくされ……もはやリリーには自制心をつなぎとめておくことはできなかった。

なすすべもなく興奮に身を震わせて、リリーは両腕で広い肩を抱き、上着の上から何度も指先でぎゅっとつかんだ。リンネルとベルベットに素肌がこすれる、いままでに味わったことのない感覚に驚きを覚える。アレックスが乱暴に唇を引きはがし、かみつくように肩に口づけてくる。リリーは彼の金髪に顔をうずめた。吐息が彼の耳にかかる。彼の舌が素肌をなぞり、首筋のくぼみの脈打つ部分を探し当て、そこをなめた。

ようやく顔を上げたとき、アレックスの灰色の瞳はうっとりときらめいていた。ぴたりと寄り添ったふたりの体の間で、彼の指がリリーの脚の間に触れた。その手がズボンの前を開き、そして、脈打つなめらかで硬いものが押し当てられるのを感じた。リリーはすすり泣き、焦らすような圧迫感に自ら身を寄せて、早くそれを中に感じたいと願った。彼の両手がふたたびお尻をつかみ、壁に背をつけた彼女を軽々と持ち上げる。リリーは期待にあえぎ、たくましい肩に置いた手を震わせた。

アレックスはかすれ声でリリーに命じた。その声には甘美な激情が宿っていた。「恐がらないで……脚を腰にまわして……そうだ」ずっしりと侵入してくる感覚に、中の緊張が解け、突き上げてくるものを受け入れる。リリーは鋭く息をのんで彼にしがみついた。力強い腕に支えられたまま、彼女は両脚を彼の腰にまわした。

アレックスはリリーの首筋に顔をうずめながら、中へと入っていった。歓喜にすすり泣くのが聞こえ……唇に震えが伝わってきた。やわらかな深みへと規則正しく挿入をくりかえす。しなやかな体が背を反らせ、彼女の手がうなじを探し、ぎゅっとつかむ。その無言のメッセージに、アレックスは彼女の体重を利用してさらに奥深くに沈め、脚の間の三角地帯に片手を這わせた。指先で優しく、やわらかな毛をかきわける。「ずっと――」彼は上気した肌に唇を寄せ、突き上げる速さを増しながらささやいた。「これをやめないよ。きみがいくまで、ずっとやめない」

やがてリリーは鋭く叫んだ。中がぎゅっと締まり、小さな体が震える。アレックスもすぐに自分を解き放った。強烈な快感に体が震え、息もできない。かすれた吐息を漏らし、リリーの額に自分の額を押し当てた。そのまま互いに寄りかかるようにしていると、ふたりの息が混ざりあい、徐々に体の緊張が解けていった。アレックスは慎重に、リリーの足の爪先が床に着くところまで彼女を下ろした。動けないように、うなじに手を当てて唇を重ねる。彼の唇は熱く、甘く、歓喜の味がした。

アレックスは彼女を放すと、ズボンの前を直した。リリーは壁に寄りかかって突っ立っていたが、やがてゆっくりと両腕を上げ、視線から逃れるように体を隠した。ひどい災難に見舞われて当惑する人のような表情を浮かべている。振りかえったアレックスは眉根を寄せた。「リリー……」頬を撫でて気持ちを落ち着かせてあげようとしたのに、彼女は絵の具で汚れた指先にしりごみした。苦笑を浮かべて、アレックスは自分の手を見た。「洗えば落ちるだ

「ろうか」彼はまじめな口調で言った。「それとも、こんなことになった言い訳を考えたほうがいいんだろうか」

リリーは素肌をおおう虹色の筋を見おろし、「わからない」とつぶやいた。混乱して、まともにものを考えることができないようだった。活力を与えながら神経を麻痺させる薬でものんだように、心臓がまだ早鐘を打っている。気がふれたみたいな、ひどく落ち着かない気分で、いまにも泣きだしそうだ。「帰るわ。シャツと、マントを貸して──」

「だめだ」アレックスは静かに言った。

「頼んでいるんじゃないの。もう決めたことを言っているだけ。家に帰ります」

「そんな状態で帰すなんてできない。いや、絵の具のことを言ってるんじゃない。いまのきみの表情だよ。なにかとんでもないことをしでかしそうな顔だ」

「とんでもないことなら、始終やっているわ」リリーは冷ややかに応じた。「わたしの人生なんて、終わりのない苦境の連続だもの。子どものころからね。あなたがいなくても、ずっとひとりでそれを乗り越えてきたわ。だからこれからもそうする」

彼女が力なく抵抗するのもかまわず、アレックスはもう一度その体に触れた。へその穴、骨盤の出っ張り……高価な彫刻を抱きしめるように、愛撫を加えた。やがて彼女から、冷静さ──のようなもの──が消えていく。彼女はぎこちなくアレックスの手を払いのけようとしたが、静かに語りかける声にそれを忘れた。「問題はお金だけなのかい？」

「あなたからお金を受け取るつもりはないわ」リリーは言い、太ももの付け根の絵の具にまみれた巻き毛を指がかすめる感覚に息をのんだ。

「五〇〇〇ポンドあれば足りるのか、それとも、もっと必要なのかい?」

「それにまつわる義務をさっさと言ったらどうなの?」リリーは彼をねめつけ、うなずいた。

「それとも、いっさい付帯条件のない贈り物なのかしら?」

アレックスは彼女をまっすぐに見つめた。「付帯条件はある」

リリーはつまらなそうに笑った。「少なくとも誠実ではあるのね」

「きみに比べればずっとね」

「わたしは嘘つきじゃない」

「そう、嘘つきではない。本当のことを言わないだけだ」

リリーは目を伏せた。彼の手が、胸の内に混沌を引き起こすのを感じていた。「そうよ、本当のこと以外ならなんだって言うわ」つぶやくように言い、アレックスのやわらかな笑い声に耳が赤くなるのを覚えた。

細い手首をつかんだまま、アレックスはリリーを壁から引き離し、寝室を横切っていく。彼女は憤り、つんのめりそうになりながら早口にまくしたてた。「まだなにひとつ同意していないわ!」

「わかってるさ。話のつづきは風呂でしょう」

「お風呂に入る姿をあなたに見せるとでも――」

アレックスはふいに足を止め、くるりと振りかえるなり、リリーに腕をまわし荒々しく口づけた。リリーは驚いて身を離そうとした。けれども、温かな体にぎゅっと抱きしめられていてできなかった。きつく握りしめられた手首が、からみつく指の下で大きく脈打つのを感じる。彼が顔を上げたあとも、リリーは向かい合ったまま、途方に暮れたように目をしばたくことしかできなかった。彼は小さく笑い、リリーを引っ張って浴室に向かった。手首を放して中に入らせ、金色の蛇口を調節する。壁の中で水道管がごぼごぼと音をたて、勢いよく湯と水が出てきた。

両腕で自分を抱きしめながら、リリーは物珍しそうに浴室を見渡した。大理石の暖炉に、鮮やかな釉《うわぐすり》をかけたタイル。実に退廃的な雰囲気だ。似たようなタイルをフィレンツェで見たことがある。おそらくイタリア産の二世紀以上も前の珍しいタイルなのだろう。作りつけのバスタブは見たこともないくらい大きく、ふたりで入っても十分なゆとりがありそうだ。

慎ましやかにたたずんでいるリリーを見て、アレックスは冷笑し、胸元から腕をどけさせた。「スカーフを数枚縫い合わせたようなかっこうでクレーヴンズを練り歩いておいて、なにをいまさら——」

「実際には、そんなに露出度は高くなかったわ。かつらのおかげでほとんど隠れていたもの」

「だが十分とは言えない」アレックスが無理やりバスタブに入れさせる。怒っていてもプライドだけは忘れない猫のように、リリーはつんとあごを上げて湯の中に座りこんだ。アレックスが汚れた服を脱ぎはじめる。「いいかげんにしたまえ」とそっけなく言って、用心深い目を向けてきた。

リリーは最初、仏頂面をやめろと言われているのだと思った。でもすぐに、クレーヴンズで半裸をさらしたことを言われたのだと気づいた。リリーはいらだった。アレックスは他人に命令するのが得意なのだ。予測してしかるべきだった。リリーは生まれてから一度も他人の命令など聞いたことがない。両親にだって逆らってきた。「自分がしたいと思ったら、フリート・ストリートを素っ裸で練り歩くわ」

彼は小ばかにするようにこちらを見ただけで、なにも言いかえさなかった。リリーは床のガラスボールに入った石けんに手を伸ばした。腕と胸元を石けんでごしごし洗い、湯をばしゃばしゃかける。室内にこもる湯気と熱気に気持ちが落ち着いてきて、無意識に長いため息を漏らした。視界の片隅で、アレックスがバスタブに近づいてくるのをとらえる。彼が裸なのに気づいて、バスタブから腰を浮かした。「いやよ」と不安げに言う。「一緒に入りたくない。今夜はもうさんざんわたしに触れたでしょう」

「座りなさい」大きな手に肩をつかまれて、リリーは湯の中に戻った。「一〇分前には触れられてうっとりしていたじゃないか」

背後に彼の気配を感じて、リリーは背中を硬直させた。彼女の両脇に脚を伸ばし、片方の膝だけ曲げてバスタブに腰を下ろす。気持ちよさそうなため息が背後から聞こえたと思うと、腰にまわされた腕が手の中から石けんを奪っていった。大きな足に目を凝らしていると、膝頭が胸の脇をかすめた。石けんを持った手が全身を撫でている。リリーは無言で、乳房についた絵の具が洗い流される様子を見ていた。絵の具は灰色に変色した泡とともに消えていった。

肩に湯がかけられ、肌が白さときらめきを取り戻す。彼は無言で自分の太ももの間にリリーを引き寄せ、濡れた胸毛におおわれた胸板に寄りかからせた。手にした石けんをさらに体に滑らせる。泡はリリーの脚の間に滑り落ちていった。

浴室内はしんとしている。湯が小さく波打つ音と、ふたりの呼吸音だけが、タイルに跳ねかえって小さく響いている。心落ち着かせる湯のぬくもりに、リリーはいつしか身をゆだねていた。まぶたを半分閉じ、アレックスの肩に頭をもたせて、優しく肌の上をさまよう手のひらの感触を味わう。彼の唇が濡れた首筋から、小さなあごの先へと這っていく。リリーはすっかり身をあずけて、湿っぽい空気を深く吸いこんだ。手が自然に彼の太もものほうに動いて、硬い筋肉を指先が撫でる。湯の中だと、全身をおおう毛がいつもよりやわらかく感じられた。

彼女の手の動きに、アレックスの動きが止まる。背中に触れた胸板だけが大きく上下している。リリーはぎゅっと目をつぶって、彼に押しのけられ、お遊びはおしまいだと告げられるときを待った。けれども彼はまた石けんに手を伸ばし、手のひらで大きな泡を作りはじめた。その手が乳房に触れ、躍る蝶々のように円を描き、硬くなった乳首の上を滑る。焦らすような愛撫に、リリーは背を反らして歓喜の吐息を漏らした。

アレックスの両手が湯をすくい、乳房にかける。乳首は薔薇色に張りつめた。彼はもう一度手のひらで泡を作り、石けんを脇に置いた。泡だらけの手でおなかに円を描き、指先を小さなへその穴にうずめる。リリーは不規則に浅い息をしながら、炎のプールに浮かんでいるかに感じていた。彼がほしくて全身が張りつめてくる。彼の脚が足首にかけられ、容赦なく左右に開いていく。大きな手がゆっくりと下りていき、張りつめた下腹部を撫で、さらに下に下りていき……濡れそぼったヘアをもてあそび、そこを真っ白な泡だらけにした。リリーははっとして彼の手首をつかむと、身を離そうとした。「もうやめたほうがいいわ」と息も絶え絶えに訴え、唇をなめた。「もう、やめて――」

「考えるのをやめるんだ」アレックスは耳元でささやき、指を奥深く挿し入れた。甘い快感がリリーの全身を貫き、痛いくらいに切迫感を募らせる。優しく撫でる指がさらに奥深く入ってきて、リリーの体はその焦らすような圧迫感を求めていっそう張りつめた。湯がリズミカルに跳ねる音がして、彼女は何が起きているのか悟り、アレックスの名を弱々しく呼んだ。

なにもかも忘れるんだ、これに集中して。彼がそうささやきかける。彼は温かな湯と体でリリーを包みこみ、うっとりするような指の動きを止めず、彼女から歓喜を引きだし、それを指先で味わおうとした。一番感じやすいところに入念に愛撫を与え、リリーをえもいわれぬ恍惚へといざなった。押し殺した叫び声がタイルに反響し、きらめく体が彼の腕の中で弓なりになった。歓喜の波はやがて引いていった。アレックスはリリーを自分のほうに向かせて抱きしめ、なだめるように口づけた。

「きれいだよ、ウィルヘミーナ・ローソン」アレックスはかすれ声で言い、濡れた手で彼女の頭を包みこんだ。驚きの色を浮かべる黒い瞳をじっと見つめ、「今夜はわたしと一緒に過ごすんだ」と命じた。

服を着ていたら、なにか武器を持っていたら、あるいはわずかなりとも気力が残っていたら、リリーは逃げようとしただろう。でも彼女は、ふかふかのタオルで体をふかれ、寝室に運ばれるがままになっていた。寝室は、天井が雲たなびく青空の色に塗られていた。アレックスがランプを消し、ベッドの中で彼女を自分のほうに引き寄せる。明日、リリーはアレックスから五〇〇〇ポンドを受け取り、愛人契約の詳細を話し合う。契約のことを思うと、自分が囚われの身となり、浅ましい存在に成り果てるのを感じた。金と引き換えに体を差しだす——ふたりの契約はそれ以上のなにものでもない。それでも、なにがしかの心の平穏はもたらしてくれるだろう。ジュゼッペに金を渡し、あの刑事を雇いなおし、娘の捜索を再開してもらえるのだから。ひょっとしたら、二年間つづいた悪夢も間もなく終わりを迎えるかもしれない。

アレックスの腕が体にまわされ、もっと近くに引き寄せようとする。しばらくすると、ゆったりとしたリズムで彼の息が髪を撫ではじめた。リリーは疲れているのになかなか眠ることができなかった。こういう境遇に堕ちることだけは避けようと懸命に努力してきた。でも、彼女の人生は最も望ましくない道をたどってしまった……もう引きかえすことはできなかった。

それにしても、となりで眠るアレックスの真意がまるでわからない。リリーは彼を冷酷なけだものと非難したことがある。だが実際のアレックスは、彼女を傷つけるチャンスはいくらでもあったのに、どんなときも優しく扱ってくれた。喜びすら与えてくれた。冷たい人だと思っていたけれど、本当は、普通の人よりずっと深い愛情を心に秘めている。彼のことを、自制心のかたまりのつまらない男と言う人もいるだろう。だがどうやらリリーだけが、彼の激情を引きだすことができるらしい。彼女は正直言ってそれが嬉しかった。彼の心をそんなふうに動かせることに満足感を覚えた。イヴの扮装のリリーを大勢の男性が目にしたと知ったときの、彼の怒りようときたら……。リリーは思わず笑みを漏らした。だが笑みはすぐに消えた。男性の所有物となることに心地よさを覚えるなんて、わたしらしくない。困惑して身を離そうとしたリリーに、彼がむにゃむにゃと寝言を言いながらすり寄り、腕をまわしてくる。彼女は苦笑を浮かべた。アレックスに体をあずけ、目を閉じ、ぬくもりに包まれながら眠りに落ちた。

リリーの脚がせわしなくぴくぴくと動き、蹴ってくるのを感じて、アレックスは目を覚ました。ぶつぶつこぼしながら暗闇の中に身を起こし、まぶたをこする。「いったいなんだ?」とつぶやき、大きくあくびをした。だがとなりから押し殺した苦しげなうめき声が聞こえてくるのに気づいて、さっと首をまわした。「リリー? どうした、いったいなにが……」枕にうつ伏せになってもがく彼女の上に身をかがめる。リリーは体をねじり、小さな手でぎゅっとシーツをつかんでいた。苦しげにあえぎながら、わけのわからないことをつぶやいている。

「リリー」アレックスは優しく、額にかかった髪をかきあげた。「しーっ。夢だよ。ただの悪夢だ」

「違う――」

「目を覚まして、スイートハート――」アレックスはふいに言葉を切った。レイフォード・パークで夢遊病の発作を起こしたとき、彼女がささやいたあの名前がふたたび聞こえてきたからだ。「ニック」だと思っていたが、いまこうしてはっきりと聞いてみると、それは女性の名前だった。

「ニコール……いや……行かないで……」リリーは涙を流さずにすすり泣き、なにかをつかもうと両手を伸ばした。その手が彼のたくましい胸板に触れた。恐怖に、あるいは絶望に激しく身を震わせている。

彼女を見おろしながらアレックスは、深い哀れみと、強烈な好奇心を覚えていた。ニコール。ローソン家の誰からもその名前を聞いた覚えはない。リリーの隠された過去の一部に違いない。黒髪を撫でつつ、アレックスは額に唇を寄せた。「リリー、目を覚まして。気持ちを楽にしなさい。もう大丈夫だから」

リリーはがばっと身を起こし、地面に投げ落とされた人のように息をのんだ。アレックスは彼女を抱き寄せ、腕で包みこむようにした。すると彼女はわっと泣きだした。まるで予想外の反応だった。痛々しくすすり泣く姿は、言葉にはならない深い苦悩を物語っている。アレックスは呆然とした。「リリー」とささやきかけて、震える体を両手でさすり、なだめようとした。まるで身を切られるように泣きじゃくっている。これほどまでに打ちひしがれた声を、アレックスはいままで聞いたことがなかった。彼女の涙を乾かしてあげるためなら、太陽と月に誓って、なんでも差しだす、どんなことでもすると思った。「リリー」彼は必死に呼びかけつづけた。「お願いだ、そんなふうに泣かないで」

しばらくしてようやく彼女は静かになり、濡れた頬を胸板に押しつけてきた。アレックスはいますぐ理由を聞きださなければと思った。けれども彼女は力なくため息を吐くと、信じられないくらい唐突に寝入ってしまった。あたかも、涙にエネルギーをすべて洗い流されたかのようだった。アレックスは啞然として彼女を見おろした。「ニコールとは誰なんだ？」聞こえていないとわかっていても、ささやかずにはいられない。「彼女になにをされたんだ？」

小さな頭を腕に抱いたまま、アレックスは黒髪を撫でた。緊張が徐々にほぐれていく。だがその代わりに、もっと厄介なものが胸の内にわいてくるのを感じた。わきおこる保護欲に、われながら驚きを覚えた。リリーを守りたい。誰の助けもほしくないし必要ともしていないという、勝気なリリーを。心から彼女を信頼することはできないと、頭ではわかっている。だが今夜にいたるまでの過程のどこかで、彼女に心をゆだねてしまった自分がいる。彼女のせいで、アレックスの人生は一八〇度変わった。彼女がすべてを変えた。

リリーを愛している。その単純な事実に気づいて、驚きを覚える一方、否定はできないと思った。黒髪に熱っぽく唇を寄せると、抑えきれぬ喜びで体中が満たされた。言葉や約束や、ありとあらゆるものを総動員して、彼女を自分だけに縛りつけてしまいたい。いずれはリリーも、彼を大切に思うようになってくれるかもしれない――賭けてみる価値はある。彼女のことをもっと深く知り、過去をすべて明らかにし、彼女の秘密をすべて解き明かすまで待つべきだ――そのほうが賢明なのはよくわかっている。だが彼は賢明ではない。リリーを愛し、そのままの彼女を求めている。慎重で、責任感のかたまりのような男だったアレックス。彼は生まれて初めて、道理を忘れ、心のおもむくままに行動しようとしていた。


リリーは体を思いっきり伸ばし、心地よさに身を震わせた。何度か目をしばたたいてからぱっと開き、朝の陽射しにきらめく青と白の天井を眺める。ゆっくりと横を向くと、アレックスの透きとおった瞳がじっとこちらを見ていた。褐色の肩がおおいかぶさってきて、あらわになった胸をシーツで隠そうとするリリーの手を阻んだ。気だるくほほ笑んで「おはよう」とつぶやき、よく眠れたかい、とたずねた。

「ええ、とっても」リリーは苦笑交じりに答えた。ゆうべは奇妙な、とても苦しい夢を見た。ひょっとして、夜中に彼を起こしてしまったかもしれない。でもなぜか彼は、質問をぶつけてくるわけでも、いぶかるまなざしを向けてくるわけでもない。

「こっちが眠っている間に、いなくなるんじゃないかと思ったよ」

胸がちくりと痛んで、リリーは顔をそらした。昨日の朝、こそこそ帰ったことを思いだしていた。「裸じゃ無理よ」とつぶやくように答えた。

「それもそうだ」アレックスはわざとシーツの端を数センチ下げた。「きみから服を取り上げるのは、実に名案らしい」

アレックスは妙に機嫌がいい。リリーはいぶかり、シーツを上げようとした。「申し訳ないけど、わたしのテラスハウスに人をやって、着るものを持ってきてもらえないかしら……メイドのアニーが必要なものを揃えてくれるはずだから……それと……」まじめに話していたのに、いきなり純白のシーツをはぎとられ、脚を開かされていた。「アレックス」彼女は驚き、弱々しく抵抗した。

彼の両手は軽やかに体の上を躍っている。「きみに名前を呼んでもらえると嬉しいよ」

「ねえ、まさか冗談でしょう？」リリーは息も絶え絶えに言った。「もう無理よ」

「どうして？」

「だって、体に毒だわ。こういうことって――」

「ああ、おかげで頭の中が――」アレックスは両手で乳房を包みこんだ。「なんだかおかしい……」

「どうしたの、大丈夫？」リリーは不安になった。だがすぐに、からかわれているのだと気づいた。「もう、アレックス！」

笑みをたたえた温かな唇が胸のほうに下りてくる。脚の間の奥深くに彼が入ってくる。とたんに感覚が研ぎ澄まされて、リリーは抵抗する間もなく手足を大きく開かれ、彼に組み敷かれた。彼が口づけ、腰を突き上げてさらに奥深くへと進み、ゆったりと愛撫をくりかえす。リリーは広い背中をためらいがちに両手で抱き、張りつめた皮膚に隠された筋肉を撫でた。脚を高く上げて、膝で彼の腰を挟む。最後に鋭く突いて彼はクライマックスに達した。熱い息がリリーの首の横を撫でた。彼はこわばった体を震わせ、やがて力を抜き、吐息を漏らした。

物憂い静けさを最初に破ったのはリリーだった。半身を起こしてシーツを首の下までぐいっと引っ張る。「いますぐ話し合うべきことがあるわ」彼女はやっとの思いでそっけない声音を作り、咳払いをしてからつづけた。「率直に言ったほうがよさそうね」

「交換条件だ」アレックスはつぶやき、からかうような笑みをたたえた瞳をきらめかせた。リリーが率直じゃなかったことなど、一度もない。

「お金と義務を交換するってことね？」

「そのとおり」アレックスも身を起こした。起き上がるときにシーツがめくれてリリーがあわてるのは無視した。「わたしの金と、きみの義務」

リリーは不安げにうなずいた。今朝のアレックスはどうも変だ。妙に明るいし、口の端に笑みまで浮かべていて、なんだか落ち着かない気分にさせられる。「ゆうべ、五〇〇〇ポンドの話をしたわね？」

「たしかに」

リリーはいらだち、唇をかんだ。「まだ、あれをくれるつもりでいる？」

「あげると言ったろう？」

「なにと引き換えに？」

アレックスは急に、自分がなにを求めているのかわからなくなった。この瞬間がもっとロマンチックなものだったらよかったのに。けれどもリリーはきゅっと口を引き結んで、じれったそうに彼をにらんでいる。血管の中を駆け巡る情熱と愛慕の念に、彼女が応えてくれるとは到底思えない。アレックスは彼女に負けないくらい事務的な声音で返した。「まずは、わたしとベッドをともにしてほしい」

リリーはうなずいた。「そうくると思った」とぶっきらぼうに言う。「わたしに五〇〇〇ポンドの価値があるとは嬉しい限りね」

自嘲気味のコメントにアレックスは愉快になった。「初歩的な技をいくつか身につけてくれたら、もっと価値が高まるよ」

とたんにリリーがうつむく。だがアレックスは、うつむく直前の瞳に驚きと狼狽の色が浮かぶのを見逃さなかった。すでにふたりでしたことのほかに、まだできることがあるとは、まさか思ってもみなかったのだろう。彼はゆったりとほほ笑み、リリーの肩に手を置いて、誘うようななめらかな素肌をなぞった。「じきに身につけられるさ」

「家が必要だわ」リリーはいらいらと言った。「人を呼んだりできるくらい広くて、場所もちゃんと――」

「ここは？」

一族の屋敷に愛人を住まわせるのが、ごくあたりまえのことみたいに言うなんて。アレックスはからかっているのに違いない。リリーは彼をにらみつけた。「だったらレイフォード・パークのほうがいいわ」

「きみがそのほうがいいのなら」

リリーは顔を真っ赤にして、なにかを訴えるような、怒りをこめたまなざしを彼に向けた。

「わたしがいまどんなに困っているかわからないの？　あなたはこの会話を楽しんでいるようだけど、こっちはさっさとおしまいにしたいの。まじめにやってよ」

「まじめだよ」アレックスはリリーを胸に抱き寄せて口づけた。彼の唇は温かく、心地よかった。リリーはなすすべもなく口づけに応え、優しく促されるままに口を開いた。やがてアレックスは顔を上げると、当惑した彼女の瞳をのぞきこんだ。腕は背中にきつくまわしたままだ。「きみの名義で、銀行に口座を作ろう。きみが不満に思わない程度の十分な額を入れておく。きみの望むとおりのデザインの馬車も用意しよう。きみの好きなありとあらゆる店で、つけで買い物ができるようにしよう。気が進まないが、クレーヴンズでギャンブルを楽しむのも見逃そう。どうやらきみは、あそこがお気に入りのようだからね。ただし、わたしがふさわしくないと思うドレスは着ていってはいけない。それから、わたし以外の男の誘いに応じたら、そのかわいい首をへし折ってあげる。夜は必ずわたしのベッドで眠ること。田舎の領地に行くときは、きみも必ず同行すること。狩猟やその他の娯楽についてはーーわたしがそばにいるときはやってもいい。ひとりで馬に乗るのはだめだ。軽はずみととれる行動は、すべて慎んでもらう」リリーが体を硬くするのがわかる。これまで自由を満喫してきた女性にとって、簡単にはのめない条件なのは承知のうえだ。だが彼女は異論を唱えなかった。「理不尽な要求はしない」アレックスは声を和らげてつづけた。「そんな要求をしたら、きみに指摘されるだろうし」

やがてリリーが、声を詰まらせながら話しだした。「ひとつ言っておきたいことが……わたし……子どもができないようにして。ほしくないの。絶対に」

感情を押し殺した声に気づいて、アレックスは一瞬ためらったが、「わかった」と答えた。

「まさか、こっそり作るわけじゃないでしょうね」

「わたしは嘘で『わかった』などと言わないぞ」アレックスは不満げに言った。いまの条件になにか引っかかるものを感じた。彼女の主張がとても重要な意味を持っている気がする。いったいなにを恐れているのか、時間をかけて忍耐強く探る必要がある。だが、もしも彼女の心が永遠に閉ざされたままだったとしても、アレックスは受け入れるつもりだ。たとえ彼に跡継ぎができなくても、レイフォード家の血筋はヘンリーが守ってくれるだろう。

「それから、わたしに飽きたときは」リリーが声をひそめ、自分を恥じるようにつづける。「二度くれたものを取り上げないで」彼女はおそらくこれを、情婦とその庇護主の契約と考えているのだろう。契約だったら、自分の利益を守ろうとするのは当然だ。ふいに黙りこむアレックスに、彼女は当惑した表情になった。

「実は、まだきみに言っていないことがある」アレックスは長い沈黙ののちに告げた。

リリーは冷たい不安を覚えた。「まだ言っていないことってなに？　お金のこと？　家のこと？　それとも、デレクとの友情？　そのことならなにも心配はいらないわ、あなたももう知っているはず——」

「リリー、黙って。わたしの話を聞きなさい」アレックスはひとつ深呼吸をした。「わたしは、きみを愛人にするつもりはないんだ」

「愛人に、するつもりはない——」リリーはぽかんと彼を見つめ、じきに怒りを煮えたぎらせはじめた。どこまで人をからかうつもりなの？　人の自尊心を傷つけて楽しんでいるの？

「だったら、これはいったいなんの話なのよ？」

どういうわけかアレックスは、シーツの隅をたたんだり平らにしたりする作業に没頭している。と思ったら、出し抜けに視線を上げ、じっと瞳をのぞきこんできた。

「きみを妻にしたい」

10

「あなたの妻……」リリーはぼんやりとくりかえし、やがて全身が屈辱感に熱くなり、すぐに吐き気がするほど冷たくなるのを感じた。やはりからかっていたのだ。この長い夜の間中ずっと、この残酷なゲームを引き延ばして楽しんでいたのだ。愛人にするつもりはまだあるかもしれない。いずれにしても、これが現実だと突きつける魂胆だったのだ。彼が主導権を握る――リリーはもてあそばれ、なぶりものにされる。ふとアレックスの視線を感じた。彼女が彼をさげすむのと同じように、彼も彼女をさげすんでいるのだとわかった。引き裂かれたプライドに、危うく怒りを忘れてしまいそうになる。だが忘れはしなかった。リリーは彼を見ることができず、うつむいたままひどくかすれた声で言った。「あなたにも、あなたのそのひねくれた、むかつくユーモアセンスにも、吐き気が――」

アレックスはすぐさま「しーっ」とつぶやいて、彼女の口に手のひらを押し当てた。「なにをばかなことを……どこがジョークなものか！　わたしは、きみに結婚を申しこんでいるんだ」

リリーは彼の手をかみ、その手がどけられるとにらみつけた。「求婚する理由なんてどこにもないでしょう？　あなたの愛人になることに同意したんだから」

信じられない、という顔でアレックスは手についた歯型を見ている。「大切なきみにそんなことを強いることができるとでも思うか。まったく、短気にもほどがある！」

「大切に思ってもらう必要なんかないわ。わたしがほしいのは、五〇〇〇ポンドよ」

「きみ以外の女性ならわたしの求婚に舞い上がるだろうな。少なくとも喜びはする。恥ずべき関係より、ずっとずっとましなものを申しでているというのに」

「そうね、自己中心的でうぬぼれ屋のあなたはそう思うでしょうね！　でも、わたしは舞い上がったりしない！　ちっとも嬉しくないわ。愛人以外にはなりません」

「きみはわたしの妻になるんだ」アレックスは頑として言い張った。

「わたしを自分の所有物にしたいわけね！」リリーは彼を責め、這って逃れようとした。

「そのとおりだ」すぐにベッドに押し倒し、上からのしかかる。彼がしゃべるたび、熱い息がリリーの口とあごを撫でた。「そのとおりだよ。ほかの連中に、きみはわたしのものだとわからせてやりたい。きみにレイフォードの名と財産を与えたい。ともに生きてほしい。きみのすべてを……きみの気持ちも、体も……なにもかも知りたい。わたしを信じてほしい。きみが幸せになるために必要なもの……それがどんなにとらえどころのない、容易に手に入れられない、なぞめいたものだろうと、すべてきみに与えたい。怖いか、リリー？　ああ、わたしだって怖いさ。できることなら、こんな感情は捨ててしまいたいよ。きみみたいに世にも厄介な――」出し抜けに彼は言葉をにごした。

「わたしのことをなにも知らないくせに！　わずかに知っていることだけで、そうやって縮み上がっているんでしょう！　やっとわかったわ、やっぱりあなたは頭がおかしいのよ！」

「ハリー・ヒンドンやほかの連中の裏切りを根に持って、わたしまで責めるのはよしてくれ。わたしは一度もきみを裏切っていない。嘘もついていない。以前きみにたずねたことがあったな、どうして男を憎むんだと。世の中の男どもなんか、全員軽蔑してやれ。わたし以外の男どもを」

「まさか、愛に失望してあなたからの求婚を断っているとでも思うの？」こんな愚か者は見たことがない、という目でリリーは彼を見た。「あなたのいまいましい条件にも、ルールにも、気まぐれにも、しばらくならつきあってあげるわ。そうね、数年間くらいなら我慢できるかもしれない。でも、これから一生そんなことに耐えられると思う？　いったいなんのために、いま持っている家も権利もなげうてるというの？　まさか、毎晩あなたに奉仕する特権を得るため？　結構な話だこと。だけど、大切なものをすべて犠牲にする価値なんてない」

「結構な話か」アレックスは不快げにくりかえした。

リリーは挑戦的に彼をにらみつけた。「重いわ。息ができない」

だが彼はどかなかった。「そんなにいまが幸せか、リリー？　生きるために毎晩ギャンブルをしなくちゃならないのに、本当に自由だと言えるのか？　さびしい夜を過ごしたことなんて一度もないとでも？　本当は誰かと一緒に安らぎを――」

「ほしいものはすべて手に入れたわ」射るようなリリーの視線は、彼のまなざしにこめられた力に、勢いを失っていった。

「わたしは違う」アレックスはかすれ声で訴えた。

リリーは顔をそむけ、「だったら、ほかの誰かを探して」とやけになって言い放った。「あなたと結婚したがる女性はいくらでもいる。あなたが与えてくれるものを必要とし、あなたを愛し——」

「きみのような人はほかにいない」

「あらそう？　わたしは、いったいいつから、あなたの喜びの源になったのかしら？」見上げると、ちょうどアレックスは満面の笑みを浮かべるところだった。「なにがそんなにおかしいの？」

アレックスはわずかに体を移動させてから手にあごをのせ、考えこむ顔でリリーを見つめた。「わたしたちは最初から惹かれあっていた。運命の相手なんだ。違う大陸に生まれていても、いずれ一緒になっただろう。きみだって、この強い結びつきを感じているはず」

「バイロンの詩の読みすぎじゃない？　あなたからそんなロマンチックなせりふ——」

「きみがわたしを選んだんだよ」

「まさか！」

「クレーヴンズや週末の狩りや夜会で、きみは数百人の男たちに出会っただろう——若い男、年老いた男、伊達男、知識人、男爵、銀行家、財産目当てに相手を探す男——だが、ここまで深くかかわりあったのはわたしだけだ。きみはわたしに議論を吹っかけ、わが家にあらわれて日々のあらゆることに干渉し、結婚を阻止し、ロンドンにおびき寄せ、きみのベッドに縛りつけ、金と体を賭けたギャンブルに応じた……負けるかもしれないとわかっていながら。もっと言ってほしいか？　こんなふうに、誰かの人生にかかわったことはいままであったかい？　いや、ないだろうな」

「なにもかもペニーのためだわ」リリーは小声で反論した。

アレックスは苦笑した。「妹は言い訳だ。わたしがほしかったから、あんなことをしたんだ」

「うぬぼれもたいがいにして！」リリーは叫び、真っ赤になった。

「本当にわたしのうぬぼれかな？　だったら、もうほっといてと言えよ」

「もうほっといて」リリーはためらうことなく応じた。

「この二晩のことはなんの意味もないと言えよ」

「なんの意味もないわ！」

「二度とわたしに会いたくないと」

「二度と……」見おろす彼のハンサムな、決意に満ちた顔を見つめると、言葉が出てこなかった。

アレックスが優しく髪を撫でる。「言ってごらん」彼は見つめかえしながらささやいた。

「そうしたら、きみのもとを去るから」

リリーはあらためて口を開こうとした。「二度とあなたに……」胸が痛くなった。ただでさえ厄介なこの人生が、彼のためにますます複雑になるのは目に見えている。でも、もう会えなくなると思うと、なんともいえない恐れに襲われた。彼がなにかもっと別のことを、納得できるようなことを言ってくれたら。でも彼は手を差し伸べようとはしない。無言で訴えられるのは責め苦のようだ。リリーは混乱しきった頭で必死に考えようとした。せめて、彼の意志がこんなに固くなかったなら。彼が御しやすい、従順な人だったなら。娘を取り戻すわずかなチャンスを、彼に台無しにされてしまうかもしれないのに。

心臓が激しく打って、リリーはしゃべるのもやっとだ。「わたしが……」乾いた唇をなめ、懸命に言葉を継いだ。「わたしが会いたくないと言ったら、本当にいなくなるの？　あっさりとわたしのもとから去るの？」

愛らしい曲線を描く下唇を彼女がなめるのを、まつげを落として見つめながら、アレックスはかすれ声で答えた。「いいや。きみが言えるかどうか、たしかめただけだ」

「変だわ」リリーは自分に驚いたように笑いだした。「言えない」

「どうして？」

リリーは身を震わせだした。彼女はこれまで、どんな挫折にも困難にも、大胆なほどの勇気で立ち向かってきた。いままで誰ひとりとして、あのジュゼッペですら、心の中に入りこんできた人はいなかった。こんなことができたのは、アレックスだけだ。「わからない」リリーは叫び、彼の胸に顔をうずめた。「わからないの」

「スイートハート」アレックスはリリーの小さな耳に、首筋に、肩に激しく口づけ、壊れるくらいきつく抱きしめた。

「あ、愛人のほうがいい」リリーは打ちひしがれた声で訴えた。

「中途半端はなし。きみもわたしもそういう人間だろう？」額にかかった黒髪をかきあげてやりながら、アレックスはくすりと笑った。「それに、バートンをわたしの執事にするにはきみと結婚する以外に方法がない。イエスと言うんだ」彼女にそっと口づけ、黒髪を指にからませた。「言ってくれ、スイートハート……」


これはお金のためなのだと、リリーは自分に必死に言い聞かせた。それ以外の、もっと複雑な理由があると認めるのが怖かった。アレックスの妻になれば、信じられないくらい裕福になれる。ニコールを取り戻すのに十分なお金を手にし、それでもジュゼッペが拒否するなら、誉れ高き〈レアリーズ〉を数人雇えばいい。〈レアリーズ〉は治安判事率いる精鋭の徒歩警ら隊で、公務のかたわら、銀行や裕福な市民からの依頼に応じて捜査などに当たっている。そのひとり、以前に雇っていたミスター・ノックスは大して役に立たなかった。でもこれからは、一度に一〇人だって雇うことができる。娘をこの手に取り戻すまで、ロンドン中をくまなく捜してもらおう。そのあとのことなどどうでもいい。娘がいること、その子を手放すつもりはないことを知って、アレックスは婚姻無効宣告をするか、離婚に同意するはずだ。そうしたら、どこか静かで平和な場所に引っ越し、ニコールとふたりで暮らそう。アレックスは、裏切られて当然怒りはするだろうが、別にさほど困ることはないだろう。誰かほかの女性、彼の子をたくさん産んでくれる若くてかわいい女性を見つけられるだろうから。

それまでは、アレックスとの時間を楽しもう。これからきっと、雲たなびく空を思わせる天井の下、ふたりで幾夜も過ごすことになるだろう。語り合ったり、からかったり、挑発したり。これまで男性とそんな関係になったことは一度もなかった。一番近いのがデレクとの奇妙な友情だが、そこには情熱のかけらもない。それにデレクと違って、アレックスはリリーを所有しようとし、彼女を過ちから守り、困ったときには自ら手を差し伸べてくれる。ひょっとすると、誰かのものになることを自分でも心地よく感じているのかもしれない。一生のうちのほんの短い間だけれど、誰かを「夫」と呼ぶのがどんなものか味わってみるのもいい。

それにしても、今日の午後には結婚すると言い張るアレックスはどうかしている。たぶん、彼女の気が突然変わるのを懸念しているのだろう。まったく鋭い。事実、リリーの気持ちは一〇分おきに変化していた。あのあとすぐ、彼はメイドのアニーに連絡して、ドレスや化粧道具など必要なものをスワンズ・コートに持ってくるよう指示した。

淡黄色のコットンのドレスに袖をとおしながら、リリーはぶつぶつこぼした。カラフルなパフスリーブに、透かしレースの慎ましやかなハイネックというデザインのドレスだ。「こんなドレスじゃ、田舎のメイドみたいだわ」とぼやき、背中のシルクのひもをアニーに結んでもらいながら、鏡の中の自分を観察した。「二五歳の小娘みたい。どうしてもっと洗練されたドレスにしなかったの？」

「お若く見えるのは、ドレスのせいじゃないです」アニーは肩越しにほほ笑みながら言った。「奥様のお顔のせいです」

リリーは化粧台の前に座り、金縁の四角い鏡に映る顔をまじまじと見つめた。悔しいが、アニーの言うとおりだった。自然なピンク色の唇はいつもより濃さを増している。ゆうべの激しい口づけのせいだ。それに表情も普段よりやわらかく、きらめいて、はかなげな感じがする。頬も薔薇色で、いくら粉をはたいても最近流行の青白い肌を取り戻すことができなかった。クレーヴンズで大勢のカモを食い物にしてきた、あの大胆不敵なリリーとは思えない。これまでなにかと活躍してきた、あの皮肉めかした笑いを含むまなざしも、その力をすっかり失っている。その代わりに、ペネロープの瞳のような裏表のない誠実な光をたたえている。自分の顔を眺めているうちに、なんの屈託もない一〇代のころが思いだされてきた。ハリー・ヒンドンに夢中の、情熱的な少女だった。こんなふうに心が騒ぐのは、あのとき以来だ。

鏡に映った自分の変化に、リリーは落ち着かない気分になった。「リボンは持ってきてくれた？　前髪が目に入って邪魔で」リリーは躍る巻き毛を指で梳いた。すかさずアニーが持ってきた中から、トパーズをあしらった金色のものを選んだ。額に巻き、少女趣味なドレスにエキゾチックなリボンがまるで似合わないのに気づいてしかめっ面をする。「もうっ！」リボンをもぎとるようにし、いらいらと髪をかきあげる。「ねえアニー、はさみを持ってきて、このうっとうしい髪を切ってくれない？」

「でも、奥様」アニーは反論した。「顔の周りをふわふわ囲んでて、とてもかわいらしいですよ」

「じゃあいいわ」リリーは両手で顔をおおい、うめいた。「どうだっていい。ねえアニー、やっぱりこんなの無理」

「無理ってなにがでしょう？」メイドは混乱した声をあげた。

「こんないんちきの……ああ、ごめんなさい、あなたは知らなくていいことよ。とにかく、ここを出るのを手伝ってちょうだい、それからレイフォード卿に……」彼女は次の言葉をためらった。

そのとき、会話に口を挟む者がいた。「レイフォード卿に、どうしたんだい？」アレックスがぶらぶらと部屋に入ってくる。外出先から戻ったばかりらしい。満足げな表情から判断するに、突然の依頼にもかかわらず式を執り行ってくれる司祭を見つけることができたのだろう。いったいなんと言って頼んだのやら。

アニーはうっとりとアレックスを眺めている。これまで、あるじの私室に無断で入ってくる男性を一度も見たことがないのだ。彼女は部屋の隅に下がると、軽いシルクの肩掛けをそわそわといじりながら、アレックスがリリーの背後に立つさまを奥ゆかしい笑みとともに見つめた。

アレックスはリリーの両肩に手を置き、身をかがめて耳元にささやきかけた。「臆病者……走って逃げだそうとしたのかい？」

「ほかに考えることはないわけ？」メイドが聞き耳を立てているので、リリーは声をひそめた。

「ドレスがとてもよく似合っているよ。脱がすときが待ちきれないくらいだ」

「そんなわけないでしょ」リリーはつんとして言いかえした。


アレックスはほほ笑み、彼女の首筋に口づけた。「もう着替えはすんだんだろう？」

「まだよ」リリーは力強くかぶりを振った。

「そろそろ出発しないと」

リリーは彼の手の中からすり抜け、椅子から立ち上がると、室内をぐるぐるまわりはじめた。彼の前を何度も行ったり来たりする。「伯爵」と怒った声で言った。「軽はずみで愚かしいこの決定についてよーく考えたのだけど、ついさっきようやく結論に達したわ。あなたに同意するなんてむちゃ――」

逃げまどうネズミを捕らえる猫の手を思わせるすばしこさで、長い腕がリリーを抱き寄せた。あっという間に唇が重ねられる。彼女は鋭く息を吸い、驚きのあまり呆然とした。背後ではアレックスがアニーに手を振り、下がるよう合図している。メイドはにっと笑ってぺこりとおじぎをすると、分別を持って素早く部屋をあとにした。それからアレックスは、ゆっくりと時間をかけて激しくキスをした。膝が萎えたようにリリーがぐったりともたれかかってきたところで、ようやく唇を離し、気だるげな黒い瞳をのぞきこむ。「わたしとの結婚は、きみの人生で唯一、むちゃじゃない選択だよ」

リリーは彼の上着の襟を引っ張ったり撫でたりしている。「わたし……ただ、なんらかの保証があればと思って」

「これじゃだめかい？」アレックスは荒々しく口づけた。彼女の唇をこじ開け、ゆっくりと舌をまさぐって興奮を呼び覚まそうとする。リリーの両手がうなじにまわされ、その息づかいが苦しげなものに変わり、体がほてってくるのがわかる。唇を引きはがしても、彼女はバランスを保つために腕を首にまわしたままだった。

「アレックス」と息も絶え絶えに彼の名を呼ぶ。

「なんだい？」アレックスの唇は、感じやすい口の端のあたりでたわむれている。

「わたし、普通の妻にはなれないわ。たとえなりたいと思っても、きっとなれない」

「わかってるよ」

リリーはまつげの間から疑う目で彼を見上げた。「でも、変わってほしいと思うようになるんじゃない？」

「どんなふうに？」アレックスは皮肉っぽくほほ笑んだ。

「上品で、馬にまたがって乗ったりせず、カウヒール（牛の足を野菜などと煮てゼリー仕立てにした料理）のレシピを集め、夫の靴を磨き、膝に刺繍道具をのせて応接間に座り――」

「しーっ」アレックスは笑って、両手で彼女の頬を挟んで左右に揺らし、軽くキスをした。

「それでずっと結婚しなかったわけか。お望みなら、わが家にある刺繍道具は全部燃やしてあげよう。カウヒールとやらを作るのはミセス・ホッジズに任せておけばいいし――その料理がいったいどんなものなのか見当もつかないが——いや、いい、聞かせないでくれ」指先でリリーのほっそりした首を上下に撫で、うなじのやわらかな巻き毛をもてあそぶ。「きみに変わってほしいなんて思わないよ。少々手綱は引き締めるけれどね」

アレックスの予想どおり、最後のせりふにリリーはむっとした顔を見せた。「どうぞ、やれるものならやってみて」と生意気に言いかえす彼女を、アレックスは笑った。

支度は終わっていないというリリーに手袋を探す時間だけ与え、アレックスはおもてに待たせてある軽四輪馬車《フェートン》へと彼女をいざなった。馬車に乗りこむのに手を貸し、綱を放すよう馬丁にうなずいて合図する。馬車は屋敷の南、テムズが流れるほうへと走りだした。アレックスと一緒に乗るのをほとんど楽しんでいる自分に、リリーは気づいた。フェートンの高い座席にちょこんと座り、二頭の似合いの美しい馬を彼が巧みに操るさまを驚きの思いで眺める。生き生きと走る馬はどちらも爆発せんばかりのエネルギーを発しており、少しも目を離すことができないようだ。アレックスが楽に腕を動かせるよう、リリーは少しお尻を横にずらした。しばらくしてようやく、馬たちの走るペースが落ち着いてきて、会話ができる状態になった。

「どうして馬の尾を切ってしまわないの？」リリーはたずね、長く黒い尾を指さした。見た目と実用性を考えると、馬の尾を尾椎の一部とともに手術で切断するのはごくあたりまえの習慣だ。「手綱にからんで危ないわ」

アレックスはかぶりを振った。つぶやくように答えたので、リリーにはよく聞きとれなかった。

「なあに？　なんて言ったの？」

「馬が痛がると言ったんだ」

「それはそうだけど、ずっと痛いわけじゃないし、切ったほうが安全よ」

「尾がないと、たかってくるハエを払えない」アレックスがこちらを見ずに返す。

「子どもと動物には優しいのね」リリーはつぶやき、彼に対して温かな気持ちがわきおこるのを覚えた。

「冷淡な人という評判だけど、実際はそうでもないのね。ねえ、わたしにも手綱を握らせて」リリーは言うなり両手を伸ばした。

アレックスが呆気にとられてこちらを見る。女性が馬車を操るなど、絶対にありえないという顔だ。

リリーは笑い声をあげ、優しくたしなめた。「とっても上手だから安心して、伯爵」

「手袋がだめになるぞ」

「手袋なんかどうでもいいわ」

「女性に手綱をあずけたことなどないんだ」

「怖いの？」リリーは甘い声でたずねた。「どうやらこの結婚における信頼は、一方通行みたいね」

アレックスがしぶしぶ手綱を渡す。慣れた手つきでぎゅっと握ってみせると、彼はようやく安心したように軽く座席にもたれた。

「リラックスして」リリーは笑った。「いまにも手綱をひったくって取りかえしそうな顔よ。フェートンを横転させた経験は一度もないからご心配なく」

「何事にも初めてということはあるからな」アレックスは恨めしげに手綱を見つめている。

「みたいね」リリーは澄まし声で応じ、手綱を振ってペースを上げた。

二キロばかり走ったころ、アレックスは正直にリリーの手綱さばきを褒めた。彼女の小さな手がよどみなく巧みに手綱を操る様子を、彼は誇りにすら思った。とはいえ、そのとなりで心からくつろいでいたわけではない――主導権をたやすく明け渡すのは、彼らしい振る舞いとは言えない。だが自分の技術に誇りを持って行動するリリーに、興奮させられると同時に強く惹きつけられてもいた。相手が彼だろうとほかの誰だろうと、彼女がやすやすと屈することは決してないだろう。彼女ならきっと、アレックスにとって理想の妻になれる。彼の情熱と、気力と、頑固さにも負けないはずだ。

馬車がブロンプトンに近づいたところで、アレックスはリリーと交代して手綱を握った。側道に入り、木のアーチ扉がついた小さな石造りの教会の前で馬車を停める。教会の入口前に一〇代の質素な身なりの少年が待っていた。「馬を頼む」アレックスはつぶやくように少年に指示し、コインを放った。「すぐにすむ」

少年が片手でコインをつかみ、ほがらかに笑う。「かしこまりました」

アレックスが馬車を降り、リリーに腕を伸ばしてきた。だが彼女は凍りついたように、目を見開いて彼を見おろすだけだ。教会を見たとたん、バケツ一杯の冷たい水を顔にかけられた気がした。これからなにが起きるのか、本当の意味で理解した。アレックスがさりげない口調で言う。「手をこっちに、リリー」

「わたし、なにをしようとしているの？」リリーは小さくつぶやいた。

「降ろしてあげるから手をこっちに」

激しく鼓動を打つ心臓のあたりに手をやり、リリーは彼を凝視した。アレックスの態度はいかにも優しく、威圧的なところはどこにもない。けれども、瞳の奥深くが鋼鉄を思わせる光を放ち、声にもかすかに脅迫めいた響きが感じられる。でも、ここまで来ることを許してしまったからには、もう逃げることはできない。目の前の現実が、とても現実とは思えないまま、彼女は手をさしだし、馬車から降ろしてもらった。「ハ、ハリーに捨てられてから」つっかえつっかえ訴える。「自分に誓ったのに……絶対に……絶対に誰とも結婚なんかしないって」

アレックスはうつむくリリーの頭を見つめた。婚約者に捨てられた事実はそれほどまでに彼女の心に深い傷跡を残していたのだ。一〇年経ってもなお、屈辱的な記憶がよみがえるほどに。アレックスは彼女の体に腕をまわし、頭のてっぺんにキスをした。「彼はきみにふさわしい男じゃなかったんだよ」と口づけたままささやいた。「ただの弱い、臆病な愚か者だ」

「で、でも、自分を救える程度には利口だった。あ、あなたのことを、彼にも勝る愚か者だと言う人もいるかもしれないわ。だってこんな――」

「わたしにだって欠点くらいあるよ」アレックスは言ってリリーの肩を優しく撫で、道行く人びとの好奇の目から彼女を隠すように通りに背を向けた。「それもたくさん。きみはこれから、それに慣れなくてはいけない。でもわたしは、絶対にきみのもとを去ったりはしないよ、ウィルヘミーナ。絶対にね。わかったかい?」

「わかったわ」リリーは力なく、消え入るような笑い声をあげた。「でも、あなたを信じることはできない。あなたはわたしの最大の過ちを知っていると思ってる、本当は知らないのに」それ以上は言えなかった。リリーは息を止め、いまの言葉で彼の気が変わるだろうかと待った。

「とりあえず必要なことはもう全部知っているから。残りはおいおいでいい」アレックスは腕をまわしたまま、教会の中へと彼女をいざなった。

小さな建物の中は、その飾り気のなさがかえって心に響くようだった。古めかしいステンドグラス越しに光が降り注いでいる。ろうそくの明かりに、磨き上げられたオークの信者席が輝きを放った。初老の司祭がふたりを待っていた。しわだらけの顔が優しげだ。背はリリーと変わらないが、全身に力がみなぎっている。「レイフォード卿」落ち着いた笑みをたたえてアレックスを呼び、つづけて澄んだ青い瞳をリリーの不安げな顔に移した。「こちらがミス・ローソンですね」驚いたことに司祭は彼女の両肩に手を置き、値踏みするようにじろじろと顔をのぞきこんできた。「アレクサンダーのことはずっと昔から知っているのですよ。ほとんど生まれたその日からと言ってもいいでしょう」

「まあ」リリーはいつもの生意気な笑みとは程遠い弱々しい笑顔で応じた。「それで、司祭様から見たアレックスはどんな人でしょう?」

「伯爵は善き人です」ともったいぶった顔つきで答えてから、瞳を輝かせてアレックスを見やった。「ただし、尊大になりがちな一面もある」

「それに傲慢」リリーはつけ加え、笑みを大きくした。

司祭もほほ笑んだ。「そう、おそらくそうでしょう。ですが、責任感が強く、思いやり深い人でもあります。また、彼が一族の伝統に従うなら、きっと信じられないくらい献身的な夫となるでしょう。それがレイフォード家の血なのです。伯爵が気骨のある女性を伴侶に選んだことを、嬉しく思いますよ。この何年間というもの、彼は多くの重荷を背負ってきましたから」司祭はそっぽを向いているアレックスに視線をやり、すぐにまた一心に見つめてくるリリーにその目を戻した。「ミス・ローソンは、船旅のご経験はありますか? 『結婚《メリー》』という言葉が、もともとは船員の用語だったのはご存じかもしれませんね。メリーというのは、二本のロープをより合わせて一本にし、いっそう強度を高めることを言うのです。おふたりがこの二本のロープのようになれるよう、祈っていますよ」

リリーはうなずいた。静寂に満ちた教会と、司祭の優しげな顔、アレックスの首から上が赤くなるさまに、心を打たれていた。アレックスはこちらを見ようとせず、ひたすら床を凝視している。でもリリーには、彼も同じくらい心動かされているのがわかった。「わたしも、そうなれるよう祈りますわ」リリーはささやいた。

司祭の身振りに従って、ふたりは教会の正面に据えられた祭壇へと進んだ。リリーはためらった。感情が高ぶって胸がどきどきする。彼女はゆっくりと手袋を脱ぎ、アレックスに渡した。彼は純白のキッド革の手袋をポケットにしまい、リリーの手をとると、指を包みこむように握りしめた。震える笑みで彼の顔を見上げたが、そこに笑みはなく、厳粛な表情に、熱っぽいまなざしだけがあった。

ふたりは手をつないだまま祭壇の前に立った。リリーは、意識の中を出たり入ったりする司祭の控えめな声を、半分上の空で聞いていた。これは夢ではないかと思った——ぼんやりとした、とまどいに満ちた夢。紆余曲折に満ちた人生とはいえ、これほど予想外の出来事に遭ったことはない。ろくに知りもしない、でもなぜか、ずっと前から知っているような気にさせられる男性と、結婚しようとしているとは。彼に握られた手が、だんだん温かく、湿っぽくなってくるこの感覚が、妙に懐かしく感じられる。規則正しい呼吸音も、誓いの言葉を述べる落ち着いた声も、すべてがリリーの胸の奥深くにあるなにかを呼び覚まし、ずっと長いこと体の一部となっていた終わりのない恐れを鎮めてくれる。自分の番がくると彼女は、声がとぎれぬよう慎重に誓いの言葉を述べた。アレックスが彼女の手を持ち上げ、美しい彫刻をほどこした重たい金の指輪をはめる。少しゆるいその指輪には、きらめく深みに閉じこめられた炎を思わせる大きなルビーがはめこまれていた。

おふたりは夫婦になられました、と司祭が告げ、神の祝福の言葉とともに結婚を承認する。ふたりは教会員名簿に署名をし、結婚証明書と特別結婚許可証にもそれぞれ名前を記した。

最後の一文字を書き終えると、リリーはやっと終わったという思いに震えるため息を漏らした。背後で誰かが教会内に入ってくる音がして、教区民とおぼしき年老いた夫婦があらわれた。司祭は失礼と断ってから、話をしに夫婦のほうに歩を進めた。アレックスとリリーは重たい教会員名簿の前にふたりきりになった。ふたつの名前と、その下に記された日付を同時に見おろす。リリーは指輪に視線をやり、指の周りでくるくるとまわしてみた。ルビーも、それを取り囲むダイヤモンドも、彼女のきゃしゃな手には大きすぎる気がした。

「母の形見だ」アレックスがぶっきらぼうに言った。

「とってもきれいだわ」リリーは言い、彼を見上げた。「以前に……キャロラインには……」

「いいや」アレックスは即答し、「見せたこともないよ」と言ってリリーの手に触れた。「ほかの女性に贈ったものを、きみに身に着けてくれとは決して言わない」

「ありがとう」リリーは思わず、はにかむような嬉しそうな笑みを漏らした。

彼の手が痛くなるくらい手を握りしめてくる。「キャロラインのことは心から大切に思っていた。彼女が生きていたら、結婚していたと思う……それで、きっと申し分のない人生を送れただろうとも思う」

「もちろん、そうだったでしょうね」リリーには彼がどうしてそんな話をするのかわからなかった。

「でもきみが相手だと違う……」アレックスは言葉をにごし、ぎこちなく咳払いをした。

リリーは息を止めてつづきを待った。目もくらむ高みの縁で危うくバランスをとっているかに感じた。「違うって、どういう意味？」ろうそくの光と陰に包まれ、金色に光るアレックスの顔を見つめる。「どういうふうに違うの？」

だがそのとき、老夫婦との会話を終えた司祭が戻ってきた。「ウルヴァートン伯爵、レディ・レイフォード、申し訳ありませんが用事ができてしまいました。教区民の相談にのらなければ――」

「ええ、かまいませんよ」アレックスは穏やかに返した。「どうもありがとうございました」レディ・レイフォードと呼びかけられた驚きで、リリーは先ほどの質問を忘れた。礼儀正しく司祭に別れを告げ、アレックスとともに戸口に向かう。建物を離れるなり、彼女は「伯爵夫人になったのね」とつぶやき、信じられないというふうに笑いだした。愉快そうに見ているアレックスの顔を見上げ、「お母様も喜んでくださるかしら？」と言った。

「卒倒するだろうな」アレックスは言い、彼女が馬車に乗るのに手を貸した。「そのあとで、濃いお紅茶をちょうだい、だな」リリーが手綱に手を伸ばすのを見て、にやりとする。「手綱には触れませぬよう、レディ・レイフォード。家までわたしがお送りしましょう」

リリーの要望に応じて、アレックスは彼女をフォーブズ・バートラム・アンド・カンパニー銀行の由緒ある建物に連れていき、五〇〇〇ポンドを引きだした。用途を訊いてこない彼にリリーは驚きを覚えた。おそらくギャンブルの負債だと思っているのだろう。デレクに返すお金だと考えているのかもしれない。彼はただ一言「それで足りるかい？」とたずねると、リリーを行内の片隅にいざなった。銀行員が金庫の置かれた隣室に向かう。

罪悪感を覚えたリリーは真っ赤になってうなずいた。「ええ、ありがとう。今日の午後のうちに片づけなければならないことがあって……」ほんのかすかにためらってからつけ加える。「ひとりで行ってきたほうがいいと思うの」

アレックスは落ち着いた表情でしばらく彼女を見つめていた。「クレーヴンに会いに行くのか?」

できれば嘘をつきたかったが、リリーはうなずいた。「デレクには最初に結婚を知らせたいし、知る資格があると思うの。道徳心も良心もない人だけど、彼なりにとても親切にしてくれたのよ。だから、このことを教えなかったら傷つくんじゃないかと思って」

「あんまり詳しく教えないほうがいい。かえって傷つくだろうから」リリーの当惑の表情を見て、アレックスはつまらなそうに笑った。「彼の気持ちに、本当に気づかなかったのかい?」

「それは誤解よ」彼女はあわてて否定した。「あなたはわかってないんだわ、デレクとわたしが――」

「わかってるさ」リリーをまじまじと見つめる。「それで、今日の午後はどうしてもひとりで出かけるんだね」

自分の行動についてほかの誰かに説明する――その奇妙な習慣は、すでにはじまっているらしい。リリーは、できればアレックスに嘘をつきたくないと思った。「たぶん夕方過ぎまでかかると思うわ」

「では、馬丁をひとりと、先導者をふたり同行させなさい」

「わかったわ」リリーは愛想よくほほ笑んだ。クレーヴンズには、先導者に囲まれた馬車で行っても別に問題はない。だがコベント・ガーデンでのジュゼッペとの密会には誰かを同行させるわけにはいかない。デレクの馬を一頭借りて、こっそりひとりで向かえばいいだろう。

素直に言うことを聞いた彼女に、アレックスは嬉しさ半分、疑い半分の目を向けた。「きみが外出している間に、わたしはライアン卿夫妻を訪問してこよう」

「あなたのおじ様とおば様?」たしか母が以前にその名前を口にしていたことがある。

アレックスは浮かない顔でうなずいた。「おば上は人望が厚く、かなりの駆け引きを要する問題でも解決する手腕を持っているからね」

「おば様が、スキャンダルが表ざたにならないよう手を打ってくれるということ? クレーヴンズでの賭けに、ゆうべの醜態に、ペニーの突然の駆け落ちに、わたしたちの急な結婚まで?」リリーはこっけいな表情を作った。「もう手遅れなんじゃないかと思うけど、伯爵?」

「おば上にとっては、ある種の挑戦だな」

「とんでもない災難、と言ったほうがいいんじゃない?」リリーはふいにおかしくなった。ふたりの恥知らずな振る舞いのあれこれを、社交界の人望あるレディがオブラートに包んでくれるとは。くすくす笑っていると、非難がましい視線が向けられるのに気づいた。灰色の大理石の柱の陰で親密に振る舞うふたりに、実直そのものの事務員や客が気づいたらしい。

「しーっ」アレックスはにやりとしながら言った。「おとなしくしなさい。人前に一緒に出るたび、醜態を演じているじゃないか」

「だってわたし、もうずっとこんなふうだったんだもの」リリーは陽気に答えた。「なるほど、あなたは自分の名声を気にしているのね。ごめんなさい、いずれ、醜態を演じないでくれと懇願せざるをえなくなる――」

リリーは仰天して言葉を失った。混雑する銀行の中で、アレックスがいきなり身をかがめてキスをしてきたのだ。ひっそりとした行内に、小さな非難の声や、驚いて息をのむ声が響く。夫のたくましい胸板を押しのけ、リリーは懸命に彼の腕の中から逃れようとした。狼狽のあまり顔が真っ赤になるのがわかる。だが入念な口づけに、やがてそこがどこかを忘れ、心地よさに身を震わせた。すると彼が顔を上げ、ほほ笑みながら見おろしてきた。まごついてその顔を見上げ、感嘆と驚きに噴きだす。「わたしの負けだわ」リリーはつぶやき、上気した頬に両手を当てた。


デレクはクレーヴンズの私室のひとつにいた。テーブルを二台並べた上に、帳簿や小切手、約束手形、紙幣が高い山を作っている。そのほかにも、大量の硬貨と、白いひもでまとめられた分厚い請求書の束も見える。以前リリーは、彼が目もくらむ速さで紙幣を数えるところを見たことがある。ほっそりとした褐色の指が次から次へと紙幣をめくるので、札束がかすんで見えるくらいだった。けれども今日は、指の動きが妙にぎこちなく、ばかに丁寧に紙幣を扱っているように見える。テーブルに歩み寄ったリリーは、ほろ苦いジンの匂いが漂うのに気づいた。テーブルにグラスがあり、その周りにジンがこぼれていて、高価な家具を台無しにしている。リリーは驚いてデレクの顔を見た。こんなに泥酔するなんて彼らしくない。しかも安いジンで。彼はジンが大嫌いなはずだ。過去を思いだしてしまうから。

「デレク」リリーは静かに呼びかけた。

デレクが顔を上げ、その視線が黄色のドレスの上を這い、ほんのりと上気した頬で止まる。彼は道楽にふける若き暴君のような顔をしていた。辛辣さが、今日は特別ありありと表情にあらわれている。少し痩せたみたい、とリリーは思った。その証拠に頬骨がナイフの刃先のように尖っている。そればかりか、身なりがひどくだらしないのも妙だった。クラヴァットはゆるみ、黒髪は額に垂れている。

「ワーシーにちゃんと面倒を見てもらってないの？　少し待っててね。厨房に行って、なにか適当に――」

「空腹ではない」デレクはわざとらしく、きちんとした言葉でさえぎった。「邪魔をするな。忙しいと言っただろう」

「でも、あなたに話したいことがあって」

「そんな時間はない」

「でも、デレク――」

「うるさい――」

「彼と結婚したわ」リリーはぶっきらぼうに言い放った。そんなふうに突然言うつもりはなかった。彼女はまごつき、自嘲気味に笑った。「今朝、レイフォード卿と結婚したわ」

デレクは無表情になった。そして物音ひとつ立てず、ゆっくりと残りの酒を飲み干した。グラスを握る指に力がこめられているのがわかる。なにを考えているのか読みとれない表情のまま、抑揚のない声でたずねた。「ニコールのことは話したのか？」

「いいえ」リリーの顔から笑みが消える。

「娘がいるとわかったら、レイフォードはどうするかな？」

リリーはうつむいた。「きっと、婚姻無効宣告か離婚を望むでしょうね。騙したことがばれ、彼に憎まれることになっても、彼を責めるつもりはないわ。デレク、怒らないで。こんなことをして、わたしを愚かだと思うでしょうけど、でも、これにはちゃんとわけが――」

「怒ってなどいない」

「アレックスの富があれば、ジュゼッペと取引ができる――」言いかけたリリーはたじろぎ、息をのんだ。デレクがいきなり硬貨をつかみ、彼女の足元にばらまいたからだ。床に散らばって光る硬貨の中に立ちつくしたまま、リリーは目を大きく見開いて彼を見つめた。

「そんな理由じゃないだろう」というデレクの声は静かで冷ややかだった。「金のためじゃない。本当のことを言えよ、ジプシー。ここにはわたしたちしか、きみとわたししかいない」

「だから、娘を取り戻すためよ」リリーは言い募った。「それ以外に彼と結婚する理由なんてないわ」

デレクはおぼつかない手を上げると、扉のほうを指し示した。「嘘をつくなら、わがクラブから出ていってくれ」

足元を見つめて、リリーは大きく息を吸いこんだ。「わかったわ。認めるわよ。彼を大切に思ってる。そんなことが聞きたいの？」

「そうだ」とうなずいたデレクは少し落ち着きを取り戻したようだ。

「とてもよくしてくれるわ」彼女は両手の指をからめながら、ばつが悪そうにつづけた。「彼みたいな男性がこの世にいるなんて思ってなかった。悪意のかけらも、一分《いちぶ》の不誠実さもないの。いまのわたしのままでいいと言ってくれた。一緒にいると、幸福ってこういうのを言うのかしらと思うこともある。いままで、そんな気持ちになったことなんてなかった。ほんの少しの間でも、それを求めるのはいけないこと？」

「いいや」デレクは優しく言った。

「あなたとわたし、まだ友だちよね？」

うなずく彼を見て、リリーは安堵のため息を漏らし、ほほ笑んだ。

デレクは妙に無表情だ。「言っておきたいことがある。きみは――」いったん言葉を切り、彼女が不快に思わぬよう、言葉を懸命に探した。「きみには――レイフォードのような男が必要だ。絶対にあいつを失うな。ジプシー、過去の出来事のせいで、きみのいまの立場は望ましいもんじゃない。そのせいでつらい思いもしているはずだ。あいつはきみの名誉を取り戻し、きみを大切にしてくれる。ニコールのことは、あいつには黙ってろ。話す必要はない」

「ニコールを見つけだした暁には、彼にも話さなければならないわ」

「あの子を見つけるのは――無理だよ」

リリーの瞳は怒りに燃え上がった。「いいえ、見つけてみせる。あなたの意に染まないことをしたからって、そんな心の狭いいじわるを言わないで」

「もう二年だぞ」静かな切迫感を帯びた声は、あざけりの声よりも激しくリリーを狼狽させた。「わたしも、あの使えない刑事も、あの子を見つけだせなかった。部下に命じ、ロンドン中の悪党の溜まり場や安酒場を捜しまわり、フリート・マーケットやコベント・ガーデンをかぎまわった……」リリーの顔色が失われていくのに気づいていったん言葉を切り、それでも断固として言いきった。「刑務所も、宿屋も、救貧院も、波止場も調べた……あの子はもう、死んだか、どこかに売られたんだよ、ジプシー。もうずっと前に。あるいは……」デレクは歯を食いしばった。「生きていたとしても、いまの境遇からあの子を救いだせない。連中が子どもにどんなことをするか、どんなことをさせるか、わたしは知っている……知ってるんだよ、ジプシー。わたしも……そういう目に遭ったから。むしろあの子は死んだほうがいい」遠い昔の責め苦を思いだしたのか、冷たい緑色の瞳がぎらりと光った。

「どうしてこんなことをするの?」リリーはかすれ声でたずねた。「どうして、そんなことを言うのよ?」

「きみにはレイフォードとのまともな人生がふさわしい。過去は忘れろ。さもないと、未来が足元から崩壊するぞ」

「あなたは間違ってる」リリーは震える声で反論した。「ニコールはまだ生きてる。ロンドンのどこかで生きてるわ。あの子が死んだらわかるの。感じるはずよ、わたしの中のなにかが教えてくれるに決まってる……あなたは間違ってる！」

「ジプシー――」

「もうこの話はしたくないわ。これ以上一言たりとも。話したら、わたしたちの友情は永久におしまいよ。わたしは娘を取り戻す。いつかあなたが間違いを認めるときを楽しみに待っているわ。わかったら、馬を貸して、一時間か二時間でいいの」

「あのろくでなしに五〇〇〇ポンドを渡しに行くのか？」デレクは顔をゆがめた。「一緒に行って、やつをぶっ殺してやる」

「やめて。彼にもしものことがあったら、ニコールを見つけだすチャンスはなくなるのよ」

彼はむっつりとリリーをにらんだ。「ワーシーに馬を用意させよう。今後、夜はレイフォードがきみを家から出さないでくれるよう、神に祈ってるよ」

密会場所にリリーが到着したのはたそがれどきだった。小雨がぱらつきはじめており、コベント・ガーデンにつきもののごみや食べ物の腐敗臭、堆肥の臭いを一時的に洗い流してくれた。すでにジュゼッペが来ているのを見てリリーは驚いた。ゆっくりと彼に近づき、いつもの思い上がった態度が消えているのに気づいた。全身からいらだちを漂わせている。仕立てのよい黒っぽい服がひどくくたびれて見えた。リリーはいぶかしんだ。あれだけのお金を渡してきたのに、新しい服は買っていないのだろうか。彼女の姿を認めるなり、ジュゼッペは浅黒い顔に待ちかねた表情を浮かべた。

「金は持ってきたかい《ハイ・イル・デナーロ》？」

「ええ《シー》」リリーは答えたが、差しだされた手に手提げかばんは渡さず、胸元に抱くようにした。

　肉厚な口をへの字にして、ジュゼッペが闇に目を凝らす。雨はすでに冷たい霧に変わっていた。「また雨か《コーメ・ピオーヴ》」彼はむっつりと言った。「毎日毎日、雨に灰色の空。英国など大嫌いだ」

「だったら出ていけば？」リリーはまばたきひとつせずに彼をにらんだ。

　ジュゼッペがつまらなそうに肩をすくめる。「ぼくに選択肢はない。連中はぼくにいてもらいたがってる」また肩をすくめる。「エ・コズィ」

「というわけ」リリーは英語に直しておうむがえしにした。「連中っていったい誰、ジュゼッペ？　ニコールの誘拐と恐喝に、連中も関係しているの？」

　おしゃべりが過ぎたと思ったのか、ジュゼッペはさらにいらだった顔になった。「いいから金を寄越しなよ」

「これ以上は応じられないわ」リリーは断固として言い放った。黒いマントのフードに包まれた真っ白な顔の中で、瞳が緊張に光った。「もう無理なの。あなたの要求にはすべて従ってきたわ。言われたとおりにロンドンにもやってきた。ニコールが生きているというわずかな証拠さえないのに、すべてをあなたに渡した。でもあなたがわたしにくれたのは、あの子をさらった日に着せてあった小さなドレスだけ」

「ニコレッタがまだぼくと一緒にいるって話を、疑ってるんだね？」ジュゼッペは猫撫で声を出した。

「ええ、あなたを疑ってる」リリーは苦しげにつぶやいた。「あの子はもう死んだかもしれないと思ってるわ」

「そんなことはないと言ってるだろう？」

「そうね」リリーはせせら笑った。「悪いけど、あなたの言葉なんてこれっぽっちも信じられないの」

「そんなふうに言うもんじゃないよ、かわいい人《カーラ》」ジュゼッペはうんざりするほど澄ました声音で応じた。「どういうわけかぼくも、今夜はニコレッタが元気に生きている証拠を見せてあげようと思っていたんだ。きみに疑われたくないからね。これを見れば、きみもぼくの言葉を信じると思うよ」肩越しに振りかえり、入り組んだ路地を見やる。

リリーはいぶかしんで彼の視線の先を追った。ジュゼッペがイタリア語でなにか叫ぶ。イタリア語に堪能な彼女でさえわからないくらい早口だった。やがて、数メートル先の闇の中から、なにかにおおわれた黒っぽい影のようなものがあらわれた。リリーは驚きに口を半分開いたまま、その奇妙な影に目を凝らした。

「あの子だよ《エ・レイ》」ジュゼッペが悦に入った様子でつぶやく。「さあ、これでどうだい、カーラ」遠くに見える影が男で、小さな、人形のようなものを抱えているのに気づくと、リリーは激しく身を震わせた。男は子どもの脇の下を手で支えている。男が子どもの体を持ち上げると、灰色がかった紫の空に、黒髪が磨き上げられたオニキスのごとくきらめいた。「やめて」リリーは金切り声をあげた。心臓が狂ったように早鐘を打っている。

子どもはジュゼッペのほうを向き、小さな、問いかける声で言った。「パパ、パパなの?《パパ・トゥ・セイ・パパ》」

ニコールだった。リリーの娘だった。彼女は手提げかばんを地面に落とし、よろよろと足を前に踏みだした。ジュゼッペがリリーを自分の胸に抱き寄せ、苦悶の叫び声をあげかけた彼女の口を片手で押さえた。押さえつける腕から逃れようとして、彼女は死に物狂いでもがき、涙をあふれさせた。口をふさがれたまますすり泣き、目をしばたたいて、視界をかすませる涙を振りはらった。ジュゼッペの小さなあざけり声が耳元で聞こえた。「シー、ニコレッタだよ、ぼくたちの娘の。とってもかわいいだろう?《エ・モルト・カリーナ》 本当にいい子なんだよ」

ジュゼッペがうなずいてみせると、男は子どもとともに姿を消し、闇の中へ溶けていった。三〇秒ほども経ってからようやく彼の腕から解放された。そのときにはもう、入り組んだ通りや路地を抜けて娘に追いつけるチャンスはなくなっていた。

リリーは嗚咽を漏らしながらも徐々に落ち着きを取り戻していった。「なんてこと……」とつぶやいてむせび泣き、肩を落として、おなかに両腕をまわした。

「だから生きていると言ったろう?」ジュゼッペは手提げかばんを拾い上げ、口を開けて中身を確認すると、満足げにため息をついた。

「あ、あの子、イタリア語を話したわ」リリーは嗚咽をこらえ、娘がいたあたりに目を凝らした。

「英語も話すけどね」

「娘を隠している場所に、ほかにもイタリア人がいるのね?」リリーは震える声でたずねた。

「だからいまも、イタリア語を話せるのでしょう?」

ジュゼッペはぎらつく黒い瞳で彼女をにらんだ。「あの子をまた捜そうとしたら、本気で怒るよ」

「ジュゼッペ、取引をしましょう。あなたとわたしで。あなたが満足してくれるような、十分な金額を用意するから……」ひどく震えている自分の声を、懸命に落ち着かせようとする。

「だからあの子を返して。永久にこんなことをつづけていられないのは、あなただってわかってるはずよ。あなたは、ニ、ニコールのことを気にかけている。心の底では、わたしのもとに返したほうがいいと思ってるに違いないわ。あの子を抱いていた男……あれは、あなたの仲間なの? ほかにもいるの? あなたが、手を組む相手もいないのにイタリアからひとりで渡ってきたわけがないもの。あなたはきっと……」懇願するように彼に手を伸ばす。

「ギャング団か、秘密結社か、呼び名なんかなんでもいい、そういうものに属しているんだわ。そうじゃなければ、つじつまが合わないもの。わたしがあなたに渡したお金……その大部分がその人たちの分け前になったのでしょう? ギャング団について聞いたいろいろなうわさが本当だとしたら、ジュゼッペ、あなただって安全とは言えない。お願いだから、ニコールが危険にさらされないように――」

「危険な目には遭わせてないって、たったいまその目で見たじゃないか」ジュゼッペは鋭く言い放った。

「そうね。でも、いったいいつまで？　あなたは本当に危なくないの、ジュゼッペ？　あの子のためにも、自分自身のためにも、わたしと取引することを考えてみたほうがいいと思わない？」憎しみが喉の奥にせり上がってきて、息すらできなくなる。でもリリーはそれをおもてに出すまいとした。彼の目に興味がわくのに気づくと、静かにつづけた。「あなたの要求に見合う額を用意できるわ。そのほうが三人ともずっといいでしょう――あなたも、わたしも、そしてあの子も。お願いよ、ジュゼッペ」その言葉の苦さを舌に感じつつ、それでもリリーは優しくくりかえした。「お願い」

彼はなかなか答えようとせず、貪欲な目つきでリリーをじろじろ眺めまわしていた。「きみが女らしくぼくにお願いするなんて、これが初めてだね。そんなふうに優しい、猫撫で声でさ。どうせレイフォードのベッドで教わったんだろう、ええ？」

リリーは凍りつき「あのことを知ってるの？」と苦しげにささやいた。

「あいつの情婦になったんだろう？」ジュゼッペはこびる声でささやいた。「ぼくと別れてから、どうやらきみは変わったらしいね。いまのきみは、きっと男を喜ばせることができるんだ」

その声音にリリーは吐き気を覚えた。「どうしてそんな……」

「きみのことなら、なんでもお見通しさ。きみが出かける先だって全部知ってる」彼はリリーの頬に触れ、熱い指をあごの先まで這わせた。

力なく愛撫を受け入れながら、リリーは内心では嫌悪感に縮み上がっていた。不快感に身震いしそうになるのをこらえる。「わたしの言ったこと、考えてみてくれる？」と不安げにたずねた。

「たぶんね」

「じゃあ、金額について話し合いましょう」

ジュゼッペは彼女の事務的な口調にくっくっと笑い、かぶりを振った。「あとでね」

「あとでっていつ？　今度はいつ会えるの？」

「じきにね《フラ・ポーコ》。また手紙を送るよ」

「だめよ」リリーは立ち去ろうとする彼に手を伸ばした。「いますぐじゃないとだめ。この場で決めましょう――」

「焦らないで」ジュゼッペは物憂げにつぶやき、リリーの手から逃れると、愚弄するようににやりとした。「時間がないんだ《ア・ピウ・タルディ》、リリー」彼は手を振って別れを告げると、急ぎ足に去っていった。

「よかった」リリーはあふれる涙をぐいっとぬぐった。いまにもその場にくずおれてしまいそうな、悲嘆のあまり叫び、暴れだしそうな気がした。けれども彼女は、こぶしを握りしめて、彫像のように立ちつくしていた。冷え冷えとした絶望の下に、かすかな希望のかけらがある。この目で娘を見ることができた。あれは間違いなくニコールだった。リリーは飢えたように、垣間見た小さな愛らしい顔や、人形のようにか細い手足を脳裏に焼きつけた。「神様、あの子をお守りください。どうかあの子を見捨てないで……」

リリーはデレクに借りた小柄なアラブ馬のもとに戻り、つややかな栗色の体を撫でた。頭の中をさまざまな思いが狂ったように駆け巡っている。上の空で背にまたがると、ドレスとマントの裾を直した。衝動的に、ジュゼッペが戻っていったほうに馬を向け、警察でさえ昼夜を問わずあえて見まわりをしようとはしない無法地帯を目指した。スラム街の暗い通りは、ギャンブルや売春行為で活気づき、すりから殺人までありとあらゆる犯罪行為がはびこっている。悪党たちのアジト、袋小路、物陰がそこかしこにあって、まさに犯罪の温床となっている。そんな世界に、リリーの娘は暮らしているのだ。

上等な馬と高価なマントに身を包んだ人影を見つけるなり、浮浪者たちが近づいてきて、なにか奪いとろうと手を伸ばした。乗馬靴をつかまれてリリーは恐怖にしりごみし、馬に拍車をかけた。なんて愚かなまねをしているのだろう。武器も身を守るものも持たずにこんなところに足を踏み入れるなど、自ら危険を誘いこむようなものだ。リリーは明確にものを考えることができなかった。進路を側道にとり、比較的安全なコベント・ガーデンを目指した。

そのとき、激しい怒号が聞こえてきた。通りを進むにつれ、その声はどんどん大きくなっていった。ある者はぼろを、ある者は上等な服をまとった男たちが数人、朽ち果てそうな木造の建物の間を行き来していた。なにかの見世物を見ているようだ。犬の押し殺した吠え声とうなり声が聞こえてリリーは眉根を寄せた。動物いじめかしらと不快な気持ちで思った。囲いの中に動物と獰猛《どうもう》な犬を入れ、互いに殺しあうさまを眺めて楽しむこの残虐なゲームを、男たちは興奮し夢中になって見物するという。今夜はいったいどんな動物がいけにえに選ばれたのだろう。どうやらアナグマらしい。丈夫な毛皮を持ち、かむ力も強く、生命力が旺盛なアナグマは、野蛮な見物人を大いに楽しませているようだ。リリーは見世物を避けるように、建物の間を慎重に進んだ。そうしたゲームに熱中する人たちが、たやすく暴力行為に走ることを知っているからだ。そんな連中に見つかりたくはない。

男たちは、畜舎の囲い地を改造した広場のような場所で怒声をあげながら大騒ぎしていた。ふと見やると、広場の脇、荷車や荷馬車、空っぽの家畜小屋などがごちゃごちゃと並ぶ中に、小さな男の子が膝を抱えてしゃがみこんでいた。泣いているのか、肩が震えている。よしなさいと頭の中で思いながら、リリーは馬を止めていた。「ぼく?」と優しく呼びかけてみる。

見上げる少年の顔はひどく汚れ、涙が頰を伝っていた。痩せ細り、青ざめ、目鼻ばかりが目立った。たぶんヘンリーと同じ、一一歳か一二歳くらいだろう。だが、栄養失調なのかそれとも病気なのか、成長が止まってしまったようだった。つやつやした馬に乗るリリーの姿を認めるなり、少年は泣くのをやめ、口をぽかんと開けて彼女を見つめた。

「どうして泣いているの?」リリーは優しくたずねた。

「泣くもんか」少年は言い、涙に汚れた顔をぼろぼろの袖でごしごしとこすった。

「誰かにいじめられたの？」

「違うよ」

「中にいる誰かを待ってるの？」リリーは怒号が響く木の塀の向こうを指さした。

「そうだよ。もうじきあいつを連れにくる」少年は背後のカラフルな荷馬車を示した。いまにも壊れそうな馬車には、巡回サーカス団の名前が書かれている。馬車の前につながれた灰色のまだら模様の老馬は、骨が浮くほど痩せており、ひどく具合が悪そうだった。

「あいつ？」リリーは当惑して訊きかえし、馬から降りた。少年が立ち上がり、礼儀正しくリリーとの距離を保ったまま、馬車の荷台のほうへといざなう。そこに檻があり、中から毛のもつれたクマの顔がのぞいているのを見て、リリーはぎょっとした。「びっくりした！」と叫ばずにはいられなかった。

　クマは大きな頭を前脚にのせて休んでいた。彼女を認めて眉間にしわを寄せ、悲しげに問いかける表情になった。「悪さはしないから大丈夫だよ」少年はかばうように言い、手を伸ばしてクマの頭を撫でた。「すごくいいやつ《グッド・オールド・フエロー》なんだ」

「たしかに、年はとっているみたいね」リリーはうなずいて、魅了されたようにクマを見つめた。毛皮が汚れてこわばり、全体的に黒ずんでいる。首と体のところどころに大きなはげがあり、黒い毛皮に囲まれたそこだけが余計に白く見えた。

　少年はクマの頭を撫でつづけている。「触ってもいいよ」

　万が一のときはすぐに引っこめられるよう、リリーは恐る恐る檻の中に手を伸ばした。クマは静かに息をしながら、目を半分閉じている。大きな頭をそっと撫で、哀れむようにその巨体を見つめた。「クマなんて初めて触ったわ……生きてるクマなんて」

少年がかたわらで泣きだす。「もうじき死んじゃうんだ」

「ぼくは、サーカス団の子なの？」リリーは荷馬車を見やりながらたずねた。

「うん。父ちゃんが飼育係なの。ポーキーはもう芸を覚えられないんだって。だから、ここに連れていって、一〇ポンドで売ってこいって」

「じゃあ、あのゲームに？」リリーの中で憤りがますます激しくなっていった。連中は、このクマを鎖でつなぎ、ぼろぼろになるまで犬に食いつかせるつもりなのだ。

「うん」少年は打ちひしがれた声で答えた。「最初はネズミとアナグマを獲物にして、犬をけしかけるんだよ。最後がポーキーの出番なんだ」

リリーは憤怒に駆られた。「こんなゲーム許せない。第一、このクマは年をとりすぎて、防御もできないじゃない！」彼女はクマをじっと見つめた。そして、大きなはげは毛を剃った跡なのだと気づいた。犬たちが攻撃し、食らいつきやすいよう、わざと毛を剃ってある。最初から殺される運命にあるのだ。

「だけど、一〇ポンドもらわないと帰れないんだ」少年はめそめそと泣いた。「父ちゃんにぶたれるから」

少年の絶望した顔を見ていられなかった。自分にできることはない。せめて苦痛が長くつづかないよう、犬たちがさっさとクマを仕留めてくれるよう祈るしかできない。「なんて夜なのかしら」彼女はつぶやいた。この世の中は残忍さにあふれている。それに逆らい、戦おうとするなど無意味だ。力なく横たわるクマを見ていると、苦々しい思いがこみあげてきた。「ごめんね」と低い声でクマに謝り、馬へ戻ろうとした。わたしにできることはないのだから。

「ガンディガッツが来たみたい」と少年がつぶやく。

リリーは馬の背中越しに、だらしない身なりの大柄な男がこちらにやってくるのを見た。雄牛のような首に木の幹ほどもある太い腕。顔は黒い剛毛でおおわれていて、分厚い口を開けると、葉巻をくわえた歯が欠けているのがのぞいた。「おい、どこに行きやがった、小僧？」と野太い声で少年を呼び、立派な馬に目を留めるなり、興味津々に目を細めた。「なんだこりゃ？」男は言い、馬の周りをまわりながらリリーを見た。優雅なマント、やわらかそうな黄色のドレス、額にかかるきらめく漆黒の髪をしげしげと眺めている。「こいつは上玉だ」男は口を引き結んだ。「一発どうだい、お嬢ちゃんよ？」

リリーがぶっきらぼうに返すと、男はげらげらと笑い、やがて視線を少年に移した。「獲物を連れてきやがったか、え？　どれ、見せてみな」檻の中でクマがおとなしく寝転んでいるのを見るなり、男はばかにするように分厚い唇をゆがませた。「なんじゃこのでっけえ肉のかたまりみてえのは。とっくに犬たちにやられちまった後みてえじゃねえか！　おい、親父はこいつに一〇ポンド払えって言いやがったのか？」

少年は震えながら必死に感情を押し殺している。「はい、そうです」

いばりちらす男に、リリーはもう我慢の限界だった。世の中はすでに残虐行為と不必要な苦しみに満ちている。この哀れな老いたクマを、これ以上苦しませるわけにはいかない。

「わたしがこの子に一〇ポンド払うわミスター・ガンディガッツ。どう見ても、この哀れな生き物はあなたの役には立たないでしょうから」きびきびした口調に合わせた事務的な表情を作り、リリーは用心深く、小さな巾着袋をドレスの前身ごろから取りだした。

「ルーターズさんだよ」少年が声をひそめて言う。「おじさんの名前は、ネヴィル・ルーターズさん」

「ガンディガッツ」が肥満した男を指す隠語なのに思い当たり、リリーは顔をしかめた。間に合わせの競技場のほうから聞こえる怒号を切り裂くように、ルーターズの冷笑が響く。

「二〇〇人を超える観客が集まってんだ。みんな血を見たさに、とうに金を払っちまってる。はした金なんぞとっときな、お嬢ちゃん。クマはおれさまがもらう」

リリーは周囲にさっと視線を走らせた。木枠がいくつか重ねられた上に、重たそうな鎖がとぐろを巻いているのが見える。「だったら――」彼女はつぶやき、巾着をわざと指の間から滑らせた。チャリンというきれいな音をたてて、巾着が地面に落ちる。「大変、わたしの金や宝石が！」

ルーターズが見るからに強欲そうな顔で巾着を凝視する。「いま、金っつったな？」唇をなめ、地面にしゃがみこんで、ぼってりした手を巾着に伸ばす。

金属がぶつかる音と、くぐもった重たい衝撃音があたりに響いた。ルーターズはうっとうめいて地面に突っ伏した。巨体はぴくりとも動かない。リリーは重たい鎖を放し、満足げに両手の汚れをはらった。少年はあんぐりと口を開けて、驚嘆のまなざしで彼女を見上げている。リリーは素早く巾着を拾い、少年に手渡した。「これを持ってお父さんのところに帰りなさい。馬と荷馬車の代金を払っても、まだあまるくらい入ってるから」

「でも、ポーキーは――」

「わたしが面倒を見てあげる。いじめたりしないから安心しなさい」

少年は目を輝かせ、頼りなくほほ笑んだ。それから大胆に手を伸ばし、上等なウールのマントの合わせ目に触れた。「ありがとう。本当にありがとう」と礼を言い、大急ぎで闇の中へと駆けていった。少年を見送ってしまうと、リリーは急いで馬を荷馬車の後ろにつないだ。檻の外の気配に気づいたクマがうなり、馬が神経質に身を揺する。「静かにして、ポーキー」リリーは小声でたしなめた。「あなたが暴れたら助けられないでしょ」おんぼろ荷馬車の木の座席に用心深く腰を下ろし、手綱に手を伸ばした。

そのとき、足首のあたりになにかを感じ、リリーはぎくりとした。見おろすとルーターズの、剛毛におおわれた憤怒の顔があった。肉厚な手で彼女の脚をつかみ、そのまま荷馬車から引きずり降ろす。勢いよく地面に落ちたリリーは衝撃に叫び声をあげた。打ったお尻が痛い。

「おれのクマを盗もうってのか、え?」ルーターズが見おろしてくる。怒りに顔を真っ赤にし、口からつばを飛ばしていた。「上等な馬に乗って、結構なお屋敷からこんなところにいったいなにをしに来やがったかと思やあ、厄介事に飢えてたってえわけか……いいじゃねえか、楽しませてやらあ！」ルーターズは彼女の上にのしかかると、ドレスの前身ごろの上から乱暴に体を撫でまわし、スカートを引き上げた。

リリーは金切り声をあげ、身をよじって逃れようとしたが、巨体はびくともせず、息さえできなくなってきた。重みに肋骨がきしむ。このままでは骨が折れる。耳の奥で奇妙な鐘の音のようなものが鳴り響く。「やめて」リリーはあえぎ、懸命に息をしようとした。

「ウエストエンドの小生意気な盗っ人め」ルーターズが憎々しげに言う。「よくもおれさまの頭をぶちのめしてくれたな！」

そのとき、気味が悪いくらい落ち着きはらった別の声が聞こえてきた。「彼女の悪い癖でね。直すよう言ってるんだが」

「きさま誰だ？　このアマのひもか？」ルーターズがすごみをきかせた声で問いただした。

「おれさまがすんだら交代してやっから待ってな」

リリーは必死に首をまわした。ぼやけた視界に夫の姿を認めて仰天した。でも、彼のはずがない。これはきっと幻だ。「アレックス……」リリーはべそをかいた。不快な耳鳴りの向こうから、憎悪に満ちた彼の低い声が聞こえてくる。

「わたしの妻から離れろ」

11

ルーターズはアレックスがどれだけ本気で言っているのかを推し量るかのように、彼の顔を凝視した。不穏な空気に気づいたクマが檻の中で落ち着きなく動き、哀れっぽくうなる。だがその不安げなうなり声は、夫の口から出てきた奇妙な、恐ろしい怒声に比べればなんでもなかった。アレックスは、妻の上にのしかかっている巨体にいきなり突進した。責め苦のような重みから出し抜けに解放されて、リリーは安堵にあえいだ。肺いっぱいに空気を吸いこみ、痛む肋骨のあたりをぎゅっと手でつかむ。いったいなにが起きているのかと、懸命に頭を巡らせた。

ふたりは数メートル先でつかみ合い、戦っていた。あまりの動きの速さに、リリーの目は宙にひるがえるアレックスの金髪しか確認できない。彼はものすごいうなり声とともに両のこぶしをルーターズの顔にたたきつけ、雄牛のごとき首に指をめりこませて、気管を圧迫した。ルーターズの頰が憤怒にふくらむ。ルーターズはアレックスの襟をつかむと、脚に蹴りを入れ、彼を投げ飛ばした。体が地面にたたきつけられる音に、リリーは金切り声をあげて夫のもとへ駆け寄ろうとした。だが彼女がたどり着く前にアレックスはもう立ち上がっていた。飛んでくるこぶしをさっとかわすと、ルーターズにつかみかかり、重ねられた木箱めがけて投げ飛ばした。巨体の下敷きになった木箱は音をたてて崩れた。

リリーは口をあんぐりと開け、目を真ん丸に見開いてアレックスを見た。「なんてこと」とつぶやき息をのんだ。アレックスとは思えない。もう少し上品な殴り合いとか、言葉で争うとか、ピストルで威嚇するとか、そういうのを想像していたのに。なのにアレックスは、むきだしのこぶしで敵の体を粉砕しようとする、血に飢えた別人になってしまった。まさか彼に、こんな激しい一面があるとは思いもしなかった。

ルーターズがよろよろと立ち上がり、ふたたびアレックスに突進する。彼は腰をひねってそれをかわすと、相手の肋骨めがけてこぶしを突き上げた。最後に背中に強烈な一撃をお見舞いする。ルーターズは地面に倒れ、痛みにうめいた。口いっぱいの血の混じった唾を吐き、もう一度起き上がろうとして、あきらめのうなり声とともに崩れ落ちた。アレックスはゆっくりとこぶしを開いた。顔だけをこちらに向ける。

その瞳が獰猛にぎらついているのが怖くて、リリーは一歩後ずさった。やがてその険しい表情が和らぎ、彼女は無意識に夫に駆け寄っていた。首に両腕をまわし、ぶるぶると身震いしながら気がふれたように笑った。「アレックス、アレックス――」

アレックスは両腕で彼女を抱きとめ、落ち着かせようとした。「深呼吸をして。もう一回」

「あなたのおかげよ」リリーは息を詰まらせた。

「だから、きみを守ると言っただろう?」アレックスはつぶやいた。「きみがどんなに厄介なことになろうと、きっと守るよ」大きな、隠れ家のような体にぎゅっと抱き寄せる。アレックスは黒髪に唇を寄せながら、悪態と優しい言葉とを交互にささやきつづけた。泥まみれのマントの下に片手を差しいれ、張りつめた背中と、こわばった背骨をさすった。リリーはこれまで見たことがないくらいに緊張しきっていた。どんなになだめても、頭がおかしくなったような笑いが止まらないらしい。「落ち着いて」アレックスはささやいた。「リラックスして」彼女がこのまま腕の中から飛び去ってしまうのではないかと思うと恐ろしかった。

「どうしてわかったの？　どうやって見つけたの？」

「レディ・ライアンが留守でね。それでクレーヴンズに行ってみたら、馬車と御者はいるのに、きみの姿がなかった。ワーシーを問い詰めたら、ひとりでコベント・ガーデンに行ったと白状した」通りの先の、御者のグリーヴズと二頭の馬を待たせてあるほうを見やる。「グリーヴズと一緒に通りという通りを捜したよ」アレックスはリリーの顔を上げさせた。見つめる灰色の瞳は突き刺さるようだ。「リリー、わたしとの約束を破ったね」

「破ってないわ。クレーヴンズには先導者に、ば、馬丁も同行させたもの。あなたが言ったのはそれだけだったはずよ」

「さっきの話のことだけを言ってるんじゃない」アレックスは容赦なく言った。「きみだってちゃんとわかっているはずだ」

「でも、アレックス――」

「しーっ」アレックスは彼女の頭越しに、競技場のほうから大柄な男がふたり出てくるのを確認した。男たちは、アレックスから、地面に倒れて動かないルーターズへと視線を移した。

「なんてえこった……」ひとりが叫び、もうひとりがまごついて頭をかきむしる。「クマを寄越しやがれ――もうすぐアナグマとの対決が終わっちまうんだよ」

「いやよ！」リリーは金切り声をあげて男たちと向き合った。アレックスは彼女の体にまわした腕を離さずにいる。「お断りよ、このけだもの！　あんたたちが競技場の中に入ったらどうなの？　あんたたちが相手じゃ、犬も勝ち目がないでしょうけどね！」彼女は夫を振りかえり、シャツをぎゅっとつかんだ。「あ、あのクマはわたしが買ったの。わたしのものなのよ！　連中の非道を聞かされて、どうしてもそうせずにはいられなくて。哀れなクマが、あんまりかわいそうで。だから連れていかせないで、ずたずたに引き裂かれてしまう――」

「リリー」アレックスは彼女の顔を両手で優しく包みこんだ。

「落ち着きなさい。わたしの話を聞くんだ。こういうことは日常茶飯事なんだよ」

「残酷だし、野蛮だわ！」

「わたしだってそう思う。でも、このクマを助けだしたところで、連中は代わりの動物を見つけるだけの話だ」

リリーは目に涙を浮かべ「ポーキーという名前なの」とかすれ声で告げた。いまの自分が普通でないのはわかっている。いままでこんなふうに感情的になったり、男性にしがみついて慰めと助けを求めたりしたことなどなかった。どうやら、娘の生きている姿を確認した衝撃と、ここ数日間の驚くべき出来事の数々のせいで、一時的に正気を失ってしまったようだ。

「この人たちにポーキーは渡さない」彼女は打ちひしがれた声で訴えた。「アレックス、この子をわたしへの結婚の贈り物にして」

「結婚の贈り物？」アレックスはおんぼろの荷馬車をぽかんと見つめた。ところどころはげのある、涙目の年老いたクマは、不揃いな格子に鼻をすり寄せている。残忍なゲームの獲物にされようがされまいが、老い先が長いようには見えなかった。

「お願い」リリーはシャツにしがみついたまま ささやいた。

小さく悪態をついて、アレックスは彼女の身を離した。「グリーヴズのところに行って、馬に乗っていなさい。あとはわたしに任せて」

「でも――」

「言うことを聞くんだ」アレックスはきっぱりと言い放った。妥協を許さぬ険しいまなざしから目をそらし、リリーはおとなしく従うと、ゆっくりと角のほうへ向かった。アレックスはふたり組みの男に歩み寄り、「クマはわたしたちのものだ」と穏やかに告げた。

ひとりが一歩前に出て、肩をいからせる。「ゲームに必要なんだよ」

「別のを見つけるんだな。妻がこのクマをほしがっているのでね」アレックスはかすかにほほ笑んだが、視線は冷たく殺気を帯びている。「異論は？」

男たちは不安な面持ちで、突っ伏しているルーターズと、威嚇してくるアレックスとを見比べた。仲間と同じ運命をたどりたくないとふたりが考えているのは、明白だった。「でもよ、そしたら犬どもの獲物はいったいどうすりゃいいってんだよ」ひとりが恨めしそうに言う。

「いくつか案はあるが」アレックスは言い、ふたりをまじまじと見つめた。「おまえたちはどれも気に入らんだろうな」

不穏な目つきに怯えて、男たちはそわそわと後ずさった。「またネズミやアナグマを使えばいいよ、な？」ひとりが、もうひとりに提案する。

言われたほうは不満げに眉根を寄せた。「でもよ、もう客どもに次はクマだって――」

板挟みになっているふたりなどお構いなしに、アレックスはグリーヴズに身振りで合図した。

御者がすぐにやってくる。「なんでしょうか？」

「この荷馬車をわが家まで頼む」アレックスは当然のことのように命じた。「レディ・レイフォードとわたしは、馬で帰る」

スワンズ・コートまでクマを運ぶのかと、グリーヴズがげんなりした表情を浮かべる。だがもちろん、彼は不服を言ったりはせず、「かしこまりました」と暗い声で答えた。派手な装飾をほどこした荷馬車に恐る恐る近寄り、木の座席にこれみよがしにハンカチを広げ、上等なお仕着せが汚れぬよう細心の注意をはらって腰を下ろした。クマはわずかに興味を覚えた顔でその様子をじっと眺めている。アレックスは笑いをかみ殺し、リリーが待つ角のほうへと向かった。

リリーは不安のあまり眉間に深いしわを寄せていた。「アレックス、レイフォード・パークにポーキーのための畜舎か檻を用意できないかしら？　じゃなかったら、森に放してやるか――」

「人馴れしすぎていて、森に放すのは無理だろうね。友人に、珍しい動物を飼うのが趣味の男がいる」アレックスは、どうなることやら、という顔でクマを見やった。どう見ても「珍しい」などというしろものではない。彼はうんざりとため息をついた。「あわよくば、ピンキーを飼ってもらえるようその友人を説得できるかもしれない」

「ポーキーよ」

物言いたげにリリーを見てから、アレックスはひらりと馬にまたがった。「今夜はほかにもまだ大冒険の予定があるのか？　それとも、あとは家でゆっくり過ごせるのか？」

リリーはそっとうつむき、なにも答えずにいた。内心では、普通の妻にはなれないと言ったはずよ、と指摘したい気持ちに駆られていた。横目でちらりと彼を見やると、服も髪も乱れきった姿が目に入った。めまいを覚えるほどの不安に襲われて、懸命にこらえた。今夜彼がしてくれたすべてのことに感謝したいのに、なぜか言葉が出てこなかった。

「行こう」アレックスがそっけなく言う。

リリーはためらい、唇をかんだ。「アレックス、きっともう、わたしとの結婚を後悔してるんでしょうね」不安のあまり声が上ずった。

「きみに言うことを聞かせられなかったこと、きみを危険にさらしたことを後悔しているよ」

ほかのときだったらきっと、言うことを聞かせるなどという言葉に、リリーは激しく抗議しただろう。だが彼に助けられたときの記憶があまりにも鮮明すぎて、彼女はいつになくしおらしく応じた。「仕方がなかったの。自分で解決しなければならなかったから」

「クレーヴンに返したんじゃないんだな？」アレックスはにべもなく言った。「ほかの誰かに五〇〇〇ポンドを渡したんだな？」彼女がかすかにうなずくのを見て、唇を引き結んだ。「いったいなんのトラブルに巻きこまれてる、リリー？」

「聞かないで」リリーはうなだれ、ささやくように返した。「あなたに、嘘をつきたくないから」

彼の声は低くかすれていた。「だったら本当のことを言えばいい」

リリーは革の手綱を幾重にも手首に巻きつけた。彼のほうを見ることはできなかった。

ブランデーのボトルにかけた手を止め、アレックスは薄暗い書斎に目を凝らした。リリーは二階で寝支度を整えている。焦りといらだちのあまり、秘密を明かしてしまうことを彼女は恐れている。それは明らかだ。アレックスには、どうしたら彼女に信じてもらえるのかわからなかった。リリーの瞳をのぞきこむたび、そこに焦りがあることが見てとれた。そのせいで、さらにがんじがらめになっていくのも。問題は金ではないはずだ。莫大な財産を自由に使っていいと伝えたにもかかわらず、そんなことではどうにもならないようだった。愚かにも彼は、借金さえ返してしまえば、彼女の瞳に何度となく浮かぶ恐れが魔法みたいに消えてなくなると思っていた。だが、それはまだそこにある。今夜の出来事を笑い話として見過ごすことはできない。あれは、ひきうすのようにのしかかっている重荷に対する、彼女なりの抵抗だったはずだ。人が深い苦悩から逃れようとしてどんなことをするか、彼はよく知っている。自分が二年間、そういう日々を過ごしてきたからだ。

アレックスは酒はつがず、ボトルを置くと、目をごしごしとこすった。ふいにリリーの気配を感じて、その手を止めた。彼女を近くに感じただけで感覚が研ぎ澄まされる。彼女の唇がそっと自分の名を呼ぶだけで、激しい欲望に全身が硬くなった。

振りかえって彼女を見る。真っ白な薄いキャンブリック地のナイトドレスに身を包み、ふわふわの漆黒の髪が顔を縁取っていた。気後れした様子の彼女はとても小さく見え、たまらなく魅力的だった。背後にブランデーのボトルがあるのを見て黒い瞳をきらめかせ、「お酒を飲んでるの？」とたずねる。

「いいや」アレックスは髪をかきあげた。自分の声が疲れていらだっているのがわかった。「なにか用か？」

リリーが笑いをこらえて小さくむせる。「今夜は、結婚して初めての夜よ」

その言葉に、たちまちアレックスは、彼女がほしいという気持ち以外のすべてのことを忘れた。やわらかなキャンブリック地に隠されたもの、彼女を組み敷くときのあの感覚、優しく締めつけるあの心地よさ。興奮が全神経に行き渡るのを覚えながら、彼は無関心をよそおって立ち上がった。彼女の口から聞きたかった。どうして捜しにきたのか、言わせたかった。

「そういえばそうだな」彼はあいまいに返答した。

リリーは少しもじもじしてから、片手をうなじにやり、巻き毛をもてあそびはじめた。それがどんなに男の気をそそるか、自分でわかっていないらしい。「疲れてるの、伯爵?」

「いいや」

彼女はなかなかあきらめなかったが、声がだんだんいらだってくるのがわかる。「まだ眠らないの?」

アレックスはテーブルを離れ、彼女に歩み寄った。「眠れっていうことかい?」

リリーは目を伏せた。「起きていたいならそれでも——」

「一緒にベッドで寝てほしい?」リリーを抱き寄せ、脇の下に手を入れる。

リリーは顔が赤くなるのを覚えた。「ええ」とやっとの思いでささやくと、次の瞬間には唇が重ねられていた。彼女は小さくあえいでアレックスに身を任せ、腰に両腕をまわした。とたんにアレックスの全身に炎がともる。彼女をもっと強く、押しつぶしてしまうくらい強く抱きしめたいと思った。代わりに抱き上げて寝室に運び、丁寧にドレスを脱がせ、自分が脱ぐのを手伝ってもらった。紳士服の構造に慣れていないらしく、リリーはズボンの内側についた平らな小さいボタンをなかなか見つけられなかった。アレックスはそれをどうやって外すのか優しく教えた。ボタンを外すとき、手の甲が素肌に触れ、彼は吐息を漏らした。

アレックスはリリーをベッドに押し倒し、ゆっくりと時間をかけて熱い口づけで全身をおおい、やわらかな肌に顔を押しつけ、白くまろやかな乳房や腰やおなかを愛撫した。リリーはすべてを彼にゆだねていた。これまでともにした夜とはまるで違っていた。両手が臆することなく彼の体の上を這い、脚がからみついてくる。冷たい指で髪を梳き、気だるくもてあそび、うなじを撫でた。

しなやかな、ほっそりとした体が弓なりになって、唇からあえぎ声が漏れる。アレックスは息を荒らげて、唇を重ねた。手を下げていき、しっとりとした湿り気を手のひらに閉じこめる。リリーは身を震わせて自ら脚を開き、腰を突き上げて、甘美な圧迫感をもっと味わおうとした。アレックスは優しく指先で撫でてから、ゆっくりと指を沈ませた。

力なくあえいで、リリーがいっそう腰をすり寄せ、圧倒されるような指の動きにあわせて身をよじる。アレックスは首筋と肩に口づけてから指を引き抜き、手のひらで脚を大きく開かせた。「目を開けて」とかすれ声でささやき、彼女の顔をじっと見つめ、さらに大きく脚を開かせる。「ちゃんとわたしを見て」

漆黒のまつげが持ち上がり、リリーが熱っぽいまなざしで見つめかえす。アレックスは慎重に奥へと入っていった。重たくうずく感覚に、彼女が大きく目を開く。アレックスは彼女のお尻をつかみ、さらに奥深く突き上げ、何度も挿入をくりかえした。リリーは彼のなめらかな背中を撫で、快感が高まってくると、硬い筋肉に爪を食いこませた。ひげを剃った頬がこすれてくすぐったい。リリーは彼が耳元でささやくのを聞いた。言わずにはいられないかのように、とぎれがちにささやく声……どんなにリリーが美しいか、どんなに彼女を求めているか……どんなに愛しているか。困惑と驚きを同時に覚えながら、リリーは体の内側にも外側にも喜びが広がっていくのを感じ、言葉にできない感覚の中へとのみこまれていった。アレックスは息をのんで歓喜に達し、張りつめた体を震わせた。

これまで感じたことのない圧倒的な静けさがふたりを包んでいる。リリーは目を閉じたまま、何度も何度も自分に問いかけていた。きみを愛してる……まさか、あれはただの聞き間違いだ。もしも彼が本当に言ったのだとしても、本気ではないだろう。サリーおば様に忠告されたことがある。情熱に駆られた男性の言うことを、本気にしてはだめだと。あのときは、その忠告がどんなに重要な意味を持っているのか、理解することはできなかったけれど。

しばらくすると、アレックスが動く気配がした。ベッドを下りようとしているのかもしれない。リリーは寝たふりをしつつ、首にまわした両腕と、体にからめた脚は離さずにいた。彼がその手足を振りほどこうとするのに気づいて、リリーは寝言をつぶやき、いっそうきつく手足をからめた。ありがたいことに、彼は離れるのをあきらめてくれた。頭の下で胸板が大きく、速く上下している。不自然な息づかいをリリーはいぶかった。そして、彼は自分でなにを言ったかわかっているのだと思った。言ったことを後悔しているに違いなかった。

アレックス……できれば、本気であってほしかった。

自分の気持ちにぎょっとして、リリーはなんとかして熟睡しているふりをよそおいつづけた。彼にはわたしなんかよりもっとふさわしい女性がいる。純粋で、無垢で、汚《けが》れのない女性が。もしも本当に彼女を大切に思っているとしても、それは、真実を知ってしまうまでのことだ。ニコールの存在を知ったら、彼はきっと離れていく。彼を愛してしまったら、リリーの心は粉々に砕けてしまうだろう。

「これがどんなに絶望的で低俗な騒動か、わたくしに言われなくてもわかっているでしょう」レディ・ライアンは容赦なく言いきり、新婚のふたりをねめつけた。まるで、生徒が物陰でどこの馬の骨とも知れない男とキスをしているところを見つけた家庭教師のようだ。輝く銀髪に率直そうな青い瞳の優雅なレディ・ライアンは、しっかりとした完璧な骨格の持ち主で、若いころはさぞかし美しかっただろうと思わせる。

アレックスは申し訳なさそうに肩をすくめた。「しかし、おば上、真相はですね——」

「真相なんか聞きたくありませんよ！　まったく、あなたは性急なのだから。わたくしはうわさを聞いたのです、もうあれで十分」

「そうですね、おば上」アレックスは謙虚に応じつつ、横目で妻をちらりと見た。これでもう同じせりふを一〇回はくりかえしている。三人はハンプトン・ライアン卿が所有するブルック・ストリートの邸宅の、金と緑で内装をまとめた応接間にいる。リリーはアレックスのそばの椅子に縮こまり、組み合わせた手から目をそらさずにいた。一方のアレックスは、彼女のこんなしおらしい姿を見たことがないので、笑いをかみ殺すのに必死だ。彼女には事前に、おばとの話し合いがどんな具合になりそうか言い聞かせてある。彼の予想どおり、初老のレディ・ライアンはすでにもう四五分ばかり、横柄な態度でふたりにひたすら小言ばかり言っている。

「ギャンブルだの、裸をさらしただの……ほかにもなにがあったか、わかったものではありませんよ」レディ・ライアンは鋭い口調でつづけた。「しかも公衆の面前で。それで助けてくれと言われたって土台無理ですよ。あなたの妻はもちろんのこと、アレクサンダー、あなたもこの責任をとらねばなりません。あなたの振る舞いは言語道断。いいえ、それ以下だわ。よくもそのように、正真正銘の名誉を愚かにも投げ捨て、一族の名を汚《けが》したものね」彼女は首を振り、ふたりの顔をきっと見据えた。「残された賢明な道は、こうしてわたくしに助けを求める以外にはないでしょう。でも、あなた方の社会的地位を守るにはもう手遅れかもしれない、そう思わずにはいられないわ。ふたりの名誉を取り戻すのは、わが人生最大の挑戦になるでしょうね」

「おば上には、全幅の信頼を置いております」アレックスはいかにも悔い改めた声でつぶやくように言った。「それをできる人間がいるとしたら、それはおば上ではないかと」

「当然ですよ」レディ・ライアンは辛辣に返した。

リリーは片手で口元を押さえて笑いをこらえた。面倒ばかり起こしている学生みたいに夫がおばから叱られているのが、おかしくてならない。それに、レディ・ライアンがいくら厳しくアレックスをしかりつけても、甥を心からかわいがっているのは一目瞭然だった。

レディ・ライアンがいぶかる目をリリーに向けた。「それにしても、どうしてわが甥はあなたと結婚したのかしら。あなたのおとなしい妹さんと結婚して、あなたのことは愛人にすればよかったんですよ」

「心から同意しますわ」リリーは初めて口を開いた。「わたしは喜んで愛人になるつもりだったんです。そのほうがずっと分別がありますもの」にっこりとアレックスにほほ笑みかけ、夫の皮肉めかしたまなざしを無視する。「たぶん、わたしを変えられるという愚かな勘違いに陥り、仕方なく結婚したのだと思います」大げさに天を仰いでみせる。「ああ、いったいどこでそんな思い違いをしてしまったのかしら」

レディ・ライアンがふいに興味深げな表情になる。「なるほど。ようやくわたくしにも甥があなたに惹かれた理由がわかってきたようよ。あなたはとても活発なお嬢さんなのね。それに、とても頭がいい。ただし――」

「ありがとうございます」リリーは控えめに言い、また小言がはじまるのをさえぎった。「レディ・ライアン、わたしどものためにその影響力を駆使していただけること、心から感謝しますわ。でも、上流社会にわたしどもを受け入れてもらうのは……」きっぱりと首を振る。「不可能ですわ」

「そう」レディ・ライアンは冷ややかに応じた。「では、無作法なお嬢さんに教えてあげましょう。それは可能だし、絶対にそうなると決まっているのです。ただしあなたが、これ以上破廉恥なまねをしなければの話よ！」

「大丈夫です」アレックスがあわててとりなす。「わたしも二度とあんなまねはしませんから、おば上」

「ならいいわ」レディ・ライアンはメイドに身振りで膝にのせる机《ラップデスク》を持ってくるよう命じた。

「さっそく作戦を練らなければ」とワーテルローの戦いでナポレオンを破ったウェリントン将軍を彷彿とさせる口調で宣言する。「それからアレクサンダー、あなたはもちろん、わたくしの指示に従うように」

　アレックスはおばに歩み寄り、しわだらけの額にキスをした。「やはりあなたにお願いしたのは正解でした、ミルドレッドおば上」

「大げさだこと」彼女は言い捨てて、そばに来るようリリーに身振りで示した。「あなたもキスをしてちょうだい」

　リリーは素直に、自分に向けられた頰にキスをした。

「あなたの顔を見て」レディ・ライアンがつづける。「うわさはすべて本当ではないと確信が持てたわ。退廃的な暮らしをしていると、必ず表情にあらわれるものですからね。でもあなたの顔は、予想に反してちっとも堕落していない」彼女は青い瞳を細めた。「きちんとしたドレスを着れば、それなりにちゃんとしたお嬢さんとして通用するでしょう」

　リリーは小さくおじぎをし、「ありがとうございます」と、ぎりぎり茶番にならない程度に控えめに礼を述べた。

「ただし、その目が問題ね」レディ・ライアンが不満げに指摘する。「異教徒の目のように黒く、ちゃめっ気がありすぎます。そのちゃめっ気を少し抑える方法が見つかれば――」

　アレックスはおばの言葉をさえぎり、リリーのウエストに腕をまわした。「おば上、リリーの目の話はもうよしましょう。一番のチャームポイントなんですから」彼はいとおしそうに妻を見つめた。「わたしだけにしかわからないかもしれませんが」

それまで内心で愉快がっていた気持ちが、リリーの中から消えた。アレックスのまなざしにとらえられてしまったかに感じる。奇妙なぬくもりが胸の内で花開いて、体がぽっと温かくなり、落ち着かない気分になって、心臓がどきどきいいだす。しっかりとウエストにまわされた腕の支えだけで、自分が立っている気がする。レディ・ライアンの興味深げな視線を感じて、リリーは夫から目をそらそうとした。けれども、彼が離してくれるのを待つことしかできなかった。しばらくしてようやくその腕が離れた。

ふたたび口を開いたとき、レディ・ライアンの声に先ほどまでの辛辣さはなかった。「アレクサンダー、こちらのお嬢さんとしばらくふたりきりにしてちょうだい」

アレックスは眉根を寄せた。「おば上、これ以上おしゃべりをしている時間はないのではありませんか？」

「いいのよ」レディ・ライアンはそっけなく返した。「あなたのかわいい花嫁を食べてしまうわけではないから安心なさい。ちょっと忠告をしておきたいだけよ。さ、いらっしゃい」彼女はソファのとなりの空いた場所をぽんぽんとたたいた。リリーは夫のほうを見ずにそこに腰を下ろした。

おばに警告するような視線を投げ、アレックスは部屋を出ていった。

甥のしかめっ面が、レディ・ライアンはお気に召したらしい。「あの子ったら、あなたへの批判はいっさい受けつけないのね」と喉を鳴らしてくすくす笑いだす。

「でも、自分では結構言うんですよ」リリーは彼女の態度が急に和らいだので驚いた。

その言葉に彼女はまた笑いだした。「アレクサンダーはね、わたくしの一番のお気に入りの甥っ子なの。わが一族が生んだ、最も模範とすべき男性。わたくしのかわいい、甘えん坊の、ろくでなしの息子のロスコーより、ずっと賞賛に値するわ。あの子を手に入れた素晴らしい幸運に、あなたは感謝してもしきれないはずよ。どうやって手に入れたのかは、わたくしにはなぞだけど」

「わたしにもなぞです」リリーは心から言った。

「まあそんなことはどうでもいいわ。あなたはあの子を大いに変えてくれた」レディ・ライアンは懐かしむ顔で言葉を切った。「あんなに明るいあの子を、ふたたび見ることができるなんて思わなかった。昔、あの子の両親が亡くなって以来だわ」

不思議な嬉しさに包まれながら、リリーは思わず目を伏せた。「でも、キャロライン・ウィットモアさんと婚約していたころもきっと――」

「あのアメリカからやってきた女性について、あなたに少し教えてあげましょう」彼女はいらいらとさえぎった。「美しく、屈託のない、ロマンチックなことやくだらないことが大好きな女性だったわ。彼女でも、アレクサンダーにとってそれなりにいい妻になれたでしょうね。でも彼女は、あの子の心の深さを理解できなかったし、それを気にかけようともしなかった」青い瞳がやわらかさを増し、悲しげと言っていいくらい物思いに沈んだ色が浮かぶ。「アレクサンダーが与えることのできる深い愛情を、彼女は絶対に理解できなかったでしょうね。レイフォード家の男性の愛情はね、普通の殿方とはまるで違うのよ」いったん言葉を切り、つけ加える。「女性に支配されてしまうと言えばいいかしら。愛情が強迫観念になってしまうの。わたくしの兄のチャールズ、つまりアレクサンダーの父親は、妻を亡くした後は死を望んでばかりいた。彼女なしで生きることは兄には耐えがたいことだったの。この話、あなたはご存じだったかしら？」

「いいえ」リリーは驚いてかぶりを振った。

「アレクサンダーも同じ。彼の心を傷つけるものは、死と、そして裏切りだけなの」

リリーは目を大きく見開いた。「レディ・ライアン、大げさすぎますわ。わたしに対するアレックスの気持ちは、そこまで極端なものではないんです。つまりその、彼は――」

「あなた、思ったほど頭がよく働くわけではないようね。あの子がどんなにあなたを愛しているか、わからないのならだけど」

当惑と、なにかもっと深い、途方に暮れたような気持ちにとらわれて、リリーはただ驚いて彼女を見つめていた。

「いまどきの若い人たちは、わたくしたちのころよりもずっと、おつむが弱いようね」レディ・ライアンは辛辣に言った。「口は閉じてらっしゃい、ハエが入るから」

レディ・ライアンのぴりっとした口調はリリーにおばのサリーを思いださせた。もちろん、おばは、この優雅な貴婦人よりずっととっぴだったが。「あの、先ほどアレックスに、わたしに忠告をとおっしゃったのでは――」

「あら、そうだったわね」意味深長な目つきに、リリーは身動きができなくなった。「あなたと、あなたの奇抜な言動はすべて耳に入っているの。正直に言うとね、あなたはわたくしの若いころを思いださせるわ。それはもう美しい、活発な少女だった。結婚前には、わたくしのせいで傷心の殿方がそれはもう大勢いたわ。その数に母が大喜びしたくらい。誰かを主人として受け入れようという、差し迫った欲求がなかったのね。だって、ロンドン中の殿方がわたくしの足元にひざまずいているのだもの。花や詩を贈られたり、キスを奪われたり……」彼女は記憶をたどるようにほほ笑んだ。「素晴らしかった。結婚のために、そのすべてを犠牲にするなんて退屈すぎると思った。でも、あなたに教えてあげるわ。ライアン卿と結婚したとき、わたくしは発見したの――夫の愛のためなら、少しばかりの犠牲は仕方ないんじゃないかしらって」

　サリーおばが亡くなってから、リリーはこんなふうに女性同士であけっぴろげに語らったことがなかった。この人になら、少しくらい心の重荷を打ち明けてもいいかもしれないと思った。リリーは身を乗りだし、真剣に語りはじめた。「わたし、誰とも結婚などしないつもりだったんです。ずいぶん長いことひとりでしたから。アレックスとはこれから、しょっちゅう大げんかをすることになると思いますわ。ふたりとも極端な頑固者ですから。それにこれは、いわゆる不釣合いな結婚ですし」

　レディ・ライアンは、リリーの不安を理解してくれたようだった。「こんなふうに考えてはどうかしら……アレクサンダーはどうしてもあなたを手に入れたかった。だからこそ自ら進んで、上流社会から非難やあざけりを受けかねない振る舞いに及んだ。あの子のようにプライドの高い人間にとって、これは相当な譲歩よ。あなたのために笑いものになってくれる男性と結婚するのは、そう悪くないんじゃない？」

リリーはなおも不安げに眉間にしわを寄せ、「でも、彼は笑いものにされるべき人じゃありません」と言い張った。「これからは絶対に、彼が恥ずかしい思いをしないように振る舞うつもりです」だが言い終えるなり、コベント・ガーデンで老いたサーカスのクマをめぐって起きた大騒動が脳裏によみがえった。リリーは真っ赤になった。結婚式から一晩と明けないうちから、すでに恥ずべき振る舞いをするなんて。気がつくと彼女は「ばかっ」と自分をしかりつけていた。

驚いたことに、レディ・ライアンはほほ笑みを浮かべている。「あなたにとってこの結婚が簡単でないのは当然よ。これからいろいろと乗り越えなくてはね。もちろん乗り越える価値はあるわ。素晴らしい見ものになるはずだと、わたくしからみなさんに言っておきましょう」

レディ・ライアンがふたりのために、こぢんまりとした夜会をいくつか主催してくれた。ふたりの結婚はそれらの席で、形式張らず、なおかつ相応のかたちで発表された。スキャンダルが明るみに出るのを防ぐのは不可能だった。ふたりの「求愛」の詳細がすでにロンドン中に知れ渡っているのだから仕方がない。だが少なくとも、レディ・ライアンのおかげで、うわさがもたらす悪影響をある程度弱めることはできた。彼女の勧めに従い、リリーはそうした席には上品なドレスを選ぶようにした。そしてできる限り、年配の貴婦人や、きちんとした既婚女性と交流するよう努めた。

意外にも、クレーヴンズで一緒にギャンブルをしたり、親しみをこめた悪態をつき合ったり、お酒を飲んだり、冗談を言い合ったりした男性たちは、思いもかけない丁重さで接してくれた。ときには親しかった老紳士が、まるで楽しい秘密を共有しているかのようにこっそりウインクをしてくることもあったが。一方、彼らの妻たちは、かろうじて親しく対応してくれるという感じだった。とはいえ、あからさまにリリーを傷つけようとする人はいなかった。レディ・ライアンとその旧友が常にリリーのそばにいてくれたからだ。リリーが伯爵夫人という感嘆すべき地位と、さらに財産を得たことも、その背景にはあるのだろう。

そうした集まりを巧みに乗りきるたび、リリーの立場はますます確固たるものになっていった。人びとが自分を見る目、自分に対する彼らの礼儀正しさや好意に、リリーは驚きを覚えた。ここ何年も慇懃無礼な態度を崩さなかった貴族階級の人たちの中にも、いまではまるでリリーをお気に入りの友人のように優遇し、親愛の情まで示す者がいた。普段の彼女は、上流社会で地位を築いていくそうした過程をひどく下劣なものと非難している。そしてアレックスは、そんな彼女の感覚を大いにおもしろがっていた。

「検査のためにみんなの前で速歩《はやあし》をさせられるポニーの気分だわ」二階の居間で招待状に目をとおしながら、ある日リリーはアレックスに言った。「尾にリボンを結んだポニーよ。『ご覧なさい、彼女はわれわれが思っていたほど異教徒的でも下品でもない』……この苦労が報われるよう、心から祈ってるわ！」

「そんなに大変かい？」アレックスは同情する声で言いつつ、目で笑っていた。

「ううん。絶対にうまくやってみせるわ。だって、失敗したらミルドレッドおば様になにをされるかわかったものじゃないもの」

「おば上はきみを気に入ってるよ」

「本当に？　だからいつもわたしの言動やこの目やドレスについて注文をつけるのかしらね。この間なんて、そんなに胸を見せるものではありませんって言うのよ。びっくりしちゃった、見せるほどの胸なんてないのに！」

アレックスは眉をひそめた。「きみの胸はきれいだよ」

彼女は苦笑して、小さな胸を見おろした。「小さいころはよく、母に冷たい水をかけられたわ。胸が大きくなりますようにって。でもちっとも大きくならなかった。ペネロープの胸のほうがずっと素敵だわ」

「彼女の胸にはちっとも気づかなかったけどな」アレックスは言うと、招待状の山を押しのけ、リリーのほうに手を伸ばした。

リリーはきゃっきゃと笑い、その手から逃れた。「アレックスったら！　法案について相談しに、もうじきファクストン卿がみえるのよ」

「待たせておけばいいさ」アレックスは彼女のウエストをつかまえ、自分のほうに引き寄せるとソファの上で組み敷いた。

リリーは笑いながら身をよじって抵抗した。「バートンがファクストン卿を二階にご案内して、こんなところを見られたらどうするの？」

「バートンに限ってそんなへまはしないさ」

「あなたのバートン自慢にはいつも驚かされるわ」リリーは彼の肩を押しやり、懸命に腰をひねった。「自分の執事にそこまで執着する男性なんて、見たことない」

「なにしろ英国一の執事だからな」アレックスはリリーの上にのしかかり、彼女が負けじと抵抗するのを楽しんだ。小柄な見た目によらず、彼女はびっくりするほど力がある。抑えきれずにくすくす笑いながら、なんとかして彼をどかせようとしている。アレックスはわざと押しのけられるふりをしてから、片手で両の手首をつかみ、頭の上に持っていった。もう一方の手で、きゃしゃな体を大胆にまさぐる。

「アレックス、もう勘弁して」リリーは息も絶え絶えになっている。

アレックスはドレスの袖を肩から脱がせ、前身ごろに手をかけた。「きみが自分の美しさに納得するまではだめだ」

「納得したわ。わたしはきれい。わたしは魅力的。だからもうやめて」やわらかな布地が引き裂かれ、縫い目がほつれる音を耳にして、リリーは息をのんだ。

その瞳をのぞきこんだまま、アレックスは胸があらわになるまでドレスを引き裂いていった。彼の指が素肌をかすめ、全身を歓喜のうずきが走る。彼は優しく、乳首の周りを指先でなぞった。小さな胸のふくらみを食いいるように見つめる瞳が燃えるようだ。リリーももうふざけるのはやめて、息を荒らげていた。「伯爵、後にしましょう。こんなことより……」快感に意識が遠のいて、リリーは一瞬、頭の中が真っ白になった。「こんなことより、ファクストン卿との話し合いのほうがずっと大切よ」

「きみより大切なものなんてない」

「分別を――」

「分別くらい持ってる」アレックスは乳首を口に含み、強く吸った。

リリーは震えながら彼に組み敷かれ、ゆったりと官能的に胸に口づけられるがままになった。頭を左右に物憂げに振り、ぎゅっとつかまれた手首を曲げる。スカートがまくり上げられて、温かな手が絹の靴下越しに脚を愛撫するのを感じた。「ほかの女性を、こんなふうに求めたことはない」彼はつぶやき、首の横に唇を這わせ、耳の中をなめた。「きみを食べてしまいたい。きみの胸も、唇も、すべて愛してる。信じられるか？」答えずにいると、彼は唇に唇をこすりつけるようにして、答えを引きだそうとした。「わたしを信じられるか？」

激情に駆られながらも、リリーは閉じた扉がノックされる音に気づいた。歓喜にぼんやりとした頭がその音を否定しようとする。ところがアレックスは手を止め、顔を上げて呼吸を整えると「なんだ？」と応じた。その声は驚くほどしゃきっとしていた。

バートンの落ち着いた声が扉の向こうから聞こえてくる。「だんな様、お客様方がお見えになりました。みな様、いちどきにいらっしゃいまして」

アレックスは眉根を寄せた。「何人？　いったい誰だ？」

「ローソン夫妻に、スタンフォード子爵夫妻、ヘンリー様、それから、ヘンリー様の家庭教師の男性でございます」

「わたしの家族がみんな？」リリーは金切り声をあげた。

アレックスは緊張のため息を漏らした。「ヘンリーは明日、こちらに来る予定だったはずだが……違ったかな？」

リリーは無言でかぶりを振った。

執事にはっきり聞こえるよう、アレックスは声を張り上げた。「バートン、みなさんを一階の応接間にお通ししてくれ。すぐにわたしたちも行くからと」

「かしこまりました」

リリーは彼の肩をつかんだ。満たされぬ思いに体中がうずいている。「だめよ」とうめいた。

「つづきは後にしよう」アレックスが言い、上気した頰を指先でなぞる。リリーは耐えがたいいらだちに、彼の手をつかんで胸に引き寄せた。アレックスが笑い声をあげ、彼女を抱き寄せて髪に鼻を押しつける。「きっとみんな、夕食まで居座るんだろうな」

リリーは不満げに鼻を鳴らした。無理だとわかっていながら、「追い帰して」と言ってみた。「あなたとふたりきりでいたいわ」

アレックスは苦笑し、彼女の背中を撫でた。「これから何千夜と一緒にいられるよ。約束する」

リリーは黙ってうなずいたが、内心では絶望にとらわれていた。そんな約束はできないのに。彼に隠していること、その秘密を知ったら、ふたりは永遠に離れ離れになってしまうのに。

引き裂かれたドレスの前身ごろをぼんやりと調べて、アレックスは小さな胸の谷間に顔をうずめた。「着替えたほうがいい」とつぶやくと、温かな息が汗ばんだくぼみに集まり、リリーを身震いさせた。「わたしはこのままでもチャーミングだと思うけど、きみの母上がいい顔をするかどうかわからないからな」

リリーはお気に入りのドレスに着替えて応接間に向かった。深紅のシルク地に刺繡入りのオーガンジーを重ねた、体にぴったりとフィットするドレスだ。薄い袖からほっそりとした腕がのぞき、わずかにフレアしたスカートは歩くと脚の周りで軽やかに揺れる。誘惑するようなデザインで、レディ・ライアンならきっと着てはいけませんと言うだろう。とはいえチャームポイントをとても引き立ててくれるので、自宅用にと大切にしていたのだ。アレックスは彼女から目を離せない様子で、誰よりも褒めてくれた。

「リリー！」トッティは娘の姿に歓声をあげた。「わたしの愛する、大切なリリー。一刻も早く会いたかったわ。もう嬉しくって。あまりにも嬉しすぎて、あなたのことを思うたびに嬉し涙がこぼれるくらい――」

「いらっしゃい、お母様」リリーは苦笑気味に言い、母を抱きしめながら、ペネロープとザッカリーに顔をしかめてみせた。ふたりが並んで立っている様子に、満足感で胸がいっぱいになった。ペネロープは愛に頬を輝かせ、ザッカリーに寄り添うように立っている。

ザッカリーも同じくらい幸福そうだが、リリーを見るまなざしには露骨な問いかけが浮かんでいた。「とてもじゃないけど信じられなかったよ」彼は意味深長に言いながら、一歩前に進みでてリリーを抱きしめた。「きみが何事もなく暮らしているかどうか心配で、お邪魔せずにはいられなくてね」

「もちろん、何事もないわよ」ザッカリーと目が合うとリリーは気まずそうに顔を赤らめた。「あっという間に話が進んでしまったの。レイフォード卿が、控えめに言っても、それはもう圧倒するような勢いで求愛するものだから」

「じゃあ、きみにはぴったりだね」ザッカリーはゆっくりと応じ、リリーの薔薇色の顔をじっと見つめた。「こんなに美しいきみを見るのは初めてだな」

「ミスター・ローソン」アレックスが前に進みでて、義父の手をしっかりと握りしめる。「お嬢さんを大切にし、なに不自由ない暮らしを約束しますので、どうかご安心ください。結婚の許可を得る時間がなかったことはどうぞお許しを。ひどく急な話だったことを大目に見ていただき、ふたりを祝福してくだされば光栄です」

ジョージ・ローソンは口の端に苦笑めいたものを浮かべた。父親の許可があろうとなかろうと関係ないのだと、当のジョージもアレックスもよくわかっているのだ。事前に相談があったとしても、ジョージはアレックスの射るような灰色の瞳に気おされて、快く結婚を許可したはずだ。なんにせよ、彼はいつにない機嫌のよさでアレックスの言葉に応えた。「祝福いたしますとも、レイフォード卿。あなたとわが娘が、ともに永遠の心の安らぎを得られるよう祈っております」

「ありがとうございます」アレックスはリリーに手を伸ばし、となりに引き寄せて、父娘を正面から向かい合わせた。

リリーは用心深く父の顔をうかがい、「ありがとう、お父様」と控えめに礼を言った。すると驚いたことに、父は自ら手を伸ばして彼女の両手を握りしめた。こんなふうにごく自然に愛情を表現するのは、めったにないことだ。

「心から幸せを祈っているよ、リリー。おまえは信じてくれないかもしれないが」

リリーはほほ笑み、その手を握りかえしながら、涙を浮かべる自分に驚いた。「信じるわ、お父様」

「次はぼくの番だ」という少年の声が横から割って入ってきた。ヘンリーに元気よく跳びつかれて、リリーは大喜びで笑った。「ぼくの義姉上だ！」感嘆の声をあげ、心から嬉しそうに抱きついてくる。「また会える日をすっごく楽しみにしてたんだ。兄上はリリーと結婚するって、ぼくわかってた。直感だよ！　これからは一緒に住むんだよね、それで義姉上にはクレーヴンズに連れていってもらって、馬に乗ったり、狩りをしたり、トランプのいかさまも教えてもらわなくちゃいけないし、それから——」

「しーっ」リリーはヘンリーの口元を手で押さえ、アレックスを横目でちらりと見た。彼はいたずらっぽく瞳を光らせていた。「それ以上言ったらだめよ、ヘンリー。さもないと、アレックスが離婚の手続きを開始するからね」

ローソン家の人びとが呆気にとられるのもかまわず、アレックスはリリーの黒髪を指にからめ、頬にキスをし、ほほ笑みかけながら顔を離すと「それは絶対にない」と断言した。心臓が止まるかと思うその一瞬だけ、リリーは彼の言葉を信じた。

「だんな様」バートンが落ち着いた声で談笑をさえぎり、白いカードを差しだす。「ファクストン卿がお見えになられました」

「お通しして」リリーは笑いながら指示した。「ファクストン卿にも、夕食をご一緒いただきましょう」


一同はゆっくりと時間をかけて夕食を楽しんだ。話題はファクストン卿の新しい法案のメリットから、ヘンリーの家庭教師ミスター・ラドバーンの実績まで多岐にわたった。ミスター・ラドバーンはまじめな気立てのよい人物で、歴史と語学が専門だという。リリーのもてなしぶりは完璧だった。会話が弾んでいないとみるとそっとコメントを挟み、客のひとりひとりが快適に、疎外感を覚えることなく過ごせるようさりげなく気を配る。アレックスはテーブルの反対端からその様子を眺めながら、妻を誇りに思いはじめていた。少なくとも今夜の彼女の内心の緊張はほぐれているようだ。ひたすら愛らしくチャーミングなリリーは、太陽のごとく彼の目をくらませた。ためらいを見せたのはほんの一瞬だけ。ふたりの目が合い、お互いの存在を痛いほど実感したときだけだった。

男性陣がポートワインでくつろいでいる間に、リリーはペネロープに誘われ、部屋の隅でおしゃべりを楽しんだ。「お姉様がよりによって伯爵と結婚したと聞いて、みんなそれは驚いたのよ！　お母様なんて卒倒しそうだった。だってみんな、お姉様は彼が嫌いだと思っていたんだもの！」

「わたしもそう思っていたんだけど」リリーはうろたえ気味につぶやいた。

「それで、いったいどういうことなの？」

リリーは肩をすくめ、ぎこちなくほほ笑んだ。「簡単には説明できないの」

「でも、伯爵ったらまるで別人ね。とても優しいし、にこにこしているし、それにお姉様を見つめるときの顔ったら、まるでお姉様を崇拝しているみたい！　ねえ、どうしてこんなに急に結婚したの？　まったくわけがわからないわ！」

「誰にもわからないと思うわ。わたしが一番わからないんだもの。ねえペニー、もうわたしの結婚の話はよしましょう。それよりもあなたの話が聞きたいわ。ザックとはどう、幸せなの？」

ペネロープはうっとりと吐息を漏らした。「もう想像以上に幸せ！　毎朝目覚めるたびに、これはすべて奇跡のような夢で、その夢が終わってしまうのではないかと不安でたまらなくなるの。ばかみたいに聞こえるでしょうけど――」

「そんなことはないわ。素敵な話じゃない」リリーは静かに言い、ふいにいたずらっぽい笑みを浮かべた。「ねえ、駆け落ちのことを教えて。ザッカリーはいばってた？　それともドン・ファンみたいだった？　それとも顔を真っ赤にした恥ずかしがり屋の花婿さんだった？ねえ、わくわくするような話を聞かせてよ」

「お姉様ったら」ペネロープは頬を赤らめ、ややためらってから、身を乗りだし声をひそめて話しはじめた。「お母様とお父様が寝室に下がられた後、ザックが使用人の手を借りて家に忍びこんだの。わたしの部屋にやってきて、両腕を体にまわし、きみはわたしの妻になるんだ、家族のために幸福を犠牲にさせるわけにはいかないってささやいたのよ」

「ザックもやるじゃない」

「旅行かばんに荷物を少し詰めて、おもてに待たせてある馬車まで彼と一緒に行ったわ。捕まるんじゃないかと思うと恐ろしくて仕方がなかった！　いまにもお母様とお父様が起きてらして、わたしがいないことに気づくんじゃないか、あるいは、伯爵が思いがけず戻ってらっしゃるんじゃないかって――」

「その心配は無用だったわね」リリーはそっけなく言った。「あの晩は、彼は身動きがとれない状態だったから」

ペネロープが興味津々に目を丸くする。「いったい彼になにをしたの、お姉様？」

「それは聞かないで。ね、ひとつだけ教えて。ザックはグレトナグリーンに到着するまで紳士的に待ったの？　それとも、途中の宿であなたを襲ったの？」

「お姉様ったら、なんてことを訊くの！」ペネロープは姉をたしなめた。「ザッカリーは女性の弱みにつけこむまねは絶対にしないって、お姉様だって知ってらっしゃるくせに。もちろん、彼は暖炉のそばの椅子で眠ったわ」

リリーは渋面を作り「どうしようもないわね」と言って笑った。「ふたりとも、どうしようもないくらいまじめなんだから」

「あら、伯爵だってそうでしょう？　わたしに言わせれば、ザッカリーよりよっぽどきまじめで、伝統を重んじる人だわ。お姉様たちがあんな状況に置かれたら、伯爵はきっと徹底的に礼儀正しく、規律正しく振る舞うでしょうね」

「それはそうでしょうけど」リリーは考えこむような顔になり、すぐににやりとした。「でも……彼は絶対に椅子では眠らないわよ、ペニー」

夜も更けたころに客人たちはようやく帰っていき、ヘンリーと家庭教師もそれぞれの部屋に引き取った。リリーは邸内を駆けまわってメイドたちとあれこれ相談し、ようやく片づけなどを終えたようだ。アレックスと一緒に寝室に向かうときには、楽しい夜が過ごせたとたいそうご機嫌だった。彼はメイドを下がらせ、リリーがドレスを脱ぐのを手伝った。その間彼女は、妹の幸せぶりを満足げに語っていた。

「ペニーったらまばゆいほどだったわね」リリーはドレスの背中のボタンを外す夫に言った。「妹があんなに幸せそうなところ、見たことがないわ」

「元気そうだったな」アレックスはしぶしぶ認めた。

「元気そう？　きらきら輝いていたじゃない」ドレスを脱いだリリーは、下着姿のままベッドの端に座った。脚を伸ばして絹の靴下を脱がせてもらう。「今日の様子を見てわかったわ。あの子、前はあなたと一緒にいたから、あんな打ちひしがれた顔だったのよ。あなたのその厳格そうな顔と、ぶっきらぼうな言動のせいだったわけ」挑発するようにほほ笑み、夫のシャツのボタンに手を伸ばす。「妹をあなたから引き離したのは、わたしの一番の善行だわ」

「その過程で、わたしを殺しそうになったけれどな」アレックスは苦笑交じりに言い、刺繍入りの靴下の片方を持ち上げてしげしげと眺めた。

「そういう大げさな言い方はやめて。ちょっと頭をぶっただけじゃない」と言いつつ、リリーは悔い改めるように金髪を撫でた。「本当はあなたを傷つけたくなんかなかった。でも、ほかにあなたを止める方法が見つからなかったの。あなたって、信じられないくらい頑固だから」

アレックスはしかめっ面でシャツを脱ぎ捨てた。筋肉質な広い胸板があらわになる。「あの晩わたしをレイフォード・パークに帰らせずにおく、もっと痛みの少ない方法があったはずだぞ」

「あなたを誘惑するとか？」リリーは口の端に笑みを浮かべた。「でもね、あのときはその案にあまり惹かれなかったのよ」

シャツ以外のものもすべて脱ぎながら、アレックスは彼女に考えこむようなまなざしを向けた。「そういえば、あの晩の仕返しがまだだった」その瞳には、信用ならない妖しい光が宿っている。

「仕返し？」リリーはおうむがえしに言い、慎ましやかにシュミーズを脱ぐと、シーツの下に潜りこんだ。「ひょっとして、瓶でわたしの頭をたたきたいの？」

「そうじゃない」

自分もベッドに入ると、アレックスはわざとぞんざいに、ただし決して痛くならないように、枕をリリーのほうにぐいぐい押した。リリーが笑ってもがく。彼は力ずくで彼女を組み敷き、素早く唇を奪った。リリーはこのレスリングごっこを楽しんでいた。だがふと気づくと、腕が頭の上まで伸ばされ、靴下でベッドの支柱に結びつけられていた。仰天して彼女は笑いだした。「アレックス……」冷静な判断力を取り戻す前に、もう一方の腕も縛られた。思わず出し抜けに笑い声が消える。リリーはぎょっとして手首を引っ張った。「なにをするつもり？」と早口で問いただす。「やめて。ほどいて、いますぐにほどいてよ――」

「まだだよ」アレックスは上にまたがり、じっと彼女を見おろした。

怖いような、エロチックな期待がリリーの全身を貫く。「アレックス、やめて」

「痛くしないから」かすかな笑みが彼の唇に浮かぶ。「目を閉じて」

リリーはためらい、金色に輝く険しい顔を見つめ、その目に官能が宿っているのに気づいた。たくましい体はすぐ真上にあり、指先は彼女の首筋の脈打つあたりに軽く触れている。

リリーはゆっくりと目を閉じ、うめき声とともにすべてをゆだねた。彼の両手と口が体の上を這い、燃えるような喜びを引きだしていくのに、彼女はそれに応えることができない。アレックスは優しい愛撫の責め苦を与えつづけた。目をつぶったまま、リリーはそれが終わるときをただ待ちながら、やがて身を硬くした。彼はえもいわれぬ快感をもたらしながらゆっくりと奥へ沈ませ、腰を突き上げてくるリリーとひとつになった。体重をかけてさらに奥深く突きながら、たわむれるように軽やかなキスをした。リリーは身を震わせ、脚をからめて抱きついた。唐突に解き放たれたあらゆる感覚が、爆発する恍惚感と高揚感へと収束していく。彼女は小さな叫び声とともに背をそらし、彼が歓喜の極みに達すると息をのんでマットレスに沈みこんだ。

ゆっくりとうねる余韻に包まれながら、リリーは呼吸を整えた。アレックスが手首の戒めを解いてくれる。彼女は真っ赤になりつつ、夫の首に腕をまわした。「どうしてこんなことを？」

彼は両手でゆっくりとリリーの体を撫で、優しく言った。「きみも、それがどんなものか、知りたいんじゃないかなと思って」

ぼうっとした頭でリリーは、自分が彼に同じせりふを言ったことがあるのを思いだし、恥ずかしさに口ごもった。「ア、アレックス、もうこんなゲームはしませんからね」

彼の唇が首とあごの間のぬくもりを帯びた部分に押し当てられる。「じゃあ、なにがお望みかな？」

リリーは小さな手で彼の頭を包みこむようにした。「あなたの妻になりたいわ」とささやき、顔を引き寄せて口づけた。

日を経るにつれてリリーは、アレックスにもっと触れてほしい、笑いかけてほしい、近くにいてほしいと焦がれるようになっていった。彼との生活は、幽閉されたように退屈なものになるとばかり思っていた。けれども実際には、それまで知らなかった興奮に満ちたものだった。彼はしょっちゅうリリーに難題を持ちかけ、当惑させ、その言動はまるで予測がつかない。ときには友人たちと酒とカードを片手に政治論を戦わせるときのように、極めて男性的な、ぴりっとした態度でリリーに接することもあった。ためらうことなく彼女を乗馬や狩猟に同行させた。一度などボクシングの試合に連れだしたことさえある。彼女がリングの中で繰り広げられる激しい殴り合いに縮み上がったり、お気に入りの選手を跳び上がって応援したりするのを見て、大笑いしたものだ。彼はリリーの知性を自慢にし、彼女のみごとな家計管理に驚きを隠そうともしなかった。それについては彼女は、確実な収入源のなかったこの二年間に節約のプロになったのだろうと、そっけなく説明しておいた。

成果を上げたときに彼に褒められると嬉しかったし、意見を尊重してもらえると満足感を覚えた。ときどき彼の挑発にのってレディらしからぬ振る舞いをしてしまい、後から彼にからかわれるのも内心で楽しんでいた。その一方で、まるで珍しい、傷つきやすい花のように扱われると当惑を覚えた。夜、風呂に入っていると、小さな子どもにするように髪を洗い、やわらかなタオルでふき、肌がつやめくまで全身に甘い香りのオイルをすりこんでくれることもあった。

こんなふうに、徹底的に好きなことだけをし、甘やかされた日々を送るのは、リリーには生まれて初めてだった。何年もたったひとりで生きてきた彼女にとって、どんなときもそばに誰かがいてくれる現実は、驚きとしか言いようがなかった。なにかほしいものがあれば、それを声に出して言えばもう自分のものになっている。馬、厩舎、劇場の切符、あるいは、ただそっと彼に抱きしめてもらう心地よさ――すべてがそうだった。悪夢にうなされたときには、キスで起こしてくれ、腕の中で寝入るまで背中をさすってくれる。ベッドの中で彼を喜ばせたい気分のときには、互いの興奮を引きだし、満たされた気分になるまで、辛抱強くレッスンをほどこしてくれる。彼の愛の技巧は計り知れないほど多彩で、乱暴に奪うこともあれば、何時間もかけて優しく誘惑することもある。彼の機嫌にかかわらず、リリーはいつも満たされた気持ちでいられた。彼は日を追うごとにリリーのよろいを脱がせていった。いまの彼女は優しく、率直で、驚くほど無防備だ。それでも彼女は、望んだ以上の幸せを感じていた。

アレックスはまた、一瞬にして傲慢な男性から優しい男性に変われる人でもあった。そんな彼を前にすると、興味がないだろうと思ってこれまで誰にも話さなかった自分自身のさまざまなことを、つい打ち明けてしまう。すると彼は怖いくらい明確に彼女の性格を理解し、仮面の下に隠された恥ずかしがり屋な一面まで発見してしまった。リリーは何度となく、ニコールのことを話してしまいたい誘惑に駆られた。でも怖くてできなかった。彼との時間はあまりにも大切だった。まだ彼を失いたくなかった。

ジュゼッペからの次の手紙はなかなか届かなかった。バートンには、届いたときにはこっそり持ってくるよう頼んである。ニコール捜索のためにまた〈レアリーズ〉のミスター・ノックスを雇うことも考えたが、娘を取り戻すチャンスを不注意から台無しにされることを恐れ、それもできなかった。リリーにできるのは待つことだけ。ときどき、緊張が最高潮に達すると、周りのもの、ときにはアレックスにさえ、いらだちをぶつけてしまうことがあった。一度など、それが原因でアレックスにひどく怒られ、泣きそうになり、大げんかになったこともある。翌朝は、感情を爆発させた自分が恥ずかしくて、彼と目も合わせられなかった。どうしてあんなことをしたんだと理由を問われるのも怖かった。ところが彼はまるで何事もなかったかのように、優しく、温かくリリーに接してくれた。リリーのすることだけは、常に大目に見てくれた。心が広く、いやなことはすぐに忘れ、自分よりも妻の欲求を優先する――そんな理想的な夫はこの世にいないと思っていたのに、アレックスはまさにそのような夫だった。

とはいえ、アレックスにもたしかに欠点はあった。過保護で、やきもち焼きで、妻の顔を少しでも長く見つめたり、手を長く握ったりする男性がいると、誰かれかまわずにらみつける。ロンドン中の男が妻を狙っている、とでも言いたげな彼の態度に、リリーは愉快になった。いとこのロスコー・ライアンに関しては特に用心深く、絶対にリリーを近づかせないようにしていた。当のロスコーは、会うたびに必ず愛想よく、なんともけしからぬ誘いをリリーに申し出る。とある大規模な舞踏会に出席したときなど、ロスコーは彼女の手をとり、おいしそうな雛鶏を前にして腹をすかせたキツネを思わせる熱心さで、その手の甲に何度も何度もキスをした。「レディ・レイフォード」と呼びかけてロスコーはほーっとため息をついた。「あなたの輝く美しさの前には月光などいりません。その美しさに、わたしの決意はくじかれる」

「決意ならわたしがくじいてやろう」アレックスが容赦のない声で割って入り、あっという間に妻の手をいとこから取りかえした。

ロスコーはリリーに惑わすような笑みを向けた。「アレックスはね、わたしをちっとも信用してくれないんだ」

「わたしもだけど」リリーはつぶやくように返した。

ロスコーは傷ついた表情を作ってみせた。「きみとワルツを踊りたいだけなのに」と抗議し、にやりと笑ってまた誘惑する。「なにしろ、いままで一度も天使と踊ったことがないんだよ」

「この曲はわたしと踊る約束なのでね」アレックスは怖い声で言い、妻を引っ張って立ち去ろうとした。

「じゃあ次の曲はどう?」ロスコーが背後から大声でたずねる。

アレックスは肩越しに答えた。「全部わたしと踊る約束なんだ」

リリーは声をあげて笑い、ワルツを踊るカップルのほうへ向かいながら、ある大切なことを伝えようとした。「アレックス、言っておかなくちゃいけないことがあるの。実は、すり足で優雅に踊りなさいと母に何度も教わったのに、どうしても身につけられなかったの。母に、あなたのワルツは未調教の馬が走る姿に似てるって言われたわ」

「そこまでひどくはないだろう」

「それが、そこまでひどいのよ！」

アレックスは冗談だろうと思った。ところが意外にも、それは本当だった。運動神経抜群の妻がダンスフロアを駆け巡ろうとするのを、彼はあらゆる技を総動員して抑えこんだ。言うまでもなく、自らリードしようとする彼女から、巧みにリードを奪いかえす場面もあった。

「わたしについてくるんだ」アレックスは言い、ペースを落として彼女を先導した。

ところが、彼が相当な力で先導しているにもかかわらず、リリーは反対方向に進もうとする。「あなたがわたしについてきたほうが簡単よ」といたずらっぽく言う始末だった。

アレックスは頭を下げ、彼女の耳元に口を寄せ、この間、愛を交わしたときのことを思いだしてごらんとささやきかけた。突拍子もない助言にリリーはくすくす笑いだしたが、夫と見つめ合い、彼と一緒にいることだけに意識を集中させると、すべてをゆだねる感覚をあっという間につかむことができた。やがてすっかりリラックスしてきて、すり足に近い感じで足をさばけるようになった。「ねえ、とっても上手になったと思わない！」リリーははしゃいだ。嬉しそうに驚く妻を見てアレックスはにっこりし、もう何曲かワルツを一緒に踊ろうと提案した。周囲で少なからぬ数の客が眉をつりあげるのなど、おかまいなしだった。

公の場で夫が妻を溺愛するのは、いまの時代にはやらない。だがアレックスはそんなことはどうでもよかった。彼が妻に注ぐ深い愛情を目にして、貴婦人たちはねたみの入り交じった冷笑を扇で隠した。リリーはそんな女性たちが不思議でならなかった。彼女たちの夫は、たとえ妻に話しかけることがあってもひどくおざなりな会話しかせず、夜はほとんど毎晩、愛人のベッドで過ごす。意外にもペネロープでさえ、お義兄様の所有欲は変だ、ザッカリーはあんなふうに妻を独り占めしようとしないと指摘した。

「ふたりでいったいなにをそんなに話すことがあるの?」ドルリー・レーンへ一緒に劇を見に行ったとき、ペネロープは途中の休憩時間に興味津々な顔でそう訊いてきた。「どんな話に、お義兄様はそんなに引かれるのかしら?」姉妹は一階のドーム天井のロビーで、片隅に立ち、扇で顔をあおぎながらおしゃべりをしていた。リリーが答える前に、レディ・エリザベス・バーリーとミセス・グウィネス・ドーソンが合流した。ふたりともきちんとした地位のある女性で、リリーは最近交流を深めるようになったばかりだ。特にエリザベスは、はつらつとしたユーモアセンスがあって好ましかった。

「わたしも答えを聞きたいわ」エリザベスが笑いながら言った。「みんな不思議に思っていたのよ。どうやったらリリーみたいに夫をぴったりそばに置いておけるのかしらねって。ねえ、いったいどんなお話で、だんな様を夢中にさせているの?」

リリーは肩をすくめ、夫のほうを見やった。ホールの向こうで数人の男性に囲まれ、他愛のない会話をしているらしい。彼女の視線に気づいたのか、アレックスは振りかえると、かすかにほほ笑んだ。リリーは友人たちに意識を戻し、「なんでも話すわ」とにっこり笑って答えた。「ビリヤードのこと、蜜蠟のこと、ベンサムのこと。夫のお気に召さないとわかっているときでも、自分の意見は遠慮せず言うようにしているの」

「でも、ミスター・ベンサムのような法律家について、女性がとやかく言うべきではないのではないかしら」グウィネスが当惑顔で指摘する。「そういう話は、友人とするものではないの?」

「どうやらわたし、またエチケット違反をしてしまったようね」リリーは笑いながら言い、手に一覧表を持っているようなかっこうをして、そこにバツ印をひとつ書くふりをした。

「リリー、あなたは変わる必要なんてないわ」エリザベスが瞳をきらめかせながら、あわてて言う。「伯爵がそのままのあなたを好きなのは一目瞭然だもの。わたしも今度、蜜蠟とミスター・ベンサムに関する意見を夫に訊いてみようかしら!」

リリーはほほ笑みながら、あらためてホールの群衆に視線をやった。そのとき、インクのように黒い髪をした、見慣れた顔が垣間見え、彼女はぎくりとした。不安にぞっとする。目を勢いよくしばたたいて、もう一度人影を捜したが、すでにいなくなっていた。出し抜けに、腕にやわらかな手が触れてきた。

「お姉様?」ペネロープだった。「どうかしたの?」

12

リリーは呆然と群衆を見つめつづけた。はっとわれにかえると、笑みを作り首を振った。まさか、ジュゼッペのはずがない。この数年間ですっかり見苦しい容貌になった彼が、このような集まりに顔を出せるわけがない。貴族の血を引いていようがいまいが、ここに集まった招待客とつきあうなど不可能だ。いまの彼が仲間と呼べるのは暗黒街の人たちだけ。「いいえ、ペニー。なんでもないの。知った顔を見たような気がしただけ」

暗澹《あんたん》たる思いを追いはらい、劇のつづきを楽しもうと努めたが、幕が下りたときには心底ほっとした。彼女の表情に気づいたアレックスが、劇のあとで集まろうという友人たちの誘いを断り、スワンズ・コートまで送ってくれた。

ふたりを出迎え、アレックスの手袋と帽子を受け取るバートンに、リリーは険しいまなざしを向けた。今日は例の手紙は来た？　そう問いかけるときの、いつもの目つきだ。無言の問いかけにバートンは、かすかにかぶりを振って答えた。否定のしぐさにリリーの心は沈んだ。あとどれだけ払えばいいのか、娘に関する情報を待つしんとした夜を、あと幾晩過ごせばいいのか。

リリーは劇のことを楽しげに話そうと努めた。けれどもアレックスは内心の暗い気持ちを見抜いたようだ。ブランデーをちょうだいと言ったのに、彼はメイドにホットミルクを持ってくるよう命じた。そんな彼にリリーは眉をひそめつつ、あえて抗議はしなかった。ホットミルクを飲んだあとは、ナイトドレスに着替えてベッドに入り、彼の腕の中で丸くなった。彼がキスをしてくる。リリーは素直に抱きついた。けれども初めて、愛撫に応えることができなかった。なにかあったのかい、と優しくたずねられ、かぶりを振って申し訳なさそうにささやいた。「疲れてしまって……今夜はこうしてただ抱いていて」アレックスが残念そうにため息をつく。リリーは夫の肩に頭をあずけ、早く眠気が訪れますようにと祈った。

ニコールの姿が周囲を漂っている。闇と霧に包まれながら、目の前で躍っている。リリーは娘の名を呼び、手を伸ばした。けれどもいつものように、あと数歩のところで届かない。気味の悪い笑い声があたりに響き、からかうような、悪意のこもったささやきにリリーはしりごみした。「おまえは決してこの子を取り戻せない……絶対に……取り戻せないのだ……」

「ニコール」リリーは絶望して叫ぶ。全速力で駆け、両腕を差しだし、脚にからみつく蔓《つる》によろめきながらも抗おうとするが、引っ張られて身動きがとれなくなってしまう。怒りにすすり泣き、娘の名前を叫ぶ。子どもの怯えた泣き声が聞こえてくる。

「ママ……」

「リリー」闇と霧を裂いて、穏やかな、落ち着いた声が彼女を呼んだ。リリーは困惑して身をよじり、両腕を振りまわした。なぜかアレックスが目の前にいて、なだめるように抱きしめてくれていた。リリーは落ち着きを取り戻し、彼に身をあずけ、不規則に息をした。また悪夢を見ていたのだろう。たくましい胸板に耳を押し当て、力強い鼓動に聞き入る。まばたきをくりかえし、すっかり目覚めてようやく、そこがベッドの中ではないことに気づいた。ふたりは長い階段の一番上、錬鉄の手すりの脇に立っていた。小さく悲鳴をあげ、眉根を寄せる。また夢遊病の発作が起きたのだ。

アレックスは片手で彼女の顔を上げさせた。その表情はよそよそしく、声は他人のようだった。「起きたらきみがとなりにいなかった。階段のてっぺんにいるのを発見した。危うく落ちそうになっていたよ。いったいなんの夢を見ていたんだ？」

まだ動揺しているのに、質問するなんて卑怯だ。リリーはまだぼんやりしている頭を、しゃきっとさせようとがんばった。「なにかを追いかけていたのよ」

「なにかとはなんだい？」

「わからないわ」リリーは不快げに答えた。

「信頼してくれないと、きみを助けることはできないよ」というアレックスの声は穏やかだが意志に満ちている。「きみを闇から守ることも、悪夢から救うこともできない」

「すべて話したわ……わたし……自分でもわからない」

長い沈黙が流れた。「きみにまだ言ってなかったか？」アレックスは冷たくたずねた。「わたしは、嘘をつかれるのが大嫌いなんだ」

リリーは目をそらし、絨毯から壁、扉へと視線を泳がせた。彼の顔を見ることができない。

「ごめんなさい」悪夢を見たあとにいつもしてくれるように、彼に抱きしめてほしい。彼と愛を交わしたい。そうすれば、たとえわずかな間であっても、自分の中にある彼の力強さとぬくもり以外、すべてのものを忘れることができるから。「アレックス、ベッドに連れていって」

すると彼は、優しいけれどもまるで温かみのないしぐさで、彼女の身を引きはがし、寝室のほうに体を向かせた。「行きなさい。わたしはもうしばらく起きている」

拒絶されてリリーは驚き、「起きて、なにをするの？」と小さな声でたずねた。

「読書か。酒でも飲むか。まだわからん」アレックスは振りかえりもせず一階に消えた。

リリーはぼんやりと寝室に向かい、乱れた夜具に潜りこんだ。罪悪感と、いらだちと、不安でいっぱいだった。いままで知らなかった自分の一面に気づいて、枕に顔をうずめた。

「あなたは嘘が大嫌いと言ったけど……わたしは、ひとりぼっちのベッドがもっと嫌い！」

翌日になっても、ふたりの間に漂うよそよそしい空気は消えなかった。ハイドパークまでの朝の乗馬には、アレックスではなく馬丁に同行してもらった。帰宅後は、大の苦手である手紙の返事書きで時間をつぶした。手紙は山ほどあった。先方が客人を迎えられる日時をほのめかしたものや、彼女が客人を迎えられる日時をさりげなくたずねてくるもの。舞踏会や晩餐会や音楽の夕べへの招待状も何通も届いている。シュロップシャーのクリーヴランド夫妻から、秋のライチョウ狩りへの誘いも来ていた。パキントン夫妻の別荘に泊まり、バス在住の友人を訪問するらしい。そうした手紙にいったいどんな返事を書けばいいのかわからず、リリーは途方に暮れた。自分の居場所はもうそこにないかもしれないのに、未来への誘いを受け入れられるわけがない。アレックスとずっと一緒にいる自分を想像して書こうとも思った。だが、いつかはすべて終わってしまうのよ、と陰気に自分に言い聞かせた。

招待状を脇にやり、リリーはアレックスの机に置かれた書類をぱらぱらとめくった。議会制度改革に関する会議のため昼過ぎに外出する前、残していったらしいメモがあった。みごとな筆跡でしたためられたメモを読みながら、リリーはほほ笑んでいた。やや前傾がちの、しっかりとした太い文字の羅列。不動産管理人に宛てたとおぼしき手紙に、ぼんやりと視線を走らせる。そこには、借地人との契約は彼らの利益を考え、負担の大きい一年契約ではなく複数年の契約にするべきだ、と記されていた。さらに、レイフォード家の費用で領地内に用水路と柵を増設するよう指示を出してあった。リリーは考え深い顔で、その手紙を元に戻し、指先で紙の角をなぞった。裕福な領主の大半は私利私欲のかたまりだ。アレックスのように道義心と公平さを兼ね備えた領主はめったにいない。別の手紙が目に留まり、リリーは文面をさっと読んだ。

……貴殿の新たな借地人であるポーキーについて、その寿命が尽きるまで、毎月の生活費は当方が負担するべきものと理解しております。彼の食生活においてなにか必要なものがあれば、すぐにお知らせくださいますよう。安定した供給体制を維持すべく当方にて尽力いたします。貴殿から彼が申し分のない世話を受けられるものと確信しておりますが、念のため、ときおりそちらにうかがい、この目でクマの生活状態を確認させていただく所存ですので……。

リリーは優しく笑った。数日前にレイフォード・パークを訪れ、ポーキーを新しい家に送りだしたときのことを思いだしていた。ヘンリーは庭に置かれた檻の前に午前中ずっと座りこみ、安堵する使用人たちとは反対にすっかりしょげかえっていた。

「どうしてもよそにやらなくちゃだめなの？」かたわらにやってきたリリーに、ヘンリーはたずねた。「ポーキーはなにも悪さしてないんだし——」

「新しい家に迎えてもらったほうがずっと幸せになれると思うわ。鎖だって必要なくなるし。キングズレー卿がおっしゃっていたわ。ポーキーのために新しく用意した畜舎は、木陰の涼しいところにあって、小川も流れているんですって」

「じゃあ、檻の中よりずっといいよね」ヘンリーはしぶしぶうなずき、クマの頭を撫でたりかいたりした。ポーキーは満足げに鼻を鳴らして目を閉じた。

そこへふいに、アレックスの低くひそめた声が聞こえてきた。「ヘンリー、檻から離れなさい。ゆっくりとな。今度ポーキーに近寄ったら、ウェストフィールドでの一件が甘美な記憶になるまで、むち打ちの罰だ」

ヘンリーは笑いをかみ殺し、すぐに言われたとおりにした。リリーも必死に笑いをこらえた。ヘンリーは数年間にわたり残酷な懲罰に耐えてきたが、兄からは一度も手を上げられたことがないのだ。

「全然危なくなんかないのに」ヘンリーはぶつぶつ言った。「ポーキーはすごくいいクマなんだよ、兄上」

「そのいいクマとやらは、一噛《か》みでおまえの腕を食いちぎることができるんだ」

「おとなしい性格だし、もうおじいちゃんだから大丈夫だよ」

「そいつはけだものなんだ」アレックスはにべもなく言った。「しかも人間たちにさんざん虐待されてきた。年なんて関係ないぞ。おまえもいずれわかるだろうが、年をとったからといって短気が直るわけじゃない。ミルドレッドおば様を見てみなさい」

「でも、リリーだってポーキーをかわいがってるよ」ヘンリーは抗議した。「今朝もぼく見ちゃったもん」

「裏切り者」リリーはつぶやき、ヘンリーをじろりとにらんだ。「そのうち仕返ししてやるから」アレックスには申し訳なさそうな顔をしてみせたが、すでに手遅れだった。

「このけだものを、かわいがっていただって？」と言いながら突進してくる。「絶対に近づくなとあれだけ言ったのにか？」

　ポーキーは顔を上げ、さびしげにうなりながら、三人の様子を眺めている。

「だってね、アレックス」リリーは深く悔いる声で説明した。「ポーキーがあんまりにもかわいそうだったから」

「一分後には、自分をかわいそうに思うことになるぞ」

　険しい表情でにらんでくるアレックスににやりと笑ってみせるなり、リリーは左に素早く身をかわした。だがいとも簡単につかまえられ、空高く抱き上げられて、笑いながらきゃーきゃーと叫んだ。地面に下ろされ、ぎゅっと抱きしめられる。おてんばな妻をじっと見つめる灰色の瞳は、愉快そうにきらめいていた。「わたしに逆らったらどうなるか教えてやる」アレックスはうなり、弟の目の前でリリーに口づけた。

いまになってようやく、あのとき全身を駆け抜けた思いがなんだったのかリリーは理解した。初めて彼を見たあの日から、リリーの心に根づき、驚くべき力強さでその根を広げていった思い。「どうすればいいの……」リリーはささやいた。「アレックス、わたし、あなたを心から愛してる」

その晩、リリーはレディ・ライアンの六五歳の誕生日パーティーを兼ねた舞踏会に出席するため、とりわけ入念に着飾った。招待客は六〇〇人。その多くは、舞踏会のために夏の避暑地からわざわざやってくるという。好奇の目を向けられて気まずい思いをするのは自分なので、モニクに新しく作ってもらったしとやかで優美なドレスを着ていくことにした。全体にほどこされた複雑な刺繍は、モニクの下で働く有能なアシスタントがふたりがかりで数日間かけて仕上げてくれた。ごく淡いピンク色の薄い生地に、金糸で刺繍が入っている。生地を何枚も重ねたスカート部分はやや長めのトレーンになっており、歩くと背後でふわふわと揺れた。

アレックスは書斎で書き物をしながら待っていた。リリーが入っていくと、彼は顔を上げた。そこに浮かんだ表情に笑みを返し、その場でくるっと回転して全体の具合を見せた。ダイヤモンドをちりばめた金色のヘアピンが、漆黒の巻き毛に囲まれて輝いている。ヒールのない小さな金色の履き物は、足首にリボンを巻くデザインだ。アレックスは思わず手を伸ばし、妻のほっそりとした体をそっとなぞった。磁器でできているかのように、完璧な美しさだと思った。

リリーがさらに近づいてきて、誘惑するように身を寄せる。「似合ってるかしら?」彼女はつぶやくように訊いた。

「似合ってるよ」アレックスはぶっきらぼうに答え、彼女の額に慎み深く口づけた。それ以上のことをしたら、自制心がくじけそうだったからだ。

ロンドンにあるライアン家の屋敷で開かれる舞踏会は、リリーの予想をさらに上まわるものだった。中世からある建物を数世紀かけて増築していった洞窟を思わせる屋敷は、光と新鮮な花々、高価な水晶の装飾物、絹布、黄金であふれていた。舞踏場から、大規模なオーケストラが奏でる豊潤なメロディーが流れてくる。ふたりが到着するとすぐに、レディ・ライアンが自らリリーを大勢の招待客に紹介してまわってくれた。閣僚、オペラ歌手、大使とその妻、とりわけ名高い貴族階級の名士。リリーには一度に五人程度の名前を覚えるのがやっとだった。

笑みを浮かべておしゃべりを楽しみながら、リリーはときおりパンチを口に含み、アレックスがロスコーや友人たちに向こうに引っ張られていくさまを眺めた。どうやら、なにかの賭けの立会人を頼まれているらしい。「本当にもう」リリーはレディ・ライアンにさらりと話しかけた。「きっと、ある雨滴がどれだけ速く窓ガラスをすべり落ちるか、あるいは、ある殿方がブランデー何杯でつぶれるか、そんなことで賭けているのでしょうね」

「そうね」レディ・ライアンはうなずき、からかうように瞳をきらめかせた。「本当に、殿方の賭け事好きには驚かされるわね」

リリーは控えめな笑いをのみこんだ。クレーヴンズでのあの晩の出来事について言われたと気づいたからだ。「あ、あの賭けのことでしたら」彼女は懸命に平静をよそおうとした。「そもそも言いだしたのは、甥ごさんのほうなんですのよ。せいぜい長生きして、あのうわさを完全に闇に葬らなくっちゃ」

「それどころか、わたくしくらいの年になったら孫たちに聞かせてびっくりさせているんじゃないこと？　孫たちもきっと、とんでもない過去を持った祖母を崇拝してくれるわよ。わたくしもようやく、若者が知ることで老人が知らぬことはなし、という古いことわざの意味がわかってきたところ」

「孫ですか……」リリーはふいに物悲しい気分に襲われた。

「大丈夫、まだまだ時間はたっぷりありますよ」彼女のさびしげな表情を誤解して、レディ・ライアンが請け合う。「そう、時間ならまだ何年もあるわ。わたくしがロスコーを産んだのは三五歳のときだった。末の娘のヴィクトリアなんて四〇のときの子よ。あなたには、肥沃な土地がたっぷり残っているわ。アレクサンダーも種まきはお上手でしょうし」

「ミルドレッドおば様！」リリーは笑いだした。「あんまりびっくりさせないでください！」

ちょうどそのとき、使用人のひとりが控えめにリリーに近づいてきた。「失礼いたします、奥様。玄関広間に紳士がお見えなのですが、お名前をおっしゃらないのです。奥様のお誘いでこちらに来たとおっしゃいまして。申し訳ないのですが、玄関広間まで足を運び、どちらの方かご確認いただけませんか？」

「わたしはどなたも誘って……」驚いてつぶやいたリリーは、いまわしい疑念に駆られてすぐさま口をつぐんだ。「まさか……」とささやく彼女を、使用人が困惑の表情で見つめる。

「奥様、その方に言ってお帰りいただきましょうか？」

「いいえ」リリーは息をのみ、レディ・ライアンの鋭い視線を感じて見せかけの笑みを作った。「ちょっとしたなぞですわね、行って確認してきたほうがいいでしょう」レディ・ライアンをまっすぐに見つめ、できるだけさりげなく肩をすくめてみせる。「好奇心には、いつも痛い目に遭わされていますけど」

「猫も殺す、と言いますからね」レディ・ライアンはそう言って、いぶかる目をリリーに向けた。

使用人について、堂々たる屋敷を突っ切り、天井の精巧な漆喰塗りと鮮やかな色合いの円柱がみごとな玄関広間へと向かう。招待客が次から次へとあらわれては、ライアン家の有能な使用人に出迎えを受けている。その人波の中にリリーは、見間違いようのない黒っぽい人影が微動だにせずたたずむのを発見した。彼女は唐突に歩みを止め、恐れとともに彼に視線を注いだ。彼はほほ笑んで、黒ずんだ手を大げさに振りながら軽くおじぎをしてみせた。

「お知り合いの方でいらっしゃいますか？」かたわらに控えた使用人がたずねてくる。

「ええ」リリーはかすれ声で応じた。「古い知り合いよ。イ、イタリアの貴族で、ジュゼッペ・ガヴァッツィ伯爵」

使用人はジュゼッペに不審の目を向けた。今日のジュゼッペはいかにも貴族らしい服装だ。絹地のブリーチに、贅沢に刺繍をほどこした上着、ぴんと糊をきかせた純白のクラヴァット。にもかかわらず、その地位にそぐわない雰囲気をジュゼッペは醸しだしていた。リリーは思った。彼に比べたら、デレクは王子様の物腰と優雅さを備えている。

かつてはジュゼッペにも、貴族階級の一員としてすっかり溶けこんでいた時期があった。目の前の悦に入った表情を見れば、当人がいまだにそのつもりでいるのは明白だ。だが、かつての魅力的なほほ笑みはうわべだけのにやにや笑いに、人目を引く美貌はしたたかな俗物の顔に変貌してしまった。あんなに優しげだった黒い瞳も、不快な貪欲さをにじませている。どれだけ上等な服に身を包もうと、彼はほかの招待客とはまるで別の存在、白鳥の群れに囲まれたカラスだ。

「さようでございますか」使用人はつぶやいて、リリーのかたわらを去った。

広間の片隅に立ちつくすリリーに、ジュゼッペがゆったりとした足取りで近づいてくる。彼はほほ笑み、上等な服をこれみよがしに示してみせた。「イタリアにいたころを思いだすだろう？」

リリーは震える声でささやいた。

「早くここを出ていって」

「だって、ここはぼくのいるべき場所なんだよ、かわいい人《カーラ》。今夜は、ついに自分にふさわしい地位を手に入れるためにやってきた。ぼくには金も、貴族の血も、すべてある。ちょうど、きみと初めてフィレンツェで会ったときみたいにね」ジュゼッペは尊大に眉根を寄せた。「きみには心底がっかりさせられたよ、美しい人《ベッラ》。伯爵との結婚をぼくに報告しないだなんて。いろいろと、話をしなければならないようだね」

「ここではできないわ」リリーは歯を食いしばった。「いまはできない」

「中に案内してよ」ジュゼッペは落ち着きはらった声で言い、舞踏場のほうを指し示した。「みんなに紹介して。きみはこれからぼくの、ええと……」いったん口を閉じ、言葉を探している。

「後ろ盾？」リリーは信じられない、という声で返した。「なんてこと」片手で口を押さえ、招待客が好奇心もあらわに見ているのに気づいて必死に冷静をよそおった。「あなたは気のふれたけだものだわ、娘はどこにいるの……？」

ジュゼッペはあざけるように首を振った。「これからきみには、いろいろ便宜を図ってもらうよ、リリー。ニコレッタを返すのは、そのあとだ」

絶望感に包まれながら、リリーはヒステリックに笑いだしそうになるのをこらえた。「二年間、ずっとそう言いつづけてきたわね」だが声が大きくなるのを抑えることができない。

「これ以上は、もう――」

ジュゼッペが「しーっ」と彼女を黙らせて腕に触れ、誰かがこちらにやってくると知らせる。その男性の金髪に目を留めて、彼は「伯爵かい？」とたずねた。

肩越しに振りかえったリリーは、胃がひっくりかえるような不快感に襲われた。そこにいるのはロスコーだった。ハンサムな顔に、警戒心と好奇心をにじませていた。「いいえ、夫のいとこよ」リリーはロスコーに向きなおった。胸中の困惑を柔和な社交的な笑みで隠そうとしたが、間に合わなかった。

「レディ・レイフォード」とロスコーが呼びかけ、彼女からジュゼッペへと視線を移す。

「母から、なぞのお客様についてあなたにうかがうようにと言われてね」

「イタリアからいらしたお友だちですの」リリーはすらすらと答えつつ、ジュゼッペを紹介しなければならないことに内心で屈辱感を覚えた。「ライアン卿、ジュゼッペ・ガヴァッツィ伯爵をご紹介しますわ。最近、ロンドンにいらしたばかりですの」

「ようこそロンドンへ」ロスコーは、相手への侮辱としか思えないひどく冷淡な声音で応じた。

ジュゼッペは満足げにほほ笑んでいる。「今後ともどうぞよろしく、ライアン卿」

「こちらこそ」ロスコーは母親譲りの威厳で応じた。リリーに視線を向け、礼儀正しくたずねる。「楽しんでおられますか、レディ・レイフォード？」

「ええ、それはもう」

ロスコーの顔に薄い笑みが浮かぶ。「舞台に立とうと思ったことは、レディ・レイフォード？　どうやらあなたは、天職が恋しくなったようだ」彼はそう言うと、リリーの返事を待たずに足早に立ち去った。

リリーは口の中でののしった。「きっと夫に知らせに行くのだわ。ジュゼッペ、帰ってちょうだい。こんな茶番はやめて！　いくらそんなかっこうをしたところで、誰もあなたを貴族だなんて信じやしない」

その言葉がジュゼッペを怒らせた。彼の黒い瞳に、憎悪が燃え上がるのが見える。「いいや、ぼくは帰らないよ、カーラ」

さらに招待客が到着して、その中からリリーを呼ぶ声が聞こえた。彼女はそちらに笑みを投げ、小さく手を振ってから、ジュゼッペに低い声で言った。「そのへんに空いている部屋があるはずだから、どこかでふたりきりで話しましょう。早く来て、夫に見つからないうちに」

両手で持ったブランデーグラスをのんびりとまわし、その香りを楽しみながら、ロスコーはアレックスのかたわらに立っている。紳士の間《ま》にはふたりのほかにも大勢の男性客が集まっている。テーブルにあれこれ物を並べて、戦場での戦術について議論を交わしているところだ。「連隊がここに陣地を構えるとだな……」誰かが言いながら、かぎタバコ入れとめがねと小さな彫像をすっとテーブルの隅に移動させる。

アレックスはにやりとして、葉巻を口の端にくわえたまま横槍を入れた。「いや、二手に分かれるほうがいい。ここと……それからこっちと……」かぎタバコ入れと彫像で、敵に見立てた絵付きの小さな花瓶を挟むようにする。「そら。これで敵は身動きがとれない」

また別の誰かが口を挟む。「はさみとランプの笠を忘れてるぞ。後方から攻めるには絶好の位置にいるじゃないか」

「いや、いや」反論しようとするアレックスを、ロスコーがテーブルから引き離した。「きみの戦術はなかなか興味深い」ロスコーはさらりと言った。ほかの男性たちは議論をつづけている。「でも、ひとつだけ欠点がある。退路は常に用意しておかないとね」

アレックスはテーブルを見やってじっと考えこんだ。「つまり、かぎタバコ入れは元の位置にあったほうがいいということか？」

「こいつはかぎタバコ入れなんかの話じゃない。戦争ごっこの話でもないよ、わがいとこ殿」ロスコーは数段、声を低くした。「きみの小さな賢い奥さんの話さ」

アレックスの表情が変わる。灰色の瞳は凍りついたようになった。口の端から葉巻を取り、近くにあった銀の灰皿でぐいぐいと押しつぶして消す。「つづけたまえ」という声は穏やかだった。「言葉は慎重に選べよ、ロスコー」

「おてんばリリーは、男がずっとそばに置いておける女じゃないと言ったろう？　彼女との結婚は失敗だったんだよ、アレックス。きっと彼女に笑いものにされるぞ。いや、まさにこの瞬間にも笑いものにされている」

アレックスはロスコーを冷ややかな憤怒の目で見た。妻をそんなふうに言う彼を、めちゃくちゃにのしてやりたいと思った。だがその前に、どういうことか確認する必要がある。ひょっとしたら、リリーが厄介事に巻きこまれているのかもしれない。「妻はどこにいる？」

「さあね」ロスコーはかすかに肩をすくめてみせた。「でも、いまごろはもう人目につかない場所を見つけたんじゃないかな。自称伯爵のろくでもないイタリア人と、情熱的に抱き合っている最中かもしれないね。名字はガヴァッツィとか言ったかな。きみも知っている男かい？　いや、まさかな」自信満々に話していたロスコーが急にぎくりとする。アレックスが、本物の悪魔と見まごう目つきでにらみつけたからだ。ロスコーをひとにらみすると、彼は無言で足早に部屋を出ていった。ロスコーはゆったりと壁にもたれかかり、脚を組むと、すぐに自信を取り戻した。ほしいと思ったものは必ず手に入れる――忍耐力さえ失わなければ大丈夫だ。「予想どおりだな」彼は独善的につぶやいた。「次に彼女をものにするのは、このわたしだ」


「これを終わらせるつもりなどさらさらないのでしょう？」二階の小さな応接間でふたりきりになると、リリーは抗議した。「永遠につづけるつもりなのね。一生、あの子を取り戻すことはできないんだわ！」

　ジュゼッペが優しくなだめようとする。「そんなことはないよ、とても美しい人《ベリッシマ》。もうすぐ終わるさ、もうすぐね。ちゃんとニコレッタを返してあげる。ただしその前に、ぼくをここにいる人たちに紹介して。ぼくが彼らに受け入れられるように。まさにそのためにここの何年間かがんばってきたんだから。金持ちになって、ロンドンの名士になろうってわけさ」

「そういうことだったの」リリーは呆然とした。「あなたはイタリアの社交界からつまはじきにされた――いいえ、あなたはあちらではおたずね者。だからロンドンに居場所を探そうというわけね」憤怒と嫌悪をこめて彼をにらみつける。「あなたの考えていることくらいわかるわ。裕福な未亡人、あるいはなにも知らない若い女相続人と結婚して、領主として暮らす魂胆なのよ。そうなんでしょう？　わたしを後ろ盾に、社交界に潜りこもうという算段なのね？　わたしの推薦で、あなたが社交界で受け入れられるとでも思って？」リリーは苦々しげに自嘲の笑みを漏らし、すぐに自制心を取り戻した。「いいこと、ジュゼッペ。わたしに敬意を抱いている人なんかここにはいやしないわ。これっぽっちの影響力もわたしにはないの！」

「でもきみは、ウルヴァートン伯爵夫人だろう？」ジュゼッペは硬い声で反論した。「社交界がわたしの存在に目をつぶるのは、夫に敬意を抱いているから、それだけよ！」

「ともかく、ぼくはきみに希望を伝えたから」ジュゼッペはあきらめなかった。「きみはそれをかなえればいいんだ。そうしたら、ニコレッタは返してあげる」

リリーは乱暴に首を振り「ジュゼッペ、こんなのばかげているわ」と絶望して叫んだ。「お願いだから、娘を返して。希望をかなえてあげたくても、わたしにはなにもできないのよ。あなたは社交界にふさわしい人じゃない。他人を利用し、さげすみ……そういう品性を彼らに見透かされないとでも？　その本性を彼らに見抜かれないとでも思っているの？」

　ジュゼッペが近づいてくるなり、細い腕を体にまわす。リリーは嫌悪感に跳び上がった。彼の使う香水の甘ったるい麝香の臭いが顔にまとわりついた。熱く湿っぽい手があごに触れ、喉のほうに移動する。「きみはいつも訊くよねえ。いつ子どもを返してくれる、いつこれを終わらせてくれるってさ」ジュゼッペは猫撫で声を出した。「もちろん、いずれ終わるよ。ただし、ぼくが社交界の一員になる手助けをきみがしてくれたらの話だ」

「やめて」コルセットで持ち上げた胸元に彼の手が移動する感覚に、リリーは吐き気に襲われすすり泣いた。

「まだあの晩のことを覚えているだろう？」自信満々にジュゼッペはささやいた。押しつけられた彼の体が欲望に燃えているのがわかる。「愛とはどんなものか教えてあげたよね。ベッドでからみあい、喜びを分かち合い、そしてぼくたちのかわいい子どもができた――」

「お願いだからやめて」リリーは押し殺した声で訴え、離れようともがいた。「放して。夫がじきに捜しに来るわ。こんなところを見られたら――」

　とたんにリリーは、恐ろしい冷気に包まれたかに感じた。口を閉じ、身を震わせる。襲いかかる不安にゆっくり振りかえると、アレックスが戸口に立っていた。驚愕の面持ちで、顔色は青く、彼女を凝視していた。

　まばたきひとつしないリリーの視線を追ったジュゼッペが、かすかに驚いた声をあげる。

「これはこれは、レイフォード卿」彼はごく普通の声で言うと、リリーから手を離した。

「少々誤解を招いてしまったようだな。ではぼくはこれで失敬。言い訳は奥方から聞いてください」こっそりとウインクを投げ、うぬぼれきった笑みを浮かべてその場を立ち去った。あとはリリーが適当に言いつくろえばいいさ。それでも彼女は、多くのものを失うことになるだろうけれど。

アレックスはリリーから視線を外そうとしなかった。ふたりは無言のまま、優雅な部屋の真ん中で、絵画の一場面のようにただ立ちつくしている。笑い声と音楽が階下から聞こえてくるが、どこか別の世界のことに感じられた。自分から話すなり、行動するなりして、夫の顔から恐ろしい表情を消し去らなければならない。わかっているのに、リリーにはそこに突っ立って震えていることしかできなかった。

ついに口を開いたとき、アレックスの声はとても低くかすれていて、聞きとれないくらいだった。「どうしてあの男に、あんなふうに抱かれていたんだ?」

パニックが押し寄せてきて、リリーは嘘をつこうと、誤解だと納得してもらえるようになにかもっともらしい話をでっち上げようとした。かつての彼女だったら、それもできたかもしれない。でも彼女は変わった。いまの彼女には、ただそこにばかみたいに突っ立っていることしかできない。狩場で追いたてられたキツネの気持ちがよくわかる。体を硬直させ、縮こまって、終わりが来るときをなすすべもなく待つしかない。

答えられずにいると、アレックスが顔をゆがめ、ふたたび口を開いた。「あの男と浮気しているんだな」

窮地に陥り、怯えた表情がリリーの顔に浮かぶ。彼女は無言のまま夫を見つめた。その沈黙をアレックスは答えと受け取った。苦悶の声をあげるなり、彼は背を向けた。一瞬ののち、かすれ声で「あばずれめ」とささやくのが聞こえてきた。

いまにも涙があふれそうな目で、リリーは大またに戸口に向かう夫の背を見つめた。彼を失ってしまった。レディ・ライアンの言うとおりだった……彼の心を傷つけるものは、死と、そして裏切りだけ。もう秘密などどうでもいい。リリーはやっとの思いで、懇願するように彼の名を声を振りしぼるようにして呼んだ。「アレックス」

閉じた扉に手をかけていたアレックスが立ち止まる。背はこちらに向けたままだ。あふれだす激情を抑えようとして、両肩が素早く上下した。

「行かないで」リリーは打ちひしがれた声で訴えた。「お願い、本当のことを話させて」身じろぎひとつしない彼を見ているのがつらくて、彼女は半分横を向き、両腕で自分を抱くようにした。そして苦しげに息を吐いてから語りだした。「あの人の名前はジュゼッペ・ガヴァッツィ。イタリアで出会ったの。恋人同士だった。最近の話ではないわ……五年前のことよ。以前、あなたに話したのはあの人なの」リリーは痛くなるくらい唇をかんだ。「不愉快な思いをさせてしまってごめんなさい。あの卑しむべき男をあなたには会わせたくなかった。あなたは知っているのに、あの男とわたしが……」彼女は言葉を失い、嗚咽を漏らした。「わたしだって会いたくなかった。ひどくみじめな交わりで、あの人はあれきりわたしを求めなかったし、わたしもそれは同じだった。これで永遠に彼とは縁が切れたと安堵した。でも……それは間違いだった。あの晩以来、わたしの人生は一変したわ。なぜなら……わたしは……」臆病風を追いはらうように、リリーはいらいらと首を振った。「妊娠したから」アレックスは一言も発しない。リリーは恐ろしくて、自分が恥ずかしくて、彼を見ることができなかった。「子どもがいるの。娘が」

「ニコール」というアレックスの声は奇妙にしわがれている。

「どうして知っているの?」リリーはわずかに驚きを覚えた。

「寝言で聞いた」

「そうだったわね」自嘲気味に笑うリリーの頬を涙が伝った。「寝ているときのわたしは、ずいぶんおしゃべりみたいだものね」

「つづけて」

袖で涙をぬぐい、リリーは声を落ち着かせた。「イタリアで二年間、ニコールとおばのサリーと一緒に暮らしたわ。娘のことは誰にも秘密にしていたけれど、ジュゼッペにだけは教えた。彼には知る権利があるし、娘に関心があるかもしれないと思ったから。でも彼は、もちろん関心など示さなかったし、娘に会いに来ることもなかった。やがておばが亡くなって、わたしにはニコールだけが残された。そしてある日、市場で買い物をして家に帰ると……」彼女は口ごもった。「あの子はいなくなっていた。ジュゼッペに連れ去られたの。彼のしわざだとわかったのは、行方不明になった日に娘が着ていたドレスを後日、彼が送ってきたからよ。彼は娘をどこかに隠し、絶対に返そうとしなかった。そして、お金を要求するようになったの。決して満足することなく……娘に会わせもせず、くりかえしお金を要求してきた。警察もニコールを見つけることができなかった。ジュゼッペはほかにも違法行為に手を染めていて、起訴を免れるためにイタリアを離れざるをえなくなった。娘を連れてロンドンに行くと聞かされたわ。それでわたしは、彼を追って国に帰ってきた。〈レアリーズ〉のひとりを雇い、ニコールの捜索を依頼した。でもその結果わかったのは、ジュゼッペがある組織の一員になったことだけ。各地にその根を広げている地下組織よ」

「デレク・クレーヴンは知っているんだな？」アレックスは淡々とした口調でたずねた。

「ええ。彼はいろいろ手を貸してくれた。でも、だめだった。切り札はすべてジュゼッペの手の中にあるから」リリーは懸命に自分を抑えようとした。「あらゆる手を尽くしたわ。ジュゼッペの要求はすべてのんだ。それが、今もつづいてる。毎晩思うわ。ニコールが病気になっても、泣いても、わたしを必要としても、わたしはそばにいてやれない。あの子にもう忘れられているかもしれない」喉の奥が詰まって、出てくるのはささやき声だけだ。「一度だけニコールを見せてくれたことがあった……間違いなくあの子だとわかったわ……でも触れさせてはくれなかった。話をさせてもくれなかった。だから、あの子にはわたしが誰だかわからなかったでしょうね」言葉が喉に張りつくようだ。リリーは、いま指一本でも触れられたらこの身が粉々に砕けてしまうのではないかと思った。ひとりになりたい……生まれてこの方、ここまで無防備に自分をさらけだしたことはない。やっとの思いでわれにかえり、身を引こうとしたそのとき、アレックスの手が腕に触れるのを感じた。胸の奥深いところからとめどなく悲しみがあふれてきて、リリーは大きく身を震わせた。アレックスは彼女を自分のほうに向かせると、広い胸板にきつく抱きしめた。ずっと抑えつづけてきた感情があふれでて、リリーはたがが外れたようにむせび泣いた。

熱い涙がアレックスのシャツを濡らした。彼にしがみつき、この世で唯一の安全な場所、彼の腕の中にもっと奥深く潜りこもうとした。狂ったように身をよじってさらにぴったりと身を寄せながら、徐々に、もがく必要はないのだとわかってきた。彼はリリーの体を引きはがそうとはしなかった。片手で後頭部を支え、自分の肩にぎゅっと押しつけるようにしていた。「もう大丈夫だよ、リリー」アレックスはささやき、漆黒の巻き毛を撫でた。「大丈夫だから。きみはもうひとりぼっちじゃない」

喉の奥から漏れてくる嗚咽をリリーは抑えようとしたが、激しいすすり泣きは止まらなかった。「落ち着いて」アレックスが髪に口づけてささやき、打ちひしがれておののく彼女の体を優しくさすった。「わかったからもう大丈夫」彼はかすれ声で言いながら、目の奥がちくちくするのを感じていた。「なにもかもわかったから」彼女のこの苦しみを取り除くためなら、自分の命も惜しくないと思った。彼女の髪、濡れた頰、肩にしがみつく小さな手に口づける。そうすることで、彼女の痛みを自分に移すことができたなら、そう願いながら、たくましく守る腕でいっそう強く抱き寄せた。ようやく嗚咽がおさまり、涙が乾きはじめる。「ニコールのことをきちんと調べるんだ」アレックスは荒々しく言った。「絶対に、どんなことになろうとニコールを取り戻そう。なにがなんでも」

「わたしを憎んで」リリーはとぎれがちに訴えた。「わたしを、捨ててください――」

「しーっ」抱きしめる腕に、痛いくらいに力がこめられる。「そんな小さな男だと思っていたのかい？　ばかだな、きみは」アレックスは黒髪に唇を押し当てた。「きみは、わたしのことをなんにもわかっちゃいないんだな。真実を知ったら、わたしが知らん顔をするとでも思ったのか？　きみを見捨てると？」

「ええ……」

「きみは本当にばかだ」とくりかえすアレックスの声は、怒りと愛情でかすれていた。リリーの顔を上げさせる。その瞳に宿る絶望を見て、彼は冷たい圧迫感に心臓を押しつぶされる思いがした。

アレックスは使用人を呼び、招待客に見られぬよう屋敷をあとにする道を教えてもらった。そして、妻が頭痛がするというので早めに帰ることにしたとレディ・ライアンに伝えるよう命じた。しばらく休んでいるようリリーに言ってから、決意を胸に素早く邸内をまわったが、ずる賢いジュゼッペはすでに姿を消していた。

リリーはひどく疲れた様子で、部屋をあとにするときもアレックスにぐったりともたれかかってきた。彼は待たせてある馬車まで妻を抱いて運んだ。仰天した顔の馬丁に説明もせず馬車に乗りこみ、彼女に触れようと手を伸ばした。けれども彼女は静かにその手を制し、震える声で大丈夫だからとだけ言った。疾走する馬車の中でアレックスは、さまざまな思いと感情に圧倒されそうになっていた。

リリーがこれまで耐えてきたことを思うと、アレックスはやりきれなかった。彼女はひとりで耐え抜くことを選んだ。他人に心を開かず、秘密を守り抜くために心によろいをまとった。自ら進んで、ずっとひとりでいる道を選んだ。そんなことをしても、やはり妻のために苦しまずにはいられないアレックスの心くらい、彼女だってわかっていたはずなのに。失われた日々を取り戻してあげることは、彼にはできない。本当にニコールを取り戻せるかどうかもわからない。それでも、天と地すら動かすつもりでこの問題に臨もうと思っている。燃え盛る怒りが、骨の髄から全身に広がるかに感じた。彼はリリーに腹を立てていた。デレクにも、役立たずの刑事にも、この窮状を引き起こしたイタリアの畜生にも、そして、自分自身にも。

心の片隅では恐れも感じた。リリーはこれまで、たったひとつの希望だけを胸に生き長らえてきた。もしもその希望がついえたら、もしもニコールを取り戻すことができなかったら、いままでの彼女には決して戻れないだろう。アレックスの愛するあの陽気な笑い声も、情熱も、永遠に消え去ってしまうかもしれない。アレックスは知っている。一番愛するものを失う悲しみが、人をどれほど変えてしまうか。父もそうだった。母を亡くしてからは、生きる力をすべて失い、抜け殻となり、死だけを望むようになった。できることならリリーに、強くなってくれと言いたい。けれども、もうそんな強さは彼女の中に残されていないとわかっている。彼女の顔はやつれ、疲れきって、瞳にも輝きがなかった。

やがて馬車はスワンズ・コートに到着した。アレックスはリリーの手を引いて正面玄関に向かった。出迎えたバートンがたちまち心配そうな表情になり、どうなさったのですか、という顔でリリーを見つめる。彼はアレックスに視線を移した。「予定より早くお戻りで、伯爵」

説明している暇はない。アレックスはリリーの背を押し、「妻にブランデーを用意してやってくれ」とぞんざいにバートンに指示した。「必要なら無理やり飲ませろ。どこにも行かせるなよ。ミセス・ホッジズに言って、風呂を用意させるんだ。わたしが戻るまで、一秒たりとも彼女から目を離すな。一瞬もだぞ、わかったか？」

「ご心配は無用です、だんな様」

バートンと視線を交わすと、その穏やかな物腰に安堵を覚え、アレックスの心はわずかに落ち着きを取り戻した。この二年間ずっと、悪夢に苦しむリリーをバートンが彼なりのやり方で必死に世話してきたのだと気づいて、アレックスの胸は熱くなった。

「いいかげんにしてちょうだい、なにも心配なんかいらないんだから」リリーがいつもの生意気さをわずかにとどめた声で言い、ふたりを押しのけるようにして邸内に入る。「バートン、ブランデーはダブルにしてね」と言って夫を振りかえる。「いったいどこに行くの？」

リリーの気力を垣間見ることができて、アレックスはほんの少し気持ちが楽になった。

「帰ったら話すよ。すぐに戻る」

「あなたにできることはないわ」リリーは疲れた声で言った。「すでにデレクが八方手を尽くしたんだもの」

深い思いやりと愛情を感じつつも、アレックスは冷たい辛辣な目を彼女に向けずにはいられなかった。「どうやらきみは、わかってないらしいな」と愉快げに言う。「クレーヴンの力が及ばないところでこそ、わたしの影響力はものをいうんだよ。きみはブランデーでも飲んでいたまえ、スイートハート」

見下した物言いにリリーはむっとし、なにか言いかえそうと口を開いたが、アレックスはすでに背を向けて階段を下りるところだった。最後の一段で足を止め、ふたたび問いかける。

「きみが雇った男の名は?」

「ノックスよ。オールトン・ノックス」リリーは苦々しげに笑った。「〈レアリーズ〉の優秀なる警官。お金で雇える最高の刑事だったはずよ」

ロンドンの主席治安判事として活躍するジョシュア・ネーサン卿がその名を馳せるようになったのは数年前のこと。アレックスがその影響力を駆使して、新たな法的機関を設ける法案を可決に導いたときだった。法案をめぐる議論は激しさを極めた。金、女、果ては酒といった賄賂と交換に刑罰を軽くする何人もの「汚職判事」は、ひたすら抵抗した。アレックスは数カ月にわたり、議論に応じ、演説をし、賛同を得ようと奔走した。新しい法的機関が必要だという信念ももちろんあった。だがそこまで力を注ぐことができたのは、高潔さと勇気を兼ね備えたネーサンが、学生時代からの親友だったせいもある。

そんなネーサンと常に並び称されるのが、激しやすい性格で知られるウェストミンスターの若き治安判事ドナルド・ラーマンだ。治安維持活動に対して従来とは異なる見解を持つふたりは、それを改革と改善を要する「科学」ととらえていた。そこでふたりは協力しあい、騎兵隊を思わせる綿密な訓練で部下を鍛え、任務に当たらせた。その手法は当初、老齢の夜警によるおざなりな治安維持活動に慣れきった市民の嘲笑の的となった。市民には不評だったが、ふたりの努力はたちまち成果を上げ、やがてほかの管区でも同様の手法が導入されるようになった。ネーサンとラーマンの下で働く優秀な徒歩警ら隊はやがて〈レアリーズ〉と呼ばれるようになった。

痩せ型で、常に身だしなみを忘れず、気取りのなさも人気のネーサンは、親しみのこもった穏やかな笑みで迎えてくれた。「やあ、アレックス」

アレックスは身を乗りだして握手を交わした。「こんな時間にすまないな」

「慣れてるからかまわんよ。この仕事の宿命だな。妻にも、あなたに会えるのは昼日中だけだと言われたよ」ネーサンは言いながらアレックスを書斎に案内し、ふたりは黒い革張りの椅子に腰を下ろした。「さてと」と静かに促す。「あいさつはこのくらいにしておこう。なにがあった？　早く話してくれれば、それだけこちらも早く手を打てる」

アレックスはできるだけ簡潔に現状を説明した。ネーサンは思案顔で聞きながら、ときおり質問を挟んだ。ガヴァッツィの名に聞き覚えはないということだったが、オールトン・ノックスがかかわっている事実には相当興味を引かれたようだ。アレックスが説明を終えると、ネーサンは椅子の背にもたれ、親指と人差指で三角形を作りながらじっと考えはじめた。やがて、「この街では、児童誘拐は非常に儲かる商売なんだよ」と皮肉っぽく語りだした。「まだ幼い少年少女が、高価な商品として売買されている。仕入れも実に効率的だ。商店、公園、あるいは個人宅の子ども部屋から直接さらってくればいい。多くの場合、子どもたちは外国の人身売買市場で取引される。やばそうになったらすぐに手を引き、安全だと思ったらすぐに再開できるから、なかなか都合のいい商売でもある」

「ガヴァッツィがそういう商売に手を染めている、そう思うのか？」

「ああ、おそらく、スラム街のギャング団の一員なんだろう。きみの話から判断すると、ひとりでこういうことができる人間とは思えないからな」

それから延々と沈黙がつづき、ついに耐えられなくなったアレックスは問いただした。

「なにを考えている、ネーサン？」

親友の短気っぷりに苦笑を浮かべてから、ネーサンは表情をくもらせ、「とある厄介な可能性についてね」とようやく答えた。「きみの奥さんが雇った男、ミスター・ノックスという刑事は、ラーマンが働くウェストミンスター治安判事裁判所では最も優秀な人材だ。だから、彼を信頼した奥さんに責任はない」

「信頼できるんだろう？」

「わからない」ネーサンは長いため息を吐いた。「アレックス、警官は任務に当たる中で、暗黒街とそこで行われるさまざまなことに精通してしまうんだ。ときにはその知識を、道徳に反するかたちで利用することもある。なんの罪もない子どもを金のために売買したりな。そうやって、必ず守り抜くと誓ったあらゆる規範を破ってしまうんだ。きみの奥さんとお嬢さんは、そうした非人道的な取引の犠牲になった可能性がある」ネーサンは嫌悪もあらわに眉間にしわを寄せた。「今年に入ってから、ノックスはずいぶんと多額の謝礼金を得ている。誘拐された子どもたちを救いだし、家族から報奨金を得ているんだよ。これまでそんなことはなかったから、誘拐犯の一味とつながっているのではないかと、きみの話を聞きながらふと思ってね。誘拐犯に情報を提供し、アジトを変えたほうがいいときには警告し、逮捕を免れるよう手引きしてやる。ノックスがガヴァッツィと手を組んでいる可能性もある」

アレックスは歯を食いしばった。「これからいったいどうする？」

「きみの許可さえ得られるなら、ノックスをわなにかけたい。レディ・レイフォードを使って」

「妻に危険が及ばないと断言できるか？」

「その点は安心してくれ」

「妻の娘はどうなる？　ノックスをわなにかけて、娘を救えるのか？」

ネーサンは一瞬ためらってから答えた。「運がよければ、おそらく」

アレックスは額をこすり、ぎゅっと目を閉じた。「くそっ。そんな話を妻に聞かせろというのか？」

「わたしから提案できるのは、これが限界だ」ネーサンは静かに言った。

13

「ミスター・ノックスがジュゼッペに手を貸しているですって?」リリーは激昂して問いかえした。「わたしの依頼を受けていながら?」

アレックスはうなずき、妻の両手を握りしめた。「ネーサンはジュゼッペを、スラム街のギャング団の一員だとにらんでいる。そして、ノックスはジュゼッペとぐるなのではないかと。最近ノックスは、通常の給金以外に多額の謝礼金をもらっているらしい」

「謝礼金?」リリーは困惑した。

「わが子を誘拐された親たちに、子どもを捜しだしてやると持ちかけ、その報奨金を得ているんだ。今年になってから、そうした事件をいくつも手がけてずいぶん稼いでいる」

リリーは驚きと怒りに目を大きく見開いた。「つまり、ギャング団が子どもたちを誘拐し……ノックスがその子たちを親の元に返し……報奨金を山分けしているということ? だったらなぜ、わたしの子どもは返してくれないの? どうしてニコールだけが」

「ニコールを手元に置いておけば、きみからなにもかも絞りとることができる、ジュゼッペがノックスにそう話しているんだろう」

リリーは身動きひとつしない。「そのとおりよ」と上の空でつぶやいた。「何度も彼に大金を渡したわ。命じられるがままに」彼女は両手に顔をうずめた。「なんてこと……なんてばかなの、わたしはなにもわかっていなかった。わたしから絞りとるのは、さぞかし簡単だったでしょうね」

背を丸めたままのリリーの頭にアレックスは手をやり、巻き毛を長い指でくりかえし優しく梳いた。最近は抱きしめようとするたびにしりごみしたのに、いまはなだめる手を受け入れ、うなじの張りつめた筋肉が和らいでいくのがわかる。

「自分を責めてはいけないよ」アレックスは静かに言い聞かせた。「きみは、頼る人間もなく怯えていた。連中はそこにつけこんだんだ。わが子が心配でならないときに、物事を客観的に見るなんて不可能だからね」

リリーの頭の中では、いくつもの疑念が渦巻いていた。わたしの過去を知ったいま、アレックスはわたしをどう思っているのだろう。わたしを哀れんでいる？　それともとがめているる？　この優しさは、わたしが強さを取り戻し、別離を受け入れるまでのつかの間のものなの？　答えがわかるまで、自分から彼に頼ることはできない。そんなことをするくらいなら死んだほうがましだ。でも、優しく髪を撫でられていると、まともにものを考えられなくなってしまう。彼なしではいられない……わきおこる深い思いに、リリーは思わず顔を上げ、無言で彼に懇願した。哀れみでもいい。抱きしめてほしかった。

「スイートハート」アレックスはつぶやいてリリーを膝に抱き、首筋に顔をうずめてくる彼女の体を優しく揺らした。彼にはリリーの心がすべてわかるようだった。まるで、何千回とページを繰った大切な蔵書を読むように。秘密を打ち明けることで、リリーが彼にその力を与えたのだ。「愛してる」アレックスはこめかみに口づけ、指先で彼女の髪をかきあげながら言った。

「嘘よ――」

「静かに。いいからわたしの話を聞いてくれ、ウィルヘミーナ。きみの過ちも、過去も、恐れも……そんなもので、わたしのきみへの気持ちは変わったりしない」

リリーは深く息を吸い、彼の言葉の意味を理解しようとした。「そ、その名前は嫌いよ」

「わかってる」アレックスは穏やかに返した。「昔を思いだすからだろう？　ウィルヘミーナは、怯えて、一生懸命で、愛情を求めていた。リリーは強く勇敢で、その気になればこの世界にすら、くたばれと言える」

「あなたはどっちがいいの……？」

アレックスは妻のあごに手を添えて上を向かせ、瞳をじっと見つめ、ふっとほほ笑んだ。

「どっちもだよ。きみのすべてを愛しているから」

確信に満ちた声にリリーは身を震わせた。けれども、唇を重ねられそうになるとしりごみした。官能的なキスや抱擁を受け入れるには、心の準備がまだできていない……心に受けた傷があまりにも深すぎるから……癒すには時間が必要だ。「まだだめ」懇願するようにささやきながら、拒絶されて彼が怒るのではないかと恐れた。すると彼は、もう一度抱きしめてくれた。リリーは彼の肩に頭をもたせ、疲れたため息をついた。

午前一〇時。商店が八時に開店するロンドンのイーストエンドなら、すでに通りは仕事に精を出す行商人や露店商、魚屋、乳搾り女の活気と喧騒に満ちている時間だ。だがここウエストエンドの住民は、もっとのんびりとした朝を迎える。ハイドパークの角に朝早くからやってきたリリーは、馬車の窓からおもてを眺めた。牛乳売りの女や、すすを入れる袋を手にした煙突掃除夫、新聞の売り子、パン屋の御用聞きなどが通りに並んだ立派な家々の扉をたたき、メイドに迎えられている。子どもたちは乳母に連れられて朝の散歩を楽しんでいる。親たちはまだベッドから出ず、朝食の席にも着かず、昼すぎまで眠っているのだ。遠くのほうから、兵舎からハイドパークまで行進する近衛兵の奏でる太鼓と音楽が聞こえてくる。

男がひとり、交差点の近くに打たれた杭のところまでやってきて立ち止まるのを目にして、リリーは視線を鋭くした。オールトン・ノックスだ。黒のブリーチと長靴《ちょうか》、磨き上げた真鍮のボタンが並ぶ灰色の上着という〈レアリーズ〉の制服に身を包んでいる。頭には中折れ帽をのせている。呼吸を整えてから、リリーは馬車の窓から身を乗りだし、ハンカチで合図した。「ミスター・ノックス」声をひそめて呼ぶ。「こっちよ。馬車に乗ってください」

ノックスは愛想よく御者と短い会話を交わしてから、馬車に乗りこみ扉を閉めた。帽子を取り、白髪交じりの髪を手で整え、もぐもぐとあいさつした。背丈は普通だがたくましい体つきのノックスは、これと言って特徴はないが四〇代とは思えない若々しい顔立ちをしている。

向かいに座っているリリーは、うなずいてあいさつした。「ミスター・ノックス、屋敷ではなくここで会っていただけて、心から感謝しますわ。当然ながら、夫のウルヴァートン伯爵にあなたへの依頼内容を知られると困りますの。説明しろと迫るでしょうから……」リリーは言葉をにごし、弱りきった顔をノックスに向けた。

「お察ししますよ、ミス・ローソン」ノックスは言葉を切り、かすかな笑みを浮かべて自ら訂正した。「いや、もうレディ・レイフォードでしたね」

「突然決まった結婚でしたから」リリーは気まずそうに認めた。「おかげで、いろいろな意味でわたしの生活は一変しました……ただひとつのことを除いては。わたしはいまでも、娘のニコールを取り戻したいと思っています」彼女はお金を入れた巾着袋を持ち上げて軽く揺さぶってみせた。「幸い、捜索をつづけるための手段を得ることもできましたし。あなたには、これまでどおり手を貸していただきたいの」

ノックスの視線は巾着袋にくぎづけだ。彼は相手を安心させるような笑みを浮かべた。

「また雇っていただけるのですね、レディ・レイフォード」と言って彼が伸ばした手に、リリーは小さいけれどもずしりとした巾着袋をあずけた。「それで、ガヴァッツィとはいまどんな具合に？」

「ガヴァッツィ伯爵からは、その後も何度か連絡がありました。それどころか、ゆうべはずうずうしくも、また新たな要求を突きつけてきたのです」

「ゆうべ？」ノックスは驚いた顔になった。「新たな要求、ですか？」

「ええ」リリーは困惑のため息を漏らした。「あなたもご存じのとおり、彼がこれまでに要求してきたのはお金だけでした。娘を取り戻せるという希望がある限り、わたしもその要求に進んで応じてきた。でもゆうべは……」リリーは言葉を切り、うんざりした声をあげてかぶりを振った。

「いったいなんと言われたんです？　ぶしつけなことをおたずねしますが、ひょっとして、肉体関係？」

「いいえ。たしかに彼に言い寄られて不快な思いをさせられることもありますが、今回はそれよりもっとひどいのです。わたしの大切なものをすべて、屋敷も、結婚も、社会的地位も寄越せというのです。英国社交界の一員になるという、愚かしい野望をかなえるために！」

「信じられない」ノックスはそれしか言葉が見つからない。

「本当なのです」リリーはレースのハンカチで目じりを押さえ、涙をぬぐうふりをした。「ゆうべ彼は、レディ・ライアンの誕生日パーティーでいきなり近づいてきて……数百人の招待客がいるパーティーに、羽を広げたクジャクのようにあらわれたのです！　そして全員に紹介しろと迫りました。上流社会に受け入れられるよう、後ろ盾になれと。ああ、ミスター・ノックス、あなたにも、あのときのすさまじい光景を見ていただきたいくらい」

「ばかなやつめ！」ノックスは怒り狂ってわめいた。ここで突然怒るのはおかしいということに、自分で気づかないらしい。

「ライアン卿とわたしの夫を含めた何人かが、彼の姿に目を留めました。うまくなだめすかして人目につかない隅のほうに連れていくと、この突拍子もない要求を突きつけてきたのです。娘はじきに返してやる、ただし、その前におまえの影響力で社交界にわたしの居場所を確保しろ、そう言うのです。そんなこと、不可能に決まってますわ！　あの彼が、社交界で受け入れてもらえるだなんて、想像できまして？」

「ごろつきの分際で」ノックスは容赦なく言い放った。「どうやらやつは、役立たずなうえに、思いつきで行動する性分らしいな」

「そのとおりなのです、ミスター・ノックス。でもそういう人間は、自らの愚かな過ちによって、本心やそのたくらみを明かしてしまうことがあると聞きます。本当にそんなことがあるのかしら？」

「あるのですよ」ノックスはふいに不自然なくらい落ち着いた声音になった。「自らの貪欲さの犠牲となる可能性は、大いにある」

その冷たく生気のない視線に、リリーは寒気がした。いかめしい顔に、邪悪な捕食者の表情があらわれる。間違いない。ノックスは、ジュゼッペの危険極まりない飽くなき欲望を断ち切るつもりでいる。ノックスが本当にジュゼッペやどこかのギャング団とぐるで、そこから報酬を得ているとしたら、ジュゼッペに勝手なことをしゃべられては困るはずだ。

リリーは真剣な面持ちで身を乗りだし、彼の腕に触れた。「きっとあなたがニコールを見つけてくれると信じてます」彼女は優しく言った。「ミスター・ノックス、あの子を見つけてくれた暁には必ず十分な報酬をお約束しましょう」彼女はさりげなく、「十分な」という単語を強調した。ノックスがその言葉にそそられたのは一目瞭然だった。

「今度こそ、がっかりさせませんよ」ノックスは語気を強めた。「さっそくいまから、調査を再開しましょう、レディ・レイフォード」

「進捗状況を知らせるときは、どうか慎重にお願いしますね。夫に……知られると困りますので……」

「もちろんです」ノックスは請け合った。帽子をかぶりなおし、それではとあいさつして、馬車を降りる。重みで、馬車がかすかにかしいだ。彼は決意を胸に秘めた人ならではの、きびきびとした足取りで歩み去っていった。

ノックスが背を向けるなり、リリーの顔から必死な表情が消えた。冷たく暗い瞳で、馬車の窓から彼の姿を追う。「地獄へ落ちるがいいわ……そのときは、ジュゼッペも道連れにするがいい」


アレックスとネーサン卿にノックスとの密会の詳細を話し、彼の言葉の意味をあらゆる角度から検討してしまうと、あとはもう待つことしかできなかった。ヘンリーはギリシャの壺や遺跡について調べるため、家庭教師と一緒に英国博物館に出かけている。使用人は誰ひとりとして事情を知らないはずなのに、屋敷のいたるところに充満する緊張感に気づいたのか、妙に静かだ。乗馬で気持ちをしゃきっとさせたい、とリリーは思ったが、その間になにか動きがあった場合を考えると家を離れるわけにはいかなかった。

なにかしていなければ頭がおかしくなりそうだったので、刺繍で時間をつぶそうとした。けれども針の先を何度も指に刺し、しまいには刺繍をほどこしているハンカチに血が点々とつく始末だった。腹立たしいくらいにアレックスが落ち着きはらっているのが、まるで理解できない。彼はいつもと同じように、書斎で書き物をしている。

ひっきりなしに紅茶を飲みながら、リリーは家の中を歩きまわり、本を読み、いつものリズムで延々とトランプを切りつづけた。夕食のときにやっとの思いで何口か食べたのは、腹が減っていたら足手まといになるぞと、アレックスに皮肉っぽくたしなめられたからだった。食後は、私室にひとりでいることに耐えられなかったので、応接間の長椅子の隅で過ごした。かたわらではアレックスが詩集を手に朗読していた。彼があえて、とりわけ長ったらしい詩を選んでいるのがリリーにはわかった。深みのある夫の声と、時計の針の音、そして、夕食のときに飲んだワインのせいで、まぶたがだんだん重たくなってきた。長椅子に置かれた金襴のクッションにぐったりと寄りかかり、ひっそりとした灰色の霧を思わせる眠りへと落ちていく。

それから数分後か、あるいは数時間後なのか、リリーはアレックスの声が耳元に響くのに気づいた。優しく、けれども緊迫した感じで肩に手を置き、体を揺さぶって起こそうとする。

「リリー。スイートハート、目を覚まして」

「ううん……」リリーはまぶたをこすり、ぼんやりとつぶやいた。「アレックス、なにかあった——」

「ネーサンから伝言が届いた」彼は言うなり、床に落ちた履き物を拾って彼女にはかせた。「ノックスの見張りについていた男たちが、やつがセント・ジャイルズのスラム街に向かうのを追った。その後、ネーサンと一〇人ほどの警官隊で、そこにある安宿まで追跡したそうだ。わたしたちもすぐに現場に向かおう」

「セント・ジャイルズ」リリーはおうむがえしに言い、がばっと起き上がった。セント・ジャイルズはロンドン一危険な場所だ。盗っ人たちのアジトがひしめくスラム街で、「聖なる地」の愛称がある。警官ですらグレート・ラッセル・ストリートとセント・ジャイルズ・ハイ・ストリートに挟まれたその地区に、あえて足を踏み入れようとはしない。犯罪者の砦だと知っているからだ。盗っ人や殺し屋たちは、ウエストエンドの金持ちを襲ったあと、空き地や細い裏通り、湾曲した路地などが網目のように入り組んだ薄暗いセント・ジャイルズに逃げこむ。「ネーサン卿の伝言はそれだけ？　ニコールのことは？　ほかの子どもたちは——」

「それだけだ」アレックスは黒のマントで妻の体を包みこんだ。さらに質問を浴びせられる前に、おもてに待たせてある馬車まで連れていく。五、六人ほどの武装した先導者にさっと視線を走らせたリリーは、アレックスがふたりの身の安全をできる限り守ろうとしているのを悟った。

馬車は猛々しい音とともに通りを疾走する。先導者がふたり、馬車のだいぶ先を行って、道行く人や進みの遅い馬車をどかせている。リリーは両手をきつく握りあわせ、冷静になりなさいと自分に言い聞かせながら、脈拍が異常に速くなるのを覚えた。通りや路地が徐々に古びた、薄汚いものに変化していく。建物がひどく密集していて、隙間に空気も光も通らないのではないかと思えるほどだ。朽ち果てた路地をのっそりと歩く人びとは、亡霊のように青ざめ生気を失った顔をしていた。子どもですらそうだった。何千ものふたのない汚物だめから鼻をつく異臭が漂い、馬車の中まで入ってくる。リリーは不快げに鼻梁にしわを寄せた。やがて、セント・ジャイルズ・イン・ザ・フィールズ教会の特徴的な、らせんの塔が見えてきた。中世にらい病院の礼拝堂として建てられたものだ。

馬車はいまにも崩壊しそうな安宿の前で停まった。アレックスが馬車を降り、先導者のひとりと御者に妻をしっかり守るよう、万が一、危険な兆候が見られたら、ただちに馬車を出発させるよう命じる。

「いやよ！」リリーは叫び、自分も馬車を降りようとした。だがアレックスにさえぎられて、降りることができない。「わたしも一緒に行くわ！」動揺と激しい怒りに、血液が奔流となって体中を駆け巡る。「わたしを置いていくなんて許さない！」

「リリー」アレックスは静かに妻の名を呼び、険しい表情で見つめた。「すぐにきみも呼ぶ。でもその前に、わたしが行って安全を確認しなければ。きみは、わたしの命よりも大切な人だ。どんなことがあっても、きみを危険にさらすわけにはいかないんだよ」

「でも、大勢の警官が先に来ているのでしょう」リリーは懸命に指摘した。「だったら、ここはロンドン中でいま一番安全な場所と言ってもいいはずよ！　そもそもわたしたちが捜しているのは、わたしの娘なのよ！」

「わかってる」アレックスは歯ぎしりした。「リリー、お願いだ。中でなにが起きているかわからない。きみに、恐ろしいものを見てほしくないんだ」

リリーはまっすぐに夫を見つめ、努めて冷静な声を出した。「ふたりで一緒に立ち向かいましょう。アレックス、わたしを守ろうとする必要はないの。あなたのとなりにいさせてくれれば、それでいい」

彼は長いことリリーをじっと見つめていた。それからふいに片腕を彼女の腰にまわすと、さっと抱き上げて馬車から降ろした。リリーは彼の手に自分の手をあずけ、建物入り口へと向かった。破壊された扉がちょうつがいのところから外され、脇に置かれている。警官がふたり待ちかまえていて、アレックスを丁重に迎え、横目でリリーを見た。片方の警官が、われわれが突入したときに数人の死者が出ました、女性は中に入らないほうがいいかと、とアレックスに小声で告げる。

「彼女なら心配無用だ」アレックスはそっけなく言い、リリーの手を握りしめたまま、先に立って建物の内部に足を踏み入れた。むっとする悪臭がたちこめている。壊れかけた階段を数段上り、ごみだらけの細い廊下を進む。壁を虫が忙しく這いまわっている。ニシンを焦がしたようないやな臭いが、通り過ぎる部屋のひとつから強く漂った。誰かがすすだらけの暖炉で魚を焼いたのだろう。家具はほとんどなく、むきだしのテーブルが数台と、床に数枚のわら布団が転がっているだけだ。窓のひび割れが、わらでふさがれている。さらに奥へ、声がするほうへ進んでいく。アレックスは、つないだリリーの手が万力のようにぎゅっと握りしめてくるのを感じた。

やがて、警官でごったがえす大きな部屋にたどり着いた。彼らは暴れる容疑者をおとなしくさせ、ネーサン卿に報告をしているところだった。部屋の隅から泣き叫ぶ子どもたちを見つけだしては、上司の前まで連れていく。ネーサンは部屋の中央に立って、冷静に状況を見極め、穏やかな声で指示を出している。部下たちは機敏にその指示に従った。アレックスはつと足を止めた。部屋の入り口付近に死体が三つ、積み重なっていた。ぼろをまとっているところを見ると、警官隊の突入時に命を落とした一味の人間らしい。そのとき、アレックスはリリーが小さく息をのむのを聞いた。死体に目を凝らしてみる。靴の先で、ぐにゃりとした死体を突いて仰向けにさせる。ジュゼッペのガラスのような目が、こちらを見上げた。

リリーははっと跳びのき、彼の名前をささやいた。

アレックスは無感情に、血まみれの死体を調べた。「ナイフで殺《や》られてる」突き放すようにそれだけ言うと、妻を抱き寄せ、混雑した部屋へと足を踏み入れた。

ふたりに気づいたネーサンが、入るな、というしぐさを見せ、自らこちらにやってくる。

「伯爵」と呼びかけて、アレックスの背後の死体を指し示した。「計画は大成功だ。ノックスは日暮れとともにこちらに向かった。すべては部下のクリブホーンの手柄だよ。スラム街の捜査を専門にしている男でね、彼のおかげで屋根の上や空き地、地下室といった場所でノックスを見失うことなく追跡できた。わが隊が現場に到着したときには、ノックスはすでにガヴァッツィを殺したあとだったが。ガヴァッツィにすべてをばらされるのを恐れたのだろうな。ノックスの供述もとったが、あとでレディ・レイフォードにお嬢さんを返し、約束の報酬を手に入れるつもりだったそうだ」ネーサンはそこまで話してから、ロープで縛られ、壁を背に床に一列になって座らされている容疑者の中に、ノックスがいるのを示した。ほかの四人の容疑者もみな、ギャング団の一味ということだった。ノックスは憎悪をこめてリリーをにらんでいるが、彼女はそれどころではなかった。リリーの視線は、室内にいる五、六人ほどの子どもたちの顔の上を狂ったようにさまよっている。

「この子たちは？」アレックスがネーサンにたずねた。

「ノックスの供述によれば、いずれも裕福な家庭の子ばかり。これからきちんと両親の元に返すよ――報酬なしでね。なにしろこれは、警察官の手引きで行われた犯罪だ」ネーサンは冷たいさげすみの目でノックスをねめつけた。「警察の面汚しだよ」

リリーは子どもたちに視線を注いだままだ。ほとんどみな金髪で、どうやってなだめればいいのかわからず困った表情の警官にしがみつき、泣きじゃくっている。その様子を見ているだけで、胸が締めつけられそうだ。「いないわ……」彼女は呆然とつぶやいた。顔はパニックで真っ白になっている。よろよろと前に進みでて、男たちの陰に隠れて見えない子がいるのではないかと探す。「これで全部なの？」とネーサンに確認した。

「はい」ネーサンは静かに応じた。「もう一度よくご覧になってください、レディ・レイフォード。本当に、お嬢さんはいらっしゃいませんか?」

リリーは乱暴にかぶりを振った。「ニコールの髪は黒だもの」と絶望した声でつぶやく。

「そ、それに、この子たちよりももっと小さいわ。たったの四歳なんです。きっとほかにもまだ子どもたちが……あの子はこの部屋のどこかにいるはず。ああ、もしかしたら別の部屋かもしれないわ。きっと怯えているのよ。人が大勢いるから隠れているに違いない。まだとっても小さいんだもの。アレックス、一緒にほかの部屋を見に——」

「リリー」アレックスの手にうなじをぎゅっとつかまれて、リリーは気がふれたように言い募るのをやめた。

ぶるぶると震えながら、彼の視線の先を追う。ちょうどふたりの前に大柄な警官がひとり立っており、視界をさえぎっていた。部屋の片隅の、半分陰になったところに、小さな人影が見えた。リリーは凍りついた。心臓が猛烈に鼓動を打って、肺から空気が抜けてしまうように感じる。胸が痛くなるほど、母親そっくりの幼い女の子。小さな顔の中で、黒い瞳が暗い光をたたえている。細い腕にはぼろを結んで人形に見立てたものを抱きしめている。陰の中にたたずみ、室内をうろつく大人たちを無表情にじっと観察している。秘密の抜け穴からのぞき見するネズミのように、物音ひとつたてないため、誰も彼女に気づかなかったのだろう。

「ニコール……ああ、よかった……」うなじをつかんでいたアレックスの手から離れ、娘に歩み寄ろうとした。けれどもニコールは後ずさり、用心深くこちらを見つめている。リリーは喉を詰まらせ、頬を伝う涙を乱暴にぬぐった。「わたしの……わたしのニコール」彼女は娘の前にしゃがみこんだ。「わたしよ《ソノ・クイ》」わきでる感情を抑えているために声が震える。「あなたを抱きしめられる日を、ずっと待ってた。覚えてる？　あなたのママよ。イオ・ソノ・トゥオ・ママ、カピーシ？」

　イタリア語で語りかけられたニコールが、リリーを用心深く見つめ、「ママ？」と小さな声で問いかえした。

「そうよ、あなたのママ……」こらえきれずに嗚咽を漏らしながら、リリーは娘を抱き上げ、その重みをいとおしんだ。「ああ、ニコール……元気そうでよかった、本当に――」もつれた黒髪に口づけながらささやき、小さな頭を、いまにも壊れそうな細い背中を優しく撫でる。ニコールはおとなしく抱かれている。張りつめた自分の声が、リリーには他人のもののように聞こえた。「もう終わったの。やっと終わったのよ」顔を上げて、自分と同じ黒い瞳をじっと見つめる。ニコールの小さな手が頬に触れ、興味津々に、額と、こめかみで躍るきらめく黒い巻き毛にも触れた。

　娘のすすまみれの顔に涙ながらに口づけながら、リリーはすすり泣きをこらえようとした。決して覚めることのない悪夢は、突然終わりを迎えた。氷の戒めに囚われていたリリーの心が、魔法のように和らいでいく。これほどの心の平穏を感じたことはない。苦痛や悲しみから解き放たれたこの感覚は、すでに記憶にすらなかった。この世で一番求めていたものが目の前にある――娘のぬくもりと、母と子の間にだけ存在する純粋で完璧な愛情だ。この瞬間、世界には自分と娘しか存在しないかにリリーは感じた。

ふたりを見つめながら、アレックスは喉の奥が締めつけられる感じを覚えた。あれほど優しい、母性愛に満ちたリリーの表情は見たことがない。これまで知らなかった、想像すらしなかった彼女の一面だ。リリーへの愛が唐突に、いままで誰に対しても決して持ちえなかった深い思いやりへと変化するのを感じる。こんな気持ちがこの世にあるなんて。誰かの幸福が、自分の幸福よりもずっと大切に思える日が来るなんて。アレックスはぎこちなく横を向き、その思いを隠した。

かたわらに立つネーサンは、満足げにふたりの抱擁を眺めている。「アレックス」彼は事務的な口調になって言った。「フィッツウィリアム卿に新しい犯罪法案を提出するいい機会だと思わないか？　かねてから言っているように新たに法的機関を三つ設立して――」

「きみの好きにするといい」アレックスはかすれ声で応じた。

「だが、議会で猛反対を食らうと思われる――」

「通過させてみせるさ」アレックスは明言して顔をそらした。うるんだ瞳を袖でぬぐい、しわがれ声でつづけた。「議員連中の腕を残らず折らなくてはならないとしても、通過させてみせるとも」

14

ミスター・クレーヴンがお見えです、とのバートンの言葉に、アレックスは驚いて新聞から顔を上げた。穏やかな朝のひとときだった。アレックスは応接間でタイムズ紙を読みながら、ときおり、床で積み木遊びをするリリーとニコールに加わっていた。

「ああ、すぐにお通しして」リリーが執事に言い、アレックスを見てすまなそうにほほ笑んだ。「約束があったのを、あなたに言い忘れていたわ。わたしたちが落ち着くまで、ニコールに会いに来るのを待っててくれたの」

かすかに眉間にしわを寄せながら、アレックスはソファから立ち上がった。ニコールは哀れな猫のトムを部屋中追いかけまわしている。トムが陽だまりを見つけて寝そべるたび、ニコールは誘うように床をたたく猫の尻尾を触りにいく。リリーは床に散らばったおもちゃを片づけた。アレックスったらおもちゃを買いすぎね、どんな子どもだってこんなにたくさんあったら困ってしまうわ……彼女は苦笑しながら思った。ニコールがお人形さんと称してぼろぼろの布切れを大事にしている様子は、アレックスには耐えがたいものだったようだ。バーリントン・アーケードの店で、いずれも小さな下着とズボンをちゃんとはいた、人毛の髪と磁器の歯がついた人形や、蠟と陶磁器でできた人形など、ありとあらゆる種類のものを買い占めてようやく納得したらしい。屋敷の二階の子ども部屋は、たくさんの紙芝居、木馬、巨大なドールハウス、ボール、オルゴールでいっぱいだ。カラフルな太鼓まであって、屋敷中に響きわたるその大きな音にリリーはいつもびっくりしてしまう。

一緒に暮らすようになってすぐ、リリーとアレックスはニコールがとんでもない遊びを好むことに気づいた。隠れんぼうだ。ふいにどこかに消えては、ソファやサイドテーブルの下に隠れ、彼女を見つけたときのふたりの心配そうな顔を見てにっこり笑う。あんなふうにこっそり動ける子どもを、リリーは見たことがない。あるときなど、アレックスが書斎の机で一時間ばかり仕事をしていたら、いつの間にか椅子の下でニコールがおとなしく腹這いになっていたこともあった。

ニコールはジュゼッペにひどい目に遭わされていたのではないか——そんなリリーの恐れは、徐々に消えていった。ニコールにはたしかに用心深いところがあるが、怖がりではないし、性格もとても明るい。日に日によくしゃべるようになり、じきに、かわいらしいくすくす笑いや、イタリア語と英語をごちゃ混ぜにして絶え間なく質問をする声が家中に響くまでになった。ヘンリーとも大の仲よしで、始終抱っこをせがんでは、豊かな金髪を引っ張り、むっとされてもけらけらと笑っている。

デレクが応接間にあらわれ、緑色の瞳がリリーの姿を見つける。彼女は嬉しそうに笑いながら彼に駆け寄り、困った顔をされるのもかまわず素早く抱きついた。「よしなさい」デレクがとがめるふりをする。「ご主人の前で、そんなことをしてはいけないよ」

「完璧な発音じゃない！」リリーはにっこりとした。

デレクは前に進みでて、アレックスと握手を交わした。「おはようございます、伯爵」と言って苦笑する。「まったくとんでもない日だ。こんな立派な応接間には、めったに呼ばれないんでね」

「いつでも歓迎するよ」アレックスは愛想よく応じた。「きみには、クレーヴンズの居室を使わせてもらったりとずいぶん世話になったから」

デレクがにやりとする。リリーは顔を真っ赤にした。「アレックスったら」と小さくたしなめ、デレクの腕をつかんで気をそらそうとする。「ミスター・クレーヴン、ご紹介するわ」

デレクの視線が、ソファのとなりに立った少女に注がれる。ニコールは興味津々のまなざしで彼を見上げげた。「ミス・ニコール」デレクはつぶやくように呼んだ。ゆっくりとしゃがみこんで、彼女にほほ笑みかける。「デレクおじさんに、こんちはって言ってくれるかい？」

ニコールはためらいがちに彼に歩み寄ろうとして、やはり気が変わったのか、アレックスに駆け寄った。両腕で脚にしがみつき、デレクのほうを見て恥ずかしそうに笑った。

「とっても恥ずかしがり屋なの」リリーは穏やかに笑った。「それに、ブロンドの男性が好みみたいね」

「ではわたしに勝算はなしか」デレクは陰気につぶやき、黒髪をいじった。立ち上がり、なんともいえない表情を浮かべてリリーを見つめる。「とてもきれいな子だな、ジプシー。母親によく似ている」

激しい嫉妬のうずきを、アレックスは懸命に抑えた。手を伸ばしてニコールの髪を撫で、頭のてっぺんに結ばれたピンク色の大きなリボンを取った。デレクに嫉妬する理由などないのはわかっている。たしかに彼はかつてリリーを愛していた。だが、彼の過去の振る舞いから、決してこの結婚を脅かしたりしないと断言できる。それでも、自分以外の男から妻があんな目で見つめられるのを、黙って横で見ているのは容易ではない。

アレックスはいらだち、歯ぎしりした。まともな夫婦生活を送っていたなら、いまの状況に耐えるのも少しは楽だっただろう。だが、リリーがジュゼッペ・ガヴァッツィとふたりきりでいるところを目撃したあの日から、夫婦の間でそういうことはなくなってしまった。あれ以来、リリーの頭の中は娘のことでいっぱいだ。ふたりの寝室のとなりの部屋には、小さなベッドが運びこまれた。リリーは毎晩、何度も起きてはニコールの様子を見にいく。アレックスには、暗闇に妻の姿が浮かびあがり、彼女がぐっすりと眠るわが子の顔をのぞきこみ、ベッドから消えてしまうのを恐れるかのように見張りにつくさまを、ただ見ていることしかできなかった。ニコールが母親の目の届かない場所に行ってしまうことは、めったになかった。それでもアレックスは、リリーになにも言わずにいた。時とともに、彼女の恐れは徐々に消えると信じているからだ。それに、あれだけ大変な思いをした妻に、営みを強要する気はさらさらない。とはいえ、じきにそんなことになるかもしれないが。誰かをこれほど強く求めたことはこれまで一度もなかった。彼女をすぐそばに感じ、穏やかに、心から幸せそうに過ごす彼女を見つめ、信じられないくらいきれいな肌や髪、温かな唇、ほほ笑みを……。それ以上考えるのはよせ――アレックスは厳しく自分を制した。刺激的なイメージに体が反応しかけていた。

最悪なのは、リリーが求めているものがさっぱりわからないことだ。彼女は現状にすっかり満足しているかに見える。夫を必要としているのか、愛しているのか、アレックスは問いただしたくてたまらなかった。だが彼は頑固に口をつぐみつづけた。思うところがあるなら、彼女のほうから行動に移せばいい。それでもし、これから一〇〇年間ずっと口をつぐみ、耐え忍び、禁欲生活をつづけることになるというのなら、そうなってしまえばいい。彼は毎晩、ひとりぼっちのベッドに横になるたび、心の中で彼女をののしった。眠りについたあとは、目覚めるまで彼女の夢を見つづけた。暗いため息とともに、アレックスは客人に意識を戻した。

「……そろそろ帰るとするかな」デレクはいとまごいをしているところだった。

「まあ、一緒に夕食を召し上がっていけばいいのに」リリーが抗議する。

彼女の懇願を無視して、デレクはアレックスに笑みを投げた。「ごきげんよう、伯爵。ふたりとお幸せに。幸運を祈ってる」

「ありがとう」アレックスはそっけなく答えた。

「お見送りするわ」リリーが言い、デレクと並んで玄関広間に向かう。

廊下にふたりきりになると、デレクはリリーの両手を握りしめてから、兄が妹にするように額に軽くキスをした。「いったいいつになったらクレーヴンズに戻ってくるんだ？　きみがいないと、まるでクレーヴンズじゃないみたいだぜ」

リリーは目を伏せた。「そのうち、アレックスと一緒にお邪魔するわ」

ぎこちない沈黙がふたりを包んだ。言いたいことは山ほどあるけれど、ふたりとも、口にするべきではないとわかっていた。

「ようやく取り戻すことができたな」デレクがニコールのことを言う。

リリーはうなずき、その浅黒い顔をじっと見つめた。「デレク……この二年間、あなたなしではきっとわたしは生きていられなかった」リリーにはわかっていた。いまふたりは、これまでの友情に別れを告げているのだ。これからはもう、暖炉の前で語りあうことも、秘密と信頼を共有することも、かたちは違えど互いをなんとか生きながらえさせてくれたこの奇妙な関係をつづけることもできない。衝動的に、リリーは爪先立って彼の頰に口づけた。

唇を離したとき、デレクは痛みでも覚えたように顔をゆがめた。「さようなら、ジプシー」彼はつぶやき、背を向けると、待たせてある馬車のほうへ足早に去っていった。

猫のトムは、勝利の笑みで近づいてくるニコールを薄目を開けて見ている。ニコールがそろそろと手を伸ばし、ぱたぱた揺れる尻尾をつかむ。トムは怒ってふうっとうなり、さっと身をひるがえすと、パンチをくりだして彼女の手を引っかいた。

驚きと痛みにぽかんと口を開けたまま、ニコールはトムを見つめ、やがてわーんと泣きだした。泣き声に気づいたアレックスは、駆け寄る幼子をすぐさま抱き上げた。ぽんぽんと背中をたたき、抱きしめて落ち着かせてやる。「どうしたんだい、スイートハート？　なにがあったのかな？」

泣きべそをかきながら、ニコールは手を見せた。

「トムに引っかかれたのかい？」心配そうにたずねる。

「そう」ニコールはしくしく泣いた。「トムがいじわるしたの」

「見せてごらん」アレックスはニコールの手の甲にあるピンク色の小さな引っかき傷を調べた。その小さな傷に、少しでも痛みが和らぐよう、ちゅっと音をたててキスをした。「トムはね、尻尾をつかまれるのが嫌いなんだ。トムが戻ってきたら、どうやってかわいがればいいか教えてあげよう。ちゃんとかわいがれば、二度と引っかかれなくなるからね。ほら、勇敢なニコール、抱きしめてくれないのかな？」なんでもないおしゃべりで優しく慰めると、ニコールはあっという間に傷のことなど忘れ、アレックスに笑顔を向けて細い腕を首にまわした。

その様子を、リリーは部屋の戸口にたたずみ無言で見つめていた。胸の奥にふつふつと痛いほどの愛情がわいてくる。アレックスは視線に気づかないのか、ニコールとおしゃべりをつづけながら、彼女を床に下ろした。それから、どこかにいなくなってしまったとニコールが訴える人形を捜して、一生懸命にソファの下をのぞきこみはじめた。その姿にリリーは笑みを漏らした。いまこの瞬間まで、アレックスが本気でニコールの父親になりたいと思っているのかどうか、彼女は確信が持てずにいた。そんなことを期待する権利は自分にはないと思っていた。でも気づいてしかるべきだった。アレックスは、ふたりに注ぐのに十分すぎるくらいの深い愛情を持っている。望まれてできたわけではないからといって、なんの罪もない子どもを責める人ではないのだ。わたしはアレックスに、どれだけ多くのことを教わったのかしら……。愛情、信頼、そして、相手のすべてを受け入れること。死ぬまでずっと彼と一緒にいたい、彼に、ひとりの男性の手にはあまるくらいの、ありとあらゆる喜びをあげたい。

視界の片隅にメイドの姿をとらえて、リリーはそっと合図した。「サリー、しばらくニコールを見ていてくれる？　お昼寝の時間だから、人形をひとつかふたつ持って、子ども部屋に連れていってあげて……」

「かしこまりました」メイドはほほ笑んだ。「本当に、ニコールちゃんはいい子ですね、奥様」

「でも将来が心配」リリーは皮肉めかした。「伯爵に甘やかされすぎて、数年後にはどうなることやら」

くすくす笑いながら、サリーは応接間に入っていき、おもちゃをいくつか選びだした。ニコールが「わたしの！」と叫び、口をとがらせて人形を取りかえそうとする。

「伯爵」リリーは慎み深く呼びつつ、目もくらむ期待に胸を高鳴らせた。アレックスが、なんだい、という顔で見つめてくる。「ふたりきりで話せるかしら？」答えを待たずにリリーは階段のほうに向かい、鉄の手すりにときどき軽く手を触れながら優雅に上っていった。アレックスは眉根を寄せつつ、ゆっくりと妻のあとを追った。

青と白でまとめた寝室に着くと、リリーは扉を閉め、鍵をかけた。ふたりを包む沈黙が、ふいに電気を帯びたかに感じられる。アレックスは彼女を見つめたまま動こうとしなかった。下腹部が硬く大きくなり、肌が熱く感じやすくなってくる。浅くなる呼吸を、なんとかして整えようとした。

リリーが近づいてくる。ベストに彼女の指が触れ、軽やかに、手際よく、複雑な模様が彫られたボタンを外していく。ベストの前を開き、つづけてクラヴァットに手を伸ばすと、体温で温まった絹地をほどき、襟元から引き抜いた。アレックスは目を閉じた。

「あなたのことをずっと放ったらかしにしてしまったわね」リリーはささやき、シャツに手をかけた。

アレックスは興奮に身を硬くした。肌が上気しているのを彼女に見られてしまう。シャツ越しに温かな吐息が胸板にかかり、思わずあえぎそうになった。「別にいいんだ」彼はやっとの思いでそれだけ言った。

「ちっともよくないわ」リリーはズボンのウエストからシャツを引き抜き、引き締まった腰に両腕をまわすと、毛におおわれた胸板に頬を寄せた。「あんなふうに放ったらかしにしたら、どれだけあなたを愛しているか伝えることができないもの」

出し抜けに両手を上げたアレックスは、無意識のうちに、痛いくらい強く彼女の手首をつかんでいた。「なんだって？」呆然とした声でたずねる。

黒い瞳は深い思いにきらめいていた。「あなたを愛しているわ、アレックス」彼の手が震えるのに気づいて、彼女はいったん言葉を切った。「愛してる」とくりかえす声は、力強く、温かかった。「いままで、あなたに気持ちを伝えるのが怖かった。ニコールのことを知ったら、あなたはわたしを追いはらうんじゃないかと思ってた。それくらいならまだましで、道義心に駆られたあなたは、しぶしぶわたしたちを手元に置くんじゃないかって。内心ではわたしたちを厄介払いし、あのスキャンダルを忘れてしまいたいと思いながら……」

「きみを、厄介払いする？」アレックスはぼんやりと、おうむがえしにつぶやいた。「まさか、ありえないよ、リリー」手首を放し、妻の顔を両の手のひらで包みこむ。「きみを失ったら、わたしは生きていけない。ニコールの父親になりたい、きみの夫になりたいと心から思っているのに。この数日間は、ゆっくりと死んでいく気分だった。きみにはわたしが必要なんだと、どうやってきみに納得させればいいかと悩みつづけて——」

かすれ声で笑うリリーの瞳は、幸福の涙で光っている。「納得させる必要なんてないわ」

アレックスは彼女の首筋に唇を押しつけた。「きみが恋しくてたまらなかった……リリー、大切なリリー……」

とぎれとぎれのリリーの笑い声は、やがてあえぎ声に変わった。アレックスの体は熱く、激しく求めており、愛撫する手のひらに感じる筋肉が硬く張りつめている。彼はあわただしくリリーのドレスを脱がせると、自分も裸になった。リリーはベッドに横たわり、彼を見つめた。シーツで体を隠したかったが、彼がそれを望まないとわかっているので我慢した。アレックスが上にのってきて、なめらかな裸身を抱きしめ、両手でお尻を包みこみ、自分に強く押しつける。「もう一度聞かせてくれ……」

「愛してるわ……アレックス、あなたを愛してる」

アレックスは彼女の脚の間に深く手を差し入れながら、ゆっくりと時間をかけて口づけた。舌がからみあい、やわらかな熱と炎に包まれる。「もう一度……」と懇願したが、リリーにはもう、とぎれがちに吐息を漏らし、激しく突いてくる指の動きにあわせて身をよじることしかできない。背を弓なりにすると、乳首が胸板をおおう毛にこすれた。アレックスは身をかがめ、舌で乳首を濡らし、薔薇色のつぼみが痛いくらい硬くなるまで円を描くように愛撫を与えた。

リリーは横を向いて夫の肩に唇を寄せ、金色の肌からたちのぼる香りと味を堪能した。さらに頭を下げて舌で小さな乳首を探しあてると、アレックスの口から歓喜の声が漏れた。誘うような豊かな胸毛を指でかきわけ、ぴんと張りつめた下腹部の筋肉を撫で、細い小道となったヘアから深い茂みへと進んでいく。なめらかで硬いものを手のひらで撫で、軽く握って一回、二回と愛撫を加えた。アレックスはすぐに身を起こすと、彼女の脚を大きく広げ、喉を鳴らしながらやわらかな中へと入っていった。

快感にうっとりとなりながら、リリーは両腕と両脚を彼にからませ、なめらかに引き締まった中へとさらに深くいざなった。アレックスはたとえようのない恍惚感に包まれながら、ときには速く、ときにはゆっくりと、腰を突き上げた。腰を引くと、彼女は離れまいとして両脚をいっそうきつくからめ、貪欲に求めた。その激しさに、アレックスは強烈な喜びに襲われ、休むことなく動きをくりかえした。抑制されたよどみない動きに、リリーはわれを失い、なすすべもなくひたすら身を震わせた。彼の動きを感じるためだけに自分が存在しているかに思えてくる。抱きしめた背中は木の幹のように硬く、腰は容赦なく突き上げてきて、リリーは全身をぶるぶると震わせながら、舞い上がるような、はじけるようなエクスタシーに包まれた。

リリーはぼんやりと、指先でアレックスの顔をなぞっている。いとしさすら覚えるしわの一本一本、ひげを剃ったあとのざらざらした頬、弧を描く濃いまつげ。アレックスは満たされた思いで、彼女の手をとり、やわらかな手のひらに熱っぽく唇を押しつけた。

「ずっと長いこと、あまりにも多くのことを恐れてばかりいたわ」リリーは上の空でつぶやいた。「でももう……もうなにも、恐れるものなんてないのね」

アレックスは片肘をついて身を起こすと、気だるい笑みを浮かべて彼女を見つめた。「どんな気分？」

「変な感じよ」リリーはいとおしそうに夫を見つめかえした。「嘘みたいに幸せ」

「じきに慣れるさ」アレックスは静かな声で断言した。「そのうち、それが当然だと思うようになる」

「どうしてわかるの？」リリーはほほ笑み、ささやいた。

「わたしがきみに、そう思わせてあげるから」アレックスは身をかがめて唇を重ねた。首にまわされたリリーの両腕には、深い愛情がこめられていた。

エピローグ

半開きの窓から秋の冷たい風が吹きこんできて、リリーは温かな夫の腕にいっそう強く寄り添った。ふたりはファーミントン卿夫妻が主催する週末の狩りのため、ウィルトシャーに滞在している。おもての暗い空を見やり、リリーは残念そうにため息をついた。早朝から狩りの打ち合わせがあるので、参加者はそろそろ起きなければならない。

「疲れたかい？」アレックスが訊いてくる。

「ゆうべはあまり眠れなかったから」リリーはつぶやくように答えた。

リリーの髪に顔をうずめたアレックスが「みんなそうさ」と言って笑う。ゆうべふたりはベッドに並んで横たわったまま、夜通し聞こえてくるさまざまな音に耳を傾けた。廊下を忍び歩く足音、扉をそっと開け閉めする音、一夜のパートナーを求める客たちが、ささやくように誘い、応じあう声。仕方がないわ、ここに滞在中の夫婦で、同じベッドで一緒に眠りたいと思うのはわたしたちくらいだもの——リリーが指摘するとアレックスはくすくす笑った。そして彼は、同じベッドにいるのがリリーでどんなに嬉しいか伝えようとするかのように、夜中に何度も起こしては愛を交わしたのだった。

アレックスの近侍が控えめに扉をたたき、着替えの時間だと知らせる。うーんとうなりながら大きく伸びをしたアレックスは、ベッドを下り、用意された服をとりあげた。一方、いつもなら狩りと聞けば高鳴る期待にいそいそと支度をはじめるリリーは、今朝はなかなか動こうとしない。ようやく枕を支えに半身を起こしたかと思うと、ベッドから下りずに、かすかな笑みを浮かべて夫をじっと見ている。肩まで伸びた豊かな巻き毛がふかふかの枕の上に広がっている。

アレックスは着替えの手を止め、どうしたんだい、という顔で妻を見つめた。

「ねえ……今日は狩りはやめておくわ」

「どうして？」ブリーチの前を締めながら、アレックスは妻に歩み寄り、ベッドの端に腰を下ろした。眉根を寄せて難しい顔をしている。「なにかあったのかい？」

リリーは慎重に言葉を選んだ。「参加するべきではないと思うの」

「リリー」アレックスは彼女の肩を抱き、そっと自分のほうに引き寄せた。シーツが腰のあたりまで落ちて、きゃしゃな体があらわになる。「もちろんわたしだって、できればきみに狩りはしてほしくない――きみが少しでもけがをしたり、あざを作ったりすると思うだけで耐えられないからね。でも、きみの楽しみはひとつたりとも奪いたくないんだよ。きみがどれだけ狩りが好きか、わかっているつもりだ。ちゃんと気をつけて、難しい障害物のところでは馬を歩かせるようにしてくれれば、反対はしない」

「ありがとう、あなた」リリーは優しくほほ笑んだ。「でも、やっぱりやめたほうがいいと思うわ」

アレックスは心配そうに瞳をくもらせた。「どうしたっていうんだい？」と静かに問いながら、肩を抱いた手にぎゅっと力をこめた。

必死に答えを探そうとする夫の目をじっと見つめかえし、リリーは彼の下唇を細い指先でなぞった。「わたしのような状態の女性は、激しい運動は避けたほうがいいと思うの」

「きみのような状態の女性――」アレックスは驚いて言葉を切り、ぽかんとした表情になった。

リリーは無言でほほ笑んだ。問いかけるまなざしに、「そうなの」とささやき声で答えた。出し抜けに、アレックスは彼女を強く抱きしめ髪に顔をうずめた。「リリー」あまりの喜びに泣きそうな声でささやくと、彼女が小さく声をあげて笑った。「どんな気持ち？」せっつくようにたずね、身を離して、彼女の全身に視線を這わせる。そのきゃしゃな体を、大きな手でそっと探るように撫でた。「大丈夫なのかい、スイートハート？　とくになにも問題は――」

「なにもかも完璧よ」リリーはそう言って彼を安心させ、顔を上げて、頬にたくさんの口づけを受けた。

「完璧なのはきみだ」アレックスは言ってから、とまどった様子でかぶりを振った。「間違いじゃないんだね？」

「初めてではないもの」リリーはまたほほ笑んだ。「だから間違いないわ。ねえ、男の子だとしたら、いくら賭ける?」

アレックスは身をかがめて彼女の耳元にささやいた。

リリーはくすくす笑った。「たったそれだけなの?」とからかう。「あなたはもっと大胆なギャンブラーだと思っていたのに」笑いながら、夫を自分のほうに引き寄せ、大きな背中を両手で抱きしめた。「もっと近くにきて、伯爵……その賭け金、引き上げてみせるわ」

訳者あとがき

先ごろ日本でもコンテンポラリー・デビューを果たしたリサ・クレイパスの、ヒストリカルでは比較的初期の作品となる『あなたのすべてを抱きしめて（原題 Then Came You）』。主人公のリリー・ローソンが親友ザッカリーと妹の愛を成就させるため、親の都合で決められた妹の結婚を破談にさせるべく奔走するところから物語は始まります。リリーがふたりの愛をなんとしても成就させたいと願うのは、自分がかつて愛に破れ、そして最愛の人物を奪われた過去があるためでした。一方、妹の婚約者であるウルヴァートン伯爵アレックス・レイフォード卿もまた、愛する人を失った過去にとらわれつづけ、この縁談が偽りのものと心の奥底では気づいていながら、安らぎを見出せるはずだと自分に言い聞かせています。

頑固で正直すぎるくらい正直で、ある意味似たもの同士のリリーとアレックスが、激しく衝突しながら徐々に心を通わせ、互いを理解しあい、受け入れ、そして、ある大きな困難をともに乗り越えて本当の愛を手に入れるまでが描かれています。

本作は一九九三年というクレイパスの作家人生において比較的初期に書かれたものですが、

著者自身が公式サイトで明かしているとおり、二つの意味で転機となった作品でもあります。第一に、本作でいまのクレイパスの大きな特徴とも言える「個性的なキャラクター造形」を実現しました。本作執筆当時、デビューから五年ほど経っていた著者は、担当編集者に新作の企画書を提出しますが「月並み」と却下されてしまいます。彼女に求められたのは、「王子様を待つ一八歳の乙女」というようなありふれたキャラクターではなく、ほかの作家には書けない個性的な、ロマンス小説としてはある意味型破りとも言える主人公でした。こうして誕生したのが本作のヒロインとヒーローです。

ヒロインのリリーは、一八二〇年代という時代に生きた女性としては非常に独立精神と好奇心が旺盛で、むしろ現代女性に近い強さを備えた性格の持ち主。その後のクレイパス作品におけるヒロインの、いわば「プロトタイプ」と呼べるのではないでしょうか。ただ、そうした強さの裏には、幼少時代からいまに至るまで、求めた愛情を決して得ることができなかったさびしさが隠されています。

そんなリリーの前にあらわれたヒーローのアレックスも、著者の描くヒーローのひとつの典型と言っていいでしょう。高潔で頑固ながら、愛する者への愛情の深さは並大抵ではなく、領主としても公平で寛大な一面を持ち合わせています。「壁の花シリーズ」のウェストクリフ伯爵（マーカス）を彷彿とさせるヒーローですね。頑固一徹で周囲に誤解されがちな部分もあるアレックスですが、物語が進むにつれてその独特のユーモアや優しさがにじみ出て、やはりクレイパス・ヒーローは魅力的！と思わされます。そして、意外にも天然な一面があったりするところがまたユニーク。そういう魅力を、たとえば老いたクマとの出会いや仮面舞踏会での場面など、小さなエピソードを積み重ねて描きだすのがクレイパスのうまさです。

そして本作が転機となった第二の理由は、作家の一番のお気に入り、デレク・クレーヴンが初登場する点。暗い過去を引きずる屈折した心の持ち主であるデレクは、「ヒーローを食ってしまうから」という理由で残念ながらその後、関連作での登場場面は少ないのですが、本作では存分にその魅力と存在感を発揮しています。とくにリリーに対する複雑な心情には、彼の深い孤独を感じます。『あなたを夢みて（原題 Dreaming of You）』でデレク・ファンになった方も、間違いなく楽しんでいただけることと思います。

また本作では、著者にしては珍しくヒーロー・ヒロインともに上流社会に属しているだけあって、その屋敷や領地の描写もいつになく詳細かつ華麗です。文章だけではなかなか実際のイメージをつかみにくいかもしれませんが、いまは英国カントリーハウスの写真集なども簡単に手に入ります。そうした資料をあわせて見ることで、作品世界をますます深く楽しめるのではないでしょうか。

二〇〇八年六月

ライムブックス

あなたのすべてを抱きしめて

著　者　リサ・クレイパス
訳　者　平林《ひらばやし》 祥《しょう》

2008年7月20日　初版第一刷発行

発行人　成瀬雅人
発行所　株式会社原書房
〒160-0022東京都新宿区新宿1-25-13
電話・代表03-3354-0685　http://www.harashobo.co.jp
振替・00150-6-151594
ブックデザイン　川島進（スタジオ・ギブ）
印刷所　中央精版印刷株式会社

落丁・乱丁本はお取り替えいたします。
定価は、カバーに表示してあります。
 ISBN978-4-562-04344-6　Printed in Japan

ライムブックスの好評既刊　*rhymebooks*

リサ・クレイパス　絶賛既刊

「壁の花」シリーズ4部作!

ひそやかな初夏の夜の　平林祥訳　940円

上流貴族との結婚を望むアナベル。しかし忘れられない人は貴族ではなかった……。

恋の香りは秋風にのって　古川奈々子訳　940円

リリアンは「秘密の香水」をつけて名門侯爵家のパーティーへ。その香りのききめは?

冬空に舞う堕天使と　古川奈々子訳　920円

貧窮する自堕落な貴公子と取引して駆落ちしたエヴィー。愛のない結婚生活のはずが?

春の雨にぬれても　古川奈々子訳　920円

運命の男性との出逢いを祈っていた時、その人は現れた。しかし彼には秘密が…。

ボウ・ストリート シリーズ3部作!

想いあふれて　平林祥訳　920円

ロスが職場で採用した美しいソフィア。孤独な彼女にはロスに近づくある理由があった。

憎しみも なにもかも　平林祥訳　920円

グラントは保護した瀕死の女性を知っていた。記憶を失い性格も変貌した彼女は……。

悲しいほど ときめいて　古川奈々子訳　860円

強引な結婚から逃れるため危険な男と取引をしたシャーロット。その取引の代償とは?

珠玉の大好評既刊!

ふいにあなたが舞い降りて　古川奈々子訳　840円

男娼を雇った女流作家。忘れられない甘いひと時を過ごす。後日再会した彼の正体は!?

もう一度 あなたを　平林祥訳　920円

令嬢との禁断の恋が伯爵に知られ、屋敷を追われたマッケナ。12年後、再会した2人は?

とまどい　平林祥訳　930円

未亡人ラーラに夫の生存の報せが。再会した夫は別人のように優しい人に変貌して……。

あなたを夢みて　古川奈々子訳　940円

貴族令嬢サラは、賭博場のオーナーで危険な男の命を救う。2人の運命的な出会いは!?

夢を見ること　古川奈々子訳　950円

母を亡くし、妹と2人で生きるリバティ。忘れられない人と愛する人のはざまで彼女は?

価格は税込